刘金恩：男，辽宁省作家协会会员、辽宁省散文学会理事。

李金红：女，辽宁省作家协会会员、辽宁省散文学会会员。

夫妻二人曾合著散文集姊妹篇《樱桃红了》、《杏花开了》。

柿子熟了

《柿子熟了》多角度，大视野，
包罗生活的方方面面。
小到一只鸟、一株花、一封信、
一块豆腐、一个鸡蛋，
大到一座城、一处古迹、
一段历史、一群人……
作者以灵动的笔触，
写身边的人和事，
写初心和乡愁，
写爱情和友情，
写绿水与青山。
细细地品读全书，
仿佛能触摸到作者热烈跳动的脉搏。
他们不是单纯地为文，
也不是单纯地写人、写事、写物，
而是将自己的所思所悟和浓烈的情感寓之于中，
让我们看到了文字与思想感情，
生活与人生境界，
自然与人文精神，
浑然天成地完美交融。

刘金恩　李金红　著

北方联合出版传媒（集团）股份有限公司
万卷出版公司

ⓒ 刘金恩　李金红　2021

图书在版编目（CIP）数据

柿子熟了 / 刘金恩, 李金红著.—沈阳：万卷出版公司, 2021.7
ISBN 978-7-5470-5673-8

Ⅰ.①柿… Ⅱ.①刘… ②李… Ⅲ.①散文集－中国
－当代 Ⅳ.①I267

中国版本图书馆CIP数据核字（2021）第134165号

出 品 人：王维良
出版发行：北方联合出版传媒（集团）股份有限公司
　　　　　万卷出版公司
　　　　　（地址：沈阳市和平区十一纬路25号 邮编：110003）
印 刷 者：鞍山市天和文化产业有限公司
经 销 者：全国新华书店
幅面尺寸：175mm × 250mm
字　　数：350千字
印　　张：18.75
出版时间：2021年7月第1版
印刷时间：2021年7月第1次印刷
责任编辑：李　坪
封面设计：范　娇
版式设计：范　娇
责任校对：刘　洋
ISBN 978-7-5470-5673-8
定　　价：68.00元

联系电话：024-23284090
邮购热线：024-23284050

"形""神"兼备 浅唱低吟

宋 杰

在祖国浩瀚的文学宝库中，散文，无疑占据着重要的位置。春秋战国至今，漫长的历史进程中，行人出辞，史官记事，哲人理论，文人饱墨，为我们留下了数以千计的散文名篇。那些从事散文创作的作者，不仅有文学家、史学家，也有政治家、哲学家、科学家。到了当代，尤其是进入21世纪，更有大批的业余作者加入到散文创作的队伍中，使散文苑地更加花团锦簇，芳香四溢。

刘金恩、李金红，就是这样两位。

认识他们，是在家乡东港市一个叫"苇场大院"的饭庄。那是几年前，我和朋友宋义祥等人小聚。义祥推荐我认识一位老大哥，他叫刘金恩，夫人叫李金红，老两口醉心散文创作，近些年来每年都有作品散见于报纸杂志，还出了散文作品集。电话打过去，刘金恩如约而至。他步履稳健，面色沉稳，一点不像七十多岁的人。落座后，看上去不苟言笑的他竟然颇为健谈。更令人佩服的是，他不论讲什么，总把前因后果交代得清清楚楚，时间、地点、人物，一个要素也不落，使人如闻其声、如临其境，一看就是个思维缜密、作风严谨、善良正直、热爱生活的人。分别之际，他送给我一部他和夫人合著的散文作品集《樱桃红了》。正是这部厚厚的著作，陪伴我一路返回沈阳，许多篇章让我泪流满面。很快，我又拜读了他们的第二部散文集《杏花开了》，并见到了李金红。金红嫂子面容清癯，举止优雅，一言一语、一笑一颦，仍能窥见其年轻时的美丽与干练。两个人当年同为山村小学教师，进城后，刘金恩成了警察，李金红则就职粮食局。从岗位退下来，他们拿起了笔，开始了散文创作，先后加入了辽宁省作家协会；虽至暮年，却笔耕不辍，还定了个"五年计划"，即每五年出一部散文作品集，成为远近

闻名的"文学伉俪"。

这部《柿子熟了》，是刘金恩、李金红合著的第三部散文作品集。

散文写作，贵在"形散"而"神不散"。"形散"，指取材广泛，表现形式不拘一格；"神不散"，要求表达的思想和教义明确集中。"形"，是"人、事、物"，为实；"神"，是"情、思、悟"，为虚。只有"形""神"兼备，虚实结合，才能成文成篇。《柿子熟了》取材广泛，多角度，大视野，包罗生活的方方面面，小到一只鸟（《一条陨落的小生命》）、一株花（《礼赞朝天椒》）、一封信（《有信的日子》）、一块豆腐（《岁月里的豆腐》）、一个鸡蛋（《鸡蛋的况味》），大到一座城（《人杰地灵话镇江》）、一处古迹（《予览杜甫草堂》）、一段历史（《寻找中奎寺》）、一群人（《虾圈虾民》）……作者以灵动的笔触，"写身边的人和事，写初心和乡愁，写爱情和友情，写绿水青山"。为了呈现这多姿的世间万物，作者倾尽才学，饱蘸笔墨，运用和调动多种写作形式及文体，为读者展示了丰富多彩的现实生活和历史场景。全书116篇文章，几乎囊括了散文应包括的各个种类，有散文，有随笔，有游记，甚至有回忆录、杂文、政论和小品。

细细地品读全书，我们仿佛能触摸到作者热烈跳动的脉搏。他们不是单纯地为文，也不是单纯地写人、写事、写物，而是将作者的所思所悟和浓烈的情感寓之于各篇，让我们看到了文字与思想感情，生活和人生境界，自然与人文精神，"形"与"神"，实与虚，浑然天成的完美交融，在浅唱低吟中，让读者获得启迪和教益。《有信的日子》，叙述了一位母亲近年翻阅两个儿子成长中写给自己的一摞书信，不由浮想联翩。文末，作者借用李培禹先生的诗句，发出一个年迈人的呐喊：遥望窗外，也是"月满西楼"，可是，"云中谁寄锦书来"还有吗？是啊，在当下的高科技时代，年轻一代不仅书信没有了，离开电脑，许多人连汉字都写不好，不能不令人有些许担忧。《礼赞朝天椒》，作者以细腻的笔法写了种植、培育朝天椒的过程和心情，当"一个个小尖椒，一夜间昂首挺拔，瞻目仰天，暗绿色也慢慢变成了大红色"时，作者让花草赋予了生命的意义："这种志向高远、自强不息、能屈能伸、善于团结、积极向上的精神，让我顿生敬意。"花草的品格给人以力量，顿生敬意的不仅是作者，还有每一位读者。《鸭绿江畔静悄悄》，作者以个人的经历和历史资料，写了丹东鸭绿江断桥的形成，控诉了美帝国主义轰炸安东（今丹东）的累累罪行。作者说，"今天，每当我看到断桥两侧挂满的国旗在轻风中漫卷，人人都在尽享盛世太平的时候，我从内心提醒自己：莫忘幸福来之不易，莫忘伟大的中国共产党"。每一个读到此文的人，想必也有同感吧。

《柿子熟了》，洋洋洒洒三十多万字，所写的其人其事其景，令人印象深刻，也呈现出较强的艺术风格。一是浓郁的地域特色。作者生于辽东、长于辽东，一生奋斗在辽东，他们写家乡人、家乡事，说家乡话，使散文别具一格，语言文字朴实亲和，极具感染力。《虾圈虾民》，描绘了沿海渔民，由传统的出海捕捞对虾，到改革开放后圈涂养虾，"一夜间，广袤的沿海滩涂上便布满了十几万亩的虾圈。鸟瞰滩涂，纳潮后的虾圈像被切成一个个不规则的豆腐块，在灿烂的阳光下亮闪，一方方，一片片，轰轰烈烈，蔚为大观"。这是辽东沿海新时代渔民的真实写照。《你来了——春雪》，作者急家乡父老之急，盼望着春雪覆盖大地，当久盼的春雪普天而降，作者喜上心头："大雪一直下到12点半，整整3个半小时。我双掌合一，向天高举，心中默念，天佑我方，你来了——春雪。"忧乡忧民之心，跃然纸上。写作中，辽东方言俗语的运用，也使文章颇为增色。《八十述怀》，李金红写道："老了变丑很自然。看看路上行走的年轻人哪有丑的？水灵灵的，皮紧肉嫩，即便五官不正，也比老人好看，还真是如老辈人所说的'宁看小孩腚，不看老人脸'。"《母爱是一条河》，刘金恩写道："那个年头，店铺里经营的营养品很少，多与少咱都买不起，家里没有一样有营养的东西，母亲只好煮玉米粥时，把浮在锅边上的细沫沫撇出来，当着最高营养来喂我，我喝一口倒一口……"这些方言俗语，形象逼真，既通俗易懂，又亲切感人。二是深深的家国情怀。作品中，许多篇都浸透着作者对国家的殷殷深情和对美好生活的赞美。《寻找中奎寺》，作者坦露自己的心迹，为什么要寻找此处？"一为复原历史，拾遗补漏，传育后代；二为认知恩人，缅怀先烈，感恩戴德；三为打捞民众集体家国记忆，珍视和平与未来，世代相传，警惕外侮。这是一种责任，沉重而又坚硬。"作者前往英国探亲，除了欣赏异国风光，还专程去"拜谒马克思墓"，作者认为："马克思主义仿佛屹立于地球最高处的灯塔，光芒四射，成为一颗耀眼的明珠，继续为世人指明前进的方向。"这种深深的情感，在作者的许多文章中都有披

露。三是迷人的乡愁和亲情。不敢说作者的散文都是精品，但笔者认为，本书凡是描写乡愁和亲情的文章，绝对都是上乘之作。《老爹何日携筢来》，这是一个儿媳对公爹的追忆。那个有空儿就上山弄柴火的庄稼人，天寒地冻也闲不住，"照样扛起筢子走出家门，到山上刮大家已经搂过数遍的'山皮'"。当柴火填进灶洞，烧起来嘎巴嘎巴地响，发出阵阵松树篓的香味时，作者心是暖的，读者心中也会燃起一团火，不能不思念自己辛勤劳作一生的父辈们。《父亲的教子方略》，将小人书散乱放于炕上，任其子女翻阅；平时唠唠叨叨，万千叮咛；古语俗语不离口。这一教子"方略"，镌刻老一辈的良苦用心，读后令人肃然起敬。而作者笔下的乡愁是苦涩的(《碗》《在那偏僻的小乡村》)，是童趣(《跳皮筋》《难忘自行车》)，是感叹(《柴变》《餐桌又见山野菜》)，从各个方面吟唱如歌的岁月。亲情爱情的描写，在本书中占了较大比重，每一篇都感人至深，处处触动着读者的内心。《父亲的疼痛与乡愁》揭示了贫穷年代危重病人的痛苦与家人的无奈。《家有小棉袄》，则以流畅欣喜的笔调写出了子孙们的至亲至孝。夜，突然停电，作者小孙女——一个正读小学的女孩，找出家中仅有的半截蜡烛，敲开爷爷奶奶的房门，而自己却坐在黑暗中等着妈妈回来吃饭。这个颇有画面感的情节，使作者每每忆起便热泪盈眶，也将感动无数读者。作者的两个儿子，不仅事业有成，为国家和社会贡献自己的智慧和力量，也把孝道刻在心头，无微不至呵护照顾年迈的父母，被作者称为"小棉袄"。他们为父母买车买房，买吃买用。父母有病，他们跪在床前端水喂药，接屎接尿；父母赋闲，他们带父母走南闯北，饱览山河。虽然成家工作在外地，但只要有闲空儿，就要带妻子孩子回来，让父亲母亲尽享天伦之乐。试问进入老年行列的读者们，你家有这样的"小棉袄"吗？试问年轻一代，你是这样的"小棉袄"吗？《厨房天籁》《老屋故事多》，则集中表达了老年夫妇的挚爱，那种举案齐眉、相扶相携的故事和情节，给进入老龄社会的当今，增添了一抹亮色。

啊，感谢文学成就了作者，也感谢作者满足了读者。

闲弄文章醉夕阳，一字一句皆衷肠——读罢《柿子熟了》，我这样说。

2021 年元旦于沈阳

邂逅百年

我与老伴李金红，都是老年文学爱好者，好赖曾经出过散文集，那就算是文学作者了。按照既定的原创计划，每五年必合著一本散文集。十年过去了，我们已经出版了《樱桃红了》和《杏花开了》两本集子，计70余万字。

因为有"让文学爱好与生命同在"的追求和决心支撑，我们的创作始终没有间断。一晃儿，第三个五年创作计划即将收盘、付排，我们老两口也同步进入耄耋之年。人，就这么在三晃儿两晃儿中走到了生命的尽头。甭管您生前是将军抑或士兵，也甭管您是富商抑或平民，结局全部都是一样的，芸芸众生同归荒冢，只差早晚与先后罢了。但不管怎么说，这回我们可碰到一件特大的喜事，做梦也想不到，第三个五年这本散文集，恰恰邂逅于中国共产党百年诞辰，一本名不见经传的小书，能在党的百年生日之际出版，真让我们感到荣幸之至。

我比老伴年长一岁，性格各异，她急我慢。急的像火上房子，触火就着；慢的像消极怠工，迈四方步拉线屎。她细我粗，细的地上跑过一只蚂蚁没看见，掉下一根发丝定入她的法眼；粗的刷过的饭碗嘎喳儿犹在，地上的灰尘印迹却视而不见。我们有辩论，有争吵，有脸红，但无隔夜仇。因为我们更有共同语言和志趣爱好，都酷爱山水花木、鸟虫鱼贝等自然风光，也都钟情阅读和写作。所以，第三本集子仍以木本植物为题，命名为《柿子熟了》。撷取红了、开了、熟了之意，拟似人像一棵果树，既有开花之美、成熟之实，也有落叶之痛、枯竭之悲。每人都要体验祸福相依、苦乐相伴的人生，古今中外，无一例外。荣华富贵人人求，甜蜜的日子个个向往，但须懂得一条：获取必须付出代价，天上不会掉馅儿饼，人间没有免费午餐，唯有经过勇猛打拼，脚踏冰雪，肩扛风雨，艰苦岁月历练的人，才有可能实现。

这本集子，共收进我们老两口2017—2021年间创作的千字散文115篇，

约计 30 万字。在省内各级报刊发表过的 85 篇，占入书总篇数的 70% 以上。然后，经过重新收纳、筛选、检审、布局，分为五个板块：家事盘点、初心难忘、山水走笔、英国纪行、杂文随笔。

我们从小承接父辈"滴水之恩，当涌泉相报"的教诲，时刻牢记吃水不忘打井人。因为我们老两口都出身贫困，都有不为人知的苦难经历，是共产党和国家给了我们现在的福祉。所以，怀揣感恩戴德的心绪长大后踏入社会，便以恪尽职守、忘我工作，回报党的教育之恩、社会的鞭策之恩、父母的养育之恩。建党一百周年，我党龄 54 年，老伴党龄 43 年，信仰时刻宅于心中，从未走开。国喻一条船，家比船上客，船稳客自安，居安要思危，匹夫皆有责。我们已由贫困走向富裕，不再苛求大富大贵，知足常乐，因为我们本是平民百姓的根，但求平安健康终了一生。我们也与钱无仇，爱钱不走邪，慎遵"君子爱财，取之有道"。我虽非君子，却主张钱不可没有，没钱走死路；也不可多有，钱多百烦生。上天最公平，天下财富人人有一份，谁敢多拿一份，伸手必被剁。更何况古人曹雪芹都知道"世人都晓神仙好，只有金银忘不了，终朝只恨聚无多，及到多时眼闭了"的生不带来、死不带去的道理，今人安不醒脑乎？

离开共同奋斗了 40 年的战友，回家颐养天年。当年那卧冰雪、蹲坑守候之苦，斗智斗勇、刀枪对决的惊险场面至今难忘，常常在梦中显现。但解甲归田，多了自由支配的时间，有心情，有条件（身体、自费）迈出家门，到大江南北；跨出国门，到世界各地去走走，看看，听听，谈谈，留心做点笔记：同顶一个天，同受一个太阳照，湖光山色，树木花草，普天之下风光同样旖旎，逛来逛去，风景故乡独美。那大洋的西方：中西餐味不同，各得其所一样；生活习惯不同，快乐人生一样；各种话语不同，神交可以一样；法律制度不同，管理目的一样。看来看去，唯有华夏文明源远流长。

作者

2021 年 7 月 1 日

目录

家事盘点

国喻一条船，家比船上客。
船稳客自安，匹夫皆有责。

老爹何日携笆来

李金红

寒食节那天，刮着飕飕的小北风，吹透了衣衫，吹散了头发。我踏着软绵绵的树叶和杂草，走在又窄又陡的小径上，嗅着漫山遍野散发着干草苦涩而清香的味道登上山顶，去祭祀已故的公公婆婆。思绪蓦然回到了45年前爹（公公）在山上弄柴火的情景。

那年腊月，第一次去男朋友家。临走前母亲嘱咐："看看他们是不是过日子人家。"我不解地问："什么样的家是过日子的人家？"母亲说："先看看院子里有没有大柴火垛，再看看院落和屋子收拾得是否干净利落。"我心里琢磨，怪不得人们常说开门七件事——柴米油盐酱醋茶，不识字的母亲也知道这些过日子之道呢。那个年代在农村，人们把柴火垛大小和多少，看成是富裕程度的标志，要不怎么会把柴排在头一位呢。

走进院子，一眼就看见不大的小院儿院墙边垛着两大垛柴火：一个是玉米秸、高粱秸混垛，另一个是树叶、杂草垛。整整齐齐的柴火垛四周，收拾得干干净净。我心里暗自高兴，我找到母亲说的会过日子的人家了。

一年后，我们结婚了，工作由城镇调到群山环绕的农村小学。

爹是三里五村人所共知的勤快庄稼人。他除了参加生产队劳动，下工回家总是没黑没白地拾掇自家的自留地。种菜，种粮，割草，搂草，他可是一把好手呢！农闲季节，人们三五成群坐在树荫下避暑唠嗑，或走亲访友，爹却一天不闲地薅草、割草、晒草、搂草。每年立秋后，他便起早贪黑地张罗着弄柴火。一有空就拿起扁担、镰刀到小河边、地头、坝埂旁，找到稗草、蒲草、老苍耳、艾蒿秸秆等杂草，就左手捋一把草，右手挥镰，贴着地皮"唰唰唰"地割起来，一把一把地堆在一起。够一担了，用杂草搭绕，分成两大捆，插上扁担挑回家。再打开捆，一把一把靠院杖边摆开晾晒。买不起手套，他不惧荆棘扎手，每天大把大把地翻腾这些杂草，晒干了再

捆好，立在院墙根晾。腾出来的地方，再割再晒。一茬茬地割，一担担地挑，翻来覆去地晒，晒干了再一捆捆地捆起来，直到天气冷了，草也彻底晾干了，再一捆捆地垛起来。

寒风呼啸的冬天，爹从不在家猫冬，天天上山弄柴火。每天一根布腰带捆在腰上，一串绳子挂在筢杆上，一大早就上山。不到晌午，就能背回树叶子、小树枝、杂草秆等一大捆柴火。快到家门口了，老远就能看见小山一样的柴草堆在蠕动，看不见爹的身影，待他慢慢地走进院子停下来，抽出挎在草堆间的胳膊时，我才看清楚额头上汗气腾腾的爹，笑呵呵地站立在我们面前。

严冬腊月，天寒地冻，路上几乎没有行人，可爹还是闲不住，照样扛起筢子走出家门，到山上刮大家已经搂过数遍的"山皮"。远远望去，光秃秃的山上根本没有柴草可搂，可爹每次上山回来，都会背回一大捆柴火。刮回来的"山皮"，我们都爱烧，因为"山皮"不像茅草，一大把填到灶洞里一会儿就烧完了，"山皮"由小树枝、草棍和松树篓等组成，耐烧，填进灶洞，火头旺，能燃烧好长时间。烧起来嘎巴嘎巴地响，还能嗅到一种香香的味道，婆婆说这是松树篓的香味。

我们天天都烧火做饭、烧水洗衣服、烧炕取暖，可柴火垛还是高高地立在那里。天太冷了，我劝爹别出去弄柴火了，够烧的了。爹却说，居家过日子，柴火不能缺，没有柴火做不了饭，吃不饱饭没有劲儿干活，不干活日子怎么过下去？过日子吃穿用的都有余头，心里才踏实。

翌年开春，大地复苏，黑黝黝的玉米地里露出玉米茬子，那是头年留在地里的玉米根部。爹扛起镢头去刨茬子，刨了一片又一片。头天刨出来的茬子，第二天抡起镐头打根子，砸掉泥土，再用柳条筐挑回家，摊在院子里晒干。晒干的根子烧起来火苗更旺，不但做饭快，还不用顿顿饭都掏灰。刨茬子打根子的活儿比搂柴火累多了，爹的手磨出了血泡和茧子，爹说不疼，不耽误干活。我从心里佩服爹勤劳吃苦的精神，有时趁孩子吃饱不闹了，我也学着帮爹干些农活，减轻点他的负担。一天我下班路过地头，看见有人在地里拔豆棍儿（割完大豆留下的根），回到家放下孩子，换上衣服挑起土篮子直奔大地而去。大地松松软软，不太费力气就拔出一把豆棍儿来，我高兴地拔呀拔，拔满了土篮子挑起就往家走，一路上心里美美的，很有成就感。一群孩子在路边玩耍嬉闹，跑来跑去，看见了我，突然一起大喊："老太太拔豆棍儿，越拔越有劲儿。"我奇怪地看着孩子们，心想，我还不到30岁，怎么就成了老太太呢？也许他们看我穿了一身破旧衣衫像老太太似的，不管他们了。傍晚，爹回来了，看见院里的豆棍儿惊奇地问："这是谁拔的豆棍儿？"我说我拔的。爹抿着嘴笑嘻嘻地说："呵！城里人还能干庄稼活，真行啊！"看得出爹从心里高兴！

如今，农村做饭和取暖方式发生了翻天覆地的变化，婆婆说："现在人享老福了，那叫什么做饭？不用抱草，不用掏灰，也不用蹲在灶坑前一把一把往锅底添草，像玩儿似的就把饭做好了。"

踏着厚厚的野草，一步步往山上走，远远地我看见了爹的坟墓，仿佛又见到他老人家在山上弄柴火那一幕幕……遥望南山，亦是山草绵绵，老爹何日携筐来，还能吗？心里酸酸的，我想念故去的老爹。

2016 年 11 月 1 日

邝老汉卖破烂

刘金恩

邝老汉是退休的公务员。姓"邝"人不狂，举止稳重，言无虚夸，见生人话少，熟人面前话多。年过七旬，身心健康，经常开个小车上道转转。比较自尊，注重修为，穿着打扮干净。订了一堆报纸杂志，闲着没事天天坐家翻，这是他唯一的爱好。我们是上下楼邻居，有时到他家串门碰上吃饭，桌子上多是杂粮干饭或玉米稀粥，细粮很少，就着土豆汤、炖白菜、小咸菜什么的下饭，肉蛋类很少。吃、穿、戴都很普通，甚至有些寒酸。

邝老汉的车库就在楼下。每隔一段日子，他就把车库收拾一下，分门别类暂存：旧报纸、烂书一摊，碎泡沫材料一堆，纸箱纸盒拆毁打捆，啤酒瓶、易拉罐、酱油瓶等装编织袋……规规整整、利利索索放在车库一角。哪天没事了，他便把破烂装到车后备厢里，自己开车拉着破烂送到废品回

收点卖了。一个养得起轿车的家庭，开车去卖那点破烂，能卖几个钱？这就让人难以理解啦。

一个朋友告诉我：那天小风阵阵，你家那个邻居邝老汉，冒着飘雪去卖破烂。他把车停在一条南北走向道路十字路口右边、那家南方人开的个体废品收购站门前，被朋友碰上了，看他从车上往下搬破烂，觉得稀奇，便信口问道："老伯，下雪天开车卖破烂，勤快不说，车油钱也不够啊！"邝老汉回头看看，不认识这人："谢谢你关心，我已经习惯了。"这话什么意思，更让人纳闷儿了。他走后，收破烂的说，这可是个怪老头，开轿车卖破烂，家里恐怕不穷，可他有一次来卖破烂，我马虎少算了一个塑料瓶子钱，他认真起来；还有一次找零，我多找给他五角钱，他回家又返回来还给我。真有意思，现在这样的人打着灯笼都难找啊！

确实，邝老汉家不困难，他一个月有几千元退休金。老伴也是退休公务员，一个月也有几千元进账。姑娘找个女婿家里有钱，儿子在外企打工，收入丰厚。两个人的日子，怎么过都有理。可他却是如此俭朴，不知何故，不好意思当面询问。

后来，我终于忍不住了："你家的条件，不至于卖破烂吧？"邝老汉甜甜地笑了，眼角泛起几条皱纹："是啊。咱们是邻居，没有必要说谎。我们家老辈都是穷人，只会种地，不会赚钱，过日子靠省吃俭用，丢弃东西心痛。仔细成了习惯，习惯自然成了家风，一辈一辈传到现在。我孩子手里都有钱，也都不随便挥霍。""你家那点破烂能卖几个钱？""是卖不了几个钱。可我妈说，一分一厘也是钱，钱里有汗味，有的还有血味，不信你闻闻。我闻到了汗味，没闻到血味。""你这么仔细，家里一定有余钱。""有是有一点，也不太多。公务员是饿不着也撑不死的活工作。如有巨额积蓄，一定来自鬼道。""这倒也是。既然有点余钱，何必这么吝啬？"

邝老汉又笑了："咱那点小钱，不敢和有钱人比，人家站到电视台上有名有声捐大钱，无可厚非。可咱没有这个能力，帮不了别人百饱，总可以帮一饥吧。你看，我农村的老哥哥病病恹恹，就想坐坐飞机，我陪着去一趟海南，总得万八千吧；侄女上大学家里困难供不起，几年下来，也得几万块吧……""这好啊，我们的族人都能把自己贫困的亲戚帮一把，社会负担就会减轻一些。帮亲也是行善，当然，还有能力帮助非亲非故者，勿以善小而不为，那就更高尚了。"

我们闲唠之后，邝老汉每隔一段时间就收拾自家破烂的习惯没有变，但他不再开车去卖了。一日，刮着五六级的北风，我急忙去关窗，看见他从车库抱出一堆破烂，送给了一个正在翻垃圾箱拾荒的老婆婆。尖叫着的大风，吹掉了他头上的那顶鸭舌帽，裸露出谢顶的头部，放出一道情操高尚的光。

2016 年 3 月 24 日

寻找中奎寺

刘金恩

报载：1934 年 4 月 1 日，辽宁抗日救国军总司令齐占久部属之高兴亚、徐国梁、王惠民各旅，及毛长山团，在大东沟中奎寺，与日伪军两万余人血拼六昼夜。

我是土生土长的大东沟人，如今已是年逾古稀，竟不知道家乡还有这么大规模的抗日战场，更不知中奎寺在哪里。

惭愧之下，我查阅了《辽宁近现代五大战事》一书，其中第三部"抗日战争在辽宁"中有"辽东抗日义勇军主要战役"和"三角地抗日义勇军主要战役"，均无此役记载。又查阅《安东兵事》一书，其第 43 页记载：1934 年 1 月，刚上任不久的日本关东军司令菱刈隆，对辽东三角地带（沈阳—安东，沈阳—盖县铁路之间地带）的义勇军、自卫军进行第四次"讨伐"。义军同日伪军的斗争，一直坚持至 1939 年春。中奎寺一役正发生在此期间，却找不到一点历史碎片。

1945 年，世界反法西斯战争取得全面胜利，大型纪录片《东方主战场》以很多史实证明，全球反法西斯战争的主战场在东方，东方主战场在中国。6 月下旬，湖北电视台播放一部曾写过《开国大典》的知名作家、编剧刘星

创作的又一部重大革命历史题材电视剧《东方战场》，在第9集中，我意外看到高兴亚参与抗日战争的画面，这一场景证明了中奎寺一战的真实性及其历史价值。中奎寺战役，是东方战场中的重要组成部分，功不可没。

在启迪与鼓舞下，我觉得寻找曾经的抗日战场很有必要，一为复原历史，拾遗补漏，传育后代；二为认知恩人，缅怀先烈，感恩戴德；三为打捞民众集体家国记忆，珍视和平与未来，世代相传，警惕外侮。这是一种责任，沉重而又坚硬。

大东沟（今东港市）是一个有六七十万人的县级市，全市陆地面积2445平方公里（2014年数据），要找到中奎寺谈何容易？形同大海捞针。但有了这样一个念头，就一定要找。

寺即佛教出家人住的地方，俗称庙。顺着这一线索，民政局、文化局等相关部门一路查去，中奎寺竟全无踪影。无奈之下，只得发动亲友，四处访寻，历经数日，费尽周折，终于在窟窿山南麓找到了中奎寺。

"小满"第二天——5月21日上午，天蓝云淡，高温灼热，我来到长山镇属南北走向的窟窿山南山根。找到了正在房门前晒太阳的牟存大，他已经82岁，是当年看庙人牟喜奎的儿子。牟存大告诉我，中奎寺是座古庙，4间草房里，4个大神胎和一些小神胎，香火不断。他十来岁跟父亲来到庙上。父亲死后他接班看庙，初一、十五、逢年过节烧烧香。他干咳两声，指着门前一条便道说，道南原有3座小山，东南面略大一点的有两个窟窿，中间能通过一辆马车，因而得名窟窿山；西南面2座小山。3座小山前是2个大水泡子。水泡子前是一片草塘，再往前就是北黄海。这一带当时散居十几户人家。中华人民共和国成立后这里修建国营农场，便把3座小山平了，石头做了建厂房的地基，水泡子被夷为平地，真正的窟窿山也不复存在。现在他家房后的山也叫窟窿山，1950年，朝鲜战争爆发，戍边的解放军在山底修建地下工事，如今洞门已经全部封死。他又指着房西头的冷库说，这个窝子就是当年的中奎寺，"文革"期间被群众拆除；改革开放后，又被个人承包盖了库房。

对于那场发生在中奎寺的战役，1935年出生的牟存大并不知道多少。

许慎《说文解字》中这样解释：历，过也，传也。史，记事者也，又从持中；中，正也。历史，即对过去的事情所做的客观记录。看来，对于中奎寺，这一节，是缺失了，并且很难补上。

窟窿山的传说却是当地人耳熟能详的：早些年间，每逢农历七月十五，老龙王闹海啸，地方百姓苦不堪言。有一年中元节（七月十五日）凌晨，老龙王的儿子小龙王，为拯救这方苦难黎民，趁父王酣睡之机，摘下龙椅上的避水珠，悄悄凫上岸。当老龙王率兵马发动海啸时，小龙王便将避水珠向海上一亮，海水就乖乖退回海里，百姓安然无恙。老龙王怒不可遏，将儿子锁在礁石洞里。小龙王泣涕涟涟，感动了虾精，虾精告诉他，冒死吞下避水珠，方可解救此方百姓。小龙王说："若能搭救黎民，我死何憾！"虾精深受感动，放走小龙王，自己撞礁而亡。小龙王回到岸上，只见父王正在与鱼鳖虾蟹抢食供品，他灵机一动，返回龙宫拿到避水珠。老龙王酒足饭饱，吐出积攒一年的海水，小龙王把避水珠一亮，海水顿然消退。老龙王勃然大怒，令镇海夜叉率虾兵蟹将捉拿小龙王，小龙王一口将避水珠吞噬。顷刻，他疼痛难忍，趴伏在地，骨肉顿时化作一座石山，屹立在海滩上。小龙王死后，两眼凝望大海，凶狠的老龙王为解心头之恨，又差遣镇海夜叉抠去儿子的双眼，石山便留下两个窟窿。此后，人们便把这山称作窟窿山。

为保护其"龙兴重地"，清王朝于崇德三年（1638年），"插柳结绳，以定内外"而修筑的柳条边，最南端就在这窟窿山。

离开牟老汉家，我向山北走去，登上了长约1.5公里，高约30米的窟窿山。山上灌木葱茏，青翠欲滴；杂草丛生，野花烂漫。正遇一群来自全国各地、当年在此戍边的解放军男女老兵，整齐地站在北麓高地，面向大海，举旗振臂高呼："窟窿山，我们回来了！"合影留念。他们说，窟窿山变了，我们的营房没了，而老百姓的淳朴民风没有变。与素不相识的卫疆老兵亲热话别，山上只留下我们亲友二人。

伫立峰巅南眺，天海相连，茫无涯际；北望，一片耕地以北，隐约可见七高八矮的小山；东瞅，插完秧的稻田，宛如一床绿毯；西看，也是一片水田，正在躬身插秧的农民，星星点点。环顾四周，惊奇发现，喔！窟窿山竟是平原突兀。原来高兴亚等部，在此安营扎寨看重的是掩体。在战场上，一棵树、一堵墙都有利于作战，何况一山乎？此地成为义军抗击倭寇的战场便不难理解。想到这，当年枪林弹雨，硝烟弥漫，血流成河，尸

横荒野，相互追杀，喊声大作，生死就在一瞬间的厮杀场面，恍若就在眼前。1934 年 8 月出版的《东北消息汇刊》如是记载："旅长高兴亚、徐国梁等身先士卒，屡摧敌军前锋，三军感奋，前仆后继。7 日晨，敌军不支，纷纷退却。我军适因高旅长阵亡，更因连日迎战，均极疲困，故亦不欲追击。"法库县人氏高兴亚，远离故乡抗击日寇，殉国于异域他乡，令人敬仰和感佩。与高兴亚同时阵亡的还有团长毛长山、连长高庆余、孙振书和 147 名士兵。

这一群有骨气有血性的中华男儿，他们中的很多人连名字都没留下来，而葬于荒野，可谓壮哉！若再湮没于时间的荒野之中，更是悲哉！当为先烈们立碑以记之。

2016 年 6 月 28 日

种花生

刘金恩

我家露台花园的杏树、桃树、樱桃等果树根下、花盆中和泡沫箱子里的种植活动，年年人不歇、土不闲，轮换耕种，均有好收获，岁岁都给我带来成就感。我曾种过酸甜可口的草莓、贼辣贼辣的尖椒、紫色甘甜的鸡腿茄子、割一茬又一茬的韭菜、掰一茬又一茬的生菜，脸盘红红的西红柿，等等。西红柿一年结 100 多斤，费劲不说，自己吃加送邻居亲友，还烂了不少，挺可惜的。老伴说，别再种西红柿了，今年种点花生试试，好不？

花生全称落花生，花落结果，名副其实。花生米是上好的食材，生吃香，煮吃香，炒吃更香，加芝麻和糖做成花生糖忒香。炒一碟加盐花生米就是一顿下酒菜。每日饭前半小时，吃 5~10 粒生花生米，坚持一年半载，对胃口上酸水的人定有奇效，我就是直接的受益者。花生米还可榨出花生油，去油而成的花生饼做饲料太可惜，常是小孩子们的可口零食。将花生皮儿粉碎，可做猪、鸡、鸭、鹅的饲料。花生全身皆是宝。除了尊重老伴，种花生也正合吾意，因为至今我仍然爱吃花生米。可种子上哪儿弄？老伴提醒，黑龙江亲戚邮来的黑花生没吃完，就种它吧！

咱家乡山区盛产白花生、红花生，却未见过黑花生，更不知道怎么种花生，只好摸着石头过河了。先整理土地：在露台中央放8个泡沫箱子，周边6个花盆，装满黑土、细沙和稍少农家肥搅拌均匀后的混合土壤。5月6日，风和日丽，有头一天小雨垫底，我们开始播种了，挖坑、覆土、找平。从此，被埋在土里的种子便像母亲腹中的胎儿，在封闭和黑暗中，开始了漫长的沉默和积储能量，迎接光明。

下种后，我天天抽空去看，干了浇一点水。看一天不变样，看几天，还不变样，心里着急也有点懵懂，是种子坏了，还是覆土厚了，怎么就不见苗呢？急也白急，耐着性子等吧。半月后的一天，在不经意中，突然发现原本平平的土面，偶有皱纹似的裂缝显现，我期望与花生有关，便小心翼翼上手一扒拉，嗨！果然是小苗在黑暗中挣扎，顶破覆土，要与太阳见面。小生命见面了，我心里美滋滋的。又过了几天，稚嫩的小苗完全撑开土面，理直气壮地来到天地间。一天又一天，棵棵先后破土而出，渐长渐齐，陆续抽梗，分枝打杈，冒出一片片椭圆形的绿叶。绿叶相拥相挤，杈满空间，遮住泡沫箱子的白边，覆盖成疑似一块平坦的绿板，把花盆边遮住了，成了一把无把儿的绿伞。整个露台像一汪绿色海洋，在风中起伏飘摆。

花生喜干不喜涝，但缺水就打蔫。需要经常观察，防干也防涝。7月初的一天，我去浇水，突然从茂密的叶缝间，发现贴土面的杈上绽开了鲜艳的小黄花。两片黄花外张，中间凸起，像一只小燕子蹲在屋檐下，令人可怜又敬佩。正是：百花追日迎阳来，独见生花暗中开。鲜花落地何时果？唯有耐心在等待。花生之花不张扬，不争宠，没有哗众取宠之嫌，反有无私奉献之尊。

中秋节这天一早，我走上露台，花生地依然绿色葱茏。我既想知道花生到底结没结果，又想起点花生配着毛豆、月饼和水果，晚上敬天赏月。于是，我向它们伸出了搜索的手，围着花生墩，摸一墩摘下一颗，墩墩不空，颗粒饱满。剥开麻脸白皮一看，米粒还是黑的，遗传基因传下来了，吃一颗甜甜的。我让它们再上上浆，不着急收获。

过了十月一，我发现花生叶子泛黄了，一天比一天黄。13号这天，我决定收获了，拔一墩一嘟噜一串花生，墩墩如此，我的花生真的丰收了！

想都想不到，一把种子，结出两泡沫箱子花生，收获的喜悦远远比吃一粒花生米要香甜得多——这是因为我还收获了花生的高贵品格。

2016 年 8 月 15 日

有信的日子

李金红

那日，我取出按日期分别装订成册，尘封在箱底 30 余年，累计 26 万余字的儿子们的来信，逐封展读。那个年代，家里没有电话和其他通信设备，儿子们凭借勤奋的小手，频频往家写信。翻阅这些穿越岁月时空，沉甸甸的纸质书信，看到了他们对父母家人的眷恋，渴望教诲和一步一个脚印拼搏向上的精神，让我感慨万分，潸然泪下。

20 世纪 70 年代初，我因高烧不退，咯血不止，住进离家 100 多公里的结核病医院接受治疗。第一次离开两个 10 岁刚出头的儿子，在疾病和思念的双重折磨下，卧床不起，痛苦万分，丧失了医治信心。那时我们家住在农村，因丈夫在外地学习，我流着眼泪给公公写了一封绝望的信，求老人家帮我好好抚养我没尽责的儿子。就在我失魂落魄的时候，惊奇地收到了大儿的来信——

妈妈：我们真想你呀！我们听你的话了，在家我和弟弟都听爷爷的话，上学听老师的话，好好学习。只是放学回家见不到妈妈，就觉得家里少了一大半子，就想妈妈了。特别是打开妈妈临走前给我和弟弟各自准备的衣服包换衣服时，就更想起了妈妈。我不敢出声地流泪，怕爷爷和弟弟看见我哭了。小弟前几天写作业时，躺在炕上滚来滚去掉眼泪，我问他哭什么，他说今天日记真难写，要是妈妈在家给我开个头就好写了。我帮小弟开了个头，他好不容易才写完。妈妈，我们不哭，等妈妈病好就回来了，那时，我们就会天天在一起了，那多好哇！希望妈妈好好治病，争取早日回家，每天早晨我们还一起走出家门，我们上学，妈妈上班，我们好好学习，妈

妈全心全意为人民服务，为祖国多作贡献。　　　　　1975 年 3 月 29 日

我边看信边流泪，同病房病友抢着看，也止不住流下了眼泪。这么点一个小孩子，就懂写信安慰妈妈安心治病，好了为人民服务，为祖国多作贡献，这都跟哪学来的呀？我似乎看到了希望，看到了光明，顿时收住眼泪，浑身轻快了许多。

1980 年，17 岁的儿子考入中央财政金融学院（今中央财经大学），11 月 4 日给家写的第一封信——

爸爸妈妈：我今天上午 9 点 30 分到达北京站，随人流走出站台，找到了 103 路无轨电车，下了电车上 16 路公共汽车，在皂君庙站下车，在皂君庙对过找到了院校。一路上因头一次坐火车出远门，紧张和担心找不到学校，也没怎么想家。可进了宿舍打开行李，看见妈妈给我装的一件件东西时，就想家了，眼泪就往外涌……

1980 年 12 月 19 日，儿子恋家之情再次落于笔端，汩汩流淌的眼泪，留痕在信笺上——

爸爸妈妈：我还是想家，半夜醒来，家人的面容清晰地出现在我的眼前，还有咱家的房子、小院，屋内的摆设，都是那么清楚地一幕幕在过电影，我睡不着了，想马上爬起来就回家呀！当我坐起来擦擦眼泪，冷静地想想，爸妈省吃俭用供我上大学，我不能辜负爸妈的期望啊，我必须好好学习……

1982 年 4 月 6 日，儿子在信中写道——

两年多的大学生活，使我懂得了粗浅的人生意义，我觉得人生在世要体现价值，特别是年轻人，要有抱负，要时刻想着为人民为社会作贡献，我要争取入党，接受党的教育……

1983 年 2 月 27 日，儿子在之前几次征求爸爸关于考研意见后，来信做了无奈的选择——

我再三考虑，还是听爸爸的话吧，不考研了。毕业后，我还可以边工作边学习，如能分配在家乡的省公司工作，离家近一点，能经常回家照顾老人。我也确实热爱保险事业，愿脚踏实地地工作，十年、二十年，或许能成为中国保险界的骨干之一，正像爸爸所说，我们是中国第一届国际保险大学生……

儿子参加工作后，写给家的第一封信——

爸爸妈妈：我上班了，被分配在省公司国外业务部。我一定把所学到的知识用于工作上，不辜负党的培养和爸妈的期望。我住在单位一间10多平方米的单间，很静，这能让我有更充足的时间读书学习。我每月基本工资46元，副食补贴5元，洗理费4元，合计55元，在食堂吃饭每天补2角，每月又增加6元。从这个月起，妈妈不用再给小弟（在同城读大学）寄钱了，每月我给他20元饭费，弟弟瘦弱，再给他另外买点补品和生活用品，他剩下的这两年学业费用，我全负责了。这些年供我们上大学，真苦了4位（爷爷奶奶）老人了。我能挣钱了，自己节省一点，用我的工资补贴一些家用……

信，是人生旅程的镜鉴。每次收到儿子来信，这熟悉的蓝墨水钢笔字，字里行间都闪着光亮和希望，都会看到儿子的思想在不断地进步，成长的心路在不断地攀升。然而，每封来信，我拾起放不下，看了还想看。

我一字一句地读着儿子的来信，这些泛黄的信纸，成了我甜蜜回忆的凭借，那些久违了的亲切话语，那些工整的字迹，清晰地印在我的脑际，见字如面，仿佛那个身穿的确良外套，脚踏警用胶鞋，矮矮的个子、圆圆脸蛋的孩子，笔直地站在我的眼前——"中财"八〇届大学生，我可爱的儿子。

往日，盼儿子来信觉得日子过得有奔头，收到儿子来信非常欣慰，一天天盼，一年年数，盼着数着，儿子就长大了，长成顶天立地的男子汉了。

如今，看着儿子旧日的来信倍感亲切，珍藏儿子的书信甚觉精彩，有信的日子值得怀念，有信的日子真好！信，无非是一个信封、几页信笺，但与儿子的书信来往，会带给我信件之外的意义。存放昔日儿子的家书，为的就是留住儿子弥足珍贵的质朴情感的表达。诚如一篇文章所说："信纸上的白纸黑字，在我心中深深地烙下印记，无论风雨冲刷还是岁月洗礼，都无法将书信的内容磨灭。"

如今，在电子通信如此发达的时代，儿子们也停止了写信，虽然电话、微信频频来，却没了手书的亲切感。一封手书，不仅是信息传递，更是一种情感交融，不是那个须臾不离身的手机所能替代的啊！也正如李培禹先生所说：遥望窗外，也是"月满西楼"，可是，"云中谁寄锦书来"还有吗？

2017年2月28日

自觉的文化传播者

刘金恩

一个人从未进过校门，却既会讲故事，又能写毛笔字，似乎有悖常理。但存在决定认识，真实才有说服力。这个人就是我的父亲。

父亲生于光绪三十一年（1905 年），卒于 1988 年 4 月 7 日。中华人民共和国成立前，是房无间地无垄，穷困潦倒，溜房檐，吃扛活饭的庄稼人。东北沦陷期间，被日本鬼子抓劳工，在本溪湖煤矿挖煤，死里逃生。中华人民共和国成立后分到土地自家种，土地入社给集体种，联产承包又自家种。沉重的体力劳动，也无法阻挡父亲倾情追梦。

父亲天性认真，勤奋好学，自学认字，钟情读书。一生手不释卷，直到临终卧床，那本页码间夹着纸壳隔条的《封神演义》尚未读完。除了读书，父亲还练出一手漂亮的毛笔字。在他的影响下，我上初中后开始阅读一些课外读物，第一本小说是偷看父亲下地劳动时压在炕被下、收工回家读的《三国演义》。有一次被收工早的父亲发现，他没责怪我，算是默许了，我们爷儿俩便倒换着读。

读书风在不知不觉中感染了我和我的儿子们。每日下班回家，母亲在灶间做晚饭，父亲便倚着炕被看大书，儿子就坐在炕上翻小人书。有时翻着翻着，这个喊："爷爷，这字念什么？"那个叫："爷爷，这是什么鸟？"爷爷欢喜地一一作答。阅读，改变了我们家族的人生轨迹，孩子们都飞出了穷山沟。

四邻亲朋也从父亲这里获得了知识和快乐，他被屯里人公认为"文化人"。谁家有与文化有关的事，都愿意找他参谋和帮助，更愿意听他讲故事，于是，便酿出一份好人缘，说他是"百里挑一的好老头"！其实，这是文化的魅力。

闲暇，大人孩子坐在碾盘边或树荫下，听父亲讲刘关张桃园三结义、吴用智取生辰纲、孙悟空大闹天宫、姜太公钓鱼——愿者上钩、孔融（东汉鲁国人）4 岁让梨、黄香（东汉湖北安陆人，官至尚书令）9 岁冬天用自己体温为父亲暖被窝，等等。有时父亲讲得过了饭点，吃饭还得家人招呼；

有时讲得口干舌燥，听故事的人端来一瓢井水，他"咕咚咕咚"喝两口继续讲。在没有电视、网络，仨两个月能看一场露天电影的年代，能有故事听，已经是屯里人偏得的文化享受了。几天听不到父亲讲故事，左邻右舍的大人孩子一定会找上门。

一年夏天，两户连脊房的邻居，为房后滴水檐下排水沟打起来了：上坡先盖的房，下坡后盖房时，上坡说房后排水沟得让走水，下坡同意了。3年后，两家孩子打仗，大人翻脸，下坡堵死排水沟，上坡房子雨水排不出去，后墙渗水，室内墙皮掉落，两家反目成仇，动起手来。父亲去拉仗①不讲大道理，竟给他们讲起张飞大闹长坂桥的故事。讲完了他说：张飞放过单骑救主的赵云，过河后断桥，是为了拦截曹操的追兵，各为其主，那是战争中的军事需要。生活中人与人之间，不能过河拆桥，那是衡量人品的标准之一，碗碰碟子是内部矛盾……双方听完故事，相视而笑，下坡主动扒开水沟，两家重归于好。

邻屯有个经常来听故事的男孩儿，不言不语，每次听完就走。有一次听完故事，他磨磨蹭蹭，等所有人都走光，他问父亲："你从哪儿弄来那么多的故事？"父亲笑了，捋了他头一把，亲切地说："看书啊！"他"噢"了一声转身就走，从此，再也不来听故事了。十几年后，这个孩子竟成了一个基层作家。

父亲不仅酷爱古典文学，还阅读医书，收集了不少民间偏方验方，邻居有个小病小灾，就登门找他。西厢房家孩子左手被刀割破，鲜血直流，他取出早备的乌鱼盖粉敷上包扎，疼痛即止，几天便好。后山坡一家有个半大姑娘，鼻孔里生个瘊子，已经长出鼻孔，来找父亲。父亲说到药店买几颗中药鸦胆子，剥开鸦胆子的皮，将核取出，压扁出油，再把瘊子尖儿捅破，见血最好，最后把出油的鸭蛋黄敷上，用胶布固定好，几天就掉了。这姑娘瘊子根除后，给父亲送来一把她家桃树上的桃子，撒腿就跑。

日常，父亲家中总是事先无偿备好信封、信纸、钢笔和墨水，因为常有不识字的老人和妇女，请他为在埠外的儿孙或远方亲友代笔写信，或代读代解来信。

快过年了，父亲格外繁忙。一入腊月门，找他写对联和大福字的邻居，

① 拉仗：东港方言，拉架，从中劝解。

便陆续登门。过了腊月二十几，更忙得不可开交，登门者挨帮排队。我俩儿子便站在父亲两边，一个为爷爷研墨，一个为爷爷递纸。到年根了，其中一户没挨上帮走了再没来，父亲不过意，就提着笔墨砚台到其家去写，我二儿跟着去了。正巧那家人杀年猪。父亲写完对联要走，人家留他们吃猪肉，父亲不肯，难得人家割二斤生猪肉逼他们拿回家，父亲更不肯。回到家，父亲问孙子："咱家没年猪，馋肉了吧？"孙子没勇气回答，低头不语，眼圈含眼泪。父亲便抚摸着孙子的头，亲昵地说："知道为什么留不吃、给不要吗？人有脸，树有皮，人穷志不能短。"

儿子长大后回忆说：我爷爷教育后代，是真有特点。父亲离开人世 29 年了，每当我想起一个没有学历的人，竟然一生自觉承担起文化传播义务，滋养了一个屯子的人时，就感到异常欣慰和无比骄傲。

父亲，那本《封神演义》，您早已读完了吧，您还想嘱咐我点什么？我听着呢！

2017 年 4 月 7 日

从《老母为我"扎红"》说起

李金红

在古老的传统中，本命年又称"槛儿年"，本命年扎红腰带，俗称"扎红"，意在顺顺当当"过槛儿"，寄寓着避邪趋吉的心愿。

冯骥才先生一篇《老母为我"扎红"》的文章，我读后深感敬畏。他在文中写道，每到本命年，母亲都要亲手为他"扎红"，当他 60 岁那年，母亲已经 86 岁了，还早早为他准备了红腰带，除夕那天，亲手为他扎在腰上。人世间，每一个孩子，自出生那一刻，母亲最大的心愿，莫过于孩子的健康与平安，这心愿一直伴随孩子的成长。在 86 岁老母为他"扎红"的那一刻，他心涌激情，对母亲说，待 12 年后我的本命年时，还要母亲再为我"扎红"。母亲当然知道他这话里面的含意，笑嘻嘻地连说："好！好！好！"

　　12 年过去了，他的第 6 个本命年来到了，他 72 岁了。母亲呢？真棒！她老人家信守诺言，98 岁寿星般的高龄依然健康，面无深皱，头脑仍旧明晰和富于觉察力，情感也一直那样丰富又敏感。一入腊月就告诉儿子，已经备好了红腰带，腰带上的花儿，是她自己绣的，除夕那天给他扎上。于是，冯先生又体验了七十人生少有的一种幸福——老母亲又一次给自己"扎红"。当母亲两手执带，认真绕过儿子腰间时，面带笑容地说："我儿的腰好粗啊！"他看着母亲一丝不苟、庄重慈爱"扎红"的刹那间，顿时有一种仪式感。这庄重的景致让他倍感亲切和自豪，他没有陷入伤感。因为生活告诉他，他现在这把年纪，仍然拥有人间最珍贵的母爱，他依然是个孩子，还在被母亲呵护着，而此刻，这种天性的母爱的执着、纯粹、深切祝愿，全被一针针绣在红腰带上，温暖而有力地扎在他的腰间。他很感谢母亲的长寿，让他们兄弟姐妹一直有一个仍由母亲当家的家，在远方工作的手足，每逢过年，仍然能够其乐融融地回家过年，享受那种来自童年的深远而常在的情味，也享受自己一种美好人生情感的表达——孝顺。此刻，他心中早有一个祈望，让老母亲健健康康地活着，再给他扎一次红腰带。

　　孝，是做人的准则，古往今来，孝作为一种美德，为人们所津津乐道。冯先生母亲 98 岁能给儿子"扎红"，不难看出老人家健康长寿，如此状态，定与儿孙孝顺分不开。

　　读《老母为我"扎红"》一文，深深触动了我的灵魂。当今中国社会，正处于大发展、大变革时期，各种思潮风起云涌，人生的价值观和道德观能否得以发扬光大，真的是一个很沉重的话题。耳闻目睹身边的人和事，让我感慨颇深。

　　一个远房亲戚有两个儿子、一个姑娘。老伴去世早，老太太跟小儿一起生活。后来，老太太得了老年痴呆症，生活不能自理，弟弟在岗，哥哥退休。于是，哥哥主动把老母背回家中精心赡养多年。正如清朝康熙年间秀才李毓秀著的《弟子规》所言："亲有疾，药先尝，昼夜侍，不离床。"最终，老太太在大儿子陪伴下，呼出了最后一口气。

　　邻居周某兄弟 6 人，都已成家立业。老母有病，生活不能自理，却无一人主动承担赡养义务。在社会舆论和至亲长辈敦促下，弟兄几个达成协议：每人赡养老母一个月，轮流居住。每到一个月，人背车拉将老母从 A 家搬到 B 家，未等老人体力恢复，转眼间到了下个月，又马不停蹄被送到另一家……

再说一件事。张某排行老大，是个懂人情、明事理的文化人，兄弟几人只有他居住城里，也跟着几个农村兄弟参与轮流赡养老母。轮了两年，儿媳们不干了，又进行第二轮议事，共同出钱把一个不能自理、头脑清醒的老母送进了养老院。

笔者认为，这是不孝。听老辈人说，自古以来，多子女家庭赡养义务，首先由被赡养人自己选定其中一个儿子，并将遗产做个大概的分配，子女同意，被赡养人就定居在选择的儿子家，直到终老。轮流赡养是时代的新创。一个刚退休年仅 60 多岁的健康人，儿孙远在异地，无牵无挂，能把时间用在健身、唱歌、玩牌上，却不能陪伴老母，其所作所为能说是孝吗？孝，是做人的准则，是缀满果实的树对根的敬意，是万物对大地的感恩，也是人性的回报和回报的人性。当你睁开睡眼看着身边的亲人，你可曾想到，远在敬老院的母亲醒来，看不见身边有任何亲人，她有多么痛苦吗？当你们夫妻俩围着饭桌品尝美味佳肴时，你可曾想到，此时的老母亲正在吃什么饭菜？谁在喂她？她能吃饱吗？

每当想起 30 多年前，公公病故前夕，睁大眼睛问"我儿子在哪儿？下班了吗？"的情景，我的心都是那么的疼。在临终最后几分钟，他还努力小声呼唤儿子的名字，喃喃自语："我不走，我要在家……"我们知道他怕离开亲人，怕离开他经营了一辈子的家，怕去火葬场。儿子趴在他耳边大声说："爹，我们不走，在家里，在家里！"可想而知，那位躺在养老院里的老人，也一定想睁开眼睛看到自己的儿子，可她的儿子们都在哪里？

可怜天下父母心。母亲屎一把尿一把，千辛万苦把你养大，给了你一个家，而今，儿子有了家，而她却没了家，这……

2017 年 5 月 20 日

老屋故事多

李金红

20 世纪中后期，港城楼房一栋连着一栋地拔地而起，我们老两口决定卖旧楼买新楼。由于曾在农村住过，心想买一户有园子的楼房该有多好！于是，跑遍了半个小镇，选定了一小区六层带阁楼的 200 多平方米的步梯楼，阁楼上面还有 60 多平方米的防水露台。亲朋好友都不赞成我们买顶楼，儿子们也怕我们住几年就爬不动了。老伴坚持：我们现在刚 60 岁，再爬 10 年才 70，如果身体不好，就是住在一楼也走不出屋。主意已定，付款、领证、装修。

这是上下两层复式楼房，3 厅 2 卧 2 卫。经设计师巧思和工匠们劳作，3 个月后，它以崭新的面目展现在家人面前。

逢年过节，阖家团圆，楼下两卧为两个儿子儿媳各一室，楼上大床是我们老两口与两个小孙女的大通铺，享受着天伦之乐。

那年年三十晚上，全家人看完春晚，正要接着开始一年一度的春节家庭朗读会（文体不限，需自写自读），户外忽然有人大喊："露台起火了！"儿子首先跃上阁楼冲向露台，原来是围着果树越冬的稻草，被楼下飞起的鞭炮火花点燃，当时，全家人惊得空着手往阁楼上跑，只有 6 岁的小孙女彤彤，端着装满水的水盆冲出门外。全家人浇水的浇水，扑打的扑打，一阵工夫烟火灭熄，恢复了平静。我问小孙女，大家都慌得不知所措，你怎么知道端水灭火？"是老师告诉我们的！"全家人为她的机智灵活鼓掌点赞！那种热闹，那种欢乐，那种有惊无险的场面，让人永远不会忘记。这年的朗读会，小孙女彤彤获了一等奖。

2009 年，儿子考虑我们年岁已高，劝我们买电梯楼，我们不肯。小儿趁休假之机回来，带我们看了好几个新建小区，最终在桥南选中一梯两户 200 多平方米的屋子。儿子回京后，直接把全款一次性划到开发商账户。当年，我和老伴搬进了新居。

住进了新居，心却留在了老屋。老屋不卖也不出租，每天吃完早饭，我和老伴便急冲冲开车从桥南奔向桥北的老屋。在小区院内停好车，从后大门出去，买完菜提着爬上 6 楼，我忙活收拾屋子，做饭，老伴推开露台的门，到露天花园喂他散养的小鸟。吃过中午饭，我们到阁楼大床上美美地睡上一觉。而后，再到露台莳弄园子，拔草，浇水，间苗……待夕阳西斜，我们提着中午打包的饭菜，驾车返回桥南新屋。

光阴如水。这种上午来、下午归的日子，我们整整坚持了 7 年。如今，两边跑的日子，还真有些力不从心。老伴迷恋写作，每天把我送到老屋，他就急忙开车回新房继续爬格子。我一个人每天收拾新旧两宅 400 多平方米的卫生，还要收拾菜园和花草，累得我腰酸背痛。唉！即无长绳系白日，又无大药驻朱颜。人不服老不行，思索再三，决定忍痛割爱，卖掉老屋。

2016 年 11 月 15 日，交易成功。真要离开老屋了，那莫名的依恋和不舍，让我心痛万分，我是多么喜欢亲手经管的温馨家园！这里给了我和家人太多的幸福和欢乐，封存了我太多的记忆：

16 年前，刚刚搬进老屋，第一件事就是设计花园：购箱置盆、备土、下粪、栽树、植花、种菜。十几年来，栽种杏、桃、枣、樱桃等果树；轮换种植草莓、花生、西红柿、韭菜、生菜、黄瓜、洋葱等菜蔬和各种花卉。每年开春，杏花报春早，当叶儿还蜷曲在叶芽内，粉色杏花便绽放于枝条，阵阵微风吹过，花瓣纷纷扬扬，似冬季的鹅毛雪片。紧接着，樱桃花、桃花也挂满了枝头，不知道从哪里飞来的蜜蜂、蝴蝶和蜻蜓在花丛中翩跹起舞，鸟儿叽叽喳喳，人在红花绿叶间忙忙碌碌。

未等秋风来，黄里透红的大杏梅，便晃晃悠悠挂在绿叶间，有独枝一枚的，也有两三枚挂一枝的。眼看杏梅成熟了，却舍不得摘，直到熟得发软了才摘下。甘甜的杏梅还未吃完，樱桃就急火火地红透了脸，摘不尽，吃不完，邀来亲朋共享。这时，挂在枝头的桃子，还在不慌不忙地看风景，待秋风乍起，它羞红了脸，像是成熟太晚，觉得对不住主人而低头弯腰。

种植蔬菜，亦有乐趣。树荫下，撒一把生菜种，生菜从春吃到秋；疯长的韭菜割一茬，长一茬；摘一根顶花带刺的黄瓜，边吃边干活，爽口又解渴；割一把韭菜，摘几个紫嫩的茄子，就是中午一顿肉焖茄包子。买两把西红柿小苗，栽在泡沫箱子里，打架、施肥、浇水，几天工夫，小苗就挺直了腰，吐丝、开花、结果，大串大串的西红柿由绿变红，摘下来生吃、炒鸡蛋吃、做汤、凉拌，怎么都吃不完，一盆盆摘下来送给邻居亲朋。

十几年来，不曾买过西红柿，自家种的，没有化肥，没有农药，真正的绿色食品！

老屋露台花园，给了我们太多的欢乐和幸福。每年中秋之夜，我们便在露台圆桌摆上月饼、毛豆、水果等，敬天赏月，诵诗、品茶、饮酒……每天晚饭后，到露台做做操、跳跳绳。夜幕降临，站在露台上，一览夜幕下小城美景。老伴还在露台柱子上立了两根竹竿，每年"七一"挂党旗、国庆节挂国旗……

老屋的故事数不清，说不完。当最后离开老屋那天，我推开阁楼门，摸摸那些在寒风里摇曳的树枝，看看屋子里多年亲手莳弄的老物件，泪水潸然而下。

2017 年 5 月 30 日

阅读如拜师

刘金恩

迄今为止，我依然酷爱阅读。从读第一本小说《三国演义》开始，再也没有停下来。

我的阅读习惯源自父亲潜移默化的影响。父亲未上过学，自学认得几个字，就喜欢读书讲故事。我小时候他每天从地里劳动回家，母亲做饭，他就读书，读什么书我没在意。我上小学五年级时，突然发现父亲收工回家倚着炕被阅读，每次总是从炕被底下把借来的《三国演义》捞出来。我心里纳闷，读书藏着掖着干吗，怕我呀？他哪儿来那么大的瘾头？一个星期日，父亲下地了，我拿出《三国演义》翻阅，果然被书里的故事给抓住了，觉得真有意思。之后，父亲续读，我就"偷"读，互不干扰，各得其所，直到把这套线装 10 卷本《三国演义》读完。尽管囫囵吞枣，似懂非懂，多少也嚼出一点味道。我这才理解父亲读书上瘾着迷的理由，原来书中真的有"颜如玉"，也有"黄金屋"。

后来我鼓足勇气与父亲对话，他说："老人古语，少不看三国，老不看西游。少看三国易学奸，老读西游易信鬼。"我这才解开他藏书之谜。在没有电话、电视，几个月才能看一次电影的农村和纸质书极度匮乏的年代，我偷看"三国"并没有学奸，也没有改变农民儿子的善良性格和正直为人。只是最初阅读仅出于猎奇，没有什么目的，也未去想将来会有啥用。路上拾到一本《青衣女》，上课偷读被老师发现没收，削了班级学习委员的职，也未影响我将中国四大名著作为课外读物，还读了《苦菜花》《野火春风斗古城》《钢铁是怎样炼成的》之类现代小说。

当我对阅读的觉解逐渐沉淀为情趣时，便开始抠门挖窗寻书，小说、诗歌、散文等文学作品和《三字经》《百家姓》等，寻着什么看什么。参加工作后，职业警察，业余看书，得到的仅是愉悦心情，消解疲劳，提振精神。

但随着阅读的继续和深入，我逐渐产生一种梦幻般的感觉。每读一本书，就觉得这本书的作者就站在我的面前，与我亲切地握手、对话、交流和指导。我从字里行间看出作者对人生的领悟和情感的渗透，见书如会面，倍感"文如其人"。阅读让我得到了充实、完善和升华，本质上就是拜师。与各行各业拜师的道理一样，要虚心当好徒弟。不同的是读书拜师，没有古人学艺拜师那么麻烦和诸多礼数，甚至挨打受气。父亲年轻时给一位先天性的瘫子中医当学徒，天天为他擦屎抹尿。父亲干了一两个月就偷跑回家，被爷爷骂了一顿，但他宁愿爬一辈子地垄沟也不想再去啦。杨绛先生曾说："读书好比串门儿——隐身的串门儿。要参见钦佩的老师或拜谒有名的学者，不必事先打招呼求见，也不怕搅扰主人。翻开书面就闯进大门，翻过几页就登堂入室，而且可以经常去，时刻去，如果不得要领，还可以不辞而别或者另请高明，和他对质。"这无疑对阅读就是拜师最深刻、最生动、最精准的诠释。其实，阅读与看电影、看电视、上网一样，以不同的载体渠道获取知识和眼福。

退休后，可供个人支配的时间多起来，突然萌发了习作念头。习作须从阅读开始，我已有了一点点过去。但仔细想想，过去的阅读虽有一定收获，却很盲目，读的书籍太散杂了。若把习作作为后半生的追求，阅读就该多一些针对性。我问自己到底想写或能写点什么？小说虚构短板，诗歌想象

缺项，戏剧故事瘠贫，散文真实，合我脾性，那就练习写作散文吧。

于是，我请来当代散文名家季羡林、肖复兴、梁衡、周国平、赵丽宏等的精品专著，认真拜读，潜心当好徒弟。名家名副其实，共同特点：以敏感激情的笔触记录时代，将情感、思想、艺术三者充分渗透和融合，袒露爱与憎、赞美与讥弹、感喟或向往的内心世界，具有不忘初心、牢记使命的责任担当。驾驭文字功力扎实、浑厚，闪烁纯洁、流畅和丰盈的光彩，是美文中的美文。我五体投地地佩服。

例举梁衡，霍州下马洼村人。1987 年 1 月，他写"山西这块土地"，一开头："造物者真是高明，她拾起太行、吕梁两座大山，在黄土高原上这么随便一摆，又扯来黄河从上到下轻轻一绕，一块美丽而又神奇的土地——山西，就这样出现在华北大地。""拾起、一摆、扯来"3 个词，用得何等精妙！连贯阅读这一段，其景色太美了，这就叫"文学终归是语言的艺术"。

如今，梁先生已年逾古稀，仍然笔耕不辍。今年他在《人民日报》发表《何处是乡愁》等多篇散文。其中《中华版图柏》为长编巨制，他以厚重的史学知识，将浓墨重彩的笔触泼到了久违的历史上："晋、陕、蒙三省区交界处的高寒岭上一棵千年古柏，因树冠剪影酷似一幅中国版图……大约在孔子那个时期，这里属于晋国的地盘。"从秦代到明朝，逐渐改变着中国的版图，"这棵树却一直在冥冥中静静地观察，悄悄地记录"，见证着朝代的更迭，承载着岁月的变迁。

赵匡胤结束五代纷争，完成全国大部的统一，宋王朝北部边界到此为止。但边墙外西夏犯境，宋朝丢城失地惨重；辽国虎视眈眈，威胁尤甚。朝廷破例起用 3 次被贬在外、《岳阳楼记》已成千古名篇的文官范仲淹带兵破敌。范仲淹临危受命，从浙江带领自己 3 个儿子，到荒凉的西北前线拒敌。他戍边练兵，改革兵制，打了几个胜仗，宋朝这才渐渐从颓败中回缓过来。谁还再说书生百无一用？"塞下秋来风景异，衡阳雁去无留意。四面边声连角起。千嶂里，长烟落日孤城闭。　浊酒一杯家万里，燕然未勒归无计。羌管悠悠霜满地。人不寐，将军白发征夫泪。"这首《渔家傲·秋思》，是范仲淹带兵戍边时的战争生活写照。

到康熙年间，今新疆伊犁河一带准噶尔蒙古族称雄，在首领噶尔丹率领下，势力东起兴安岭，西到伊犁，时常南下掠地夺人，大清北部边疆极不安定，版图无法完整。康熙连续3次御驾亲征，现在中国版图基本上是他那时候奠定的，"确实我们应该感谢康熙3次北地亲征"。平定叛乱后，实行不修长城，开放禁地，蒙汉融合政策，为繁荣边疆经济，实现民族大融合和后来发展成多民族国家奠定了基础。

现在高寒岭已开辟为旅游区和森林公园，更引进了经济与观赏价值俱佳的高寒牡丹。柏树旁新立起一座康熙铜像，还有不远处的范欧亭镀上了一层金色的轮廓。"再回头看这棵翠柏，早已不是国境上的一根界桩，而是一个新时空的地标。"

这样一篇五六千字的散文，对一个既有现实生活，又通晓地理历史的文人来说，也非一件易事。所以，梁先生在文章结尾叹曰："塞下秋来风景异，长烟落日说青史。千嶂里，烽火台下翠柏绿。"

梁先生一生从文，是文章入选中国教材最多的作家，有30多篇。从20世纪80年代初到现在，30多年过去了，梁先生一直把生活看成是作家、作者和文学爱好者的衣食父母，始终不渝地坚守忠实于生活的正能量创作，灵感不凭空，创作源于身临其境。这种建立在文化自信基础上的"心中有责任，笔下有乾坤"的创作思想，正是我们新时代所需要的。所以，中科院副院长张江先生说："没有生活，就没有文学。生活当然不是文学，但文学一定是生活。"梁先生做到了——扎根生活，发时代先声。

阅读渐渐为我打开了习作之门，虽然尚未登堂入室，习作却已小有收获。一天，户外下着小雨，勾起20世纪50年代初一件往事，我冒雨走上了街头，写出散文《老街寻踪》，被本市报纸编发，在市政府"爱我家乡，振兴东港"征文活动中获二等奖，为我初创鼓了一杆气；我在西安过金婚那年，骑单车70分钟绕13.74公里周长的古城墙一圈，自豪地酿就散文《登古城墙》一文，被报刊编发，获本级市政府首届文学创作三等奖，再一次为我鼓满了气，这股气至今瘪不下来，志在气贯终生。每一篇登报见刊的作品，我都与原创逐字、逐句、逐段对照，纠偏正误，借力提高。因此，我在报刊界就有了几个朋友式的编辑老师，而有的至今未曾谋面。

2017年8月26日

虾圈虾民

刘金恩

中国传统农业中，耕田的称农民，放蚕的呼蚕民，捕鱼的叫渔民。突然有一天，泥腿泥胳膊的农民，有了几亩虾圈，撂下锄杆子去养对虾，身份便成了虾民。其实，农民、蚕民、虾民都没走出农业学科。耕田、养蚕是传统的谋生手段，养虾是他们斗胆干起前人没有干过的农事，旨在追求更加美好的生活。

对虾的故乡在海洋里。渔民在海捕中有时一网拉到上万斤鱼、蟹，乐得大呼"淘湾了"①，但一潮水下来，却拉不到多少对虾。于是，对虾就显得极为珍贵了。对虾又是海鲜中的上品，人人都喜欢吃。对虾俗称大海虾，学名"中国明对虾"，又称"中国对虾""东方对虾""对虾"。它与进口对虾的区别在于：活时中国对虾呈青色，进口白色；死时中国对虾颜色逐渐变白，但其虾枪长于嘴，进口短于嘴。对虾海里产，吃对虾靠渔民，千百年来皆如此。如今可真好，对虾人工养，吃对虾有虾民。

改革开放后，北黄海沿边沟沟汊汊、坑洼不平的滩涂上，突然有大吊车、挖掘机开进去，"轰轰隆隆"一通挖、铲、推、平、叠，便留下或长或方或圆的土坑。坑边四周叠起坝埂，坝埂上择地修一或两个进出水闸门。闸门外修一条通畅的纳潮排水沟。坝埂一隅，筑有一个简易的小岗楼似的窝棚，是虾民昼夜守护虾圈安全和吃住休息的场所。窝棚门前立一根木杆，拉一盏电灯，一个完整的虾圈(亦称储水圈)工程就落成了。虾圈是对虾的"家园"，也是"食堂"，成就的却是新型农民创业、创新的基地。虾圈大小不等，有几十亩，上百亩，近千亩，直近海边纳潮的大到万余亩。于是，一夜间，广袤的沿海滩涂上便布满了十几万亩的虾圈。鸟瞰滩涂，纳潮后的虾圈像被切成一个个不规则的豆腐块，在灿烂的阳光下亮闪，一方方，一片片，轰轰烈烈，蔚为大观！

春天来了，虾圈蓦然热闹起来。虾民们陆续离开自己舒适的小家，把铺盖搬进了窝棚里，起灶做饭，空旷的海滩便飘起了缭绕的炊烟。虾民们

① 淘湾了：东港渔人方言。

拉闸注潮，海水灌满了虾圈。他们便开始接受为期几个月的燥热返潮、蚊叮蝇扰、吃不香、睡不甜的艰苦生活和春牧秋收沉重劳动的考验，过着家是窝棚、路是坝埂、活儿是投饵的日子，比"锄禾日当午，汗滴禾下土"的辛苦好不了几分。

虾苗、饵料是高价买来的。虾民把虾苗投进虾圈那一刻，就抱定了一年的期望。他们像给孩子喂奶那样耐心，每天在虾圈里摇着装饵料的舢板定时定量投饵喂养，风雨不误。每当虾民迎着艳阳，将大把饵料撒向水面时，饥不择食的小虾便在舢板周围上蹿下跳捡食，虾民就会喜形于色，一边情不自禁地哼着小曲儿，一边像农民操着木锨扬场似的，那右手扬撒的姿势更加频繁，更加娴熟，其轻松悠闲的样子，怕给个七品县官都不换。其实，虾民在无胜算把握的压力下，从不敢粗心大意。圈里的海水泛浑变质，要及时开闸排出浊水，更换新海水。边喂养边精心观察虾的动态，一旦发现虾病，要及时投药治疗。跟随注潮混进虾圈的海胖头鱼是虾的天敌，鼓着大脸腮专吃活虾。虾民们请来亲朋好友免费钓胖头，虾圈里又能热闹好一阵子。当他们看着小虾活蹦乱跳，一天一个样，越长越大，捞上几个丈量，小的都七八厘米，大的十五六厘米以上，收获季节即将到来，虾民们脸上的愁眉这才彻底舒展开来，也有心思坐在窝棚外椅子上静看海鸥站桩。为提防对虾在开闸时趁机逃跑，虾民在虾圈闸门口固桩拉网，经常有海鸥飞到露出水面的木桩尖上沐浴阳光，一桩一只，桩无虚席。它们个个挺胸腆腹，昂首远眺，一动不动。我有时开车路过虾圈，偶尔碰上这样的画面，定要停车下来欣赏一番海鸥的宁静之美，照几张相。

秋风凉了，稻田黄了，对虾肥了，虾民笑了。又是一年好收成，最热闹、最喜庆的日子到了。"开闸放虾了！"虾圈里顿时响起了经久不息的鞭炮声，此伏彼起。日常冷清的虾圈坝埂上，人来车往。骑自行车带驮篓的小贩子来了，大批量拉运的大货车到了，集体虾圈单位领导和有关同志来了，个体虾圈的家人、亲友到了，附近看热闹的群众也来了……闸门口拽网拉梗、检斤过磅、小杠儿挑抬的劳动者们正在忙碌着。调皮的孩子抓一把虾又扔进虾圈里，被父亲叫停，母亲操起操捞子（操捞子，捕捞鱼虾工具）在虾筐里舀了一下："走，到窝棚里妈煮虾给你吃！"孩子乖乖地跟母亲离开了。虾圈四周插着的彩旗，在海风中"哗哗"作声，与虾民开心的笑声和众人

的嘈杂声交相呼应，汇成一股天籁之强音，直插云霄。然而，这快乐的日子只有几天，虾就放完了，虾民钱袋子也鼓起来了。该离开虾圈的人都离开了，虾圈又恢复了平静，只有虾民依然留在虾圈里。

近些年，虾民已经跳出对虾单养的圈子，创新再创新，实行一圈多养（混养），除了对虾，还养海蜇、海参、牙鲆鱼、小人蚬（缢蛏）等。虾民从春忙到秋，年复一年，无穷尽也。

2017 年 9 月对虾起捕期间

一条陨落的小生命

刘金恩

一条可爱的小生命，瞬间断送在我的手里。虽然时过境迁，至今令我痛心疾首，常常会在梦中被它"咚咚"的撞门声所惊醒。

苍天甚是奇妙，头天晚上下了一夜小雨，第二天早晨便秋阳当空。我乘电梯下楼，要去医院注射胸腺法新"日达仙"。走出住宅单元门，我远远点按遥控器准备开车。当车库卷帘门徐徐攀升，我迈进库内第一步时，突然一只小鸟从库门边"噌"一声飞到了棚顶，钻进堆放包装袋、泡沫箱、纸壳等杂物的二层棚里。我举起一根装修时剩下的四五米长的木楞，敲打杂物轰它出来逃生，它不出来。停止敲打好一会儿，库门一直大开等它，它还是不出来。开车走吧，关闭库门怕它在里面憋死。我点按手中的遥控器，意在调动卷帘门下滑声响把它轰出来。但未料到库门正下滑时，它果然闻声冲出杂物堆，由于太过慌张，一头撞到了门板上，"咚咚"一声不知去向。我吓得手足无措，急忙点按遥控器，下滑的库门立即返回上攀，这时，不知它又从哪里出来，再一次撞到了正在运行中的门板上。这回只听"咚咚"一声，便一头栽倒在地，再也没有飞起来，永远地离开了它的家乡，离开了大自然。我小心拾起它，捧在手里，其身体还软软的、热乎乎的，是一只非常漂亮的小山雀，绿色羽毛，尾部细长，全身不过拇指长，绿豆粒大的小眼睛，嘴尖如锥，颈下一撮白毛，像打了一个白色领结。

我住在一个七八十万平方米建筑的封闭小区，离农村很远。小区里除道路、住宅楼外，仅在花坛里有进星①几棵树，是麻雀的领地。偶尔，还会有小燕子来到屋檐下，再无其他任何鸟类光顾。这只小山雀本来久居林子里，那里才是它的安生家园，无事无非进城干什么，是来逛街玩儿吗？城里倒是热闹，高楼林立，车水马龙，商贸兴旺，文化娱乐发达。但哪有它们家园那么幽深静谧，花香溪吟？再说小区空间也挺大，为什么偏要钻车库？库门封闭很严，什么时间，从什么地方钻进库里的，我真说不清楚。

也许与童年生活在山村有关，我非常喜欢鸟，至今也是。老家房后树茂林密，是百鸟的乐园。林子大了，什么鸟都有，大的、小的、黑的、白的、花的，长得又俊又乖。鸟的叫声也千奇百怪。听鸟叫看鸟舞，是一份特别快乐的享受。长大了进城读书、工作、安家了，就没有百鸟可看了。我便想养鸟，到鸟市一看，囚禁在笼子里的鸟东碰西撞争取自由，它们哪里抵得过人？我不忍心，回家在露台花园里牧鸟儿，天天喂养，它们就与我建立起感情，没吃的了，领头鸟就撞我书房窗玻璃。我抓把米放在露台上，它们就有谦有让，你一口我一口捡食，比人讲秩序。不管我正在干什么或想什么，只要听到鸟叫或看到鸟飞，我会马上精神抖擞，投以亲切目光。无论在家乡还是异域，凡与鸟儿有零距离接触的机会，我都不会放过。我曾两次专程到沈阳鸟岛看鸟。

小山雀之死，沉重的负罪感压得我喘不过气。我捶胸顿足，后悔莫及，无法原谅自己的鲁莽和无知。升降车库门起到了不是轰而是惊的作用，使小山雀在极度惊恐中，无法正确判断出处，以致撞门而死。如果我再多一些耐心，等待的时间再久一点，干脆开着库门静静地等，也许悲剧就不会发生。一切都无法挽回了。当天晚间，我把它安葬在楼下花园一棵小树下，每天站在窗前透过玻璃就能看到，它依然活在我的心中。

2017 年 11 月 23 日

---

① 进星：东港方言，意即稀少。

香炉坨子逸事

刘金恩

　　香炉坨子位于獐岛南口东端与东口南端交界处，坐落在岛上长寿老人杜福田（1925 年生）家门前向南几十步悬崖峭壁下的沙滩上。涨潮时，香炉坨子与海岛同时被潮水包围，远远望去，恰似一根木桩插在海水里，坨顶自成一块小小的陆地。枯潮时，它既像一个高高的土堆，又像一只二踢脚子爆竹，更像一尊祭祖的供器（香炉），稳稳地坐在退滩的地面上。岛上老百姓既有叫它香炉礁的，也有称它香炉岛的，还有叫它藤田岛的，不知这是为什么？

　　獐岛是东北边陲的门户，历来为兵家必争之地。20 世纪 50 年代初，驻岛民警蒋立发、小学教师于子静与岛上民兵杜福田、杨从明等紧密配合，在西口东盛网房活捉 3 名美国空军情报员，又一次印证了小岛战略位置的重要。其实，獐岛南口不只仅有香炉坨子，还有酥坨子、绵羊礁、鹰嘴石、王八坨子等五六个礁石，像海岛生养的一群小孩子。涨潮时，獐岛酷似一位母亲，带领这群孩子洗海澡；落潮时，孩子们就坐在它的怀抱前沐浴阳光。但这几个孩子中，唯有香炉坨子有一段鲜为人知的故事。

　　深秋的一天下午，我走出酒店，登山爬岭向杜福田家走去。我曾在獐岛搞过一年"社教"，对淳朴的渔民有着特别的情感。杜老曾任村里的党支部书记多年。几年前，听说他得了重病，因此，每回进岛我必定要去看看他。3 间坐北朝南的普通民房，在周围新建楼房的映衬下，显得那么低矮落伍、老旧不堪。远远就能看见杜老正坐在沙土院子里小板凳上低头劈柴火。走进院门，我故意干咳一声。杜老抬起头，揉揉眼睛，嘴里叨咕："人老了，眼神不济。"他慢慢地站起来，向我面前挪了几步，一眼认出我，直呼姓名。几十年过去了，真乃好记性啊！他抓住我的手紧握不放："什么时间到的？""昨天晚潮。"我说，"您身体还好吧？""天天吃药顶着吧，活着遭罪。""不，活着就好，您老已经闯过 73、84 大关，要争取 108 岁茶寿啊！"他开心地笑了。他老伴（1930 年生）听到院子里有人说话，便从屋里出来："哎呀，小刘来了！我当谁呢？""嫂子，您还这么结实年轻！"我说。"说什么呢，当年你们工作队派饭到我家，要是现在这个熊样，还能做饭给你们吃呀？"她顺柴垛边捞了一条凳子让我坐下，我们就家长里短地唠了起来。

杜老告诉我，他有3个儿子，都是岛上渔民，日子过得都不错。他指指坡下那幢小楼，说那是他孙子开的"农家乐"，接待游客，旅游淡季再搞点近海捕捞，日子挺好的。岛上各家各户，大体都是这个生存路子。社会秩序也挺安定，基本没有什么事。

"我打听您一件事，香炉坨子为什么叫藤田岛？怎么像个日本人的名字，他们来过獐岛吗？"我问。杜老瞪大了眼睛："我7岁那年（1931年九一八事变）日本侵略东北，21岁（1945年）倒了。日本人像石板蟹子，得缝儿就钻。獐岛多偏僻，日本人藤田也不放过，还在香炉坨子上修了一个凉亭，当地老百姓就叫它藤田岛。他们霸占中国就没打算滚，想在这里吃喝玩乐，太可恶了。凉亭修起来三四年就滚蛋了。1947年大轰大斗，凉亭被群众拆除了。"杜老老伴接过话茬："你们工作队当年住的小学校，原是日伪警察所。藤田他们来了就住在所里。警察赵连高，穿黄制服，搭绑腿，镶大金牙，见谁家闺女媳妇好看，就推不出门。曹重妹（化名）30多岁，被赵强奸了，后来抑郁而死。还有个警察叫王喜先……"正说到这儿，几名游客路过杜老家门前，不知谁说了一句，快走，满潮了，我也急于赶潮水出岛，有的细节就未来得及问。后来天气渐渐变冷，当时想准备第二年开春再进岛把情况搞细一点。

丁酉年刚过，獐岛党支部副书记张吉庆出岛开会，碰巧在东港与我邂逅。他告诉我杜老十几天前（2017年12月）去世了，这让我痛心疾首，没想到深秋那次见面竟是诀别。我问岛上是否还有高寿老人，张书记表示回岛问问他父亲。他父亲张洪玉（1928年生）说：1940年前后，一个叫藤田的日本人花一年多时间，从岛外弄的木瓦匠，在香炉坨子上建了一个凉亭，立了一块石碑。凉亭基础是石头铺的，上层是木质结构，不是4根就是5根柱子顶棚。藤田进岛吃住在岛上的日伪警察所，所长王喜先，将他妻子苏友谊与内弟一块儿接进岛里住。王喜先调走后，派来王兆年当所长，他3个孩子，老大叫王灵奎，伪满洲国倒了，他们都走了。警察在岛期间，经常勒索外地靠港渔船渔民的鱼虾。与藤田一块儿进岛的还有三四个日本人，

在凉亭上乘凉或喝酒。有一次，遇上藤田给小孩糖吃，我把糖拿回家，奶奶说不能吃日本人的糖。老人的警惕性很高，这就对了。侵华日军分工不同，面孔也不同，作战部队着装持枪，身份坦露，公然烧杀掳掠，无恶不作。而为军事攻击目标提供情报的特工，身份像普通人，面孔伪善，不易被平民百姓识破。

2018 年 1 月 18 日

半支蜡烛

李金红

老人们常说隔辈儿亲，我觉得挺有道理，这里的亲不只是长辈亲孙辈，孙辈对长辈亦是格外亲。

我的两个儿子自迈出校门，踏上工作岗位后，都在大城市安家落户，而我和老伴仍然住在黄海岸边的小城，每年与儿孙相守只有节假日那么几天。平日，怕打扰孩子们的正常工作和生活，极少到他们家常住，孙女们都是生活在自己的小家庭，雇请小阿姨伺候长大的。居住分离并不意味彼此之间感情疏远，每年春节，两个小家的儿孙们，都会高高兴兴地回来与我们团聚。一大家人欢欢喜喜、其乐融融地过大年。儿子、儿媳围着灶台转，孙女们围着爷爷奶奶身前身后转，满屋子的喜庆，满屋子的饭菜香，让家人沉浸在幸福之中……然而，年，总是要过去的，儿孙们每次回来都是满面春风进门，离开时却是难舍难离，小孙女抱着奶奶的腿舍不得离开，哭着闹着不肯跟爸爸妈妈回去，这种情景延续多年。

那年，我到省城医院治病，住在与儿子门挨门一墙之隔的东屋。一天半夜时分，我突然心脏病发作，老伴打电话找儿子。刚放下电话，就听见叩门声，老伴打开门，小孙女第一个冲进屋，嫌她爸妈动作慢，一边嘟嘟囔囔"都什么时候了，还没穿好衣服"，一边帮奶奶穿衣服、端尿盆。接着，"120"急救车便停在了家门口……

那年冬天，我的心脏病屡屡发作，儿子接我到省城医院复查。一天晚上，小区里家家户户灯火通明，有做饭的，也有正在吃饭的。突然，灯熄火灭，黑幕降临，整个小区像罩上黑漆一般，静悄悄的，死气沉沉。我与老伴正在看电视，突然断电，手足无措，呆坐发愣。一阵轻轻的敲门声把我唤醒，莫不是住在隔壁房间，自己在家做作业的小孙女？我起身慢慢摸到了越层楼梯的扶手，试探着往下走。快到入户门时，听到小孙女稚声稚气地喊："奶奶别害怕哈，慢慢走，是小区停电了，我给你们送蜡烛来了！"这么小的孩子真懂事，我一激动，眼泪差点流出来。我打开门，孙女手里擎着半支点燃的蜡烛，边递给我边说："奶奶别着急哈，等一会儿就能来电了。"我问："你们屋有蜡烛吗？""有，有，上楼吧奶奶，慢慢走！"我回到自己的房间，和老伴儿俩呆呆地盯着燃烧着的蜡烛，像木偶似的坐等来电。

又过了一段时间，听见隔壁的门响，我不放心地擎着蜡烛开门看看，是儿媳妇扶着楼道栏杆，摸索着往外走。我问，外面黑洞洞的要去哪儿？她说，去街上小店买蜡烛。原来，儿媳妇加班刚回家，见小孙女正趴在窗前等着妈妈回来吃饭。她告诉妈妈小区突然停电了，她怕爷爷奶奶摸黑摔倒，就翻箱倒柜找蜡烛，好不容易找到半支蜡烛就送给了奶奶。我赶紧把手里的燃烛塞到儿媳手里……

半支蜡烛见真情。小孙女明明知道她妈回来吃饭需要蜡烛，却偏偏把蜡烛送给爷爷奶奶。

时光荏苒，当年那个读小学送蜡烛的小孙女，如今已经长成二十好几、水灵灵的大姑娘了，无论出国读书还是独自工作在外，孙女始终把爷爷奶奶挂在心间，平日里，挤时间给爷爷奶奶发微信说说话，还经常快递些家乡很少见到的好吃的食品。

孙女小的时候，每年春节大年夜，她妈妈都让孩子跪拜我们，一边磕头，一边喊着"给爷爷磕头、给奶奶磕头"，我们没有给孩子发过红包和压岁钱，因为我们继承老辈人的家风家俗，根本不懂这些规矩。如今，每年春节孙女都给爷爷奶奶发大红包，近些年来，在手机网络上得知，过年都是大人给孩子发红包，可我们家怎么小孩子给老人发红包？我们推辞不要，孙女总是哈哈笑着："爷爷奶奶，孙女挣钱了！这是孝敬爷爷奶奶的，必须收下！"今年春节，因工作需要，孙女未能回家，又想方设法给我们寄来了大红包

和好多好吃的食品……

　　每当我回想起孙女小时候给奶奶端尿盆、送半支蜡烛等一幕幕，眸子里常常闪着泪花……

2018 年 3 月 8 日

父亲的疼痛与乡愁

李金红

　　父亲的疼痛铭刻在我幼小的心灵里。

　　在我的记忆里，父亲经常犯"心口疼"病（东北俗语，即心绞痛），时不时疼得躺在炕上直打滚，嘴里不住地呼喊："疼死我了，疼死我了！快拿药来啊！"母亲就急忙拿来一包粉末给他服下，父亲躺着躺着渐渐地不喊也不叫了，睡一会儿，就能站起来晃晃悠悠又去忙他的活计，每次都这样。而这一次，父亲疼得在炕上翻来滚去，脸上的汗珠直往下淌，母亲怎么找也找不出药。她夺门而出，找来屯子里经常给乡亲看病的李叔。李叔跟着母亲疾步赶来，从布口袋里掏出针管，扳过父亲胳膊就是一针，过了一会儿，父亲就不翻滚了，闭上眼睛安静地睡了。母亲用毛巾轻轻地擦去父亲脸上的汗水，我静静地站在父亲身边，为他的不疼而感到欣慰。

　　次日，父亲的胳膊肿了，又疼又痒。邻居张二婶说扎针没消毒感染了。母亲到处找药方，糊药、抹药都不管用，眼看着红肿的胳膊越来越粗，渐渐变黑、溃烂，一天天往外扩散，上臂的肉都烂翻开了，母亲用酒洗、药熏都不见好，越烂越重，以致卧床瘫痪。那时候，家境贫困，听说镇里只有一家日本人开的小医院（中华人民共和国成立前），穷人哪敢去日本医院看病？上哪弄钱啊！母亲只好找土郎中问医求药。

　　母亲精心护理父亲，端水、喂饭、疗伤，还要接屎接尿。每隔几日，母亲便让我到院子柴草垛取一棵高粱秸回来，一截截折断、洗净放着，用时，将一截劈开火上燎一燎，用它刮下父亲胳膊上的脓血和烂肉，再敷上药。

每次换药，我的心都痛得像要揪出来似的，攥着拳头看着父亲，而父亲却咬着牙坚持不吭声，硬是把疼痛刻在脸上。

我和姐姐从母亲手里接过端屎端尿的活儿。姐姐嫌端屎盆太脏，分配我端屎盆，她只倒尿盆。寒冬腊月，冰封雪冻，为了减少几次去离家较远的水井抬水，在邻居帮助下，将大门外道旁水泡子的冰砸个窟窿，我把粪便倒在水泡子旁的玉米地里，而后再到冰窟窿里洗刷便盆。那日，我正刷着便盆，一个拄着木棍的老太太远远地向我走来，到了跟前她停下来问我："小姑娘姓什么呀？"我一愣，影影绰绰觉得她像两年前我见到过的姥姥，我说："你是姥姥吗？"她一把把我搂进怀里，哭了："丧天良的啊！叫这么小的孩子在冰窟窿里洗屎盆子，一旦滑倒掉进冰窟窿里可怎么办啊？"我一只手提着便盆，另一只手被姥姥紧紧地握着往家走，姥姥边走边嘟囔：看把孩子小手冻得冰凉冰凉的。

冬去春来，一晃到了炎炎夏日，父亲的病还是未见好转，胳膊的肉已经烂到骨头了。母亲每次为他清洗换药，我都站在他们的身边递水拿药，我的心在颤，手在抖，眼泪雨滴般往下流，父亲还是咬紧牙关不吭声，头上冒着汗珠，一动不动地躺在那里。那些该死的苍蝇专门叮咬父亲的烂胳膊。我和姐姐轮班一刻不离给父亲赶苍蝇，手里握着长长的牛尾做的蝇甩子，不停地甩来甩去，一不小心，甩到父亲的伤口或脸上，父亲会疼得嗷嗷叫。姐姐那次因为太困，一不小心把蝇甩子甩到了父亲的伤口上，父亲疼极了，母亲骂姐姐不用心，还狠狠地打了她两巴掌。

父亲精神彻底垮了，不说话也不动弹，后背和腰间长满了褥疮，每一次换药或翻身，他都由以往不吭声变成不绝于耳的"哎呀"声，母亲眼里含着泪花，我的眼泪扑簌簌往下掉。

父亲已经骨瘦如柴，眼睛深深地陷在眶子里，虚弱得像一根快要燃尽的蜡烛。那日，母亲摸摸我的头，哽咽着说：你爹怕是活不长了。她的泪落在我的头上，那时我才7岁，不知道什么是生，什么是死，母亲哭，我也哭……

父亲的精神状态更加虚脱，眼睛常常半睁半闭，脸像一片被岁月抽干水分的叶子，好几天汤水不进。那天中午，母亲让我找来大姐和二大爷。晚上我们姐妹都睡在隔壁的二婶家。五更半夜，一声号哭把我惊醒，我叫

起姐妹往家跑，当我推开门时，一眼看见父亲躺在两条凳子托起的门板上，母亲和大姐趴在父亲身边大声号哭，我们姐妹扑到母亲身上哭，二大爷从里屋走出来大声喊：哭什么哭！人还没死呢！都离远点。母亲停下来，摸摸父亲的鼻孔，小声说，还有气——父亲这口气真难断啊，半夜被抬上灵床，一会儿是粗气，一会儿是细气，二大爷埋怨是我们离得太近给父亲接了阳气。大姐说不是，是父亲舍不得离开我们，说着又大哭起来。我一直站在父亲的身边落泪，摸摸父亲的手，看看父亲的脸，父亲已没有疼痛感了。父亲不疼了，为什么还恋恋不舍？大姐说得对，父亲的心还是在疼，疼他日夜相守和睦生活了十几年的妻子，疼他撒下的4个幼小的孩子啊！

夕阳渐渐落下西山，我摸摸父亲的手，凉了，脸也凉了，他用力呼出最后一口气，伸直了双腿去了……母亲哭得死去活来，当二大爷推开屋门点燃一叠黄纸嘴里念着"走吧，兄弟"时，我仿佛看见父亲的灵魂变成一朵云飘散了，从一个世界融入了另一个世界。那是1949年农历正月十八，我亲爱的父亲年仅51岁就撒手人寰，我永远不会忘记这个日子。

猛然间，我想起父亲没有病时的模样：高高的个子，挺拔的身板，帅气英俊的长方脸上镶着一双浓眉，大眼睛，他的容颜总是那么严肃又慈祥！我的父亲将永远不会再疼痛了……

2018年5月14日

礼赞朝天椒

刘金恩

我家西屋大客厅南窗根，一字摆开3盆虎皮兰、2盆红红的小辣椒。小辣椒的尖头不卑不亢，齐刷刷地仰天高举，一簇连着一簇，最多一簇14根小尖椒抱在一起，簇簇爆红，轰轰烈烈铺展开来，远看好像两座火焰山。高耸的兰花与小辣椒每日为伴，红绿交相映衬，甚是好看。这要感谢与我朝朝暮暮、相濡以沫、即将走进钻石婚殿堂的老伴儿。

在城乡差别较大的年代，一个吃商品粮的小城姑娘，冲破陋俗，勇敢地嫁给我这个山村穷小子，同时，也永远爱上了乡间的花花草草，至今痴情不渝。退休后，老伴儿觉得没有绿水青山陪伴的日子过得干涩，她就在露台上种植樱桃、杏梅、桃子、大枣、草莓、西红柿、生菜、韭菜、碱蓬花、月季、芍药、百合等，专心经营自家的露天花园。日复一日，年复一年，她收获了无比的快乐和惬意。

2009年乔迁新居，失去露天养殖条件，老伴儿就经营起以绿色为主题的温室花园。200多平方米的居室，除了2个卫生间，每间房都有花草树木，或放在地面墙边，或放在窗台，或放在书桌：两间大客厅各放一棵树，6盆虎皮兰、2盆君子兰、4盆蟹爪兰、4盆对兰、2盆吊兰、9盆绿萝等，分别放在两间房的墙边和窗台上，一盆顶棚高的竹子，放在她自己的小书房里，屋子里是绿色的天下。一位朋友建议，再添一点红色，这绿色世界的屋子会变得更漂亮，更浪漫。

去年春节前，我们到种子商店买回一包朝天椒种，回家先种植2盆放在西间大客厅里；后种植2盆放在东间大客厅老板桌上。下种后天天盼着出苗，几个月过去了，仍不见苗，真的是望眼欲穿，又找不出原因，难道会是种子的问题？不可能。包装袋清清楚楚写着"河北神禾种业有限公司"，公司地址、网站、邮箱、咨询服务电话等一应俱全，一般不会明目张胆扯谎。只是注意事项中有一句话令人讨厌：本品种系一代生产种，不可留种使用。这便难以排除垄断经营之嫌，我们且先不论，但为什么总是不见苗呢？今年开春后的一天早晨，我正在书房读书，老伴儿在西屋大喊：快过来看呀，朝天椒出苗了！

我半信半疑，以为是逗笑，走到西屋大客厅南窗边一瞥，嘿！果然，两个花盆里都有一根根小茎顶着小叶破土而出，像刚刚出生的小草，满盆皆是。我一高兴，两手一合掌，脱口一个"好！"心想，下种时，我几天看一次不见苗儿，一个月看一次，还是不见苗儿，便怀疑种子可能是假的，垂头丧气，索性再也不看了。现在为什么又能见苗茎儿了呢？冷静想想，现在已经是今年春天了，这就是季节的力量，自然规律不可逆转。

从这一天起，我每天看一次，每根小茎与叶一天一个样疯长，一寸、二寸……小茎越长越高，变成主茎秆，越高越粗；叶片越抽越多，越发越长，

枝繁叶茂。最高茎干一盆长到95厘米，另一盆长到75厘米。又过了一些日子，书房老板台左角两小盆，也出了茎苗，渐长渐高，一盆茎干高58厘米，另一盆50厘米。茎与叶都先呈淡绿色，后变暗绿色时，标志主干茎已经彻底形成。之后，每条主干茎顶部，会陆续生出几条乃至十几条短细小茎，每条短细小茎头都像一个腼腆的女孩儿，羞答答地向下低着90度弯的头，结成一个浅绿色的吊包（花蕾），吊包慢慢绽开或5或6片白色花瓣，围成一把漂亮的伞形小花，小花从不与其他花卉争奇斗艳，谦谦恭恭守护在短细小茎旁边。伞形小花嘴里含着一颗暗绿色的花心，花瓣脱落后，花心慢慢坐成淡绿色的小辣椒，头还是低着，就那么默默向长、向粗、向上生长着，色泽也由淡绿色渐渐转化成暗绿色，像似正在积蓄能量，要完成一件前无古人、后无来者、惊天动地的大事。果然，未过几天，就在我不经意中，一个个小尖椒，一夜间昂首挺拔，瞻目仰天，暗绿色也慢慢变成了大红色，这种志向高远、自强不息、能屈能伸、善于团结、积极向上的精神，让我顿生敬意。

2018 年 6 月 30 日

獐岛风光

刘金恩

獐岛是中国地图上难以找到的小渔村，却被农业部授予"中国最美休闲乡村"称号。位于中国万里海岸线最北端起点第一岛，状如马蹄，东西走向，四面环海，陆地面积0.96平方千米，是东北边陲门户，兵家必争之战略要地。抗日战争时期，日军特工在香炉坨子上修建凉亭，以消遣为名搜集我军政情报；抗美援朝期间，美军派遣特务潜入小岛西口东盛网房，搜集边境军事情报未遂，即被岛上民兵抓获。中华人民共和国成立后，獐岛发生了翻天覆地的变化，唯一不变的是美丽的海岛风光和淳朴的民风。

《中国名村志》记载：獐岛有石栏观潮、观音面海、潮头麒麟、大运日出、海角公园、东山极顶、大旺晚霞、妈祖护海等八景。那镶在半山腰、已经投入使用的环岛景观路也算一景，正在建设中的涉水栈道，理所当然是一处美不胜收的人文景观。

站在东口北端，迎着清凉的海风西眺，远远可以看到通向客运码头的一段水域里，铺就的水泥板路面上，耸立着两排墩实的水泥桩；站在客运码头继续西眺，通往西口北端崖边水域，也有一段水泥桩上铺就的水泥板路面，这便是紧靠崖峻陡峭边、即将竣工、暂且没有命名的涉水人行步道，似古代在山上用木材架起来修成的道路，我称它为涉水环岛栈道，此乃新景之一。

登上涉水栈道如逢潮水来袭，可以近距离听涛声欢唱、观潮头澎湃，比"石栏观潮"更生动；中观海鸥紧跟涨潮推进水线觅食，你争我抢，满潮时，它们就无影无踪了；远眺大海茫茫，海天一色，帆影点点。如遇枯潮，便会看到岸边的海蚀岩、海蚀洞和崖下多有崩塌的岩块、碎石等地貌状况；更有大片滩涂受周期和风暴潮流影响，滩表展现出坑洼、波浪、砂斑、鳞纹、潮沟等的起伏错落和线条之美。

清晨，一缕亮光缩身穿窗帘缝入室，把我从甜梦中唤醒。我穿好衣服走出下榻酒店，漫步向小岛滨海广场西侧每日鱼市走去，南北走向的柏油路两侧，摆满了花样繁多的干鲜海产品。路西侧的是品种多样的小干鱼、海米、小虾皮、虾酱、海蜇皮、蚬子干等干品，一箱挨一箱，一字摆开。路东侧是岛上渔民前潮水时捕上来的新鲜鱼虾，全部活蹦乱跳，铁桶、箩筐、盆子装着，一家挨一家。有的渔家连网带鱼一块儿提到鱼市，倒在地面上一堆，渔人便穿着雨裤蹲下，或裸手或戴着胶皮手套，边扒拉边把随网具一块卷上来的蚬子皮、海螺壳等乱脏甩掉，边摘网、边分类、边销售。品种很多，我认识的有海胖头鱼、大头宝鱼、风流板鱼、梭鱼、鲈鱼、滑仔鱼、小黄花鱼、河豚、海蜇、梭子蟹、花盖蟹、石甲红蟹、石板蟹、海螺、香螺、海钱、海星等。

来自各地的游人和岛上各家饭店、旅店的采购人员，熙熙攘攘在鱼市里穿来走去，兴高采烈地挑选自己的需求，提着一袋一袋的满意，满载而归。

海潮即将到达岸边，发出震耳的轰鸣，贪睡的游客匆匆奔向鱼市，生怕买不到合适的海鲜。其实没有关系，你看：那位穿雨裤的渔人，挑着一

担前潮水捕来、因天未放亮而暂时埋在岸边水沟里的蟹子，正朝鱼市走来呢……

潮水呼啸着撞击海岸，发出"咣当、咣当"的响声，声声不息。满潮了，我收拾好携带的物品，结了账，交回房卡，走出下榻的酒店，向后口客运码头走去，准备返航。

客运码头停泊着几艘待发的客船。检票口排着长蛇阵，一个一个验票登船，先后发走了两班。当我登上最后一班船，站在船舱顶部待发时，忽然发现港口西北部浅滩泊着六七条小舢板，每条小舢板上，都齐刷刷站着一排肥硕的白色海鸥，一动不动地向正在陆续登船的游客瞭望，秩序井然，客观地展示出一堂无声的纪律教育示范课，勾画出一道亮丽的风景线。原来它们在前潮水线上捡食小鱼小虾，吃饱喝足了去向不明，万没料到它们会飞到后口这些停泊的舢板上来休闲。突然，伴随一声气贯长虹的笛鸣，客船徐徐驶离码头。船尾抛出一道白色水线，这时，站在舢板上的海鸥，像听到了冲锋号似的，几乎同时展翅腾空，向客船扑了过来，绕着船体两侧翩翩起舞，欢送游客离去。天真烂漫的孩子，揪一块面包抛向空中，眼尖嘴快的海鸥一口接住。底舱的游客急忙登上顶舱，顶舱的游客全部离座站起来，观看这鲜见的欢送盛况，许多游客举起手机抓拍这一人鸟友谊难却的瞬间，直到它们重返原点，大家才坐回原位，还觉得意犹未尽。

2018 年 7 月 31 日

睹物如面

刘金恩

中国是礼仪之邦，人与人之间讲究"礼尚往来"。古人云：投我以木瓜，报之以琼琚，匪报也，永以为好也。意思是说，你送我木瓜，我以琼琚回报你，并非等价交换，礼品价值贵贱不重要，也不是为了回报，目的只为与你交好。

我书柜上挂的那件木雕艺术品，通体紫檀色，从上往下宝塔形，一个双层吊环下，挂三个双层吊环；三个双层吊环下，各挂一个双层吊环；每个双层吊环下，各挂着一个头顶戴圆形环的长脸尖下颌的非洲人。左边人双手捂耳，中间人双手捂眼，右边人双手捂嘴，我理解它们的意思：不该听的不听、不该看的不看、不该说的不说。作品雕功娴熟，人物形象惟肖惟妙，不管是单层吊环，抑或是双层吊环，都没有豁口，全凭榫口，找不到钉儿、看不见缝。在雕刻家的刀下，几块不起眼的木头，变成了一件寓意深刻的艺术品，真是令人叹服。

　　睹物如面，睹物思人。每当看到这件艺术品，我就想起我的那个童年的伙伴、同窗学友、心灵相通的朋友。

　　小时候，他与我个头相似，岁数相仿。他肤色白里透红，细皮嫩肉，文静胆小，像个小姑娘；我肤色黑黄，眼大鼻阔，爱说爱笑，好动顽皮。我们俩性格迥异，却能够玩儿到一起。我到山河沟抓蝲蛄，他跟着我翻石板。有一次，他翻石板发现一只蝲蛄，想伸手抓，没料到蝲蛄举起大钳自卫，他吓得大叫。我到河边钓鱼，他帮我挖蛐蟮（蚯蚓）。有一次，我钓上一只老鳖，摘钩时他不敢看，吓得跑老远。我们俩捉迷藏，他输多赢少。有一次，他壮壮胆钻进玉米地坐在地上吃玉米秸甜秆，我没找到他，他一脸的自豪。

　　上学了，我们俩分在一个班级，同桌，坐在班级最前排。我是学习委员，学习成绩却没有他好。下课了，我们一起做游戏；放学了，一块儿站排往家走，形影不离。中学毕业后，他考上了高中、大学，毕业后在国家外经贸部工作。我家境困难，读了个不花钱的师范学校，毕业后在家乡的一所小学任教，不久被调入县公安机关。从此，我们朝夕相处的日子结束了，留在心里的只有相互思念和牵挂。

　　那时候，我家搬进城里，他老家还在农村。我们每天都在工作岗位上忙忙碌碌，但无论多忙，他每年从北京回家乡探望父母，必来看我。唠家常，聊同窗，忆童年，临走送我一盒"中华"烟。每当我看到这盒中华烟，脑海中便浮现出与朋友见面的情景，感受到礼轻情义重的快乐。若逢哪一年他有要事不能回故乡，我会带两包用纸绳包扎、上面盖一张"福"字红帖的槽子糕和一瓶白酒，或几斤鱼虾，替他去给老人家拜个年，然后，再给他挂个电话报个平安。后来，他被国家公派到国外工作。有一年，他从非洲回国后，从他北京小家回老家，给我带来这件木雕。我把它当成一件宝贝，每天都看几眼。

如今，我们依然相隔千里，并都走进耄耋之年，他的老人也已过世，我们见面的机会已不多。但有这样一件木雕，仍是睹物如面。每当看见这件木雕，我就想起难忘的童年和真挚的友谊。

2018 年 8 月 19 日

你来了——春雪

刘金恩

北方人在冬雪的年轮中长大，对雪情有独钟。四五十年以前，每逢冬季，北方大雪临门，南方大都无雪，这本是千百年的常态。不过，北方也有例外，2014 年立春后 20 天，东港竟落下一阵紧似一阵的鹅毛春雪，直到下午 3 点才停下来，雪厚 25 厘米。从 2007 年"大雪"头天那场半尺厚的雪算起来，7 年间，这场雪就算最大的了。可见，天上之事，非人力所能左右。

北方人与雪交情甚厚，喜欢欣赏"千里冰封，万里雪飘"的磅礴盛况和独特美景，常常怀念几十年前大雪没膝，积雪封门带来的哈气染白眉、手裂脚冻疮、出行太艰难的痛苦和雪浸大地润，空气异常新，病顿减、粮满仓，滑雪溜冰、打雪球、堆雪人的快乐日子。

雪是节气的婴儿，冬来雪到。然而，从上个世纪 50 年代末，气候嬗变无常，中国寒冬已由北方逐渐向南转移，北方人引为自豪的降雪，年复一年，越来越少。而且，冬不落雪春雪降，老天爷真的让人看不明白了。

又是 3 年过去了，还是没有正儿八经下场透雪。2017 年立冬（11 月 7 日）后的第 17 天，天刚亮，我在暖暖的被窝里做了个梦，梦见一位穿白色服装、瞪着黑色大眼睛的老人，步履蹒跚地向我走来。我惊恐失色，这不是我堆的雪人吗？怎么会走路了呢？醒来竟是一梦，却蓦然觉得回到了童年。我再也无法入睡，下床拉开窗帘。哇！真的下雪了，入冬以来第一场雪啊！小区的楼房、花坛、道路和停放的机动车，都披上了银白色的盛装，缀在枝头的雪花像一枝枝蜡梅，分外妖娆。有诗为证：每年冬到盼远亲，日复一日急煞人，驾到人间不知会，冬雪夜来梦成真。

天渐渐亮了，雪也停了。乡村山脉、农舍都披上了圣洁的银装。老农笑了，边打扫院内外的雪，边喃喃自语：谢谢老天爷的恩赐，瑞雪兆丰年啊！孩子们在雪地里疯闹，堆雪人、打雪仗、互相追逐，鞋跑掉了拾起来还跑；老奶奶大声呼唤孙子：庆啊，快把雪打扫打扫，推到猪圈墙边阴凉地儿堆起来，盖上稻草，别让太阳给晒化了，现在不像以前，雪下得太少了，金贵着呢！留着过年杀猪清理肠子好灌血肠啊。

城里沸腾起来了。穿着醒目服装的环卫工人，在四通八达的道路上挥舞雪锹，即将融化的雪并未给他们带来多大的阻力。出租车司机笑了，尽管车体溅一身泥水，但这样的天气肯定会比平时多挣一点儿钱；汽车美容店员工笑了，手中的抹布在车身上不停地搜索，汗水落，钱入囊；送外卖的小哥笑了，道不好走却是赚钱的日子，骑着小摩托穿梭在大街小巷；校园里，老师特许学生到操场上玩儿雪，师生们尽情释放久违的快乐。

画家笑了，手持画板站在大街边，对着两侧路树的雪挂美景写生；摄影家笑了，站在大堤上高举相机，对着泊在潮沟里被雪覆盖的船只按下快门；诗人笑了，凝视雪景，信口拈来：玉帝珍珠随意撒，隆冬夜半访农家。晨来放眼层林处，万树竟开一色花。这是我多年来留意天气变化印象最深的一次。

今年入冬第一场雪，还是夜间到来，天亮后稀稀拉拉继续下了一阵子，太阳出来了，边下边融，一点痕迹没留下来，太令人失望了。我们等待第二、第三场雪的到来……然而，从冬至到今年四九第3天，仅差2天就一个月了，仍不见雪花，反而于去年12月3日和21日，下了两次小冬雨，同样被太阳收回去了。这种反常现象正应了一位农夫的话：重阳不下（指雪）看十三，十三不下干半年。现在已经干了3个多月了。1月13—15日，连续3天晨雾转雾霾，雾霾转阴天，满心以为这回能变天下雪了，结果阴来阴去又晴了。2月15日和19日（元宵节）下了两场鹅毛雪，就是一小阵子，落地即融，大地还是干得够呛。农村老家一位老邻居来电话：你们城里雪大吗？都干了两三个月，眼瞅开春好种地了，这可怎么办呢？我安慰说：

城乡都一样，大什么大，下那么一点点，早被太阳领走了。雪（雨）仙会公平，人都忙，它们也忙，可能到别处布雪（雨）去了，再耐心等等吧！

唉！北方人盼雪，真是望眼欲穿！

俗话说，好饭不怕晚。这一天终于来了，立春后39天，即3月15日早晨，天阴呼啦的，手机上的天气预报：9点有雨夹雪，10点停。我用过早餐，站在窗前等着那久违的一刻，果然，大大的雪花从穿空中洋洋洒洒飘了下来，越下越大，越急越猛，铺天盖地。我看一眼手表，正好9点。半小时后大雪转为雨夹雪，还是那么勇猛。我隔窗听着微弱的"唰唰"声，心里害怕时间走得太快，便一会儿一看手表，默念"慢点，再慢点！"又过去3分钟、9分钟……眼瞅快到10点了，我擎起手腕不放，表针指向10点，雨夹雪仍然勇猛不停。我不由自主地脱口而出：好，太好了！老伴儿莫名其妙：你喊什么？快来看，这雪继续下呀！话音刚落，室外响起"噼噼啪啪"的鞭炮声，原来有人庆贺瑞雪光临。我瞅瞅楼下那片干得梆硬的泥土，像个饥肠辘辘、口干舌燥的孩子，正在拼命地吸取甘露，变得水汪汪的。这时，我的手机响了，还是农村老家那位老邻居打来的：大哥，我们的耐心实现了，这场雪满够用啊，今年又是一个丰收年，有工夫回老家一趟，我请你喝酒……

大雪一直下到12点半，整整3个半小时。我双掌合一，向天高举，心中默念：天佑我方，你来了——春雪。

2019年3月16日

父亲的教子方略

刘金恩

俗话说，猫养猫亲，狗养狗亲。猫狗皆知养而亲，人养人更亲。亲就是爱，爱饱含着责任。爱若沉迷变溺爱，会有意无意忽视责任。《三字经》有"养不教，父之过"一说，我父亲却是有责任心的长辈，不但养而重教，且有与众不同的教子方法。民间常说严父慈母，一般都是父亲比母亲对子女相对严格、严肃、严厉一些，而我的父亲却是个例外。父亲对我的教育从来都是动口不动手。动口既无训斥，也无乖儿宝贝不离口，就那么平平常常，不咸不淡，我却感到分外温暖。

父亲教子有三招儿：布阵：我记岁时，炕头炕梢始终堆满小人书。母亲是个讲究的人，炕上炕下都收拾得干净利落，唯独小人书乱七八糟堆在炕上，她视而不见，任其散乱。当时，我不知父母是啥意思，但见父亲每天从田间回家与谁都不搭言，倚着炕被看大书，看够了把书压在被底下。小孩子大都喜欢模仿，父亲看大书时我就坐他身边模仿大人乱翻小人书。有一次，母亲从厨间进来，看见我们父子同炕读（翻）书，立马转身抿嘴一笑走开了。我上学识字以后，父亲下地，我第一次偷读他读的书《三国演义》，书里枪刀剑戟打仗的画面和故事，像磁石一样吸住了我。读的第二本书和第三本书是《三字经》和《百家姓》，读起来朗朗上口，也挺有意思。当我想读父亲读过的卦书、相书、诸葛亮巧连神数等，被他严厉拒绝。懵懂时期的阅读，虽然真正获得的知识甚微，但掉进父母的计法之中，欲罢不能，从小便养成了阅读习惯，至今仍然爱读书。我有孩子以后，曾问父亲从哪学的这一招儿？父亲说他读《孙子兵法》受到的启示。我用类似的方法，也把我的儿子们引上了嗜读之路。

唠叨：我逐渐长大懂事，父亲不再使用排兵布阵之法，而改作循循善诱的唠叨。从吃饭穿衣到坐立行走，样样都教到。我光脚板外出被瓦片扎破脚，父亲边给我包扎嘴里边叨咕：路上石头瓦块多，走路加小心！此后我一出门就嘱咐：别忘穿鞋！我们入学那会儿，家长不兴接送孩子，但我第一天上学，父亲送我到岗梁，并说：走道靠右边，别让车马碰着。我说知道了，向前迈几步回头望望，父亲还站在岗梁上，不知为什么我的眼泪就掉了下来。父亲挥挥手：赶快走吧！从此，每天上学父亲都嘱咐一遍：走道靠右边，出门别打架。吃饭时我经常胳膊肘拐桌边，或后背靠墙壁，父亲说：人啊，要站有站相，坐有坐相，我就立马坐正站直。有时候忘了，坐姿歪斜，父亲给我一个眼神，我就当即改正了。有一次，我吃饭掉了几个饭粒，父亲让我捡起来吃，我艮艮迟迟[①]不爱捡，父亲信口背"锄禾日当午……"我听挺顺口的，就问啥意思，父亲解释给我听，我才捡起饭粒吃了，

---

① 艮艮迟迟：东港方言，意即不大情愿，行动迟缓。

从此，我再也不敢浪费粮食了……如此这种简单的遵守交通规则、治安管理和家风教育，通过重复和叮嘱式的唠叨，不断升华我的自律，终于把我培养成走得正、行得端，一辈子守规矩的人。

古语：有一些古语是父亲的杜撰，大部分是他从书本上看到或听说的。起初，我不明白父亲为啥偏用古语说事，他说：老人古语没有错说的。我半信半疑，但作为一孝子，我从来都是谨遵父命。还别说，照父亲说的话去做，生活倒也顺遂。

我参加工作后，父亲彻底停止了唠叨，从关心我的生活和工作出发，统统改为古语提醒。

有一次，我在单位连续值了半个月黑白班，吃饭不小心，几滴污渍落在我的白色警服上。回家被父亲发现了：你吃饭胸前拉拉的脏了。我爱人听了赚个脸白，因为男人衣衫干净与否是妻子的脸面，当即让我脱下来洗。第二天我穿上干净的警服上班，父亲看着笑了：人随衣裳马随鞍，破房依仗草来苫。

上个世纪 80 年代中期，我身边骤然刮起行贿风，为退返贿赂，浪费了我许多休息时间。父亲看在眼里，既心疼我太累，又担心我不慎掉进坑里，便语重心长地说：儿啊，可千万要顶住啊！老实常常在，刚强落祸多；睡凉炕喝凉酒，早晚是病啊！我谨记父亲的教诲，将金钱美女拒之门外，直到清清白白安全退休。家风影响后代，我的儿子们也具有抗击糖衣炮弹的能力，至今还在岗位上日夜为党工作，我很欣慰。

一天早晨我上班，天上阴云密布，父亲说：云彩往西，放牛小子哭唧唧，拿把伞走。我说：不用。父亲说：饱备干粮晴备伞，有备无患！恭敬不如从命，我只好拿伞走，到了单位，老天蓦然多云转晴。我第一次对父亲的老人古语产生怀疑。

但是，一个高温天气让我重新认识了父亲，认识了他的老人古语。

那是 2009 年，我乔迁新居，儿子要给书房客厅装空调，我极力阻止：房间面积大，前后通透，通风良好，不必花钱。儿子不听，执意装上一台立式西门子大空调。装是装上了，年年用不上，成了聋子的耳朵——摆设。

东港是人居佳地，每年伏天最高温度不超过摄氏 30 度，去年伏天持续 35 度以上高温却突然来袭，地冒热气天下火，家家户户叫苦不迭。空调、电风扇销售断货；市内有空调的旅馆，床位已被无空调的市民挤满；市中医院8月1日一夜间，收住中暑病号20人。我家第一次启动闲置10年的空调，置身舒适的书房，我耳边又响起父亲说过的"饱备干粮晴备伞"这句老人古语。

老人古语是一代又一代人对生活经验和教训的总结，万万忽视不得！到今年4月7日，父亲已在天堂度过31年，他用的老人古语等教子方略，成为我挥之不去的回忆。

2019年5月1日

自强不息的退伍军人

刘金恩

我有一个忘年交，他与我儿子的年龄基本相仿。我们所以能成为朋友，因为他父亲曾是我的老朋友、老战友。当年，我们在一个战壕里摸爬滚打，一起背行李下乡，走千家门，吃百家饭，与形形色色的犯罪分子做斗争，结下了深厚的战斗友谊。我的这个忘年交生于上个世纪困难时期，成长、成熟、成功在改革开放年代。从部队退伍回到家乡，踏着市场经济的滚滚大潮，在市内开了第一家鞋料商店，挖到了第一桶"碎"金，先于他人过上了小康日子。

有一次，我到他店里买鞋料，无意中得知他就是我老战友的儿子，于是，生意关系顿时转化为友情关系，没事儿我就到他店里闲坐闲聊。频繁来往，友情越拉越黏，他毫不隐晦地把经营状况说给我听，我也顺势帮他瞎参谋几句。在物欲横流的年代，这种真挚的朋友关系难以让人置信，但我们确实如此。后来，他觉得自己年轻，精力充沛，光守个小店浪费生命，便涉足建筑行业，整天奔波于工地之上，我们接触的机会相对少了一些。

再后来，他又在农村承包了一块小山养殖蓝莓。这个消息，让我对他真的刮目相看了：跨行经营，魄力不小！他还说，蓝莓成熟时，第一时间

请我品尝。我没把这话当真，日子久了，早已丢到脑后。今年党的98岁生日那天，他突然打来电话：叔，我的蓝莓成熟了，摘果期大约半个月二十天左右，成熟一茬下一茬，今天是第一茬。没有一滴化肥和农药，纯天然果品，您来尝尝吧！正从美国回国探亲的外甥的儿子（美籍华人）闻讯，一个高儿从床上跳下来：奶奶，带我去！当日下午，我驱车拉着老伴和她妹妹及其孙子，驶出30公里，来到龙王庙镇"益生绿色无公害蓝莓园"。

蓝莓原产地在美国，富含花青素和丰富的黄酮及多糖类化合物，对保护眼睛健康、增强人体免疫力、减缓衰老很有益处。在美国金融企业做事的外甥说：美国遍地都有蓝莓园，空闲时我就携儿子去摘。近几年，我们国家也引进种植，口感比美国的好。

"益生绿色无公害蓝莓园"坐落在海拔几十米的丘陵上，面积仅有几十亩，像一尊睡狮卧于南北，东坡上午朝阳，西坡下午朝阳，两坡光照充足均匀。坡顶有几间彩钢房，是护工吃住的地方，房门前有块平坦小院，用网子搭的遮阳棚。院子右边放一大一小两个长方形的水泥池子，大的是酵素发酵池，小的是酵素储存池。蓝莓园干净利索，没有蚊虫，没有异味，只有淡淡的清香。站在岗梁远眺，东西两坡是一片整齐划一、郁郁葱葱的灌木丛，宛如北方起脊房子故意披上绿色地毯，已经把地面铺满了；近看，树上挂满了一串串蓝绿相间的莓果，原来，蓝莓竟是木本植物。在初夏的阳光下，成熟的莓果呈深蓝色，上面像挂了一层薄霜；未成熟的莓果是绿色或蓝绿相间色，正仰望晴空吸收光合。我首先穿遍果园，拍了几张照片，竟发现园子里除了蓝莓，还穿插种植着无花果、寒富苹果、桑枣子、酸枣子、孤山杏梅等。而后，我手持塑料盒，踩着松软的地垄沟自由采摘。那一墩墩蓝莓树，由几根乃至十几根枝条组成，每根枝条上都挂着一嘟噜一串的莓果。我边摘边吃，酸不刺舌，甜不腻嘴，酸甜可口，越吃越爱吃，吃够了装满盒才罢手。

一群来自丹东、庄河、东港的市民进园自由采摘。他们分散在一片齐身高的蓝莓园里，几乎很难见到人影，却能听到他们飘荡在空中的欢笑声。我在地垄间碰到一位白发老翁，他手提水枪，水枪上的塑料管另一头插在酵素储存池里。老翁把水枪插进每墩树的根部，往土壤里注射酵素。我问，什么是酵素？老翁说：是老板自己用多种蔬菜、水果、大豆饼渣等发酵出来的营养液，代替化肥和营养素。我看你脸上流汗，这么辛苦能挣多少工钱？一天130元。天天干吗？不，老板什么时候需要就什么时候来；我不光在他家干，附近有好几家蓝莓园，都请我去干。那几家找你一天给多少钱？200元。你在这干挣130元，不是亏了吗？我愿意，因为这家老板心眼好，实诚，蓝莓园不下化肥，不打药，没有毒性，土壤松软、透气，活计相对轻快一些。不打药野草怎么办？看我们脚下踩的黑色塑料薄膜，用它压和捂，不让杂草露头疯长，第二年，被捂死的杂草和塑料薄膜一起烧毁，捂压不死的杂草，再雇人薅啊！

一个多小时过去了，我们人吃足、盒装满，该回家了。在遮阳棚里为客户称重的朋友妻子，急忙挂电话招呼丈夫。朋友脸膛黝黑，戴着草帽，从蓝莓园里急忙出来为我们送行。他顺手又在停车场边树丛旁拔了一些大头菜、小白菜、茄子、辣椒、香菜等，边往我车后备厢里装边说："拿着拿着！绿色绿色！放心吃。"我上车启动马达，朋友向我摆摆手告别，转身又钻进园子里干活去了。

这刹那间，让我感到的不仅是朋友的真挚友谊，还有一名退伍军人的初心和本色——自强不息，勤劳能干，忠厚淳朴。

2019年7月1日

家有小棉袄

刘金恩

俗话说，"女儿是妈妈的小棉袄"。这个生动、贴切的比喻，已在中国民间流传了千百年。人间诸多女孩儿以其温存、体贴、细心、耐心、周到、善良、知冷知热的天性，赢得了天下父母的信赖、安心、欢心和放心，也令一些没有女儿的家庭眼馋、嫉妒、羡慕和向往。我也没有女儿，只有两个儿子，却没有失落、缺憾和抱怨，乃因我儿子都是妈妈的小棉袄，也是爸爸的小棉袄，感谢上苍恩赐我们老两口无与伦比的老来福。

　　我的两个儿子年龄相仿，仅差一岁。小时候，哥哥领弟弟在街上玩耍，邻居都说这俩孩子长相相似，真像一对双子，不皮脸[1]也不打架，将来会有出息。借四邻吉言，屯子里还真就他哥儿俩飞出小山沟，为国家做事。大了长破了模样，大的像我，小的像妈。他们先后出生在计划经济困难时期，也都吃过苦；成长在市场经济时代，也都很奔劲。哥儿俩先后在市场经济大潮初期大学本科毕业，并都在大学期间光荣地加入了中国共产党，又都先后被分配到千百里之外的大都市（沈阳、北京）从事本专业工作，并都在所工作的城市安家落户、娶妻生子，过着幸福美满的生活。

　　他们远离故乡已经30多年，一根无形的情弦扯拉着，对父母的孝心从未离开过。终因哥儿俩都在各自单位负责一方面工作，唯有春节期间才能回老家团聚，日常谁都脱不开身。每年一次春节假的短暂陪伴，像一件贵重的礼物，让父母朝夕屈指盼年，年复一年。然而，个别时候，因为长期派驻国外，或虽在国内，但事关本系统或本单位重特大事件必须马上处理，春节也不能回老家。

　　聚少离多的苦涩和孤独，像刀子一样剜割着人越老越想念儿女的柔软之心。排解父母酸苦的最佳办法是陪伴，陪伴是儿女在守孝中最朴素、最原始、最廉价的付出，也是父母对儿女尽孝的最低期盼。血缘关系是人生所有关系中唯一永恒的脉络，天下儿女无不疼爱自己的父母。但陪伴也给孩子出了一道进亦忧退亦忧的难题，因为他们有工作也有家庭。我儿子踩着时代的脉搏，找出一条推进长度两端快速对接，变长度为宽度，以消解两难之间的困惑的路：有信的日子，书信个把月一封，邮递员到我家轻车熟路，我们有"见字如面"的感受；BP机、电话岁月，一周一次，固定时间坐着等，我们有"闻声知人"的幸会；手机微信、视频年代，随时随地，天天面对面，音容笑貌尽在双方的眼帘中，我们就觉得像孩子小时候一样，全家人始终团圆在一起。

　　中央电视台曾有一档节目：爱，你就大声唱出来。我儿子从未对父母唱过或说过爱，他们心里有，嘴上没有。大声唱出来或说出来，都无可厚非，也容易做到，但跳出唱或说的圈子，从行为举止上真正做到爱，却极不容易。我儿子重做轻说，做得多、说得少或只做不说。当风雨急难来临时，

① 不皮脸：东港方言，淘气。

他们是粗犷的汉子，挺身而出，为父母遮风挡雨，排忧解难；当风平浪静时，他们是像女儿一样的小棉袄，把父母的喜怒哀乐挂在心上。上个世纪70年代末，我家的生活条件极为艰苦，捉襟见肘，花一分钱都能攥出水：我父母没有工作，丧失劳动能力，又都身体有病需要花钱，大儿子这时考上大学，还需要开销，全靠我们夫妻俩合起来那几十元的工资来维持。大儿子读大二，二儿子又考上大学。一家两个孩子都考进高等学府，本来是件喜上加喜的好事，而对我，却变成了雪上加霜，苦不堪言。二儿子上大三的时候，大儿子刚开始工作，尚未成家。当年他每月只挣四十多元，为帮助父母渡过难关，他每月给弟弟20元，平时再给弟弟买点营养品送过去，自己只留20多元吃饭，还要勒紧裤腰带攒几个零花钱，以备不时之需。我老伴儿想儿子到省城去看他，在大众生活水平普遍较低的年代，儿子能买一只烧鸡给他母亲吃，是何等的孝敬！可他母亲哪里舍得吃，娘儿俩便推让起来。儿子索性动手把鸡肉撕下来，又推又搡往母亲嘴里塞，自己啃骨头。至今，我老伴儿每次回忆起当年儿子将鸡肉往她嘴里塞、自己啃骨头的情景时，就止不住掉眼泪。

跨过一道坎，又遇一条沟：在大儿子供其弟读完大学最后两年期间，我父亲患了胃癌，医院检查诊断后，担心下不了手术台，坚持保守治疗。也许昼有所思夜有所梦，忽一日，儿子晚上一觉梦见爷爷病危，急忙爬起来给领导写个请假条，那时交通不发达，坐七八个小时夜间火车，下车倒汽车，天刚放亮才赶回家。一进屋，爷爷正站在炕沿边提着夜壶接尿，见孙子回来眼角皱纹挤成一条线，满脸堆笑。儿子也很高兴，缓慢地将爷爷搀扶到炕上躺下休息，这一整天就算挺好的过去了。第二天早晨，爷爷病情突然发生变化，起不来炕了。儿子便写了续假条信寄单位领导，留在家为爷爷接屎接尿十几天。1988年4月7日，老人家安详地走完了他艰辛的一生。儿子又把他刚攒下的几百块钱拿出来，为爷爷办了丧事。当年，我拼命忙于为老百姓熬更守夜，一天没有侍候卧床的父亲，切身体会到忠孝两全真的难上加难啊！

时光荏苒，日月如梭，流水一样的日子像一辆飞奔的列车，相继把我们老两口拉到退休的站点。小儿子说：爸，不管出入有多不便，退休了千万别向单位今儿个要车明儿个要车，给现任领导添麻烦。你爸我脸皮薄，

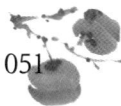

这个能做到。不久，儿子给我买了一台墨绿色的"奥拓"轿车，从千里之外的北京开回家，给我一个大大的惊喜！那是23年前的事，轿车还没有走进平民家庭，我就成了当时全市（县）公务员中有家庭轿车的第一人。开了八九年以后，儿子报废了"奥拓"，又给我买了一台大型的新轿车，至今，我还开着它天天兜风呢！

年龄不饶人，我们老两口的身体条件每况愈下，儿子劝我们到他们家养老。虽然，两架破机器时不时就咣当响，但修修补补暂且还能将就用，加之故土难离，不愿意马上搬过去。哥儿俩便在各自工作和居住的城市为我们各买了一套房子，以备将来养老或时下小住。于是，我们想儿子，就随时随地去看看。高兴了多住几天，其间，若逢他们出差、轮训、出国，或参加什么重要会议等，我们就立马打道回老家；随心所欲，再想了再去看。往返车票、机票都是儿子们从网上预订并"报销"的。我老伴儿特爱干净，每逢我们要去之前，他们都事先把半年闲的屋子打扫得干干净净，检查好设施设备，买好日用品和食材，迎送我们前往和归返。

哥儿俩从不为孝敬父母互相攀比或推诿，既无具体分工，也无事先约定，许多想法和做法又都不约而同，配合默契，各尽其孝。

大儿子几乎包揽父母大病小灾的就医治疗、吃喝拉撒。2010年，我患癌症在省肿瘤医院做手术，下手术台被送进不许家属进入的重症监护室。儿子便在其门口徘徊，一夜不眨眼，听到我疼痛哽咽，赶紧进去看一眼。第二天转入病房住院十几天，他昼夜守护在病床前，为我接尿、喂饭、饮水。嘴唇干裂，他用棉棒蘸水一滴一滴给我润；翻身不得要领，我忍疼不语，他看我皱眉紧鼻，花2000元为我聘请一位专业护工帮助翻身。科技进步就是生产力，他班上的工作主要靠手机遥控指挥，或抽空回单位处理一下。

我牙疼得不能进食，他闻讯挂来电话：爸，不能吃东西也是大病，营养跟不上影响身体健康，你懂这个理！把坏死的牙拔掉，不能糊弄，不要舍不得花钱，符合种牙条件绝不镶牙，必须种牙。头天打来电话，第二天便把几万元划到我的工资卡上。

祸不单行：2004年，我老伴儿患了不稳定性的冠心病，心绞痛疼得厉害，办转院手续层层审批，需要时间，儿子怕耽误抢救时机，急忙搭车直奔沈阳，花六七千元为他母亲做造影检查治疗。最近，我老伴儿双眼几近失明，他又急忙接到二三百公里外的省城医院自费治疗。

每次听说我们要去省城小住，他一是事先把屋子卫生打扫干净；二是从网上把往返高铁票订妥，并且必须是一等座；三是将米、面、蛋、茶和油盐酱醋买好。我们住进省城的家，他除了出差，每天下晚班从不直接回自己小家，一定先到我们家，脱下衣服就进厨房做饭。一起吃完饭唠唠闲嗑，陪着看完新闻和两集电视连续剧，才离开我们回他自己的小家。有一次，看电视中发现他母亲情绪不对，脸色不好，就问：你是不是又犯心脏病了？我老伴儿说：没事。电视剧完了唠几句嗑他又问：怎么样？老伴儿说：挺好，没事。真的啊，那我回家了，他下楼开车走了。老伴怕儿子着急，强忍心绞疼痛，他一走，我忙收拾东西准备马上去医院。儿子走到半路觉得不对劲儿又返回来了，及时将他母亲送到盛京医院救治。如果单位晚上有会，儿子一定事先挂电话告知，不管会议开到什么时候，会毕，他必定先到家看看，问问我们晚上吃点什么，水果还有没有了，等等，然后再开车回他自己的小家。

小儿子负责带我们旅游和家用电器，包括手表、手机、照相机、拖扫机、智能坐便等物件的购置与维修。他工作在哪里，就把我们接到哪里，节假日带我们旅游：他在香港工作期间，经公安机关批准，我们老两口先后两次到香港探亲加旅游，半年时间走遍了香港和澳门的大街小巷，还在香港过了一个非同寻常的春节。他在英国工作期间，又把我们带到英国探亲加旅游。他回国工作期间，用休假时间带我们到意大利、瑞士、法国、梵蒂冈、摩纳哥等欧洲国家旅游。国内出游的地方那就更多了，他事先将要去的地方和景点与我们商量好，旅馆和车子也先租妥。下了飞机或高铁，到出租车场开着租车，直接去租好的旅馆，放下携带的箱包就去景点，省钱、省时、快捷。北京、河北、浙江、海南、云南、贵州、四川等省区，都曾留下过我们的足迹。我们的金婚也是儿子以带老人到西安旅游的方式陪我们度过的。

不仅如此，儿子不管在国外还是在国内，只要看到款式、花色、质地适合父母穿的衣服就买，不必我们当场试穿，拿回来保准大小、肥瘦相当。我身上穿的衣服、鞋子几乎都是国外的名牌。俗话说"人随衣裳马随鞍"，年届八旬的老伴儿穿着儿子给她买的衣服在街上行走，从后背看上去，像

个中年妇女。能把年迈的母亲打扮成如此年轻的儿子，恐怕比真正的小棉袄更小棉袄。

每逢春节才有一次全家人团聚的机会，其间，哥儿俩联手毅然剥夺了我们的厨房权。大儿子是上灶的大厨，锅上锅下忙乎烹、煎、炒、炸、煮；小儿子是墩板上的小工，忙着择菜刷碗。每一餐，都是热热乎乎、香甜可口的美味，一家三代人围坐在一张桌上，高举酒杯或饮料，恭祝春节快乐，我一饮而尽，把难得的天伦之乐深深吞进心里。茶余酒后，小儿子插空补缺，争分夺秒对家中电器设备逐一检查，发现照明灯丝昏暗，换；石英钟大小针互卡，修；净水器芯棒泛黄下水不畅，洗；浴房环形门上滑道螺丝松动边沿渗漏，紧；智能坐便盖后管道螺丝松动漏水，拧；冰箱恒温层冻冰，厂家派员几次维修仍然不好，他立即抓起手机网购。休假尚未到期，冰箱到货安装停当，他才放心返回工作岗位。

家人团聚，难免唠些生活琐碎和儿女情长、家长里短的小事，也难免各抒己见，想法碰撞。我的儿子不仅孝而且顺，从未与父母犟嘴或争辩。他们说，我们那点知识，小时候是父母给的，上学了是老师给的，参加工作了是社会给的，别说犟嘴，争辩的资格也不具备，父母的经验和教训足够我们温习一辈子。

我们老两口都已步入耄耋之年，唯一能给儿女省心的事，就是尽量保养好身体，让他们少惦记。人这一辈子，无论是达官显贵，还是贫困卑贱，也不管"穷在大街无人问，富在深山有远亲"，大家都在一个球体上，最后结局都是一样的：父母眼上眼下盼着儿女一天天长大，成家立业，混出个人样；儿女身前身后陪伴父母一起慢慢变老，为其赡养送终，代代相传。写到这儿，我想起《红楼梦》里《好了歌》中的一句话：世人都晓神仙好，只有儿孙忘不了！痴心父母古来多，孝顺子孙谁见了？我的回答是：孝顺子孙我有了，你让他们还要有多好（孝）？

2019 年 8 月 10 日

厨房天籁

刘金恩

我们家的厨房曾经是妻子一个人的天下。父母年高体病，孩子咿咿呀呀，都缺失进厨房的资格。妻子早晚两头忙做饭，早饭带出在家公婆中午的份儿，焐在锅里。她简单吃几口，前抱一儿后背一子，急忙去上班；中午在单位吃饭。我在外地工作，每次回家都像住店。妻子把厨房门一关做饭，我从不进去，长期固守"男主外，女主内"的习俗，妻子把饭端到嘴边就吃，放下筷子便上班。日复一日，年复一年，妻子从不叫苦道累，我也觉得这很正常，也很平常。好在我从不挑食，她做什么我吃什么，做得好吃不夸奖，做得不顺口也不埋怨。也许仅此一点，妻子可能会默认心安。就这样，我们平静和谐地走过了几十年：两个儿子渐渐长大，大学毕业留在城里（北京、沈阳）工作并安家落户。父母也慢慢变老，病魔缠身，先后去了另一个世界。妻子终算圆满完成了相夫教子和为公婆养老送终的使命，而她自己，工作走到"船靠码头车到站"，人也步入了花甲之年。一晃，晃过了四五十年。

退休后，我们永远告别了"两地分居"互相牵肠挂肚的日子，夫妻俩过上了朝朝暮暮相依为命的悠闲和空寂生活。但困难时期冷水洗浆衣服和做饭等辛苦操劳，给妻子带来胳膊疼痛和手指抽筋的旧病久治不愈，厨房中必用冷水和切菜的活儿，会经常导致她老病重犯。深秋的一天傍晚，积劳成疾的妻子如平常一样到厨房做饭。冷水洗菜时激起胳膊骤然剧疼，她"哎呀"一声向后急抽手，身子一趔趄险些摔倒。我闻声而入，见她惊恐万状，脸色苍白，皱眉紧鼻忍着剧痛：你真行！多年来沉积的委屈和苦水，第一次用这种略带讽刺但饱含温情的口吻向我倾述出来。瞬间，我的灵魂受到强烈的震颤，一下子明白了许多：对不起，真的对不起！她突然扑到我的肩膀，泪水簌簌往下流。我安慰式地轻轻拍拍她的肩膀，替她洗完了菜。从此，厨房必须使用冷水的活儿，我都接过来。第一次以这种方式走进厨房，插进的这一腿就再也没有拔出来，风波也从此开始了。

因为我一点不知厨房情况，锅碗瓢盆有几个，刀具餐剪有几把，油盐酱醋等调料放在哪儿；也不知如何清洗餐具，收拾锅上台下卫生；更不知

如何择、洗、切、炒菜和做饭；等等。故此，走进厨房我也是一个小学生，每次都怯生生望着妻子的脸不知道干什么。妻子毕竟曾是当过老师的人，教学有一套程序：先让我熟悉厨房环境，记住锅碗瓢盆和家电等厨具的存放位置和使用方法。

没过几天，我刷的碗盘放错了位置，妻子让我重放，我心生不快，觉得她小题大做，吹毛求疵，但未敢回言，脸一泛红，总算应付过去。我知道妻子是干净且利落的人，每天必清扫一次室内卫生，住了十几年的房子，宛如新装修，地下掉一根头发丝她也躬身捡起来。我犯错的第二天，一只碗边有块饭嘎喳儿我没有刷掉，她安能容忍？而我头天憋一杆气未出，这又火上浇油，我俩便大声豪气地争吵起来，婚后数十年第一次红了脸。

时隔不久的一日，妻子说，下楼开车上市场买菜，今天中午拉茄包子。我最爱吃这口，高兴地拉着妻子到农贸市场买了土豆、韭菜和茄子。回到家，解开韭菜捆妻子就示范择菜：把黄叶和有鼓包（虫卵）的叶片择掉，茄子去蒂。然后，我拿到洗菜盆洗净后放在墩板上。妻子操刀示范切韭菜、土豆和猪肉。切好后放到不锈钢盆子里，加盐、十三香等调味品，再用淀粉加水和馅儿。馅儿调好，再把每个茄子割几道豁口，将馅儿夹在豁口中即为茄包子，锅底铺一层土豆块，茄包子放在土豆上面加水入锅蒸熟。全过程我都在旁边学。这顿饭我吃了一大盘子茄包子，真好吃！真过瘾！

快乐的日子眨眼就是一周。妻子说：该吃点肉了吧，把冰柜里那个猪肘把儿烀烀。妻子专挑我爱吃的做。我麻溜地①取出肘把儿解冻、洗净装锅。妻子说：放花椒、大料、葱段，不要放盐，烀出的肉如刚杀猪烀熟的肉同样味道。出锅后凉一凉，妻子将两大块肉搁到墩板上，她拿起一块端详许久，说：熟肉这么切，先瞄准肉的横竖丝，横切牛羊，斜切猪，这样容易嚼烂。然后，她转身去撕肘把儿上的骨头肉。我高兴地又学会一招儿。很快把两块肉切完装盘端到桌上。妻子也把手撕肉端到桌上。我又加点蒜酱，倒了一两冬虫夏草酒。妻子盛来小米粥，端来红辣椒、胡萝卜、葱段烙的饼，开始吃饭。我夹了一块烂乎乎的肉，呷了一口美滋滋的酒。妻子也夹了一块肉往嘴里一放，垫牙难嚼，她突然一脸不悦：你这肉怎么切的，为什么嚼不烂？我就按你告诉我的那样切的。妻子夹了第二块，还是嚼不烂：

---

① 麻溜地：东北方言，意即动作迅速。

第二块肉你是不是没看横竖丝就切？我顿悟：忘看了。你这是什么臭记性，脚前脚后就忘事？我记性不强忘性多，有什么了不起的，你挑烂的吃不就行了，怎么不能凑合一顿饭？我一激动把酒也倒了，她一句我一句，又红了一次脸。忒香的一顿肉，没吃出香味来。

大约过了一个月，我犯了饕餮病，到市场买了些茄子、韭菜、土豆和辣椒，准备再加个辣椒包。回家择完韭菜，清洗这些蔬菜时，妻子一眼发现茄子不好：怎么不买本地产品？这种茄子水分太大，一点茄味没有。我未回言，拿起菜刀切韭菜，只切几刀被她叫停：这么长（一寸多）能拉茄包子吗？我说：半月前不就这么切的吗？那是韭菜炒土豆丝，你可真够笨的了！我的尊严受辱：会切你切！"切"音未落，她没有好气一把夺过菜刀，"咚咚咚"一会儿切完了。我憋一肚气离开厨房到客厅看电视。饭菜做好了，妻子喊：馋猫，吃饭。我的气还没消，抓起筷子就吃，一句话没有，这一餐饭怎么也没吃出一个月前那顿茄包子的味道。

日子还得这么过。那天夜里下了一场大雨，天亮了雨还继续。妻子说：今个儿不用买菜了，头几天买的菜花在冰箱里没吃，中午菜花炒海螺。这是海边人喜欢吃的一道名菜，忒鲜灵。我把菜花洗净切好，又切了两个生海螺，对妻子说：你来炒吧。妻子说：你炒。我不会。我教你。教也不会，关键掌握不好海螺片的火候，炒硬了没法吃。噢，那你再切几片猪肉。我从冰箱拿出一块冻肉切了几片，往盘子里放时左手不利索，将一个漂亮的花盘子碰到地上摔碎了。妻子火了：那是景德镇的盘子，多贵？我不是故意的，我也理解你苦日子过惯了，俭约的品德已经养成，但我的身价就值一个盘子吗，你火什么？得了吧，说你无用你还不服，我死了你就得饿死。那好，今后你别进厨房，看我能不能饿死……一人一句吵了个脸红脖子粗。

夫妻没有隔夜仇。不，有时不用隔夜，头句话恼，二句话就好。就这样，吵了好，好了吵，像溪涧的微浪花，一朵连着一朵。吵闹声，伴着厨房里的锅碗瓢盆碰撞和墩板受力的"咚咚咚"声，像大自然中的风声、水声、鸟啼声等协奏的天籁之音，热热闹闹一晃又走过了20年。长时间不争吵几句，不红一次脸，还觉得有失快意。进了厨房，让我这张白纸贴上一点厨艺，也体会到厨房劳动像一把磨不断的铁索，千辛万苦。看着多病的妻子，我于心不忍地说：你退出厨房吧！好赖我能做口吃的，有我一口就少不了

你一口。妻子说：那不行，厨房是女人的战场，只要能动弹，人在阵地在。如今，我们妇唱夫随，我负责厨间的卫生清扫、刷锅洗碗、凉水洗菜和墩板上的刀活儿，妻子主要操马勺，我们配合得十分默契。女人，尤其与男人同在工作岗位的女人，要比男人辛苦很多，这是我走进厨房后的觉解。

2019 年 8 月 24 日

八十述怀

李金红

有人说，人在开始喜欢回忆的时候便是开始老的时候。我从来没有想到我能活到 80 岁，如今竟然真的活到了 80 岁。然而，我又有点没有 80 岁的感觉，觉得自己的身体状况比多病的年轻时还好了许多。

儿时的我，几乎没有童心。当左右邻舍与我年龄相仿的孩童背着书包上学时，我还像个小大人似的挑水、劈柴、买菜、做饭，每天做好七口之家的饭菜，还要剁出一大盆包子铺用的大白菜馅儿。

后来，我被收进了街道组织的扫盲班晚间学习，与邻居大婶大娘们一起读书认字，我高兴得不得了。再后来，婶娘们嫌我认字太快，打扰她们的学习情绪，居民组长找我母亲商量，让我上学校读书，又给我开一张免交 2 元钱学费的证明，我才得以入校门读书。我与同学不同的是：每天上午最后一节课和下午最后一节课都不上，提前回家做饭。每天晚上，同龄的孩童进入梦乡了，可我还要为父母的包子铺剁出一大盆白菜馅儿待次日包包子用。

我向无大志，但不甘落后。小学期间，因年龄偏大，超前自学，跳级考入中学。中学毕业，选择了不花钱的中等师范学校续读。三年毕业的中师学业，我仅读了一年多，就被提前分配参加工作。我大步踏入了社会，一路奋斗，一帆风顺，在那不寻常的年代，我扛过了三年困难时期的饥饿折磨，经历了工作道路上的种种考验，一步一个脚印地走着，竟不知不觉走到了今天。

于是，我便情不自禁地回头看看：

在灰蒙蒙的一团中，我清晰地看到一条很长很长的路，这条路是我一步一步走过来的。路的顶端，是在群山环绕的农村小学，一个年纪轻轻的女人，她的两条又黑又长的大辫子，一甩一甩地随着她那轻盈的脚步晃来晃去，行走在青山绿水的山路上。她的衣裤虽然补上了补丁，但丝毫不影响她那优雅美丽的形象，看上去蛮干净利落，不失大雅。

我又看到屯堡最南头那三间灰蒙蒙的土草房，院子里两个小男孩正在玩耍。玩着玩着，大一点的男孩扶着篱笆，一步步艰难地走进菜园子里，伸手去摘那茄秧上比他个子还高的黑里泛紫的茄子。他使出浑身力气又拉又拽，那茄子却一动不动地垂在茄秧上。小男孩机灵地伸出两只小手，紧紧捧住一个茄子，脑袋靠在枝叶间，张开嘴巴啃了起来，啃了这棵又啃那棵，他的小嘴鼓鼓地嚼着茄子，圆圆的小脸洋溢着快乐的笑容。比他小一岁的弟弟，手扶篱笆走来走去，而后突然坐下，抓起一块风干了的鸡屎块看了又看，送进嘴里嚼一嚼，又皱起眉头吐了出来……

我还看到那位个子矮矮的老人，扛着锄头走进院子里。他看见了两个孩子，便高兴地放下锄头，抱起那个小一点的孩子，然后走进园子领出大一点的孩子，笑嘻嘻地往外走，走出院子又蹲了下来，伸出两只大手把两个孩子紧紧地搂在怀里用力抱起来，在大街上走来走去，有说有笑与孩子们一起看光景……

我又看到了屋子里正在灶前哭丧着脸做饭的人……我不想再看下去，再看下去，会有一点淡淡的忧伤。

慢慢地，慢慢地，我又看见那两个小男孩渐渐长大，他们背着妈妈亲手刺绣的书包，书包上面绣着"好好学习，天天向上"八个大红字，在阳光下闪闪发光……

我又看见了孩子们放下小书包，背上爸爸单位发的草绿色的大背包，扛起行李，高兴地走出家门，坐上汽车、火车，融入了大城市，迈进了大学的门槛。

在这条漫长的道路上，我有过杏花春雨的其乐融融，也有过塞北寒风那刺骨的寒冷及重疾折磨的种种痛苦。然而，一个惊雷，一场春梦把我唤

醒。醒过来的我，眼前是一派欣欣向荣的景象。这景象能延续多久呢？我已经走过了那么长的路，人生只有一条往前走的路，不可能再往后走了，也不想再往后看了，只能往前看。可往前看又是怎样呢？我知道前面的路不会太长，有些不敢看了，老伴儿告诫我：我们这把年纪了，不看昨天，也不看明天，就看今天。那么，今天是什么样子？今天已是行年80啦，古人称之为耄耋之年。倒退20年，我曾在散文集《樱桃红了》一书中《女人六十》写道：女人六十，人老珠黄，没了40岁的丰润，更失18岁的光彩，原本乌黑的头发生出银丝，细嫩的肌肤变得松弛，红润的面颊长满横竖交错的鱼尾纹……那时的我，偶尔也想到耄耋之年的样子：手拄拐杖，步履蹒跚，老态龙钟，自慰这种状态是很遥远很遥远的事，与当前的自己无关，所以想得不多也不深。时光荏苒，岁月不饶人，如今，突然发现年轻是很久很久以前的事了。今天的自己真的老了，然而，这老相却真如古诗中所说的"青霭入看无"，看看自己的身体，同过去没太大差别，体重没变，体形也无大变，也不需要手拄拐杖，总之，我还是我。可冷静再想想，我是不是在做美梦？我毕竟是80岁了，"80"这个数字是有多么大的威力呢？一种神秘的威力呀！我吃惊地暗自思忖，再好好想想，好好看看自己。

　　我拿出60岁前后与最近的照片相比较：当今的我老了，确实是老了，我怎么这么丑呢？再仔细看看，去年的照片就比今年的好看，甚至，昨天的样子就比今天的样子好看。我心里酸酸的……岁月匆匆，几十年过去了，原本光滑红润的脸上都布满了岁月的痕迹。可是，理智地想想，自然规律又有谁能改变呢？老与丑是密不可分的，老了变丑很自然。看看路上行走的年轻人哪有丑的？水灵灵的，皮紧肉嫩，即便五官不正，也比老人好看，还真是如老辈人所说的"宁看小孩腚，不看老人脸"。唉！时光一年一年在转，我便一年一年地变老，老了就是老了。人老不只是面相老、体能体态老，记忆力高度减退最明显，从70岁开始，我的记忆力一天比一天差；到了80岁，文字过目就忘，再回头翻找有如海底捞针；老朋友老同学几年不见面，就面对面只觉面熟却叫不出姓名；要办的事超过3件，要笔纸伺候；到超市买生活用品，在家先记纸上，买一件销一笔。头几天看过的电视连续剧，再说出它的片名那就难上加难。老了，真的就是老了，又有什么办法呢？我从不相信世上有什么灵丹妙药会让你返老还童。

梁实秋老先生说得好：老不必叹，更不必讳。花有开有谢，树有荣有枯。荣启明说：人生有不见日月，不免襁褓者。在那个年代，他行年九十，认为是人生一乐，所以，叹也无用，乐也无妨，生老病死是一回事，任何人都躲不过去。

原本我不想看往前走的路，可事实证明，不看也得看，不走也得走。那就只能往前走吧，怎么走呢？老人有老人的兴事，老人应该做老人的事，不必花重金乞灵整容医生，化妆师的隆鼻，抽脂肪，扫青黛眉，眼眶涂成两个黑窟窿，嘴唇纹得如血红，脸上抹着一层白粉霜……物老为妖，人老成精。老就老了，何苦成精？不是常听人说：没有皱纹的奶奶是可怕的奶奶吗？

人生路上，正如鲁迅先生所说，每个人都是过客。有时我还是在想，我前边可还有多长的路要走呢？冯友兰先生说：何止于米？相期以茶。米寿是88岁，茶寿是108岁。老伴儿告诫我：我们要好好活着，争取活到100岁。嘿！于米还有8年，于百还有20年呢！人老了，没有了在岗期间工作的压力和责任，更少了相处多年的同志和朋友的笑脸，那么，乐趣何在？退休这么多年，身边的事实足以证明人老志不老就会活得好，老人动脑动手最关键。

动脑：只要你不糊涂就要勤奋读书。我们虽然不是书香门第出身，可书柜里藏书万卷，哪一本书读起来都受益匪浅。只要打开一篇弥足珍贵的名著，你就会爱不释手地读下去。越读越爱读，越读越有兴趣。坐在书桌前，捧起书籍，品读那些散发墨香的文字，你会感到心静神安。

动手：无论你年龄多大，只要身体还听你使唤，就要站起来做一些力所能及的家务。不能觉得条件好就过早雇请保姆，整天让人家盘来碗去伺候着，这样久而久之，那就把自己毁了。不是患了阿尔茨海默病，就是全身瘫软卧床不起。

出生于北京医学世家的国医陈彤云99岁还以饱满的精神，思维敏捷、行动稳健地工作在岗位上，并坚持自己亲自抄写方子。112岁中国最美老寿星张明珠，88岁患癌症，做过三次大手术，最终活过100岁。假如他们天天躺在床上耍懒，未必如此长寿。

"老骥伏枥，志在千里。"老了，离开岗位并不等于躺在床上碌碌无为、

混吃等死，必须昂然向前。我很欣慰，因为我们爱读书写作，闲暇，可驾车采风观光，书写大自然的美丽和讴歌社会新风等随笔散文。在我们的生活里，最让我们满足的是那两个小时候啃茄子尝鸡屎的小男孩，已是顶天立地的男子汉，他们无微不至地呵护着我们，虽然身居外地，可关怀备至。节假日，儿子带我们乘机渡船畅游大江南北，去西湖观景，到岷江看水，去四川攀爬大渡河上铁索桥，到桂林赏甲天下的山水风光……

岁月浅唱如歌，光阴转瞬即逝。人生很短，短得来不及拥抱清晨，就已经手握黄昏。如今，在夕阳路上，我将好好体会生命的拥有，珍惜人生的美好时光，读书，写字，观光，运动，快快乐乐度晚年。走了，面带笑容，静静地走了，轻轻地飘向天空，似一朵白云……

2020 年 2 月 28 日

母爱是一条河

刘金恩

我的父母亲生不逢时，正值时局动荡、改朝换代之时姗姗来到人间。母亲生于 1913 年 1 月 9 日，残留时代痕迹的裹脚尖刚打开不久，走路歪歪扭扭，干活不得劲，终生操持家务，卒于 1996 年 12 月 26 日。父亲生于 1905 年 11 月 14 日，中华人民共和国成立前给地主扛活，日寇侵占东北，被抓到本溪湖挖煤，幸在矿难中逃生，卒于 1988 年 4 月 7 日。一对穷轧穷的小夫妻，赡养着爷爷和奶奶，还生养着姐姐和我，日子过得苦不堪言，时常掉锅断顿，吃糠咽菜。

那一年，我突然得了一场大病，整天迷迷糊糊不爱睁眼。睁开眼，看见泥草房的屋顶就号哭，还呕吐恶心，冷起来浑身直打哆嗦，烧起来满口说胡话。没有钱看医生，也不知道得了什么病。我是一根独苗，母亲吓得擦眼抹泪，昼夜坐着抱我在怀里晃来晃去地哄。父亲急得嘴生黄水疮，求亲靠友找偏方。那个年头，店铺里经营的营养品很少，多与少咱都买不起，家里没有一样有营养的东西，母亲只好煮玉米粥时，把浮在锅边上的细沫沫撇出来，当作最高营养来喂我。我喝一口倒一口，本来就骨瘦如柴的小身板，饿得前胸贴后背，肚子陷成一个碗大的坑，全靠母亲的奶水为我充饥。因为全家人常年喝玉米粥或面子饭，就着咸菜或几乎见不到肉星儿的熬酸菜填肚子，母亲的奶水也不足。有一次，我干吸母亲的乳汁吸不出来多少，就咬住母亲的乳头使劲抽，母亲痛得"哎呀"一声，急忙把乳头拔出来，我就嗷嗷地大哭个不停，难为母亲重新把乳头送进我的嘴里，我又咬住用力地抽，母亲咬牙皱眉，强忍疼痛才将我喂饱。这是我记岁以后，大人们唠嗑时流露出来的。解决母亲乳汁严重不足问题，便成为父亲的当务之急，他遍找老辈人问计，传说腥气儿能发奶。父亲今儿个到山河沟里抓蝲蛄，明儿个到门前大河里摸鲫鱼。您还别说，土法果然见效，我才有了较为充足的奶吃。一日半夜，我在昏昏沉沉中觉得，胸脯上像有一股热乎乎的东西滴下来，睁开眼睛，借着煤油灯光一看，原来母亲把我抱在怀里，一边哼哼着晃荡着哄我，一边眼泪就不由自主地一串串掉下来。天不灭我，十几个昼夜过去了，我竟不呕不吐，不冷也不烧了，奇迹般地从冥冥中走了回来。母亲看到我重新又蹦又跳的样子，慈祥的眼神盯着我开心地笑了。

母亲离开人世已经 24 年了，我却觉得母乳宛如一泓永不枯竭的泉水，至今还在我的全身涓涓流淌，滋养着我的灵魂。就算那场大病我有命躲过死神，如果没有母乳，也一定会饿死。天下儿女们，哪一个不是母乳养活的？有人说，父爱是一盏灯，引路前行；依我说，母爱是一条河，有命才有梦。

2020 年 5 月 1 日

七十天之痛

刘金恩

人从"哇"一声落地，到"嘎"一声归去，一辈子是一步一步走过来的。一路走来是福是祸，是吉是凶，全凭个人的避险能力。我因风险预判不够

智慧，摊上 70 天牢狱之灾。70 天在人生长河中谓之瞬息之间，但在狱中却是度日如年。于是，终难抹平的伤疤，让我蓦然回到 20 多年前。

20 世纪 60 年代初，一个偶然的机会，我被调进了县公安局，由小学负责人转身变成光荣的人民警察。那头顶国徽的大檐帽和身着白色警服的标志，承担着保卫人民生命财产和国家安全的神圣使命。我一心扑在工作上，同形形色色的违法犯罪作斗争，跋山涉水提取证据，蹲坑守候追捕逃犯，走街串巷搞巡逻，星空月下当休闲，为老百姓熬更守夜、看家护院，只想当个合格的好警员。我工作成绩突出，一次又一次升职晋级。我一次又一次往外推，可干推推不掉，越推越向上：从民警、副所长、政治指导员、教导员办公室协理员、政工股干事、政工股长、政治处主任，直到公安局副局长兼市委保密办主任。可见，人在官场也"身不由己"。个别人背后说风凉话：升官意味发财，这样好事，有人抢都抢不到手，他（指我）还装着拉一把一筋筋①，怎么，还嫌这官不够大，有什么了不起的？弄得我啼笑皆非，进退两难，憋屈又尴尬。其实，人各有志，所以我精心工作，拼命干活儿，只有知恩图报的"良心"，绝无一己之利的"野心"。不想当将军的士兵不是好士兵。中国传统观念中，没有"政治家"的概念，只有"官"的概念，官是上级任命。如不满上级任命，嫌官小，被视为有"野心"，有"野心"群众绝不买账。

掏心窝子说，我既不是嫌官小，也不是有意拿把（东北俗语，即刁难、不愿意）或所谓的谦虚。曹雪芹说：世人都晓神仙好，唯有功名忘不了，古今将相在何方？荒冢一堆草没了。你看，功名有啥意思？是其一也。遗传基因太厉害了，是其二也。我像我多"落后"，我多看《三国演义》读《西游记》，却未读《红楼梦》，不知道"好了歌"；因为自学识得几个字，中华人民共和国成立后叫他当村财粮委员他不干，当年干了可就成为拿工资的离休干部了；因为成分好，又老实忠厚，组织培养入党他不入；合作化时，叫他当生产大队会计他不干，叫在小队当队长也不干，千说万劝，接了个参加生产小队体力劳动兼记工员的帖儿。您看我，一个半路出家的门外汉，岂敢在圣人面前念《三字经》？这才是我一次又一次推辞的真正原因：不上进。如有以后我还推。

① 拉一把一筋筋：东北方言，意为畏缩不前。

既然木已成舟，恐怕不干也得干。我硬着头皮低头拉车，虚心向老同志学习，边学边干，不求有功，但求无过。然而，命运总是顺风顺水，分管的工作有一点起色，就被组织发现了，非把一个土包子当成香菜饽饽，继续向上推。先后要我调任县委政法委书记、法院院长、安全局局长等职。我兑现"如有以后我还推"的诺言，任凭组织反复做思想工作，就是一枝不动百枝不摇，并表示：我对公安业务娴熟，更了解全县治安状况，开方下药易准，对稳定社会秩序益多弊少；甘当副职，若组织认为当副职也不妥，宁当一名普通民警。组织生气了：赶着不走，打着倒退，地球离谁都转，你就蹲在那里吧！蹲是蹲下来了，究竟是对还是错？那是个人的造化。实践出真知，后来发现走出去，前途光明，福祉圆满；留下来，道路曲折，自取其辱。这是后话。

我的故乡地处鸭绿江入海口的黄海北岸，幅员辽阔，物产丰饶，得天独厚，被誉为北国的"鱼米之乡"，宛如一块偌大的肥肉，吸引着来自各地的食肉者。时值计划经济解体，市场经济崛起，埠外和农村打工者们闻讯，蜂拥而入；不劳而获的掠夺者、诈骗者、盗窃者们等不法分子，也悄然而至。域外派来的局长更是兴高采烈地走马上任了。一个小小古镇，瞬间人口骤增，很快变成新崛起的对外开放的三沿（沿边、沿海、沿江）城市。一时间，治安状况复杂起来，鱼龙混杂，人鬼擦肩，社会上闹闹哄哄，沉渣泛起，声色犬马，灯红酒绿……贫困者追求富贵，富贵者追求享乐和刺激。违法犯罪者，为逃避或减轻打击，其家属和亲友抠门挖窗走动，托人托脸，重金收买，乞求"高抬贵手"，执法环境遭到严重破坏，执法者陷入了前所未有的窘境。

然而，新任局长在这样的环境中，如鱼得水，异常活跃，近女色，交大款，进出他办公室的男女络绎不绝。他也毫不掩饰地在领导班子内宣扬"千里做官，为了吃穿""人为财死，鸟为食亡"的敛财理念和"坏事人人有，抓不着是好手"的违法犯罪侥幸心理。我从警36年，先后跟过8位领导，思想境界都比较高，唯有这第9位局长，怎么可以如此放肆地传播这种腐朽的信念呢？胆儿也忒大了。只有一种解释：背后定有一棵大树能遮荫，以后发生的事情验证了我的推断，这是后话，暂且不提。组织委派这样一位局长在一个槽子里吃食，绝难共存，实在太可怕了，必须倍加小

心。我警告自己，人家官大说了算，爱怎么着就怎么着，出了事，该由管他的组织去管，与己无关。日子久了，局长权力和财色欲的尾巴渐渐暴露出来，有时甚至明睁眼露，毫不在乎，恣意妄为，为所欲为，许多干警敢怒不敢言，在我跟前抱怨或发发牢骚。为了班子的团结，我充耳不闻，睁一只眼闭一只眼，依旧一锛子一斧子执法，各干各的。然而，两件事碰车，导致矛盾白热化。第一件，党委换届第二天，我陪局长下乡的路上，他从轿车的警卫座突然回头问我：党委换届改选，你的选票比政委多几票，与我一般多。我吓了一大跳，若果真如此，岂不有"功高震主"之嫌：这绝不可能，我自己投自己一票。噢——真的，局长表面放心。第二件，局长以活跃警民文化娱乐生活为由，号召机关干警和家属到公安局大院里跳舞。每周五下午（那时尚未实行双休日），大院里便响起震耳欲聋的音乐和锣鼓声，真的很烦人。那天，我因骑自行车上班不慎肋骨被折断，身绑背带为派出所民警批卷，心情不好，信口说了一句：上班时间，基层干警干活，机关干警跳舞，家属和群众也混进来跳，成何体统？说者无意，听者有心，话就不胫而走，很快传到了局长耳朵里。

局长恼了，他认为在领导班子中，我是唯一拦截他财路和淫欲的阻力源和绊脚石，必须尽快搬开或炸碎。于是，他便明暗兼施，分几个步骤"收拾"我，为其敛财和贪色扫清道路。第一步，削弱权力。以前任局长给我分工太多太累，应该减负为由，将交通、治安等科室，划给其他副局管辖。第二步，收集把柄。先从内部入手，暗自特邀审计局对我分管科室所属的法医诊所、原子印章厂、汽修所、BP机房、出租车办公室等微小经济实体进行审计。我从不动用公家一分钱，他什么把柄没捞着。第三步，人身攻击。暗中散布流言蜚语"刺头""记小账"，意将我搞臭；明里利用主持中层干部会、全警大会等各种会议形式，含沙射影，指桑骂槐，打压震慑，逼我屈服。第四步，秘密侦查。指派心腹深入街道和村屯，收集我违规违法把柄，也扑了个空。第五步，把水搅混，编制诬告材料，实名向上级组织、纪检、检查等有关部门写信举报，转移斗争大方向，掩盖其贪腐行为。

我与局长前世无怨，后世无仇，他为什么非欲置我于死地？猪往前拱，鸡往后扒，各有各的道，道不同不相为谋。局长步步为营紧逼，我既没有抗争的觉悟和勇气，也没有取胜的谋略和手段，只好默默忍气吞声，照常该怎么工作还怎么工作，该怎么向他请示汇报还怎么请示汇报，像什么事都没有发生。局长认为我这是以静制动对抗，导致他明暗两招失败，便大动肝火，剑拔弩张，以交通队福利分房未向党委请示汇报为名，发动入会者在党委扩大会上围攻批判我。我据理力争：交通队福利建房、分房，都是财政局同意并直接拨款，未动公安局账户一分钱，我同意分房只是作为分管领导的正常工作流程，凭什么给我戴一顶与党委"分庭抗礼"的帽子？你欺人太甚！事情到了这个份儿上，骡马被逼到墙根也会尥几蹶，况且人乎，我只好"上梁山"了：你自己不干不净，还仗势欺人，明天我就去告你。上峰也不示弱：你愿上哪告就上哪告去，我等着你……就这样，上下级关系转化为对手。会议不欢而散。

第二天，我告到县委书记那里。第三天告到市检察院新任检察长那里，他表示，如我状告属实，他宁愿检察长不干，也要把这个贪官污吏拉下马。我的举动，不仅得到敢怒不敢言的干警们的支持，也得到社会上一些有正义感的群众响应，局长腐败的盖子即将被揭开。这时，一位好友走来劝我：组织重用你，机会难得，你趁早走吧！树挪死，人挪活。社会上都知道喃①俩尿不到一个壶里，躲开他对谁都好。留在这里，你不碰他，他也会整你。别听有些人瞎忽悠，弄不好两败俱伤。我来犟眼子②了：我走得正，行得端，他能把我咋的？

局长得知我果真上告，害怕了，停止再战，走动靠山，以权干扰。致使检察机关早已立的案子久侦不下，生生拖了一年多时间，费尽周折，才最后抓住局长的罪证，依法将其逮捕提起公诉，法院以受贿罪判处其有期徒刑多年，党政机关开除其党籍和公职。

人有旦夕祸福，天有不测风云。就在局长被捕一个月后的一天下午，室外下着毛毛细雨，我正在县法院三楼会议室参加政法工作会议。政法委书记刚讲了几句议事内容，有人推门示意他出去，那人与书记耳语几句就走了。书记转身回屋指着我：二楼有人找你，你去接待一下。我下楼推门进屋立足尚且未稳，三四个面孔陌生、身穿检察院制服的检察官们，也不说话，"呼啦"一声将我围在中央，不由分说，揪住我的腰带，下了我的

① 喃：东港方言，意为你。
② 犟眼子：东北方言，即固执。

配枪和办公室钥匙。两个年轻检察官一边一个架住我的胳膊，我用力甩开：你们干吗，怕我跑啊？你们是哪的？是执法还是绑架？凭什么抓我？这一串问号下来，年轻检察官乖巧地退到我身后。领头的说：我们是市检察院的，你被传唤了，下楼走吧！我重复一句：市检察院？坏了，肯定对手的靠山出面了，否则，我一个小小的科级干部，别说没犯法，就是犯法也应由县检察院查处，犯不上用高射炮打蚊子——把我弄到市院。事情到了这个节骨眼，已经无法脱身找说理的地方，小胳膊拧不过大腿，不如先冷静下来：请你们出示法律文书。一张传唤证在我面前晃了一下。我走下楼，被押进一辆警车，后面还跟了一辆。两辆警车鸣着警笛，呼啸着把我拉回县公安局。下车后，检察官押着我登上二楼我的办公室，他们强行用我的钥匙打开屋门，没有搜查证，就将办公桌抽屉、卷柜、床上被褥、字纸篓翻了一遍，什么证据没拿到。临走，把桌角上放的一摞我记的"小账"——户口乡进城、交通事故处理、治安拘留、收容审查、已决犯发送（投入劳改）登记簿和工作日记一起卷走。检察官边押我下楼边问：你爱人现在在哪？在店里（自营化妆品店），我答。走！带路。

两辆警车一前一后鸣着警笛，驶到我家小店门前，后车停下，干什么当时不知道，拥上来一帮围观群众。我坐在前车，继续前进，被拉到交通队楼上一间办公室坐下，两个检察官看着。大约过了一个小时，后车也来到交通队。两辆警车启动马达，沿着鹤大公路，把我拉到市检察院，传讯变成羁押，关进一间装有监控设备的特殊铁笼子里。

这间铁笼子，设在与城市道路走向平行路边的检察院办公大楼走廊的北侧，形同公安机关的看守所或监狱的监室。笼里允许读书看报，我很高兴，读累了，从板铺上站起来，透过玻璃窗能看见城市道路上车水马龙、孩子们放学站队过街和老爷爷在路边垃圾桶弯腰拾荒时，这时冤屈和懊恼便袭上心头。我像一只被囚禁的小鸟，丧失了人身自由，回天乏术，谨以坚信党的政策为支撑，权作对我入党30多年以来资格检验为平衡，堵心的急火才暂且得以缓慢消散……

我被囚禁的第二天，看守警把我押进提审室，台上一张长条式的审讯桌，三位检察官表情严厉地走进来，胖高个检察官坐在中央，担任主审。两边各一位年轻检察官陪审，其中一位记录。我坐在他们对面地上那把被告椅上。

审讯由温和开始:姓名、年龄……然后,态度陡然严肃,厉声发问:知道为什么传你吗? 我摇摇头:不知道。你犯罪了。我没有犯罪。你把头抬起来! 妈呀,三位检察官同样一脸的严厉,我复归平视。你拒不认罪,老实一点! 无罪何谈认罪。一位年轻陪审官性急气大,走下审讯桌,在我身前身后绕了一大圈,指着我的鼻子放开嗓门:别以为你当过公安局领导懂侦查,我们检察机关有证据证明你犯罪。有证据搞什么逼供信,你指指画画,想打呀? 我可有出去的那一天。主审官火了:你注意态度,竟敢威胁我们? 你知道抗拒的后果,押回去以后再审。这是第一回合。

我回到铁笼里喝着开水,看着报纸杂志(院里提供的),收获了时事新闻和部分知识,累了闷了,就坐在窗台上向外瞭望一会儿,晚上熄灯就睡觉,比在家上班轻松多了。大约过了两三天吧,看守警又把我押进提审室。主审官说:这两天想得怎么样? 交代吧! 我说过我无罪,交代什么? ×××的案子是不是你办的? 是我批的。什么犯罪? 重伤害。你怎么处理的? 收容审查三个月,取保候审直诉。你为什么批准取保候审? 投案自首,取保不会危害社会。直诉了吗? 记不清楚,签批案件太多。你为什么做调解处理? 我未做调解处理,你们查,有我签字,我负法律责任,否则,谁签字谁负责。未做调处你为什么就记清楚了? 重伤害案件我从未批过调解处理,还有犯罪嫌疑人家属给我行贿。那你都接受了什么贿赂? 我什么都没接受,犯罪嫌疑人的父亲头天送我金壳手表男女各一块,毛毯一床,暖壶一把,第二天全被我退回去了。后来他又送梭子蟹一编织袋,我没让他进门,当即便被退回去了。这么说你没有徇私? 当然。有没有人找你说情? 没有。×××书记给没给你打电话? 打过,他仅咨询案情,让我依法处理。我们有证据证实你犯罪,这是×××书记的证言,不信你自己看。他拿出一张写有钢笔字的十六开纸远远晃了几下。我看不清内容,只能看到一行行汉字是斜着写的,是书记的亲笔无疑。那好,书记给你打过电话属不属实? 属实。这就对了。

开庭那天,法庭里有一二十个听审的人。庭审毕,女审判长宣布一审判决:拘役三个月,缓刑三个月。闭庭散场时,一个举铁拐杖的跛人,用铁拐"咔咔"敲着地面砖:真不讲理,他给我办户口,连口水都没喝过,这样为老百姓办事的人,会是罪犯? 简直是笑话……我在铁笼子里被关了

70 天，释放后腿痛不能走路，便去北京儿子家散心，住到刑期满了才返回老家。

我百思不得其解，难道我们的检察官怀疑共产党的书记是法盲？否则，为什么一起伤害案件，只因执法者接过县委原书记（后晋升为市长）一个咨询电话，书记又没有向执法者做暗示性的打招呼或授意，就非要对执法者定罪量刑，证据安在？我这才体会到什么叫"无理三扁担，有理扁担三""欲加之罪，何患无辞"。我信仰马列主义，相信共产党"不能冤枉一个好人，也不能放过一个坏人"的政策，不甘心做一个冤死鬼，我要伸冤，便一纸书信告到最高人民法院。最高法批转省高法，省高法批转市中级人民法院"发回重审"。中院经过重新复查决定：撤销一审刑事判决，宣布原审被告人无罪。我又返回了原工作岗位。

这时我才知道，传讯我那天，市检察院那辆警车在我家小店门前暂停，是去拉我爱人回家搜查。这辆警车鸣着警笛来到我家楼下，楼道和单元门外立刻挤满了围观的左右邻居。县检察院派人帮忙维护秩序。市检察官进家翻箱倒柜搜查。我 80 多岁的老母亲吓得大哭；爱人强忍情绪，表面镇静配合搜查，内心惧怕坐下惊恐症①，至今未愈，外面稍有响动，就捂头盖脸地惊叫。在我家搜出一张两万元存折和一个账本，存折与账本当场核对，几乎一分不差。一位检察官看到账本上记着 5 角钱小鱼、3 分钱蚬子；再看看叠得板板整整的衣服，像新的一样，感动地对另一位检察官说：从未看见这样会过日子的女人！搜查结束，只扣押了几瓶破酒。他们走后，我爱人在家里大哭一场，不思饭食，昼夜难眠，躺在床上一病不起，70 天未下炕，体重由 110 斤瘦成 80 斤，几乎每天掉半斤肉。

我复工上班没几天。那天天刚放亮，户外突然电闪雷鸣，东南风卷着浓云雨浪，疯狂地敲打我家南窗玻璃。我拿着雨伞正要出门上班，坐在坐南朝北床上的老母亲开口了：儿啊，大雨天你上哪去呀？妈，我上班。你又上班了，干什么？原来干什么还干什么。老母亲似懂非懂地"啊——"了一声，老泪便像屋外的雨点唰唰落下来。妈，别哭啊！我这不是好好的吗？老母亲收住眼泪：好，你上班去吧，中午回来吃饭，啊！我一定回来。因为又掉进繁忙的工作旋涡，很少与老母亲促膝唠嗑，每次在家吃饭时，

① 坐下惊恐症：坐下病，东北方言，即生病。

老母亲眼直勾勾盯着我，从不说话。那天早晨，我吃了一碗方便面要上班，给老母亲也泡了一碗放在餐桌上。就敲老母亲房门想招呼一声好走，"噔"一下不开门，两下三下还不开门，我便推门走进去，傻眼了：老母亲嘴边吐了一堆饭食。妈——妈——我哭喊着：你醒醒！醒醒！没有应答，没有呼吸。我嗓音嘶哑：红儿啊（我爱人名字最后一个字），快！妈不行了。我爱人看了一眼，急忙打电话找邻居谭大夫（县医院主任医师）。谭大夫大汗淋漓跑到老母亲床前，持听诊器一听，扒开眼球一看：人已经走了好几个小时了。天塌了，我回天乏力，欲哭无泪。

送走了老母亲，往事一件件涌上心头，一个守法、清贫、健康、平安的家庭，因我被诬陷导致家破人亡，所有痛苦和怨恨都该记到我的头上：如果没有我的牢狱之灾，老母亲不会无故遭受沉重精神折磨，郁郁而终，也许还会多活几年；如果没有我的牢狱之灾，爱人不会受到惊吓和忧愁，坐下心病久治不愈，至今频繁发作和住院；如果我不摊上牢狱之灾，毫无冤屈窝囊和急火攻心，也不会得癌症，幸亏及时手术治疗，才捡回一条草命。

党的十八大以来，我们党把反腐败斗争作为全面从严治党的重要内容，反腐惩恶，正风肃纪，着力构建不敢腐、不能腐、不想腐的体制机制，政治生态环境焕然一新。虽然我早已退出工作岗位，走进耄耋之年，回头想想，如果还有来生，我一定不畏恶人，斗智斗勇，既保护了自己，也扳倒了坏人，更好地为人民服务。

2020 年 7 月 1 日

天佑我家乡

刘金恩

我的家乡在黄海北部鸭绿江入海口的退海平原上，人文历史悠久厚重：是与北京山顶洞人同期的前阳洞人故居，是甲午中日海战的古战场，是与朝鲜隔沟（跨过前阳镇一撮毛前那条沟就是朝鲜）相望的友邻，也是抗美

援朝战争的前沿阵地。这里物产丰饶：80万亩水稻田，古代贡米，西哈努克亲王访朝路过必点柳林大米；10万亩滩涂养虾场，年总产量曾连续四年夺得全国县级港养对虾之冠；全国草莓之乡，孤山镇杏梅之乡，黑沟镇毛桃之乡。这里自然风光秀美：中国名村，AAA级风景区獐岛、AAAA级风景区大鹿岛，像兄弟二人在烟波浩渺的大海中沐浴。这里气候温润，四季如春，既不太冷，也不太热。这里更是独一无二、举世难寻的风水宝地。

中华民族研究地理环境和宇宙规律的学问，称为风水学。通俗一点讲，就是选择地理位置好的地方为宅。旧社会，民间曾有巫医神汉以看风水为掩护，拿着罗盘（指南针），装模作样为死人采坟地，或为活人盖房搭屋者选宅基。风水并非封建迷信，这一点，我们的祖先早知道，选择依山傍水的地方居住。最早出土的北京房山区周口店西龙骨山的山顶洞人，住在海拔145米的半山洞穴里，冬暖夏凉，山脚下是充足的水源——坝儿河。晚于山顶洞人面世半个多世纪的辽东半岛东港市前阳镇山城山半山洞穴里的前阳人，山脚下同样是充足的水源——北黄海的潮涨潮落。18000年过去，经过几次海浸与海退，造就出今天的东港市。后人又把山脚下海浸与海退后形成的沟壑流水，截流成今天的山城子水库。

半个多世纪前，东港市的气候四季分明，每年冬季千里冰封，万里雪飘，气温皆在零下30摄氏度以下。伴随地球变暖，寒冷南移，近些年，这里的气候变得冬不像冬，夏不像夏。冬天最冷没有超过零下30摄氏度，多在零下二十几摄氏度；除2018年夏天高热突然来袭，此前此后，夏天最热没有超过零上30摄氏度，多在二十四五摄氏度。轻风多，大风少；雾天多，雾霾天少；晴天多，雨天少。冬天下春雨，春天下冬雪，嬗变无常，气象预报部门不时吃苍蝇。我每天关心天气预报，去年取暖期已过半个多月，白天基本都是零上几摄氏度或十几摄氏度，夜间气温依然没有超过零下10摄氏度。11月17日22时45分，省防指发布：据气象预报，11月18日〇时至19日8时，丹东地区、大连市区、旅顺口区、瓦房店市、普兰店区、庄河市、岫岩满族自治县、本溪满族自治县、桓仁满族自治县有暴雨或大暴雨，可能引发山洪灾害，请注意防范。而11月18日东港市只是小雨，无风无浪，13时41分零上16摄氏度，19时才有四五级南风骤起，22时风停雨不歇，小雨继续，没有暴雨，更无大暴雨。19日凌晨3时，雨停、天晴、路干；

14 时零上 6 摄氏度，23 时零下 3 摄氏度。直到本月 30 日，最低温摄氏度零下 7 摄氏度。

12 月份，从 1 日到 31 日，只有 13 日，晴，14 点零下 6 摄氏度，23 点才突破入冬以来最冷的一天，零下 12 摄氏度。早晨起来我发现昨夜不知啥时落下入冬以来第一场小雪，远处建筑物和城市道路都穿上了白大衣，太阳一副玩世不恭的样子出来了，许多地方的白大衣被它撕得豁牙裂口。21 日 18 时零 3 分，是二十四节气中的冬至，交九开始（一九第 1 天），进入酷寒时日，然而，这个月最冷的日子也没有超过零下 12 摄氏度。

2021 年元月 8 日（三九第 1 天），周五，寒冷升级，11 时 23 分零下 15 摄氏度，23 时零下 18 摄氏度。9 日，凌晨 5 时零下 22 摄氏度，白天晴，回升到零下 8 摄氏度，23 时零下 16 摄氏度。以后几天气温继续回暖，夜间仍未超过零下 22 摄氏度。13 日，中央台预报明天（14 日，三九第 7 天）有寒流来袭，东港气温依然回暖，白天〇摄氏度，夜间零下 8 摄氏度。16 日（三九第 9 天），白天零下 9 摄氏度，夜间零下 14 摄氏度。17 日（四九第 1 天），周日，晴，白天零下 6 摄氏度，夜间零下 12 摄氏度。20 日（四九第 4 天），阴，是一年一摄氏度的腊八节，也是二十四节气中的大寒，气温仍然继续回升，14 时零下 3 摄氏度，17 时〇摄氏度，23 时零下 6 摄氏度。21 日（四九第 5 天），阴，白天零上 2 摄氏度，夜间（23 时零下 1 摄氏度）。22 日（四九第 6 天），万里无云，预报多云，白天是零上 1—7 摄氏度，夜间零下 7 摄氏度。23 日（四九第 7 天），晴，白天零上 1—7 摄氏度，夜间零下 2 摄氏度。24 日（四九第 8 天），晴，白天零上 6 摄氏度，夜间零下 2 摄氏度。25 日（四九第 9 天），阴，白天零上 9 摄氏度，夜间零下 2 摄氏度。"三九四九，棍打不走"的日子走了，离"七九河开，八九雁来"就不远了，还能冷到哪里去？所以，这里是名不虚传的人居佳地。

东港市更是个神奇的地方。中华人民共和国成立前，那年农历七月初二发大水，疯狂的潮水破门冲进我岳母家，木板柜漂起来，几双鞋子满屋游，眼看水要没土炕了，它突然转个圈儿，掉头便往外跑。一条胖头鱼被门槛拦住了，我岳母抓起来丢到门外顺水放生，善良的老太太活到 91 岁，一家大人孩子都安然无恙。1944 年 12 月 19 日晚，鸭绿江口发生 6.6—6.8 级大地震，震源在 35 千米以下的海底。我只听到地底下"呼隆隆"响了一阵子

就完事了，柜上的花瓶倒了，煤油灯也灭了。那时我小，第二天，街上一帮大人说：鬼子要倒台了。这话还真灵，翌年小日本战败，宣布无条件投降。

2012年8月23日，中央电视台播出15号台风"布拉万"将经丹东地区登陆。我曾接受过台风的考验：1999年，在香港探亲，一日，台风突然席卷港岛，我正住在儿子居住的39层高的大楼上。呼啸的台风把大楼摇得东晃西歪，像坐在儿时的摇车上。突然，"哗"的一声，那盆放在地上的凉水，被摇洒满地。晃，还在继续。台风南方多发，我这个北方人第一次遇到台风，吓得急忙给上班的儿子打电话，儿子说：别怕，香港的楼房经过多次台风考验，不会有事。不过，你可千万别开窗户！一会儿工夫，果然风停雨歇，大楼安然无恙。而这一次是台风光临到我的家乡，虽然经历过有些心理准备，但仍心存胆怯。在外地工作的两个儿子，先后急忙往家里挂电话叮嘱：千万别出门，关好门窗！我们便呆呆地坐在家里，手机不打，电视不开，就那么支棱耳朵听风。按预报时间过去一个多小时了，一直无风无浪。原来，"布拉万"在东港市边上瞅一眼，连个招呼也没打，就转身跑到朝鲜北部去了。

去年8月27日，中央电视台发布红色预警：27日—28日，8号台风"巴威"将在辽宁东港市沿海一带登陆。与"布拉万"一样，"巴威"也在海边看了看，28日上午在朝鲜平安北道方向登陆了。

奇怪，真的很奇怪，台风为啥护佑一方，一次次让家乡化险为夷？我思来想去，恍然大悟："山顶洞人"与"前阳洞人"同期，都是我们的祖先。上天给足了祖先面子，东港人才享有这份安宁的福气。

2021年2月3日

初心难忘

初心若比树，使命扎根深。
知恩莫负义，圆梦永守信。

跳皮筋

李金红

"六月里花儿香，六月里好风光，六一儿童节，我们把歌唱，歌唱我们的祖国，歌唱幸福的生活……"每当回忆起这首歌，我就会觉得时光倒流，瞬间回到了秋千悠荡、皮筋弹动的童年操场上。

那个年代，孩子们的游戏真是多彩。一到课间，操场就沸腾起来了：跳皮筋、跳绳、跳房子、踢毽子、丢沙包……

跳皮筋是女孩子最喜欢的游戏。20世纪50年代初，我读小学三年级时，班里转来一名个子矮小、扎着两条小辫的女生。老师介绍，她叫宋玉秀，南方人，随军人爸爸来的，她语言与我们有些不同，同学们要团结她。下课了，我们身前身后围着这位陌生小同学，试着让她开口，她笑嘻嘻与我们答话，刚听起来有些别扭，但慢慢也就能听懂她的话。

最初几天，她站在旁边看同学们欢快地做各种游戏，后来，看着看着，就从兜里掏出一根长长的皮筋，说："我教你们跳皮筋吧。"我们高兴地答应了。在她的指导下，我们拉开了长长的皮筋，跟着她学着跳。开始我们只是在原地学着跳，她在皮筋上自己边跳边唱。唱着跳着，我们也会又跳又唱了："小皮筋，像肉皮，马莲开花二十一，二五六、二五七，二八、二九、三十一……"这样唱着跳着，一直跳到"九八、九九、一百一"为一节。开始是我们4个人在跳，后来是我们班在跳，几天后，操场上跳皮筋的孩子们多了起来。一根有弹性、长长的皮筋，就是一根最有魔力的小绳子，紧紧拴住了孩子们的心。操场上遍地响起跳皮筋的歌谣，孩子们跳得汗流满面，好生热闹。大部分孩子们的皮筋，不是我们跳的那种长长的没有接头的皮筋，通常是用大车轱辘的废内胎，剪得细细的一截一截接起来的，也有的是用妈妈做内裤剩下的松紧带，一截一截接起来的，五颜六色，很好看。

那时候有很多跳皮筋的歌谣，就像小朋友的名字一样，多年后我都能

脱口而出："学习李向阳，坚决不投降，敌人来抓我，赶快跳山墙，山墙还没用，赶快钻地洞，地洞有炸子，炸死小日本！"跳着唱着非常有趣。一条长长的皮筋，大多是一个人跳，众人跟着唱，操场上歌声此起彼伏，到处洋溢着欢乐的气氛。

跳皮筋也非常富有挑战性，皮筋的高度不断往上提。最开始是几个人在一起划拳，输的两个人各执一端把皮筋抻长，而后把皮筋架起来，其他人轮流跳，完成者就算胜了，中途跳错了或被皮筋拦住了，就下来另换一个人跳。皮筋从脚踝到膝盖，再到腰到肩，再到耳朵头顶，然后举高，分为"小举"和"大举"，就像攀登高峰一样，一步一个台阶，一级级完成，才能达到难度最大的环节，也就是"大举"。"大举"就是两个抻皮筋的人，把手臂高高举起，跳皮筋的人在中间按照规定动作跳，边跳边唱，这个难度很大。宋玉秀是跳皮筋的高手，她跳转自如，身体舒展灵动，那鲜艳的红领巾在胸前横飞，两只小胳膊举得高且自然，两条小腿飞得抛到后脑勺，像一只活泼的小燕子穿梭在高高的皮筋间，每次，她都能跳到"大举"。同学们都围过来看她表演，越看她跳得越起劲，我们这些跟着唱的孩子们，也就越唱歌儿越响亮……

岁月不饶人，一晃，那些单纯快乐的时光远去了，我们这些当年活泼天真的孩子们都老了，留下的只有美好的回忆，现在想起来也觉得很有色彩。我们的童年是欢快的，没有压力，没有痛苦，只有欢乐，课外作业几乎没有。在学校，下课铃声一响，跑出教室又蹦又跳玩得开心。放学了，回家放下书包，跑出去与小伙伴们继续玩耍，那真的是自由自在的快乐生活啊！如今的孩子们放学了，不是宅在屋子里对着电脑或手机，玩着那些永远玩不够的低头游戏，就是这个辅导班那个辅导班，没完没了地学习。我觉得他们是沉迷的，真希望孩子们能走出屋子欢乐起来，唱起来，跳起来，跳出个五彩缤纷的童年！

想念童年的小朋友，想念教我们跳皮筋的宋玉秀同学。我想告诉她，是她把跳皮筋的游戏，从南方传给了北方小镇唯一一所小学的孩子们，又像雨后春笋般传给了全县农村所有小学。我竟成了故乡第一代跳皮筋的人，我很欣慰。

2016 年 5 月 16 日

留　恋

李金红

　　搬家了，老屋的浓浓深情让我扔不掉、放不下。那里蕴藏着太多的记忆和美好生活的憧憬。我与老伴儿婚后搬了9次家，从农村到城镇，借房、租房、福利分房、动迁换房、个人买房，小房换大房，一晃走过了50多年。而这9个家中，让我最留恋的，还是住得时间最长而又最温馨的，即将离开的这个家，我们称它为老屋。

　　20世纪末，家乡小镇楼房一栋连着一栋拔地而起，我们老两口商定，这预制板结构的楼，已经住了十多年了，该换一户地理位置好，开发商又颇有名气的捣制钢筋混凝土新楼。于是，在世纪新村小区选购了一户六层带阁楼的步梯楼，面积近200平方米。亲朋好友都不赞成我们买顶楼，儿子们也怕我们住几年后就爬不动了。老伴儿坚持：我们现在刚满60岁，再爬10年才70，只要身体健健康康，再爬20年又何妨？如果身体不好，就是住在一楼也走不出屋。主意已定，付款、领证、装修。

　　这是一套上下两层复式楼房，下层3厅（大客厅、小客厅、餐厅）2卧2卫。阁楼是通间，没有厅、卧之分。经设计师巧妙设计和工匠们精工细作，3个月后，一套漂漂亮亮的大房子展现在家人面前。

　　从入户门进入，南3室中间一室为小客厅（专养鲜花盆景，又称花卉厅）；两侧为主副卧；3室正北为大客厅；大客厅西，是南北通长落地大玻璃窗，上午，温暖的太阳悄然走进客厅，直到傍晚才姗姗离去，整个屋子一天到晚亮亮堂堂；客厅北是餐厅；餐厅西拐是卫生间；最北是厨间，一排玻璃窗与花卉厅的落地大玻璃窗相对，南北通透。

　　屋子装修风格静谧素雅，美观大方。悬浮、吊顶、筒灯、吊灯、壁灯、落地灯，布局合理。墙壁一码是大白漆，满屋子白里透明；衣柜、整容柜、酒柜一码是淡黄色的实木板材。地面除厨房和卫生间是优质瓷砖，其余全部是地板：木棱子垫底，铺一层优质九厘板，九厘板上面再铺进口实木大自然地板。柜子与地板颜色相同。淡黄色檀香木地板，金光闪闪，散发着香气，似油又像水，亮亮堂堂，反射出近距离物件的模样。顺着餐厅右拐

是通往阁楼的扶梯，人工精致雕刻的扶手和立柱，闪着淡黄色的油光，摸一把细滑牢靠，迈3级台阶右拐一个胳膊肘弯，续登12级台阶便到了斜坡式的阁楼。

阁楼西墙，装有斜式贴墙书柜。北角又一面书柜围成了小卫生间的东墙。老板台和电脑桌，放在书柜前面。阁楼东墙由南向北装了一排由低渐高的衣柜。北墙边放一张3.6米宽的大床，专为节假日儿子们探家准备的。8口之家，楼下两卧为两个儿子儿媳各一室，楼上大床是我们老两口与两个小孙女的大通铺。每逢春节，两个小孙女都高高兴兴睡在爷爷奶奶身边。全家人是那么欢乐，那么幸福地团团圆圆欢聚一堂，享受天伦之乐。

推开阁楼门，是60多平方米的露台花园。露台地面防水处理后铺上瓷砖。四周一圈儿一尺多高钢筋混凝土墙，墙上一排钢筋混凝土柱又支起一圈儿横梁，横梁上等距离栽植一圈儿钢筋水泥球，远远望去，像挺胸站岗的卫兵，又像一群孩童手拉手在唱歌。

春节伊始，老伴儿早早准备购年货，最主要的是领孙女到街上买鞭炮、买对联。待孙女到家一进门，放下背包，爷儿仁就高高兴兴去买鞭炮。一会儿工夫，背的背，抱的抱，一大堆不重样的鞭炮就搬上了阁楼。两个孩子坐在地板上分呀分，把花炮一类的小品种各分一份，其余丢在一边由爷爷负责。吃过年夜饭，爷儿仁各自拎起一份，到宽阔场地安全燃放。那年年三十晚上，全家人看完春晚节目，正要接着开始一年一次的春节家庭赛诗会的时候，户外有人大喊：露台起火了！儿子首先从楼下跃上阁楼冲向露台，原来是围着果树越冬的稻草，被楼下飞起的鞭炮火花点燃着火。全家人都往阁楼上跑，端着装满水的水盆第一个冲出门外的是6岁小孙女彤彤。全家人浇水的浇水，扑火的扑火，一阵工夫，烟火悄然而去，恢复了平静。我问孙女，大家都慌神不知所措的时候，你怎么知道端水灭火？老师告诉我们的。全家人为她的机智灵活鼓掌点赞！那种热闹，那种欢乐，那种有惊无险的场面，让人永远不会忘记。这年的赛诗会，彤彤获了一等奖。

21世纪初，小镇人刮起住电梯楼风，我们小区不少业户迁入新建电梯楼，旧楼换成一批农村迁入的新户。儿子苦口婆心劝我们买电梯楼，我们执意不干。小儿子趁休假之机，带我们看了好几处新区，最后在一个南方人开发的高档楼群中，选中了一套一梯两户250平方米的屋子。我们仍然不同意买。儿子不与我们争了，回京后，直接把全款一次划到开发商账户。儿子催我们装修搬家，我们缓缓不动。他们就三番五次地劝：现在你们身体好，爬六楼不是问题，人总有衰老过程，以后呢？早预测早享福有什么不好？木已成舟，千禧年到来之时，我们搬进了新居。

人进了电梯楼，心还留在老屋。每天吃完早饭，我和老伴儿便急匆匆开车从桥南奔向桥北的老屋。在小区院内停好车，从后大门出去，步行200米就到了蔬菜批发市场，买什么新鲜蔬菜、水果、海产品等都有，比新区可方便多了。买完菜提着爬上六楼，我忙活收拾屋子、做饭，老伴儿到露台花园收拾园子，喂养他多年一直散养的小鸟。吃过中午饭，我们到阁楼大床上，美美地睡上一觉。而后，到露台莳弄莳弄园子，拔拔草，浇浇水，间间苗、间间菜……待夕阳无精打采斜挂的时候，我们提着中午打包的饭菜，驾车返回桥南新屋了。

光阴如水，岁月流飞。这种上午来、下午归的日子，我们度过了6年。如今，两边跑的日子，还真有点力不从心。老伴迷恋写作，每天把我送到老屋，他就急忙开车回新屋上电脑。我一个人每天收拾新旧两宅400多平方米的卫生，还要收拾菜园和花草，两年前又患了斜角肌神经粘连病，导致胳膊疼痛不已，唉！人不服老不行，索性卖掉老屋。

2016年11月15日，交易成功。真要离开老屋了，那莫名的依恋和惋惜，让我心痛万分，这里封存了太多太多的记忆：

16年前，刚刚搬进老屋，第一件事是编制花园。打造畦田，拉土、下粪、栽树、植花、种菜。十几年来，栽种杏、桃、枣、樱桃各2株；轮换种植草莓、花生、西红柿、韭菜、生菜、黄瓜、洋葱等和百合、月季、芍药、假桃花、酱紫辣、碱蓬子等花卉。浇水、施肥、剪枝、灭虫、松土、间苗，还有收获和冬季保温等，一年紧忙活。每年杏花报春早，当叶儿还卷曲在叶芽内，粉色杏花便绽放于满枝条，不几天，绿色小叶从花瓣间隙中挣扎着挤出来，阵阵微风吹过，泛白的花瓣缓缓飘落，纷纷扬扬，似冬季的鹅毛雪片。紧接着，樱桃花、桃花也挂满了枝头，还有不知道从哪里飞来的蜜蜂、蝴蝶等。蜜蜂那嗡嗡嘤嘤的曲调甜蜜柔情，清新流畅；蝴蝶在花丛中翩跹起舞；蜻蜓飞飞落落，鸟儿叽叽喳喳，让这不起眼的空中露台小院，热热闹闹，喜气洋洋。

　　未等秋风来，黄里透红的大杏梅，便晃晃悠悠挂在绿叶间，有独枝一枚，也有两枚挂一枝，更有三枚一起坠枝头。眼看一天一个样儿的大杏梅成熟了，却舍不得摘，直到熟得发软了，我们才摘下。甜香的杏梅还未吃完，樱桃就急火火地涨红了脸，满枝头一片片，摘不尽，吃不完，邀来亲朋共享。这时，挂在枝头的桃子，还在不慌不忙地看风景……待秋风吹来，累累桃果羞红了脸，像是成熟太晚，觉得对主人不够意思地低头弯腰。

　　种植蔬菜，亦为花园增光添彩：树荫下，撒一把生菜种，生菜从春吃到秋，那嫩嫩儿的生菜叶掰一茬又一茬；疯长的韭菜割一茬长一茬；摘一根顶花带刺的黄瓜，边吃边干活，爽口又解渴。割一把韭菜，摘几个紫嫩的茄子，就是中午一顿肉焖茄包子。买两把西红柿小苗，栽在泡沫箱子里，打架、施肥、浇水，几天工夫，小苗就呼呼地挺直了腰，吐丝、开花、结果，大串大串的西红柿由小变大，由绿泛白，由白变红，摘下来生吃、炒鸡蛋吃、做汤吃、凉拌吃，怎么吃都吃不完，就一盆盆摘下来送给亲朋吃。十几年来，不曾买过西红柿，自家种的，没有化肥，没有农药，吃起来甜心又放心，这才是绿色食品呢！

　　老屋露台花园，给了我们太多的欢乐和幸福，有发芽抽枝的欢喜，也有开花结果的满足；有力所能及的劳作和健身的机会，也有品茶赏月的意趣。每年中秋之夜，我们便在露台圆桌摆上月饼、毛豆、水果等，敬天赏月、诵诗、品茶、饮酒……晚饭后，到露台打打羽毛球、做做操、跳跳绳。夜幕降临，站在露台上，一览夜幕下小城美景，又是多么惬意。老伴还在露台栏杆立了两根竹竿，每年"七一"党的生日挂党旗，国庆节挂国旗。那年，他挂完党旗，突然立正，站得笔直，面向党旗，举起右手紧握拳头，我举起相机抓拍，照片至今还留在电子相册里……

　　老屋的故事，一页页，一篇篇，数不清，写不完。当我们最后离开老屋那天，我眼里泛着泪花，与老伴手拉手站在通往阁楼的扶梯上，留下一张珍贵的照片，上书：安居乐业十六载，依依不舍昔日情。

2016 年 12 月 30 日

小环——无法忘记的童年伙伴

李金红

　　小环是我的发小，是 10 岁那年，我背着小弟跟着母亲迈进继父屋檐下那天结识的。

　　3 间破旧的草屋里挤满了人，炕上、地下摆满了饭桌，围着桌子坐的大人孩子是来吃酒的。我们的到来，他们的喜庆似乎达到了高潮。酒菜端上来了，一个大男人嬉皮笑脸地拉过母亲，让她和继父挨个桌子敬酒。母亲哭丧着脸，一桌桌、一杯杯地敬着。突然，那男人把斟满酒的杯子夺过来，逼母亲喝。母亲推辞再三，被逼无奈，还是把满满的一杯酒喝下去了。只见母亲脸上浸出汗珠，眼里含着泪花，欲哭似笑地望着我们。我火冒三丈，放下怀里的弟弟，冲进人群，夺下母亲手里的酒杯，高高举起欲摔之时，一个比我略高一点的小姑娘拦住我，夺下我手中的杯子，把我拉到门外墙根站下，她用自己的衣袖为我擦去脸上的泪水，紧紧地堵住我，怕我带着怒火做出不理智的事。我抬头看看：她那光洁的脸上，镶着两只乌黑的大眼睛，滴溜溜地转动着。她低下头小声对我说：没事，等一会儿他们就走了，别哭了哈。

　　酒宴散了，客人陆续走了。我们帮母亲收拾屋子，小环拿起笤帚扫地，我刷碗洗筷子。我边干活边看着小环，她也一会儿抬头望望我，看着望着，我们都笑了。还是她先开口说话，告诉我她叫小环，也住在这 3 间屋子里。他们住东头一间半，我们住西头一间半，共用一个灶间，各有各自灶台。母亲说这叫"对面屋"。

　　小环比我长两岁，我们俩都扎着两条小辫子。她的两条小辫儿朝天翘着，我的两条小辫儿往下垂着。我们很友好，她说她 6 岁就会做饭、做衣服，7 岁会做鞋。我问她爸爸妈妈在哪里，她说都死了，记事起就没见过爸爸妈妈，一直跟着奶奶和哥哥过日子。她哥哥每天早晨都背着一个长方形的帆布兜子出门，兜子里装着斧头、刀锯之类的工具，耳朵上不知为啥始终夹着一支笔。小环说，她哥哥很辛苦，每天都起早贪黑做木匠活儿养活奶奶和她。她奶奶是裹着三寸金莲的老太太，看样子很老，整天待在炕上一动也不动，

吃喝拉撒全靠小环伺候着，就是吃饭也要靠小环一口一口往嘴里喂。

小环心灵手巧，家里的活儿她全会做。她教我做饭、做菜、发面、贴大锅饼子。隔几天，我们就各自发一盆玉米面。当黄黄的带着嘎儿的大饼子出锅时，那香香的味道会让同院的婶娘们夸奖道："这两个小姑娘真棒，小手不大，能炸出这么大这么香的大饼子呢！再看看人家摆弄的咸菜盘子，红的一盘胡萝卜丝，绿的一盘绿萝卜条，还有咸萝卜缨儿、豆酱盘，都收拾得干净利索呢！"

冬天人们都穿棉袜子，我们没钱买。小环让哥哥拿回两块木棱子，我们刀劈斧砍，做成纺线锤学着织袜子。她教我把一只手抬得高高的，一只手摇着木锤儿，将旧棉花纺成线，织成棉袜子，厚厚的棉袜很暖和。大院的婶婶都说："这两个小姑娘真是巧无量，没有她们不会干的活儿。"一天，我和小环一起到房后路边潮沟洗衣服，洗着洗着我抬头望望，见水里露出一个小孩脑袋，一蹿一蹿的，吓得我直跺脚叫喊，小环扑通一声跳进水里，拖住小孩往岸边游，在大人们的帮助下，小孩得救了。原来是同院张嫂的3岁儿子，偷偷跑出屋子玩水掉进沟里的。我很敬佩小环舍己救人的精神。

小环既是我生活上的老师，又是灵魂的工程师。

那天，居民组长挨门逐户调查不识字的人。组长问我们几岁，上学没有？我们都低下了头，小环说她13岁，我说我11岁，组长二话没说，就记在他手拿的小本子上。没隔几天，组长通知我们上夜校"扫盲"。从此，我们每天晚饭后都到王婶家学文化。老师在黑板上写一个字，就指着黑板教我们念，我们高兴极了。那些婶婶们，刚教完的字，老师提问就读不出来了，我和小环抢着大声读，老师不让我们读，可是我们控制不住，还是小声读给她们听，老师就批评我们，并厉声问："你们小小年纪为什么不上学，在这捣乱？"小环说："俺哥不让俺上学，叫俺在家伺候奶奶。"我说："俺家没钱交学费，每天还要给继父包子铺剁菜，不能上学。"

第二天，组长来了，对小环说："你继续上扫盲班吧！"然后给我一张字条，说："你明天上学吧，拿这张介绍信就不用交学费了。"我高兴地背着母亲用毛巾缝的书包上学了。小环哭着闹着要求哥哥也要上学，哥哥说："你上学谁来照顾奶奶？"他眼圈含眼泪，转身走了，其实，小环也知道奶奶离不开她啊！从此，每天晚饭后小环帮我剁菜，我帮小环认字，我们姐妹俩都很高兴。

流年如水，一晃3年过去了。小环奶奶去世了，哥哥也找了对象结婚了。小环不像以往那样欢天喜地了，常常停在墙根，呆滞无神，像雨后桃枝上翅膀淋湿的栖鸟，一动不动地静立着，宛如悠悠岁月的塑像，有时还偷偷掉眼泪，我从未见过她如此郁闷，心疼地问她缘由，她总是默默不语擦眼泪。

那日，她住在本溪的姐姐回来了，要领她去本溪。临走时，我们俩都哭了，哭得很伤心。本来约好互相通信的，可离别这么多年没有音信，她哥也迁往农村了。我读初中时，在小环嫂子的外甥女家，见到一张小环与一个男人的合影照片，她身穿一套淡灰色的西服，裤线笔直，手捧一束鲜花，挺好看的。我猜想小环结婚了。

这么多年来，我一直没有忘记小环，曾多次打听她的消息，可又有谁能告诉我呢？我无法忘记与小环一起度过的童年时光。闲暇，一想到她，一种美好的情感就会在心中涌起。小环，你在哪里？

2017 年 8 月 17 日

柴 变

刘金恩

大东沟，因地处鸭绿江入海口和甲午海战古战场而举世闻名。100 多年前，这片"龙兴之地"的盐碱滩人烟稀少，沟壑纵横，鱼虾肥美。一眼望不到边的芦苇荡，柴（财）源滚滚，是烧柴、用柴的天然仓库，也是动植物恣意生存的广阔天地。当年流传着这样的顺口溜：嘟噜蟹子滩地居，棒打狍子瓢舀鱼，三只蚊子炒一盘，野鸡飞到饭锅里。

山东、河北"闯关东"的流民，慧眼识珠，发现并瞄准了这块得天独厚的自然资源，收住了疲惫的脚步，成为大东沟第一代老街人。

老街人靠渔猎、拉纤和编制草制品为生。一日三餐和冬季取暖，全靠芦苇和苇叶子：房子上苫的是苇，炕上铺的席子是苇，头上戴的斗笠是苇，

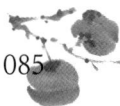

销售的草制品是苇，锅底下烧的还是苇。妇女要做饭了，或自己或打发孩子到房前屋后随便划拉一抱苇子填锅底，就是一顿饭，不花一分钱。充足的柴火，燃烧着背井离乡人的希望，温暖了一代又一代老街人。从此，这片人烟绝迹的盐碱滩，便升起了缭绕缥缈的炊烟，像一道美丽的风景，陪伴老街人走过了风雨飘摇的上百年，直到 20 世纪 90 年代初。

一位哲人说："世界上永远不变的，只有变。"万事万物皆如此。草木枯荣，山崩地裂，大自然在变；三皇五帝，朝代更迭，社会在变；衣食住行，柴米油盐，百姓生活在变。"民以食为天"，"柴米油盐"柴在先，无柴生米不熟饭，柴的地位倍显尊贵了。

柴，俗称"柴火"，字典先生说，柴烧火用的草木。广义而言，泛指各种燃料。钻木取火的进步意义，在于告别以狩猎为生、生吞活剥的野蛮时代，使人类逐步进入由烧烤到蒸煮炖炒的熟食生活文明。

中华人民共和国成立后，随着老街人口的增加，芦苇荡划归苇场管理，堵死了人们随意割苇之路。每年苇场割完苇子，才允许老街人进塘搂草。家家户户便起早贪晚，或户自为战，或请亲友帮忙，唱大戏似的拿着扁担、绳子、草刀、笆子等工具涌进苇塘，搂的搂、捆的捆，集成一背、一担或一车，肩挑、背扛、车运，像蚂蚁搬家。大约苦战半月十天，终于攒足一年的烧柴。各家各户的房前屋后、街道边、胡同、岔道口，都堆起了高高的柴火垛。鸟瞰地面，像布满碉堡的战场。草屋连脊，草垛连片，烟头火、鞭炮火、小孩玩火等火灾、火警屡有发生，"防"不胜防，老街人终日提心吊胆，时时担心"火烧连营"。

天然芦苇荡，不仅无私提供给属地子民充足的燃料，还养活两个造纸厂。抗战胜利不久，老街（今东港市大东管理区）储存的 4 万捆大苇在春风中失火，义务消防队与居民一起奋力扑救，才将大火扑灭。改革开放初期，属地造纸厂 24 垛芦苇、稻草突然自燃，整整烧了 19 个日日夜夜，损失 60 多万元。每年年三十晚上，因燃放鞭炮和小孩玩火引起的火灾、火警电话一个接一个，消防官兵连顿年夜饭都吃不清闲。一夜间，草屋、草垛火灾、火警上百起，消防车警报声，在老街上整整响了一宿。

后来，有人购买稻皮子烧饭、取暖。装稻皮子又脏又累，一场活下来口干舌涩，灰头垢面，两桶鼻腔黑灰，不比搂苇叶子轻松，还要购买风匣和鼓风机。

20世纪90年代中叶，一些家庭讨厌烧稻皮子，便使用无烟煤（蜂窝煤）或大烟煤取暖、烧饭。如此一来，因柴草引起的火灾、火警发案率下降了，但煤烟中毒死亡事故却有所攀升，公安机关多出一类"非正常死亡"案件的勘查和认定。后来，液化气引进，煮饭快且干净，被许多家庭接受，但是液化气罐爆炸事故时有发生，公安机关又多出一项任务。

再后来，科技进步，电磁炉、电饭锅等家用电器走进平民家庭，柴火（苇草、稻皮、煤、液化气）就慢慢淡出日常生活。到2011年10月，老街人与京、沪、广等大城市人一样扬眉吐气，因为天然气通到了各家各户，一按钮，蓝蓝的火苗欢腾跳跃，做饭、炒菜又快又干净。这正是：炊烟远去天更蓝，风箱声绝静无边；启动开关饭菜熟，生活清爽真悠闲。然而，那烟熏火燎的柴草年代，却依然镌刻在老街人的心头上。

2017年4月8日

草木亦有情

李金红

有人说："人非草木，孰能无情？"人们常以植物无情抬举人的情感。草木真的无情吗？以我的生活实践：草木有情，草木与人有感情，草木与草木之间亦有感情

20世纪80年代初，亲属送来一盆小杜鹃花，我精心护理莳弄它，冬天屋里没暖气怕冻着，就把它放在卧室朝阳的窗台上越冬；夏天怕热着，就找个通风阴凉的地方，既有一定的光照，又热不着。浇水施肥之余，每天早晨起床先去看看它，晚上睡前再去摸摸它，与它说说话。在我的精心照料下，杜鹃疯长，一天天强壮起来，坚实挺拔，神气活现，次年便绽开几朵紫里透红的鲜花。年复一年，日复一日，杜鹃越长越高，越长越壮，枝叶茂盛，葱绿油亮，花儿越开越多，又大又艳。倒大盆，换新土，越倒腾

越兴旺。20 多年来，它跟随我们搬了 3 次家，屋子越宽敞，杜鹃越疯长。在落地玻璃大厅里，它竟占据了半壁房间。每年春节前夕，它那偌大的太阳伞状的枝头上，绽出数不清的花蕾，待到春节家人团聚时，花儿姹紫嫣红开得火爆，映红了整个大厅。那朵朵鲜花像一张张笑脸，瞅着回家过年的儿孙们笑。孩儿们围着花儿转来转去地跳啊，唱啊，拍照，录像，留下了许多难忘的记忆。我们把杜鹃花视为家中一宝，不轻易出远门。即使离家一两天，也请亲属帮助每天来我家给它开窗通风换气。可是，那年冬天推托不掉儿子的邀请，离家去香港探亲，本来临走前培训了外甥女莳弄它，结果次年"五一"回到家，一眼就看见杜鹃花叶黄枝垂的样子，我心痛万分，急忙请花师挽救，最终还是叶落枝枯，我的泪水落在了枯枝上……

谁说草木无情？外甥女明明按照我的方法侍弄，可它为什么会死掉？我想它是因思念主人而去的。我找遍了各个花市，再也买不到这样称心如意的杜鹃花了。

前些年，从儿子家花盆掰一枝不足一尺高的虎皮兰带回家侍养，翌年，便在周围发出新芽，新老枝争先恐后地长，年年发新芽，一茬接一茬。十几年过去了，那棵小苗扩生出 6 大盆壮壮实实、近乎一人高的虎皮兰。每天起床，第一件事就是到花厅看花，擦擦宽大绿叶上的灰尘，扶扶长歪的叶片，整整齐齐站成一排，一眼望去，像一面绿色的画卷，人见人爱。都说虎皮兰"皮实"好养，去年 6 月我们放心地去英国探亲，走前安排专人管理，虽然签证一年，却只住不到三个月就急忙回家。推开屋门直奔虎皮兰，可是映入眼帘的是，大片的绿叶间泛出一道道白色死斑，苟延残喘，庆幸返回及时，才挽救了它们的生命。

说来也怪，有人养花再精心，也是养得半死不活甚或枯萎，而有些人养花，养什么活什么，这除了技巧之外，恐怕就是花与养花人的情缘吧，你对它好，它对你就有情，便将美丽献给你。前几年，花 5 元钱买了一棵对兰，对兰就是成对开花，每一棵粗壮的茎头开起来就是两对 4 朵花。如今，繁衍出 6 盆，每盆 3 棵 12 朵花一起绽放，每年春节期间 72 朵鲜红鲜红的喇叭状大花齐开放，特好看！

我喜欢大自然的草木花卉，喜欢去郊野看山看水看草木。走进鸡冠山通天沟深处，登上黄花甸，绿草如茵，黄花儿朵朵，举目丛林挺拔，蓬勃苍翠，同游一年轻小伙仰起头大声喊："嗨嗨！嗨嗨！"树木也相迎发出"咳咳咳、哗哗哗"的低语。草木真的有感情，你听，你喊它们，它们就回应你，与你对话交流呢！

走进宽甸天桥沟森林公园，深入山高林密、蜿蜒曲折、苍凉而壮阔的大峡谷，便见一棵浑身长满了绿叶的藤，根植在泥沙石垤的溪涧中央，它听着两侧如诗如歌的流水声，将茎干托空跨越身下潺潺流淌的河水，身躯奔向对岸爬在大树上的、歪着头好像在向它招手的藤，太神奇了！它们是朋友还是恋人呢？它们有特殊约定还是有一段情史？让人无法解说，也许这就是草木的神秘吧。

人若有情，草木亦有情。

2017 年 11 月 1 日

碗

李金红

小时候去小伙伴云珍家玩儿，看到她家橱柜里摆满琳琅满目的大碗、小碗和盘子，我就羡慕不已。特别是那些碗，洁白如雪，质地细腻，散发着柔和的光泽，再配上花草图案，非常漂亮。更让我惊奇的是，有一次云珍趁她妈不在家，偷偷端出一对锃亮的碗给我看，她说是银碗。那碗上雕刻的葡萄藤虬劲盘曲，枝繁叶茂。我从未看到有这么好看的碗。我回家告诉了母亲，母亲说，有钱人家用的碗大多都是这样，有用细瓷碗的，也有用铜碗、银碗的。听说用银碗吃饭还能解毒呢。

我们家用的全是黑乎乎的粗瓷碗盘，黯淡无光，拿捏在手里"沙楞楞"的，然而，端着它从未觉得"不得劲儿"，我们一家人生活得很快乐。

结婚后进了婆家门，还是端着粗瓷碗。那日中午，婆婆小心翼翼双手捧着一只蓝花粗瓷大碗，放到桌子中央，碗里的土豆汤冒着热气，我们各自舀一小碗汤，就着发面玉米饼子大口吃着。见我好奇地端详大碗，公公

笑着告诉我，九一八事变后，他被日本人抓到本溪湖煤矿当劳工。一天中午，他领了两个橡子面窝窝头，刚咬了一口，一个灰头垢面的人走到跟前，拿着这只黑乎乎的大碗要换饭吃。公公看那人有气无力、站立不稳，就把窝窝头送给了他，并不想要他的碗。那人二话没说，把碗硬生生塞到公公前怀，转身便走。公公敬佩他的骨气，只好将这只大碗带回家，也带回了这段故事。

每年春节前夕，婆婆都要去离家一公里的供销社买几只碗。我问婆婆，家里的碗够用了，为什么年年添新碗？婆婆说，这是乡下人的规矩，每年添新碗筷意味着年年有余粮，天天有饭吃。多少年来，婆婆大多都买二号碗和花盘子，从不买细瓷碗。买来的二号碗，幽蓝的碗边，暗白色的瓷，虽然比不上亮闪闪的白细瓷碗，可是婆婆说这样的碗厚实，不容易碎，价钱还便宜。

20世纪60年代初，我们一家的生活清苦，一年到头碗里顿顿是玉米粥，盘里餐餐是咸菜，偶尔见到大粗瓷碗盛的青菜端上饭桌，大人孩子乐得够呛。

后来，孩子们长大，陆续考上大学，走进大都市，踏上了工作岗位。我们家也搬进了城里。房子大了，宽敞的橱柜里摆满了儿子们买回来成套的细瓷花碗：有来自瓷都的釉下彩名碗，有来自香港的绘有蔷薇和兰草的汤碗，还有木碗、塑料碗、不锈钢碗、微波炉碗，大大小小，应有尽有。每年春节，全家人热热闹闹吃年饭。碗盘里的饭菜也随着时代而变化，前些年，碗里装的是细粮，盘子里盛的是鱼、肉、蛋。近几年，提倡健康饮食，碗里盛的是玉米、小米、薏米、杂粮粥；汤碗里装的是萝卜丝虾仁汤、海带豆腐汤，盘子里是青菜、大酱等。虽然每年春节，我还像往年一样大锅炖肉、小锅煎炒地准备年饭，可孩子们最喜欢吃的还是清淡的菜肴。无论大家的口味怎么变，饭桌上唯独不变的还是粗瓷碗盘，每当端上装满鱼丸汤的蓝花粗瓷大碗，我就会想起公公被抓劳工、国人受尽凌辱的年代；每当看到昔日裹脚婆婆从供销社买回的二号碗和花盘子，我就想起了清苦的岁月：而看到两只小木碗，我眼前就会呈现出小孙女端上它，乐呵呵满地小跑的身影……

如今，每当儿孙回家团聚，端起饭碗热热闹闹吃饭时，老伴儿总会谆谆告诫家人：我们的日子过好了，但不需要像过去大户人家那样用金碗、银碗。人的一生不管用什么碗，只有把饭碗端牢，路走正，才最有价值，否则，什么碗都会丢掉。

2017 年 11 月 28 日

难忘自行车

李金红

1962 年春天我结婚了。那个年代结婚，没有远古那披红挂彩的高头大马和抬轿，更没有当下招摇过市的名牌轿车，青年人结婚大都是婆家雇一辆马车或驴（牛）车去女方家接媳妇。那马或驴的脖子上拴着红布和铃铛，车老板把鞭子嘎嘎一甩，马儿就欢快地甩着头，有节奏地"嗒嗒"行走在马路上。我不好意思坐在马车上让路人注视，就让男朋友骑着他家那辆破自行车，带我抄近路从小城回农村的婆家。5 月的晴空，阳光暖暖地照着，微风轻轻地吹着，我坐在自行车后座上，两条长辫柔柔地飘着，一路上说着笑着，那种彼此相亲相爱的情怀纯真而又浪漫。当坐在马车上送亲的母亲和姐姐进了堡子，左右邻舍妇女孩子们出来看新媳妇时，孰不知我们早已从后道进了婆家门。

结婚不久，丈夫改行被调到城里工作，我原本指望能坐在丈夫骑行的自行车后座上无忧无虑地上下班，这下没了指望。工作的学校离家较远，我只能下决心学骑自行车。婆婆说，你能在路上骑一丈远，算你没白学。我很不服气，每天早晨上班，把车子推到学校，学生放学了，就在操场上学骑车子。手握车把单脚蹬车，绕着操场溜圈，溜着溜着竟不知不觉右腿跨过车大梁，两只脚蹬着车子歪歪斜斜向前走了，我高兴极了。心怦怦直跳，可是没走多远，就觉得车头不听使唤，突然连车带人摔倒了，裤子擦破了，嘴唇也碰出了血。又疼又气的我，站起来再骑。骑着骑着，眼看车头奔向操场边大树而去，说时迟那时快，我远远伸出两只手抱住了大树，车子飞到地沟里去了……几番惊险，几番努力，我终于学会了骑自行车。从此，我不用起早贪黑赶路了，每天，我都骑着这辆破旧的自行车，飘着两条又

长又黑的辫子，神采飞扬地行走在乡间小路上。自己骑车上下班真是美极了，有一种生活疆界极大扩展的飘飘然，悠哉，悠哉……

60年代末，国民经济逐渐好转，生活水平提高了，年轻人结婚大都是身着蓝色毛料西服，胸佩红花，双双骑着崭新的自行车，招摇过市。虽然那个年代买自行车算是奢侈品，可丈夫还是倾囊花90元给我买了一台大金鹿自行车，我骑着崭新的车子心里美极了。一个周日，我让他骑新车带我和儿子回娘家，让母亲也高兴高兴。我把儿子用棉被包得紧紧的，捆上带子抱在怀里坐在后座上。北风如刀刺骨，车子在坑坑洼洼的冰雪乡路上东歪西斜地前行，我嘱咐丈夫慢慢骑，话未落音，连车带人摔倒了，我和儿子被甩出老远，我顾不得一切爬起来急忙找孩子，只见儿子被甩在路边的玉米地里，面朝雪地，小脑袋一上一下地点着，我赶忙抱起孩子，看见他的小脸蛋、嘴和鼻尖上全是雪，他不哭不叫看着我笑。丈夫踉跄走到我们面前，见无大事，就去扶车子，车链子摔掉了，费挺大劲儿才将链条复位。

80年代初，我被调回城里工作，丈夫高兴地把二八大金鹿车给我换成二六小凤凰牌自行车。我惜车如命，每天都擦得锃亮，遇到雨天宁走不骑。人算不如天算，不到两个月，竟被毛贼盗走了，我心痛极了。丈夫又托人在丹东市给我买了一辆款式一模一样的小凤凰，我又加了防盗锁。这辆小凤凰一直陪我走完了上班的路。

20多年过去了，我的小凤凰依然笃定地站在厦子里。亲朋好友都劝我送人算了，我就是舍不得，看见它就想起了上班时那一幕幕的美好时光。丈夫快退休了，儿子说没有车不方便，退休了也别给单位找麻烦，就给我们买了一辆小轿车。如今，春游夏泳、看山玩水，都是老伴驾车走南闯北，想去哪儿就去哪儿。

一出门就开轿车，机动车用惯了就离不开，虽然我是只坐车不开车的自在人，可我还是不忘初心，喜欢骑自行车。梦里瞬间会依稀重拾骑自行车的日子：袅袅炊烟伴我在乡间小路上飘飞，小河潺潺轻声唱，树叶沙沙在作响，老槐树远远在招手，乡里乡亲笑脸一张张……

这种情怀，就是坐在再名贵的机动车里也无法体会得到的啊！

2018年1月6日

炊烟袅袅红薯香

李金红

20世纪70年代初的一天傍晚，我下班回家。骑着自行车刚爬上小岭坡，发现两个小儿子站在岗上东张西望，不停地转来转去，目送那些挑着大筐的社员挨家挨户送红薯。6岁的小儿子看见了我，跑过来仰着小脸说："妈妈，人家都分地瓜了，就是不给咱家送。"边说边擦脸蛋上刚刚流出的眼泪。

我登上车子向北山红薯地奔去，社员们正在忙碌收获红薯。生产队长笑着对我说："队里第一年栽红薯，产量不多，开会研究非农业户没交口粮款的一律不分。"我说："不知道队里啥时候收口粮款啊，明天去交钱是否可以分到红薯？"队长立马吩咐身边的会计，"快给李老师家拣一担送去。"

夕阳渐向西下沉，天光一点点暗了下来，堡子里各家各户烟囱里升起袅袅炊烟，弥漫着柴草的清香。红薯的香味亦从各家各户飘升。我们娘儿仨兴致勃勃地推开院门，还未等进屋，两大筐红薯已经送进院子。谢过送薯人，急忙拣一盆洗净入锅箅上。儿子们乐得围着锅台转来转去，一会儿工夫，锅盖一掀，热气扑脸，香气沁鼻，全家人围坐在饭桌前，饱饱地吃了一顿。

红薯又称番薯，地域不同称谓有别，很多地方都称红薯，也有些地方称甘薯、山芋、地瓜等，我们家乡普遍称地瓜。

翌年，春风和畅，阳气上升，生产队开始育薯秧。两排十几铺大土炕上，铺上苇席，苇席上面压河沙，将选好的红薯尖尖朝下，插在细沙中，盖上草帘。下面点火烧炕。队里挑选几位认真负责的老人精心烧火浇水，控制好温度，若干天后掀起草帘，满炕都是嫩绿的薯秧。队里育秧多，分给社员一部分，让各家在自留地里栽种。我得知消息，让爹拿现金到队里买了薯秧回家栽种，这样大人孩子都能管够吃了。

薯秧买到手，爹就有些打怵了：我家后山有一亩多薄地，倒适合栽红薯，只是从山下往山上挑水太累。我安慰爹放宽心，我们爷儿俩大干一天肯定能栽上。

周日的清晨，我们拿着薯秧挑着水桶到山下邻居家门前水井挑水。水井很深，我弯腰往里一望，吓得倒退了几步，心想：这要是掉下去可就永远别想爬上来了！爹看出了我的心思，笑着告诉我别怕，不用我拔水 ①，只管挑水就行了。这样，我跟着爹一趟不落地从山下往山上担水，接着，刨埯、抹秧、浇水、封埯。一根扁担两桶水，从山下往山上挑，一步一登高；一瓢一瓢浇，浇完这担还得继续挑，从早干到晚，肩膀压出了大肉包。

薯秧栽上没多久，遇雨疯长，一天一个样，红茎绿叶的薯秧叶子，把大地封得严严实实。天太热了，此时，要抓紧时间翻秧，以避免乱生根，影响结果实。有一天，我帮爹翻秧，一手抓起了藏在秧上肉乎乎的大豆虫，吓得我毛骨悚然，大叫一声跑得远远的，从此再也不敢翻秧了。

收获红薯的活儿累，也很有学问。爹教我在一埯薯秧左、右、前各刨三镐，就能刨出一嘟噜红薯，皮还不会蹭破。我举起镐头刨了几埯，不是左斜就是右偏，有时还会把红薯刨碎，爹就不让我刨了。他　垄垄刨，我一垄垄捡成堆，然后装筐。爹用大筐挑，我用土篮子挑，肩膀的红肿处还未消，压上扁担又鼓高，但我忍着疼痛，满心欢喜地往家挑，挑回家的红薯轻轻放到厦子里晾干。算一算，一亩多薄地收获了2000多斤，大人孩子高兴极了，拣一些送给城里的亲戚和未栽红薯的邻居品尝，大儿子时不时还偷几个扔到圈里给猪尝鲜。看到堆成小山似的红薯，听到人们的赞许，我很有成就感。

有资料记载：番薯最早由印第安人培育后传入菲律宾，明朝年间传入中国。16世纪，有两位在菲律宾经商的福建人，设法将一些番薯藤（秧）编进竹篮和缆绳内，瞒天过海带回了老家，遂种植并遍及国内各地

我小时候家住小镇，很少能见到红薯，母亲外出回来时偶尔不知在哪弄来几个熟的，分给我们姐妹吃。在那个物资贫乏的年代，红薯是不可多得的美味。没想到，我出嫁后在离家不远的小山村，竟凭着勤劳的双手收获了丰硕的果实，满足了小时候的夙愿！如今，市场上红薯多得很，既好吃又便宜，但每当我看见它，就想起种植红薯的往事，真是别有一番滋味在心头。

2018年1月31日

---

① 拔水：东港方言，即提水。

正月十五挂红灯

李金红

"正月里来正月正，正月十五挂红灯……"是我们这代人年轻时很喜欢唱的一首歌。

正月是农历元月，古人称夜为宵，所以立正月十五为元宵节，也称上元节。元宵节是新春的延续，是一年中第一个月圆之夜，也是一元复始、大地回春的节日。这一传统节日起源于汉朝永平年间，汉明帝下令：正月十五夜，在宫中和寺院燃灯。后来，放灯习俗走出宫廷和寺院，流传到民间，即每年元宵节，无论是士族还是庶民，都要挂灯，城乡通宵，灯火辉煌。

这一习俗，在唐朝发展成为盛况空前的灯市，当时的京城长安，已是拥有百万人口的世界大都市，国富民强，在皇帝亲自倡导下，元宵节办得越来越豪华。中唐以后，已发展成为全民性的狂欢节。唐玄宗时的开元盛世，长安灯市规模大到燃灯 5 万盏，花灯花样繁多。皇帝命人建巨型灯楼 20 间，高 150 尺，金光璀璨，极为壮观。

宋代，元宵灯会无论从规模还是灯饰的奇幻精美方面，都胜过唐代，而且活动更为民间化，民族特色浓厚。

到了清代，满族人主政中原，宫廷不再办灯会，民间灯会却仍然盛行，一直延续到今天。

20 世纪六七十年代，我们家住农村，过大年家家户户挂红灯，一直挂到过了正月十五。我们家过了小年，爹就张罗着制作灯笼，先制作挂在大门外的大灯笼，孩子们围着爷爷身边左瞅右看，急切地盼望爷爷给他们做小灯笼。

爹把备好的竹篾等材料做成西瓜形的灯架，红布围灯身，贴上大福字，再镶上窄条方棱形的边，一个灯罩完成了。再在灯罩底座固定一个带玻璃罩的煤油灯，添油点燃，两个美丽雅致的大门灯就做好了，挂在大门旁高高的木杆上，乐得孩子们直拍小手，紧催爷爷快给他们做手提小灯笼。小灯笼与大灯笼不同的是，灯身任选一种颜色纸围就，座底固定一个罐头瓶，瓶里栽一根蜡烛点燃，灯罩顶口拴根铁丝，再绑根木棍，孩子们抓起木棍

挑起灯笼，蹦着跳着跑出大门外……

年三十的晚上没有月光，正是屯里男孩子们提着灯笼，走家串户玩耍的时机，他们大街小巷疯跑、追逐、捉迷藏。那年，小儿子跟着大孩子们一样跑，一不小心被绊倒，灯笼着火了，吓得大哭喊哥哥，大孩子们一阵哄笑后，还是把小哥儿俩送回了家。更深夜半，爷爷赶紧接过灯笼，重新裱糊，孩子们断断续续玩了一个正月的灯笼。在他们的心里，这些红灯笼、绿灯笼、黄灯笼，是他们热盼的眼睛，收聚无尽的幸福；是红火的歌谣，唱响新年的韵律；是流溢的舞步，摇曳激情的春晓。

如今，孩子们不忘初心，每年回家过大年，都争取回乡下老堡子看看。车子顺着宽敞的柏油路，一直开到屯子里。乡亲家家户户挂着的不再是布挡纸糊的煤油灯和蜡烛灯，而是五颜六色的彩灯和装着电灯泡的大红灯笼。返回的路上，再看看东港路五彩缤纷的夜景，那高高挂起的大红灯笼和马路两边的斑斓彩灯，把小城映照得金碧辉煌。儿子们说："这壮观的美景，真敢与上海的外滩，香港的铜锣湾、尖沙咀相媲美呢！"

走进小区，一片舞动的红映入眼帘：大门灯笼红，家家户户阳台红，院子里越冬的树也变成了金光闪闪的红，到处洋溢着幸福感。这真是大红灯笼高高挂，红红火火庆佳节！

2018 年 2 月 24 日

在那偏僻的小山村

李金红

往事是人生过去的风雨，是一段段记忆永不失去的厚重，它凝结着人生中那些酸甜苦辣的味道。

20 世纪 60 年代初，我随丈夫从小镇来到偏僻的农村小学工作。乍到时，看什么都新奇：上下班路上，太阳照着沙土路，路边潺潺流淌的小河套里，飘摇着几尾小鱼，顺水游荡，钻来蹿去，我从地上捡块石子投去，受惊的鱼儿瞬间潜入水底或钻进石缝中。黄昏的光线逐渐黯淡，几只大公鸡摇着尾巴，在小树林里走来走去，悠闲地觅食……这样的风景在小镇是见不到的。

小山村啥都好，就是没有电灯，我最怕的是这里的夜晚，天一黑就不敢独自行动，晚饭后点着煤油灯刷碗也要让丈夫站在身边陪着，晚间上厕所更离不开他了。那日下午，丈夫要去离本校三四公里远的中心小学开会，临走时千叮咛万嘱咐：放学了不要走出办公室，等他回来接我一起回家。因为家离学校五六公里，需路过一条长长的水库大坝，下了坝还要穿越一片青纱帐，才能进堡子到家。

放学了，同事都下班回家了。我一个人坐在办公室看了一会儿书，屋子里渐渐暗了下来，没有电灯，也没有蜡烛，心里有些惶恐，突然想起学校附近邹大娘告诉我，这排房址原来是一片乱坟岗，后来乡政府为方便这一带孩子读书，便在这里迁坟平地建起一所分校。

屋子里越来越黑了，我的心也越来越紧张，就把椅子搬到墙脚靠墙坐着，眼睛瞪得大大的，东张西望，却模模糊糊地什么也看不清。一会儿听见桌子嘎吱嘎吱响，一会儿又听见墙脚有咔嚓咔嚓声，再低头瞅瞅那些办公桌子下面，有许多小黑影子蹿来蹿去。我吓得浑身发抖，站起来望望窗外，比屋里还亮一点，就惊慌失措地推门而出，头也不回向学校房后山岗跑去，远远望着丈夫回来的路……

望着望着，突然，身后发出阴冷的"哧哧"声，我毛骨悚然。急回头，差点把我吓晕：一个身披白色、又肥又大的破衣服，长得肥嘟嘟的矮女人，站在我跟前，她那比例严重失调的身躯下两条小腿超短，头发蓬乱得像一团茅草，颧骨突兀的脸上，一张大嘴里露出参差不齐黑黄黑黄的大牙，两眼直勾勾盯着我不出声。我心里怦怦直跳："这难道就是鬼？"我浑身抖得就要站不住了，她看出了我的惊慌，背过身哈哈大笑，笑声非同人声，吓人！她的背影一晃一晃的，更吓人！从她身上不断有冷风刮过来，冻得我全身更抖，我突然尖叫一声："鬼！"拔腿就跑，我跑得越快，感觉她在后面追得越紧。汗珠豆粒般从我脸上滚落，跑着跑着，就感觉到那女人用力一推，我便失去知觉，两眼一黑，栽倒在地……

不知道过了多长时间，懵懂中，我听到远远的喊声："李老师，你在哪儿？我们来领你回家了。李——老——师——"我吃力地睁开眼睛，无力出声，

勉强坐起来，倚在身边一棵树下。喊声越来越近，我心里明白了，是家人来找我了。

我被扶起来，晃晃悠悠跟家人回家，是丈夫和王老师扶着我。丈夫后来告诉我，开完会天就黑了，他一路小跑回学校找我，看我不在，就去山下邹大娘家找，大娘说："天没黑李老师来了一趟，看见我们收拾桌子要吃饭，留她吃她不吃就走了。"他一听就傻眼了，回头就往外跑，路上捡了两块石头握在手里防范，一口气跑回家。到家一看人没回来，又转身往回跑，爹也点起蜡烛、灯笼跟着跑。他判断我可能害怕，到离学校较近的王老师家去找，没有，王老师也跟到学校帮助找。办公室、教室、山岗找个遍，最后才在下山路边的树丛里找到我。

回家路上，爹提着灯笼走在前面，丈夫扶着我跟在后头，我一路以泪洗面。回到家一口饭没吃，倒下就睡了，迷迷糊糊中听见丈夫安慰：别怕，别怕，我们到家了……

三天过后，我睁开了眼睛。全家人乐坏了，丈夫告诉我迷迷糊糊高烧三天不睁眼，三更半夜经常喊："鬼来了！"爹说是吓掉魂了，打开后窗为我喊魂。丈夫扶我坐起，我觉得浑身都疼，口水不进，粒米不下，请来村医检查，高烧40摄氏度。一周过去了，仍高烧不退，每天昏睡，母亲得知，让继父借辆毛驴车把我拉到县医院，医生诊断是"疟疾"，打针吃药，又是一周才不烧了。

我在娘家养病期间，丈夫在学校工作之余了解到，这所小学的确是建在坟地上，闹鬼是道听途说，那位矮女人是本村光棍汉王二愣花钱从外屯买回来的老婆，神志不健全。

我从病痛中走出来，重新回到工作岗位，又与孩子们欢乐地生活在一起。孩子们见到我，一齐跑到我身边，仰着小脸儿问候。那个小男生像往常一样偷偷跑到我身后，轻轻摸摸我的长辫子，我止不住流出温馨的泪。我捏捏这个小手，摸摸那个脸蛋儿，心里好温暖。上下班我仍往返于这条乡间小路。阳光暖暖照在路边大槐树上，菜地边的篱笆上爬满了藤蔓，花朵开败了，一根根小丝瓜挂在叶丛间荡秋千。小河套里的鱼儿仍然在戏水，我不再抛石子惊吓它们了，我怕伤害了它们。我的身体仍然虚弱，有时路过河边，就坐在大石头上歇息一会儿，偶尔会遇见那个矮女人在河套边洗衣服或洗菜，只要见到我，她都会朝我笑笑，她的笑永远那么夸张、别扭、丑陋，但我已不再感到害怕了，觉得她也挺可爱的。有一次，她见我走近小河边，就站起来从未洗的那堆衣物中抖落一件铺在石板上，比画着让我坐。

学生家长听说我病愈上班了，三五结对来学校看望我，有的送山果，有的拎一小筐自家鸡下的蛋给我补身子。我执意不收，大娘含泪拉着我的手说："孩子叫恶鬼吓掉魂了，病了这么长时间，真可怜！"我说，不是的大娘，因为我第一次见到她这样的人，是吓着了，可我看见的是人不是鬼，是自己吓唬自己啊，看，我现在不是好好的吗？说得大家都笑了。

这么多年过去了，每当我想起这段往事，就想起那偏僻的小山村，那古朴的乡土气息和淡淡的苦涩，总是在脑海里萦绕。我想念小山村那些活泼可爱的孩子们，想念那些勤劳淳朴的乡亲们，也想念那所破旧的小学校。近年，我们曾经驾车去寻找小学校周边的老乡亲和孩子们，那条上班的路不见了，条条柏油路铺到各家各户，小学校旧址变成了住户的红瓦房，路上的行人都是陌生的面孔。

2019 年 9 月 19 日

餐桌又见山野菜

刘金恩

朋友邀请几位好友聚餐，4 个人点了 6 个菜，鱼肉蛋鲜齐全：一盘红烧里脊肉、一盘炖鲈鱼、一盘红焖对虾、一碗水煮大黄蚬子、一盘韭菜炒鸡蛋、一盘山野菜蘸鸡蛋酱；主食是馒头、葱花饼、碱蓬包子。朋友从家里带来一瓶好酒，我开车不能喝，一瓶酒剩了三分之一；山野菜一盘未够吃，又要了两盘，其余菜看谁都没动几筷子，碱蓬包子却一个不剩。朋友不好意思了，一边打包一边谦谦地说：哥们儿都没吃好，好东西省下来，净吃野菜了，我只好拿回家了。大家真的是为了把好东西省下来，让朋友带回家吗？非也。

　　我的思绪蓦然回到了那个年代。父亲生前说，我爷爷从山东蓬莱逃荒，一头挑着我大伯，另一头挑着他，领着裹足奶奶，风餐露宿，沿路讨饭"闯关东"，来到大东沟安家落户。那是糠菜半年粮的旧社会，老家地里的山野菜，遭到吃了上顿没下顿的穷苦人的"扫荡"，几乎踪迹难现，家家户户的餐桌上，都能见到山野菜的身影。山野菜，不知从死神手中夺回了多少条难民的生命！中华人民共和国成立后，刚过几天好日子，我与父亲又遇上了"低标准"，我们这些住在农村的平民百姓，第二次把山野菜端上餐桌。可怜的一代又一代山野菜，一次又一次挽救一代饥民度过了艰苦岁月。

　　那个粮食紧缺的"低标准"年代，许多人三餐不饱，饥肠辘辘，面黄肌瘦，浑身浮肿，劳动无劲，行走无力，挨饿的滋味实在难忍。求生的渴望使一向不受待见的芥菜、苣荬菜、婆婆丁、绿儿根、大野芹、黄菠萝芽等山野菜，被平民百姓再一次摆上餐桌，有的地方甚至树皮和草根也备受青睐，制成淀粉充饥。我中师即将毕业那年，一口返校，早晨在家吃了两个榆树叶菜饼子，喝了一碗面糊糊起身要走，母亲说学校太远，逼我再拿一个饼子路上饿了吃，可家人大眼瞪小眼，都还没吃饭，我怎么能再拿一个饼子呢？便说，我饱了，没事，你们放心吧！就走了。那时候，交通不便，我也没钱坐车，步行四五公里后，就饿得不行了：头发晕，浑身出冷汗，脸色苍白，身子发软，腿打战，步履趔趄。幸亏距离路过的姐夫家只有一公里，使劲撑着走进了姐夫的家门。他们一家人正围在桌子边喝菜汤，见了我，姐姐急忙下地盛了一碗给我。我饿狼掏食似的喝了两碗，觉得像个枣儿掉进肚子里，但身上有劲儿了，不好意思再喝，起身要走。姐姐看我这十八九岁的人，麻秆似的身板和蜡黄的小脸儿，颤抖的手从房梁上摘下挂的小筐，把全家人舍不得吃、省下来的唯一一个拳头大的糠饼子塞进我兜里，将我送出门外，姐弟无话，抱在一起哭了起来……

　　参加工作后我进了大东镇，成为老街上的一员。有一次我到大孤山参加教师培训，一天吃二两粮，喝菜汤，引起便秘变成痔疮，如今用智能坐便水冲洗才治好。当年，挨饿的人群也因地制宜选择野品，逮着什么吃什么。老街人供应定量吃不饱，就盯上海边的碱蓬子，采回来拌点苞米面上锅蒸熟，或包碱蓬包子，或滚菜球当饭吃。还有本土特产的嘟噜蟹子，抓回来上锅一炒，熟了干黄，皮肉一起吃，又香又脆，既当菜又当饭，顶一顿是一顿……

痛苦的一页已经翻过去，新时代展现在我们面前。大家说，兄弟，你可说错了，现在谁都不贪吃的，鱼肉蛋奶茶吃足了，吃腻了，吃得女人丰乳肥臀、男人肥头大耳，看见没？糖尿病和减肥人群与日俱增，以前有吗？如今，大米白面大鱼大肉已不新鲜，挨饿的日子彻底被送进历史博物馆，山野菜——这些久违的食材，便以其尝鲜的理由，隆重地被平民百姓请回到餐桌上，真正风光了一把！每当看到那曾经的救命菜，我就忍不住默念：孩子们啊，这不是天方夜谭，是历史的真实，你们能体会到我们当年挨饿的滋味吗？珍惜当下吧！

2018 年 5 月 13 日

化 妆

李金红

姐姐年少时就喜欢化妆，每天都把圆圆的小脸儿抹得粉白粉白的，还把薄薄的嘴唇抹得红红的。

那个年代，物资匮乏，家境贫困，谁能买得起化妆品？可她整天闹着母亲要涂脂抹粉，母亲无奈，去百货商店花两角钱，买一瓶大罐子装的零售雪花膏，再买 3 角钱一盒的白粉，就够她抹些日子。每天洗完脸，她都对着镜子先抹一层雪花膏，再拿出盒粉往脸上抹来抹去，最后，张开两片薄唇，把春节写对联剩下的红纸撕下一块，夹在嘴唇里轻轻一抿，嘴唇立马变成红红的颜色，还真是好看哩！她还偷偷把母亲做菜用的姜，削一小块，用火烧黑往眉毛间擦来擦去，她说，这样眉毛就会变得又黑又浓了……后来，她上班了，自己挣钱就变着样买化妆品。每天早晨，家人都在忙忙碌碌做饭，她却对着镜子又抹又搽，直到把自己打扮得美美的，才能吃饭上班。从她脸上流露出的小得意看得出，化妆才是她最大的情趣。

姐姐 70 多岁时，还坚持化妆。生活条件好了，她舍得花高价购买高级化妆品，来弥补岁月在她脸上留下的痕迹。每当洗完脸，她都会先抹一层

嫩肤水，再抹粉底霜，还有些叫不上名的这露那膏的，抹了一层又一层。刚抹上时看着效果还不错，过一会儿，特别是夏天，阳光照在面颊上，粉霜就会毫不客气地躲进皱纹里，表相皮肤和皱纹里各显其色，本来模糊不清的皱纹，经这么一折腾，脸上、脖子上却显出了一条条纵横不匀、与皮肤不同颜色的皱纹来，让人看上去很不舒服。久而久之，可能她本人也觉得无能为力了，便下决心不再抹化妆品了，爱美之心彻底破灭，从此没了生活的乐趣，像变了一个人似的，好衣服也不穿了，天天宅在家里没个好心情。后来，她似乎渐渐地适应了新的生活模式，容颜变得饱满，还闪着微微的红光呢！有人夸她返老还童，她很高兴。

我从小对化妆就没有奢求。在我的观念里，化妆再有学问也只是皮相上的功夫，实在不是智者所追求的。参加过几次朋友孩子的婚礼，便对化妆产生了逆反：一个本来自然俊美的女孩儿，经化妆师这么一折腾，竟认不出本人真面目，彻底失去了原本的自然美。那年，我参加农村亲戚的婚礼，女孩儿生就一双小眼睛，化妆师竟给画了两道浓眉，这无疑显得眼睛就更小了；大圆脸抹得贼白贼白，本来脸就胖胖的，这一抹就显得更胖了；那张长得自己都觉得不称心的嘴，竟把唇涂得贼红……如果说，化妆的目的是为掩盖面部缺陷，那么这妆化得不但没有起到美化的作用，反而扭曲了本人的个性，丢失了五官的协调。

我的一位朋友曾开过美容院，闲暇与其唠嗑谈起化妆，她感叹地说：化妆能改变的容貌有限，人的深一层化妆是生命化妆，是改变体质，改变生活方式。作为一个普通人，只要睡眠充足，注意运动与营养，她的精气神就会充足，皮肤就会泛着健康的光泽，比在脸上化妆效果好得多。不信你试试，如果你每日都睡午觉，短短一觉醒来，你会精神抖擞，脸上白里透红；如果某一天不睡这半小时，你就会一下午头昏脑涨，面色灰黄，打不起精神，这种变化岂是化妆所能掩盖的？另外，还要多读书，多欣赏艺术，多思考，对生活乐观，对生命有信心，心地善良，关心别人，自爱自尊……这样的人即使不化妆，也丑不到哪里去。总体来说，脸上的化妆是次要的，重要的是精神化妆、生命化妆，化妆的最高境界是无妆，是与生俱来的自然。

我赞成她的理论，从她的谈话中我领会到，大千世界，一切表相都不是独立自存的，一定有它深刻的内在意义，改变表相最好的方法，不是在表相上下功夫，一定要从内在里花心思。

爱美之心，人皆有之，真切地希望爱化妆的朋友们都能从内心做起，给生命化妆，把自己打扮得漂漂亮亮，优雅地生活着。

2018 年 5 月 23 日

那片青纱帐

李金红

岁月流逝，初心难忘，又快到了夏末初秋季节，老家大地那幽幽的、沉沉的、如烟如雾的青纱帐，总是在脑海里萦绕。

青纱帐，多么美的名字，多么充满诗意的想象空间：那翠绿的、青绿的、墨绿的玉米稞子、高粱稞子，高低搭配，浓淡掩映，在家乡辽阔的大地上密匝匝排列，在飒飒秋风里英姿飒爽地挺立。

青纱帐是乡亲们早春往大地里撒下的玉米、高粱种子落地生根，经历了雨水和阳光的滋养，庄稼人除草、施肥等不辞辛苦的呵护，而蔓延成长的庄稼，一晃儿，浓密的青绿就迅速覆盖大地。到了夏末初秋，它们长足身量，高大挺拔，沉稳硬朗，显示出顶天立地、粗犷豪放的劲头。它们像待命的士兵，一列列、一片片将天地扯在一起，齐整而又严密，放眼望去，威武而又壮观。

青纱帐里，有那些不见阳光的嫩草和野菜，我常常带着儿子钻进青纱帐薅草、挖菜。又细又嫩的青草和高高的野菜稞子如铁锹头、三夹菜、樱樱菜等，稀稀拉拉地长在地垄间，薅下来装筐背回家。推开院门，圈里的猪看见青草会一跃而起，"咕咕"地叫着迎接美餐。将采回来的野菜煮烂，端上餐桌蘸大酱吃，美味又健康。

孩子们最爱跟妈妈钻青纱帐，小儿哥俩可以在这里藏猫猫，有酸甜野果美味犒赏，还有玉米秸甜秆诱惑。那些叫不上名字的小飞虫，不停地嗡嗡嘤嘤地叫着、飞着；圆圆的、五颜六色的"花大姐"（七星瓢虫）缓缓

地在叶子上爬行，轻轻地捉一只放在手心，"花大姐"爬行一会儿，便张开翅膀高高地飞起，飞了再捉，捉了再飞；更好玩的是那伸着长长的脖子、两只长臂像两把大刀似的螳螂，稳稳地趴在玉米秸子上，机灵地捉虫吃……青纱帐里时而回荡起儿子们的笑声。玩着笑着，不经意间还会发现一丛油眼儿秸子，那秸子上结满了一串串黑绿相间的黄豆粒大的果子（一种酸甜清香的野果）。儿子先选摘一串黑里泛紫的果子送给妈妈，然后自己边摘边吃，兜里揣得鼓鼓的，留着回家给爷爷奶奶吃。对于孩子们来说，最有趣的还是玉米秸甜秆。在一排排玉米秸中，寻找一株甜的玉米秸是需要智慧和经验的，不能一棵棵去啃尝，那会损坏庄稼的，要瞄准哪株秸秆不长穗，或长小穗而不结粒，或粒不饱满的，这样的秸秆会是甜秆；还有个别秸秆颜色微微暗红一点，好像饱含糖分的模样，也会是甜秆；最好选的是有虫子空洞的秸秸，基本上都是甜秆。小儿哥俩沿着地垄沟细心地找来找去，发现是甜秆的秸秸，就让我帮忙砍下来，擗掉叶子，用尖利的小牙啃剥硬皮，多汁的秧裸露出来，咬一口嚼出蜜糖般的甜汁。

多少年来，走进青纱帐啃甜秆的儿子们，对眼下各种香甜美味都不曾感兴趣，他们说，再也找不回童年青纱帐里一根甜秆的甜美了！如今，他们还是贪恋那回不去的旧时光，那到不了的青纱帐。

听老辈人说，在兵荒马乱的抗战岁月，青纱帐掩护过无数游击战士和成千上万老百姓的生命，抗战胜利有青纱帐一份功劳。

我喜欢初秋的青纱帐，棵棵玉米腰间揣着大棒子，在大田里骄傲地挺立；那日渐成熟的果实的香气从几重包裹的穗子间飘来，闻着就让人心醉；高粱那红彤彤的穗子像个火把，冲着天空笔直燃烧，晒米的香气荡漾在田园的上空。在那广袤的大田里，它们高声歌唱，唱给天地听，唱给辛勤劳作的庄户人听；它们也是一幅天地间最值得欣赏的油画。

2018 年 7 月 17 日

印 记

刘金恩

　　我是一个农民的儿子。中华人民共和国成立前，父亲靠给地主扛活维持一家人的生计。中华人民共和国挽救了天下穷苦人，否则，我也是一个扛活的长工。中华人民共和国成立后，分房分地，父亲依然种地养活全家。虽比中华人民共和国成立前好多了，但因为没有家底，日子暂且过得拮据一些。我上小学买不起小楷本，父亲便把一块方纸壳抹黑，找块石笔让我练字，我就捡生活富裕人家同学用完的小楷本翻过来写作业。小学毕业，我考上安东市（今丹东市）一所中学读了两年，初三时家乡有了第二初级中学，我被拨回家乡续读。那时候我很单纯，不知道读书有什么用，也不知道将来干什么。中学快毕业了，老师教育我们要一颗红心、两手准备。当时我理解：有条件有能力继续念书，可能会远走高飞，改写人生；不能继续读书就回家种地呗，反正我也没有什么理想和抱负。

　　毕业那天到了，按着品德和学习成绩，老师说保送我上高中，刺激了我的继续求学欲。我回家征求老人意见，父亲一脸的苦涩：你念三年中学，我的腰筋都快累断了……返校后，我向老师哭诉了经过，并说：我就想再念几天书，不知有没有不花钱的学校？老师说：有，五龙背师范，三年制。我说不行，时间太长，家里需要我能早些挣钱，有没有时间短的？老师说：因为小学师资短缺，正好今年县里成立速成师范学校，一年制（教育部批准为中专学历）。我兴高采烈，不顾"家有二斗粮，不当小孩儿王"的旧俗偏见，高兴地参加考试并被录取了。

　　师范学校毕业后，我被分配到县城一家教育局直属小学任教。

　　当时系统有规定：在校表现好的老师，可以离职进修（带工资）。因为我就爱读书，所以，边教学边自学，时刻准备去进修。那个时候，人与人之间关系相对淳朴，工作都挺自觉、认真。我也与同事一样任劳任怨，充分备课，低年级识字教学经验获得省市教育厅（局）的肯定和推广。两年后，我竟被任命为本校的教导主任，领导全校工作，那一年我20刚出头，是全县教育系统最年轻的教导主任。好事对我变成了坏事，彻底扼断了我

要争取离职进修的念头。组织的关爱和信任，我已不好意思再有他念了，只好全身心投入到教学领导工作中去。

后来，组织考虑我离家太远，照顾老人不方便，将我从城镇调回家乡的农村小学。那天，我到当地公安派出所落户，一位头戴一顶白帽罩压红边的大檐帽，上身着领口挂红色塑料盾牌的白色警服，下身穿压红线的蓝裤子，警容风纪严整的年轻民警，正在埋头读书。见有人进来，他抬起头：长方脸，尖下颌，高鼻梁下镶着一双大眼睛，睿智的眼神中透着温和。他放下书本，从容地从办公凳上站起来，礼貌地给我让座。你办什么事？落户口。我边说边双手将户口簿递上去。他抽出父亲的户口底卡，又翻开我的户口簿，埋头办理落户手续。事毕，他抬起头，笑眯眯地上下打量我一番，问：你是教导主任？是，户口簿上不是写的吗？我说。那一年我23岁。他突然又问：你看我的工作好不好？我不知其所问何意，信口而出：挺好啊！他直截了当展开攻势：你喜欢干吗？我没有防备，有点蒙了：你要吗？我宛如抬杠式的回答，倒惹得这位民警开朗地笑了：你回去写份申请送过来试试。就这么几句简短的对话，让我心里十五只吊桶打水——七上八下。

离开派出所，我蹬上自行车回家，一路上儿时的记忆在脑海翻滚：父亲是个勤劳、本分、忠厚、老实、可靠的庄稼人，一生一句谎话和瞎话不会说。解放前夕，国共两党拉锯期间，共产党区公安特派员时常落黑后到我家住下，第二天天蒙蒙亮就离开。一天夜饭后，他戴着花镜，坐在油灯下用油布一个部件一个部件擦枪，全部擦完后将部件往一块对插，就变成一把漂亮的小手枪。我好奇地站在旁边一直看着，觉得既神秘又好玩儿。他装好枪支握在手里，往天棚一举：喜欢吗？我说：喜欢。你长大了也可以干。当时我不明白他啥意思，只见他手指一勾，"啪"一声，吓我一跳，枪却没响。他顺手把枪推到我跟前：你摸摸。我放在手上一掂，挺沉，感觉真好。枪的印象就这样烙在我的心中。此后，凡与小伙伴追逐，我就伸出右手食指，朝他背后一指，口吐一个"啪！"表示枪已中靶。再后来，我跑在前面，小伙伴也学着我，手指我后背，口中"啪啪啪！"。大概儿童都喜欢玩枪。派出所民警也持枪，难道我真的与枪结缘？不大可能。

回到家，我翻来覆去琢磨：这申请写不写，试还是不试？初中三年时，部队到学校招兵。经过体检，我们班三个同学合格。我回家告诉父母，并做好了从军准备，父亲乐呵呵地说：去吧儿子，没有毛主席和共产党，哪有咱家？保家卫国爹支持！家里这点地爹能行。我兴高采烈地返回学校，没想到，领兵军官泼我一头冷水：经过政审，你的政治和身体条件都符合当兵要求，但你是独生子，《兵役法》有明文规定不招，咱国家兵源充足，不缺你这么一根独苗，我们就不领你了。我不甘心，缠着要去，军官说：你老人支持你当兵，这很开明。你还是留下来好好孝敬你父母吧！眼看那两位同学被招兵的领走了，我心里很难过，军旅生涯和枪缘就这样与我擦肩而过，我深感遗憾的同时，也感受到党的关怀和温暖，只好安心读书。

俗话说，男怕选错行，女怕嫁错郎。这又是一次挑战，到底写还是不写呢？一个素不相识的民警就能说了算，改行会这么容易？机不可失，时不再来。犹豫了半天，最后决定试试，我偷偷写了一份申请交给了那位民警。

希望无所谓有，也无所谓无。三个月后，县教育局在职工俱乐部召开全县中小学教师会议。会前，站在会场门口的教育局长把我叫住：你等等，你刘金恩瞧不起我这个教育局。我觉得这话分量挺重：局长，您这话啥意思？怎么，你还不知道？你被调到公安局了，开完会去报到吧！谢谢局长这几年对我的关爱和信任。谢什么？这是组织需要，去了别给我丢人就行。局长放心！话音刚落，我一转身眼泪差点掉下来，因为日日与那些天真烂漫的孩子们在一起的快乐时光，至今还在我的心中萦绕。

人的梦想与追求，从来离不开社会的进步和发展。真没想到，一次工作调动竟改变了我的人生轨迹，成就了我真正与枪的机缘。从那以后，我在公安战线这个岗位一干就是 36 年，而今，退出原岗颐养天年。我常常想起与枪结缘和从警的平凡经历，为自己能在喜欢的岗位工作一辈子而欣慰；也常常想起那位秉持公心，未抽我一支烟，未喝我一口水，推荐我从警的那位伯乐式的民警。那个人与人之间关系干净的社会环境，在我终生挥之不去。人生会经历许许多多的往事，大部分都在岁月中悄然遗失，唯有那些刻骨铭心的人和事，才会凝聚成永不灭失的印记。

2018 年 9 月 9 日

又逢秋凉渍菜时

李金红

又是一年秋草黄，又逢秋凉渍菜时。

渍酸菜是一门学问，渍得好，一缸酸菜可以吃一冬，直到翌年二三月份；渍得不好，吃不了几个月就慢慢烂掉。

小时候，每到晚秋大白菜上市，母亲都要买好多大白菜储存起来，把棵大、包心的留作冬天熬大白菜吃；没心的、帮大的用来渍酸菜。我家有个绛红色的大缸，从我记岁起，母亲就专门用它来渍菜。渍酸菜是母亲每年的大事，因为全家人一冬吃菜都指望它。渍菜前，母亲先把大缸里里外外洗擦得干干净净，然后晾干待用。渍菜时，先添一大锅水，架起火，火苗愉悦地舔舐着锅底，锅里的水翻滚着打着旋时，把一棵棵白菜根部朝下插到锅里，将锅挤得满满的，待大锅里的水再次沸腾，立马把菜倒过头来，让叶子在开水里烫一下，快速用特制的叉子捞出来，倒进院子里事先备好的装满清水的缸里清洗，缸里的水开始摇曳起来，白菜前赴后继，一批接一批冲洗干净，再捞出，码在用凳子搭起来的木板上控干。母亲看着这一大堆菜，心里是十分愉悦，至少，今冬明春的吃菜问题解决了。接着，再把控干的菜一棵棵往大菜缸里装，挤紧，一层压一层，直至超出缸沿，然后把菜帮子一层层盖在摞得高高的菜上，最后压上那块每年都用的又扁又平的大石头。没过几日，高高的菜垛便渐渐下沉，直到压缸石也与缸持平，母亲才放心来。她说，只有这样把菜都没入水中，保鲜时间才会长，吃到来年5月也不会烂。

那时候，家里贫困，没钱买油，平时常常捞一棵酸菜切成大块蘸豆酱吃，就是一顿很不错的就饭菜。更没钱买肉，只有过年过节才能吃一顿酸菜炖猪肉，母亲看着我们狼吞虎咽吃得喷香，满脸皱纹便绽开了一朵灿烂的菊花。母亲常常把酸菜帮子洗了又洗，剁成馅儿，加上少许豆油，包成玉米面包子贴满大锅圈，那黄黄的面，酸甜的馅儿，贴着锅的部分烙得嘎嘣脆，如今想起还觉得真好吃。我们捧着包子高高兴兴大吃的时候，便是母亲的快乐和满足。母亲渍的酸菜伴我度过快乐的童年、青年时光。对母亲而言，渍酸菜就是细水长流，是用有限的钱过无限的日子，并把这日子尽量过得有滋有味。

结婚后，婆家是地道的农村人，每年也渍一大缸酸菜，但年年吃得少、烂得多。婆婆节俭，渍了的酸菜不是想吃就吃，平时就是捞一棵蘸酱吃，也不是随便就答应的。这样时间长了，缸里长满了一层厚厚的悬浮物，菜就容易烂。记得儿子5岁那年冬季，一天早餐，饭桌上只有一盘豆酱和几头红葱，儿子哭着要吃酸菜蘸酱，奶奶不答应。儿子边擦眼泪边端饭碗时，一不小心把玉米粥洒到桌子上，奶奶厉声斥责："没有菜就不能吃饭了？馋死啊！像谁了？欠揍！"我一听，气不打一处来，一时昏了头，发疯似的把儿子拽过来摁倒，抓起扫炕笤帚就打……待我浑身无力突然清醒时，把儿子扳过来，看见孩子憋得青紫的脸上全是泪水，一声不吭。我的泪潮水般往下淌，抓起儿子紧紧地搂在怀里，泪水落在儿子的脸上、头上、身上……我扪心自问：为什么打孩子？孩子错在哪里？要一棵酸菜吃有错吗？我还是个母亲吗？

我曾在一篇散文中写道：我虽未"一日三省吾身"，却偏偏忘不了那一幕，每当想起，心仿佛变成了沉重的铅饼，痛苦万分，后悔不已；亲爱的儿子，是妈妈对不起你……

如今，酸菜早成餐桌上的常见菜，四季都吃。秋天渍好后，能吃到翌年春天，剩下的打包放到冰柜里冻起来，随吃随取。儿子说，就爱吃妈妈做的酸菜，怎么做都好吃。儿子每一次回家，我都变着花样做酸菜：酸菜炖猪肉，酸菜肉丝粉条，酸菜包子、酸菜饺子。还经常包一些酸菜包子或饺子，放到冰箱里冻着，随时给远离家乡的儿子快递过去。近几年，儿子说，妈妈年纪大了，渍酸菜太累了，就别渍了。于是，儿子每年都从外地快递些厂家用矿泉水真空包装的酸菜。

又逢秋凉渍菜时。而今，我再也不必为渍酸菜而忙碌。然而，与酸菜有关的记忆怎么能忘记呢？

2018年9月15日

鸡蛋的况味

李金红

小时候家里贫穷，一日三餐粗粮咸菜，记得最美味的食材是清明节早晨那一盘炒鸡蛋。清晨，眼睛未睁开，母亲炒鸡蛋的香味氤氲而至。急忙起床洗漱，坐下来吃母亲用葱花炒的鸡蛋，香啊，真香啊！一会儿工夫，盘子清空，我的肚子起鼓。还有端午节煮鸡蛋，每年此时，母亲总是早早起床煮鸡蛋。梦乡里，艾蒿和香蒲的气味扑鼻而来，睁开眼，母亲把煮熟的鸡蛋端上桌来。我们姐妹4人围坐在桌前，双手捧着各自事先备好的葫芦瓢或小盒子，等着母亲分给我们热乎乎的鸡蛋，每人10只。分完了，母亲拿出给自己留的那一份，与我们坐在一块儿，各自动手，顿时此起彼伏的破壁鸡蛋声在耳边作响，那白嫩细腻的蛋清蛋黄，就走进了我们狼吞虎咽的口中。母亲边吃边嘱咐我们：慢慢吃，别噎着。母亲只吃了一个就停下了，把自己剩下的鸡蛋再一次分给我们每人两个，自己端起饭碗喝玉米粥。从我记岁起，每年端午节都这样。

我嫁到农村后，婆婆家养了两只母鸡，母鸡下的蛋装在一个大盆里，放在西屋磨道头。平日，婆婆像母亲一样不轻易做鸡蛋吃。只是偶尔没菜吃了，就拿出两个鸡蛋打碎倒在钵子里，再放进两大勺子干干的大酱，加水搅成糊状放到锅里蒸。蒸好的一大钵子鸡蛋酱鼓得高高的，看上去就好吃，我们抄起筷子大口大口地就着饭吃。

我生小孩儿坐月子时，满以为婆婆能拿出攒了很久的鸡蛋给我吃，可婆婆一个也不给，让我们自己去买，说盆里的鸡蛋留着来人待客炒一盘，算我们家最好的菜，平常吃光了，来客拿不出来好菜丢人，我们只好听婆婆安排。

每年春季，堡子里的人都到几里地以外的甸子插秧，中午带饭。公公说人家都带大米干饭炒鸡蛋，就自己一个人吃咸菜大饼子。我劝婆婆也给公公那样做，婆婆说：咱家就这个规矩，好东西全家人坐在炕上一起吃，不能单给哪一个人吃。我很不理解，只能一声不吭地听着。

我儿子断奶7个月大时，就道言答语会说几句短话。一日，婆婆从鸡窝捡回两个鸡蛋顺手放在柜顶上。我下班回家，进屋一眼看见儿子在爷爷怀里挣扎，小手指着柜上的鸡蛋，哭喊着：蛋蛋歹①，蛋蛋歹啊！我从爷爷怀里接过儿子：别哭了，孩子，等妈妈休息去你姥姥家拿回来给你吃……我很不理解这个家规竟会是这样的冷酷！

那年初冬，丈夫患了重感冒，躺在炕上两天米水不进，说闻到饭味就想吐，我急得不知所措。爹说打几个荷包蛋看看能不能吃？说完就完了。我看没有行动，就打发5岁的小儿子捧着小瓢到奶奶屋里借几个鸡蛋，就说爸爸好几顿没吃饭了，妈妈说借4个鸡蛋打水给爸爸吃，等妈妈休息时去姥姥家拿回来再还给你。我站在外屋地上等，小儿子双手捧着瓢站在奶奶炕前等，奶奶长时间不吭声，儿子还是一动不动站在奶奶的地上等，又过了一会儿，儿子端着瓢里的4个鸡蛋走出来送给我。我看见儿子红红的脸蛋上挂了两滴泪珠，眼睛里还泪汪汪的，便轻轻地摸摸他的脑袋接过鸡蛋……说来也怪，这个病人吃了蛋水，很快就爬起来了，我开玩笑地说：你这是馋病啊！他笑，我也笑了。

那年春天，大儿子放学回家，说：明天学校组织师生到山城子山旅游，自己带中午饭。早晨，我趁家人都在梦乡里，先起来给儿子做米饭，心想去婆婆屋子拿两个鸡蛋炒给儿子装到饭盒里拿着，试了好几回没敢进去拿，怕惹婆婆不高兴；心里琢磨，就是偷偷拿出来上锅一炒，满屋香味，婆婆醒来还是麻烦。转来转去突然想起了咸鸭蛋，就到厦子里捞出两个咸鸭蛋煮了，剥完皮放进儿子饭盒一头，用米饭盖上，儿子高高兴兴上学去了，我也心满意足地上班了。

做晚饭时，儿子放学回来了。我问他玩得可好？他高兴地讲给我听，说看到大鸟、小松鼠，还有小蛇……我掏出儿子书包里的饭盒，怎么沉甸甸地？打开一看，一盒子饭只吃了一小头，我拿筷子翻那一头，鸭蛋一动未动。我小声问："怎么没吃鸭蛋？"儿子愣了："哪有啊？"唉！我真后悔，咋不事先告诉儿子一声。

我与婆婆生活在一起，婆婆勤俭过日子的美德，我从心底里佩服，可有些事也让我很不理解，经常生气，事后再仔细想想，这也不是她的错，是社会的大环境影响和家里太穷所致，因为她自己也是一个鸡蛋也舍不得

① 歹：东港方言，吃。

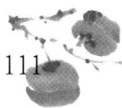

吃，攒下来的鸡蛋，最终还都是全家人吃了。就像我生母过端午节只吃一个鸡蛋一样，把自己的那份再次分给孩子们，难道她不知道鸡蛋好吃吗？

每年清明、端午两节，都是大人孩子过鸡蛋瘾的日子。清明节的早晨，婆婆炒一大钵子鸡蛋，放在桌上大家尽情吃；端午节煮一大盆鸡蛋，每人分十几个。有一年，小儿子分的鸡蛋不舍得吃，好几天没吃完，他偷偷放在奶奶的柜子底下，一日让奶奶扫地时发现了，取出来看看都臭了。我们捂嘴偷着笑，小儿子落下了几滴眼泪，不知道他当时是心疼鸡蛋，还是脸上挂不住面子。至今提起这件事，他就抿嘴笑。

20世纪70年代初，我患了肺结核病。大夫说，这病一是必须马上治疗，二是要加强营养，每天要保证吃两个鸡蛋、二两猪肉。那个年代没有集贸市场，个别人挎个小筐，偷着在路边卖几个鸡蛋，若被巡逻的民兵发现，会被"割掉资本主义尾巴"。丈夫愁得实在没办法，一向为政严谨，凡事均怕给组织和他人添麻烦的他，只好厚着脸皮找生产队领导批条子，到集体养鸡场买几斤鸡蛋。每天早晨，13岁的长子早早起床，点上煤油炉子，坐上一壶水，再把两个鸡蛋破壁，装在大碗里搅匀，拿下水壶盖儿，再把大碗坐在壶口上，水烧开少许，碗边鸡蛋起泡了，端下碗，用壶水往蛋碗里倒，边倒边用筷子轻轻搅动，一会儿，一大碗柔柔嫩嫩的鸡蛋水就冲好了，儿子笑嘻嘻地端到我的眼前。

我的病越来越重，被送进鸡冠山结核病医院治疗。为让我继续补充营养，丈夫每隔些日子就乘汽车、倒火车给我送鸡蛋、送苹果。看到他汗流满面，大包小裹进了病室，我心里酸酸的。

半年后，我的病情好转出院了。丈夫一直注重我的营养，鱼肉咱买不起，鸡蛋未断溜。儿子还是一如既往那样给我冲鸡蛋水喝。后来，我的工作从农村调到城镇，在农村工作的丈夫还是照送鸡蛋不误。只是我们娘儿仁在城里生活困难，没钱买菜吃，我才停止喝了十几年的鸡蛋水。我把丈夫送来的鸡蛋，每天拿出3个分别打碎装在3个大碗里，搅均匀，放上葱花、酱油，送进煮高粱米干饭的锅里蒸，饭好了，蛋少水多的所谓鸡蛋糕也好了。每人吃口饭，喝口鲜香的鸡蛋汤就是就饭菜，一会儿就吃饱了。

苦日子总算熬到头了。20世纪80年代初，我的两个儿子先后考上大学，我们的工资也都涨了，家里的日子越过越好，鸡蛋不再是稀罕物了，菜市场、商店都有卖的。吃鸡蛋不成问题了，婆婆攒鸡蛋的老规矩也自消自灭了。

现在，我们家人依然爱吃鸡蛋，不再像从前只有过节吃了，啥时想吃就吃，变着花样吃，怎么吃都吃不够。婆婆临老时说：有鸡蛋吃的日子真好啊！婆婆爱吃煮鸡蛋，我就经常煮鸡蛋，每次我下乡中午不能回家做饭，上班前就煮几个鸡蛋让她中午吃。日常，我变着花样做鸡蛋给家人吃：单炒鸡蛋、西红柿炒鸡蛋、葱爆鸡蛋、蒸鸡蛋糕、荷包蛋等。每次，在异乡工作的儿孙们回家，我还是少不了炒鸡蛋这道菜，因为在我的心里装着大儿子钟爱炒鸡蛋的故事：那些年，每年端午分煮鸡蛋，儿子头天就请求奶奶，他的份儿不煮，全部炒着吃。炒好的鸡蛋端上餐桌，他先夹给爷爷奶奶一些，再夹给我们一些，剩下的他自己大口大口地就着饭吃。

如今，儿子每次回家，我都炒一盘当地的土鸡蛋，黄黄的蛋，嫩绿的葱花，他们还像小时候那样大口大口地吃，边吃边说：妈妈炒的鸡蛋就是好吃！我知道，这是儿子对"妈妈味道"的真心认同；而对于我来说，母爱的醇厚，岁月的况味，都交织于一盘香喷喷的鸡蛋上了。

2019 年 11 月 4 日

岁月里的豆腐

李金红

我小时候最爱过年，因为过年对孩子们来说有好多高兴的事，最高兴的是穿新衣服、吃猪肉，还吃嫩白嫩白的大豆腐。

小镇人吃豆腐都到豆腐坊去买。我们家家境贫寒，平时很少吃豆腐，过年过节了，饭桌上却少不了大豆腐。每年腊月二十八九，母亲就给我两块钱，让我去买豆腐，一大早起床，我就抄起大盆赶紧到豆腐坊排队。买回来的一大盆豆腐热乎乎的，母亲轻轻拿出两块，切成厚厚的大块放在大盘子里，再端上一盘子黄豆酱，全家人围坐在桌前，豆腐蘸大酱，再喝一口热热乎乎喷香喷香的玉米粥，那浓香的味道越吃越好吃，筷子放不下了，

这真叫肚子饱眼不饱呢！母亲看我们吃得这么欢，笑着说：吃饱了就行了，别撑着，明天大年三十，早晨我还给你们做豆腐炖鱼吃呢！

在我的记忆里，我们家每年的年三十早晨这顿饭，都少不了豆腐炖鱼这道菜。那年，我边在灶前烧火边问母亲：为什么偏偏年三十早餐都做豆腐炖鱼？母亲说：老辈人留下的规矩，家里的日子不管过得穷与富，过年早晨这顿饭，一定少不了豆腐炖鱼。有钱人家豆腐炖大鱼，穷人家豆腐炖小杂鱼。鱼，寓意新的一年里日子能过得富裕，年年有余；豆腐，意味家人有福气……

20世纪60年代初我结婚了，农村的婆婆家也是这个规矩。婚后的第一个年，婆婆一大早就起来忙乎。吃饭时，端上一大钵子白花花的大豆腐，豆腐里有几条小干鱼。我笑着问：鲜豆腐为什么还掺小干鱼？婆婆很不好意思：农村吃不起新鲜的海鱼，夏天，把河沟里的小鱼打上来腌好晒干，留着过年吃。年三十早晨吃豆腐炖鱼，家家户户都是这么个规矩。我心中默思：城里乡下都一个说道，老祖宗留下的规矩还板上钉钉呢！

农村吃豆腐，都是自己家打下来的黄豆自己做豆腐吃，大都是入了腊月门，家家户户都忙活起来了，扫灰、蒸糕、做豆腐。每年做豆腐，都是当鸡窝里的公鸡打第三次鸣以后，堡子里炊烟四起，到处充满着烟火的味道和烧柴火的香味，我被这浓郁氤氲的气味熏醒，看见爹已经忙活起来了：他把头天泡的两大桶黄豆，沥干水分，再一瓢一瓢舀到石磨上，准备磨豆浆。我赶忙操起磨棍推磨，爹就跟着填磨眼，并将边磨边出的豆浆收起装进桶子里。转了一圈又一圈，在摇曳的煤油灯光下，爷儿俩的身影便在墙上不停地忽闪忽闪着。好一阵子才把豆子磨完了，这时的我也转悠得头晕脑涨脸冒汗了。

爹将收起的豆浆分次倒进事先备好的吊包里，加水一包一包地轻轻晃悠来晃悠去就沥干了，把豆渣倒出，再把沥出的浆汁倒在铁锅里大火烧开。见豆浆起泡了，开始点卤水。"点卤"是做豆腐最重要的一个环节，是技巧活儿。卤水点多了，豆腐又硬又苦涩；点少了，豆腐不成块；点适度了，豆腐嫩滑，口感醇香。爹聚精会神地站在灶台旁，端着卤水碗，慢慢地把水流拉细往豆浆锅里倒，边倒边死死盯着浆汁变化，到火候了，马上收卤盖锅盖，坐等"豆腐来"。大约二十分钟，揭开锅盖，就是一锅不成整块、白白嫩嫩、香喷喷的水豆腐。爹高兴地招呼起来：快来吃小豆腐喽！我的两个小儿子急溜溜端着大碗，站到爷爷跟前。爹就给每个孩子盛一碗，加上点酱油，孩子们便吸溜吸溜地下肚。爹笑嘻嘻地告诫孩子：慢点吃！别烫坏了嘴，哈。接着，大人们也吃起了热乎乎的小豆腐。这时的堡子里，已是炊烟袅袅豆腐香了……

大人孩子吃得差不多了，爹把豆腐挂架撑在锅沿上，再放上一个正方形的大柳条筐，把洗净的豆腐包放在筐里摊开铺平。再趁热将水豆腐一瓢一瓢舀到筐里，边舀，筐缝底下边滴水。都舀完了，把露出筐边的包袱皮叠过来，盖在小豆腐上。再用木板严严实实把筐盖上，最后，把装满水的大盆坐在木板上压实。这时，我们就坐下来静听筐下"滴答滴答"的滴水声，音律美妙，由快到慢，又由慢到停。这时，爹起身端走大水盆，拿掉木板，轻轻揭开包袱皮，露出顶层的豆腐，再轻轻端起装满豆腐的大筐，翻扣在事先备好的木板上，彻底揭下包袱皮，一方白花花的大豆腐就呈现在眼前。爹抄起用了半辈子的竹制豆腐刀，横切几刀，竖切几刀，就成了一块块方方正正的豆腐块了。等豆腐块凉透了，集中在一个大盆里。没有冰箱的年代，老百姓也有土办法，用凉水泡豆腐。婆婆怕豆腐坏了，每两天换一次冷水。这样，啥时想吃就捞出一块，像新做的豆腐一样，一直吃到正月十五。

豆腐家常吃法多种多样。婆婆把豆腐切成小块冻成冻豆腐炖大白菜吃；过年了，大白菜、豆腐、猪肉炖粉条这道菜少不了；把豆腐切成薄薄的大片，油锅里炸，捞出切条，放少许白菜炒着吃，豆腐和白菜特有的味道一齐涌入胃里，异常满足。还有蛋花豆腐、小葱拌豆腐……

每年入冬，爹还把刚打下来的新黄豆泡半桶，泡好了磨成豆浆，捞出几棵腌好的白菜切丝攥干，放进豆浆里，上锅烧开，那奶汁一样的豆浆就与菜丝热情地拥抱在一起，叫菜豆腐。用勺挖出一大盘开吃，味道极特别，不咸不淡，鲜香可口。

20 世纪 80 年代，我们家迁入城镇，虽然再也不做豆腐了，可吃豆腐却比农村方便，想吃豆腐随时到市场买。那些年，我们家生活困难，二老没有工作，两个儿子上大学，仅靠我们夫妻俩挣工资过日子，买不起鱼、肉、蛋，饭桌上基本是豆腐当家，再怎么变着法做，也有吃腻了的时候。婆婆说：楼上楼下，下班回来的人，手里不是提着鱼就是拿着肉，就咱家盯上豆腐

了。爹笑了：这叫啥话？别不知足，天天有大豆腐吃多好啊！真是肉多不香、蜜多不甜啊！在农村，一年做一次豆腐，吃几顿，最多再做一点菜豆腐，哪有城里好！我安慰二老：你们两个孙子大学毕业下来挣钱了，咱家吃鱼肉的日子就不远了。说得老人都笑了。

如今，国强民富，不再在意吃鱼吃肉，倒想吃点粗茶淡饭，少了豆腐可不行，我们家还是经常吃豆腐。咱东北的卤水豆腐就是好吃，每年春节，儿子们回家过年，我们家老传统雷打不动，年三十早晨还是豆腐炖鱼，没有了小干鱼炖豆腐，全都是大海鱼炖豆腐了！儿孙们大口大口地吃着，边吃边说：家乡的大豆腐、家乡的鱼就是好吃，年年吃，年年吃不够啊！

2019 年 11 月 22 日

柿子熟了

李金红

秋去冬来万物休，唯有柿树挂灯笼。

深秋，儿子驾车带我们去北京市郊和河北一带赏景采摘。虽是繁华落尽时节，走进柿乡，却融入一个柿子的世界。满耳是柿子的故事，满眼是摇动的柿子树：满山遍野，山上山下，沟边路旁，还有家家户户的房前屋后，全部是柿子树。树上那嶙峋的枝条上挂满了一簇簇、一丛丛火红火红的柿子，在明媚的阳光下，色彩斑斓，远远望去，玲珑剔透，既似明艳的花朵，又似一盏盏小红灯笼，把荒芜的山野点亮，这一抹红火，像暗夜深处的明灯，为人们燃起了生活的希望。

柿子是土生土长的中国水果，已有上千年的栽培历史。因为它有吉祥寓意，国人对它情有独钟。宋人孔平仲诗云：林中有丹果，压枝一何稠。为柿已软美，嗟尔骨亦柔。风霜变颜色，雨露如膏油。大哉造化心，干尔何绸缪。荆筐载趋市，价贱良易求。剖心无所有，如口颇相投……

老舍写他理想住所时说：院子里一定要有几棵果树。他的院子里就种了柿子树，还给院子起名"丹柿小院"。

齐白石酷爱画柿子，还总要题上"世世平安"一类的吉祥句子，借画寓意，借物送福，寓世世祥和，更曾自喻为"柿园先生"。

因"柿"谐音"事"，古人便将诸多喜庆吉祥的内涵融入其中：事事如意、事事安顺、事事平安等。在老北京和旧时江南的习俗中，农历正月初一，用柏树枝、柿子或柿子饼，与金橘一起放入一个盘子中，组合成吉祥品，置于堂前茶几上，借其谐音，谓之"百事大吉"。旧时的婚俗中，柿子是必备的祥果之一，以示婚后事事如意。

我站在柿树下，思绪万千。40多年前，第一次吃柿子和儿子偷偷给妈妈送柿子的情景，在大脑屏幕上闪现。

那年一个深秋季节，我因肺病离家到几百里外的结核病医院接受治疗。其间，因思念儿子，医院准假回家探亲。返回时，已经几天不思茶饭的我，在丈夫的搀扶下，艰难地走进丹东火车站的候车大厅。丈夫买了一个拳头大、黄黄的柿子，说是南方水果，很好吃，用纸擦了擦让我吃。我第一次看到这么光滑鲜艳的柿子，握在手里看了又看不舍得下口。那个年代，老百姓吃不起水果，农村房前屋后那点地都种粮食，谁舍得栽果树？每逢过年了，能买几斤苹果除供祖先，剩下的大人孩子才能分吃几个。老人说：这苹果真甜啊！吃一口甜到脚后跟。我患肺病，医生强调要多吃水果，可谁能吃得起呢？丈夫每次买二三斤苹果放在纸箱里装着，我每天吃不上一个就咽不下去了。两个不满十岁的儿子，每当看见爸爸拿苹果给妈妈吃时，都立即悄悄躲得远远的。苹果存放时间长了，有的就烂了，儿子发现了就用刀削掉烂处，把未腐部分再放回纸箱里留给妈妈吃。我逼着孩子把削好的果子吃掉，说啥他们也一口不吃，我的眼泪就掉下来了。那时家住农村，几乎见不到有卖南方水果的，更看不到柿子。我喜欢的把柿子摸了又摸，光光滑滑的，对丈夫说：你先吃一口尝尝！他摇头说不吃，我上去就咬了一口，有点涩，但甜丝丝的挺好吃，嚼了几下便下咽，想不到这口柿子刚进食管就卡住了，噎得我吞不下去，咳不出来，憋得喘不上气来。丈夫急得边拍我后背边说：快，使劲吐！我脸憋得黑紫也吐不出来，眼看快没气了，丈夫吓得满头大汗，急得直打转。邻座一位好心大娘端来一碗水：快！大口喝！用力往下吞。我用尽浑身之力，狠狠往下咽水，一碗水都灌完了，

涩柿子招架不住，也顺水溜走了。我大口呼出一口气，觉得好舒坦，这真是一碗水救了一条命啊！我们夫妻俩感动得流下了眼泪：谢谢，谢谢大娘啊！大娘拾起被我咬一口的柿子，看一眼，捏一捏：你这傻孩子，是第一次吃柿子吧？柿子要捡软的吃，这么硬的柿子，别说是病人，就是健康人也咽不下去呀！这太危险了！我们都不好意思地破涕为笑。大娘接着说：柿子一定要挑熟透了的吃，柿子外表看上去软软的，轻轻地掰开饱满的柿子，清甜的馨香就会扑面而来，放进嘴里细细品味，甘汁就止不住地往嘴里钻，甜甜软软的柿子肉，充盈着味蕾，从舌尖一直滑到胃里，一路甘甜，一路清爽，哪有塞在食管咽不下去的道理？说得围观者都笑了。丈夫拾起这被咬了一口的柿子丢进垃圾箱里，从此，我再也没吃过柿子。

20世纪80年代初，大儿子大学毕业参加工作了，家里的日子渐渐好了起来，儿子每次回家探亲都买些苹果之类的水果给家人吃。一个周一的早晨，我上班刚坐下，习惯地拉开办公桌抽屉，惊奇地发现抽匣里装满了红红的柿子，再一抬头，才注意到办公用品都放在桌子的一角。这才突然想起，儿子昨日返回单位前曾向我要过钥匙，说找一本书带回去看，原来是偷偷买了些柿子留给妈妈吃。我捧起一个大柿子大口大口地吃起来，那柿子可熟透了，甜甜的，柔柔的，不知是想起昔日被柿子噎得险些丧命的缘故，还是为儿子的孝心所感动，我边吃边情不自禁地落泪……后来，我把柿子送给了我80多岁的老母亲。老母亲一时半会儿吃不了，就用盆装起来，放到窗外阴凉地方冷冻，留着吃冻柿子。在没有冰柜冰箱的年代，母亲巧用冬季这个"大冰箱"，想吃柿子，拣几个放在凉水里缓开，稀软的肉汁里带着小冰碴，用勺子舀着吃，又甜又爽。

在后来的日子里，每逢见到柿子，我就想起了儿子给我买柿子的情景，至今30多年过去了，还是看见柿子就想起儿子。

这次去柿乡，不仅是为我重温了有关吃柿子的苦乐旧梦和收获亲自采摘的快乐，让我们更快乐的是与柿民们共同分享丰收的盛宴。柿民们热情地为入园的游客做精彩的采摘表演，并允许游客自己试着采摘。采摘工具名曰舀子：一根四五米长的木棍，末端安一个铁圈，圈下挂一个布袋。小儿子第一个拿起舀子，高高举起，让铁钩勾住紧连着果蒂的树枝，瞄准要摘的柿子，套进舀子里，往前一推或向后一拉，柿子便乖乖地落到布袋里了。儿子高兴地说：太好玩了！太好玩了！这种感觉比吃柿子还高兴呢！柿园主人先摘一盆柿子让我们品尝，说这熟透的柿子叫"烘柿子"，红红的、软软的，里面满是甜甜的汁水，特别好吃！并示范吃法。我们拿起柿子，学着揭去底部的蒂，呈开口状，下口用力一吸，甘汁入口，甜到心底，肉里微硬的小舌头，滑滑的，厚厚的，有嚼头，好吃，真好吃呀！边吃边想：多亏在来路上吃了简单的农家饭，否则，空腹吃那么多柿子，有可能影响健康呢。

走出采摘园，路两旁的家家户户房前屋后，都晾晒着早熟的柿子。他们用线把柿子穿成一串串，拴挂在高高的架子上晾晒。一排排、一行行的柿子架，在金色的阳光照耀下，宛如璀璨的珠子帘，流光溢彩。乡亲们说这些柿子在时间与阳光作用下，就变得扁实，表面会渐渐结一层薄薄的白色糖霜，柿肉呈暗红色，变成了软糯的柿子饼。据资料介绍：柿子饼有活血化瘀、健脾消食、止咳化痰、止血生津的功效。

儿子开着后备厢里装满刚刚采摘柿子的轿车回返时说：妈妈耐心等待吧，今年我还给你们快递一些柿子饼回家吃哈！

快乐的旅游，美美的采摘，甜甜的柿子，满满的收获，这真叫"柿柿如意""心想柿成"啊！

2020 年 10 月 1 日

饮水思源

李金红

小时候，我家住在小镇北甸子，房前屋后都住着与我家一样低矮草房的人家。每天早晚都能看到路上人来人往挑着水桶，去甸子北头唯一一口压水井挑水。

我和妹妹也不例外，起床第一件事，抓起水桶就往井边奔跑，去排队接水，要是去晚了，只好排在井边长长水桶队的后边。放下水桶，妹妹站

在水桶旁边看着，怕后来人插队或将水桶挤出队外，我便急忙回家做早饭。估摸快排上号了，赶紧跑回去接水。我把水桶对准井口，两手握住井把儿，一提一压，循环往复，水就源源不断流进桶里，接满一桶再接另一桶。然后，一桶放到队边，把扁担伸进另一桶桶梁里，与妹妹各持扁担一头，抬起来往家走。到家放下水桶，两人手把桶梁，把水倒进缸里。提着空桶返回井边，重新排队，再抬着第一次排队剩下的那桶水往家走。北甸子住户多，仅靠这一口井供水，吃水成了生活中一大难题，在饭店工作的母亲经常嘱咐：省点用水，别浪费。我们听母亲的话，该洗的衣服决不在家洗，都到大门外潮沟咸水洗干净后，回家再用井水净一遍。

结婚后，随丈夫住在农村，与公婆生活在一起。堡子里没有压水井，人们吃水全靠坡下一口地下老井。我们家住在山坡上，距老井200多米，这眼老井是一位闯关东的马姓人开凿的，已有100多年的历史，屯子里几代人都吃这眼老井的水。井深四五米，直径一米五左右。砌井的石头被岁月腐蚀得凹凸不平，井壁井背长满了墨绿色的青苔，乍看上去，像一个又圆又深的水泡子，但这"水泡子"的水却又清又凉，甘甜甘甜的，比当今的矿泉水还好喝。

丈夫在公安战线工作，起早贪黑，家里很少能见到他的影子，家中的活计根本指不上他。我们家吃水，包括鸡鸭鹅狗猪的用水，都是公爹一担一担往家挑。婆婆常常叮嘱我们要节省用水，挑水不容易。年复一年，日复一日，爹的年岁越来越大，眼看老人家挑水很吃力。我那13岁的大儿子主动提出不用爷爷挑水，他能挑，还竖起小小的大拇指调皮地说："我保证能供起家里用水！"

大儿子从小营养不良，生下来只吃了3个月的奶，就跟大人吃玉米面饼子喝玉米粥长大。那个年代没有卖牛奶的，也没有卖奶粉和营养品的，就是有卖的，我们也买不起。儿子的个头没长起来，与同龄人比，又小又瘦弱。爷爷说他没有扁担高，不能挑水，他不服气，坚持要挑。我只好让他跟在爷爷身边先试试。一天早饭过后，爷爷拿起扁担，他就抢先夺过去，把扁担钩往扁担头上绕一圈，挑起水桶便向老井走去，爷爷紧随其后。当爷爷拔上两桶水提到井台，他操起扁担把水挑起来，在肩上平稳一下，迈开碎步往前走，挑着走着，走着挑着，越走步子越变大，身子也稳当多了。

试过几次，他胆子也大了，信心也足了，干脆不用爷爷挑了。一担沉甸甸的水，一气儿就能挑回家。但拔水、倒水的方法和力气还不具备。每次挑水，只需爷爷陪他去井台把水给拔上来，回到家再把水倒进缸里就可以了。

后来一日，水缸里缺水，爷爷又不在家，他拿起扁担要挑水，吓得我急忙跟在身后，怕儿子拔不上来水掉进井里。正值隆冬数九，井台上冻了一层亮晶晶的冰。我抢先夺过扁担，钩上桶子梁，刚想往井里抛，一眼看见井水像一面镜子，上面飘着我和儿子微微摇曳的身影，心里有点怯。当我把水桶抛向井里左摆右摆那一刻，才知道什么是看着容易做起来难啊！平时看别人把水桶抛进井里，轻轻一摆一拉，再一提，满满一桶水就提上来了。可我的水桶在井里像个"不倒翁"，东斜西歪就是灌不进水，折腾了半天，满头大汗，也没把这"不倒翁"按倒。儿子接过扁担，我以为他跟爷爷学会拔水了，就拉着他后衣襟，他在井里晃悠桶子，水桶也在水面上漂来漂去，依然没有把水灌进桶里。邻居管大叔来挑水遇上，接过扁担边示范边说："扁担往外摆，然后猛往后一拉，就是个寸劲，桶倒水满就上提。提早了，水桶不满；提晚了，水桶容易落钩。拔水，掌握火候很重要。"我和儿子站在井口边，专心致志地看着管叔叔的示范动作。他把水桶入井轻轻一摆，一拉，桶口乖乖倾斜向下，一倒，水就满了，再一提，微蹲，把右手小臂放到扁担下做支点，左手向下一压扁担，起身，一桶水就稳稳当当落在井台上。拔第二桶水时，管叔叔又边拔水边重复要领。我和儿子相视一笑，真没想到啊，同样一摆一拉一提，里面包含这么多技巧呢！谢过管叔叔，儿子挑起满满的一担水，娘俩高高兴兴地往家走。从此以后，每次挑水，儿子都抢着拔水，每拔上一桶水，他脸上就泛出满意的成就感。

冬季是挑水最困难的日子。挑水的人多，水桶从井里提到井台上，水难免洒落一些，滴水成冰，井台上被镜子一样的冰层包围着，打滑难行。儿子每次挑水迈上井台都战战兢兢，注意力高度集中，挑起水桶两脚一点一点向前滑行，即便这样，也有摔倒的时候。有一次，儿子挑水回来，棉鞋和棉裤都湿淋淋的，说他挑起水桶，刚要迈步，发现脚底被冰给粘住了，一用力，前脚一滑，摔倒在冰上，水洒了，桶滚出老远，棉裤棉鞋都湿透了。我在炉火旁烤了半天才烤干。

雨季，特别是7、8月份连雨天，土路泥泞难行，再加上一担水压在肩

上，儿子有时滑倒，滚得浑身都是烂泥。为此，每逢严寒和连雨天，爷爷总是跟在孙子身边才放心。

再后来，工作调动，我们一家搬进小镇。小镇还是我小时候生活过的小镇，原本只有一条街的小镇变了，泥草房变成大瓦房，新街道纵横交错，压水井不见了，家家户户用上自来水。老爹高兴极了，脸上洋溢着无限的喜悦和满足，常常在我做饭时拄着拐棍站在灶前，笑嘻嘻地自言自语：真怪啊！怎么不费劲一扭，水就出来了！

农村也变了，老家屯里的每家每户也都装上了自来水，彻底告别了吃水难问题。而婆家门前那口老井已经光荣地退出了历史舞台，我却依然走不出最初的记忆，偶然间，嘴里还常常品出那井水甘甜的余味呢！

2019 年 10 月 19 日

山水走笔

祖国风光异，花草鸟兽鱼。
此生没玩够，下辈再继续。

草原踏歌

李金红

"蓝蓝的天上白云飘，白云下面马儿跑……"这是我儿时最爱唱的一首歌。那时的我，多么想插翅飞到那辽阔的大草原。在机关工作期间的文艺晚会上，或在同学聚会上，在大家的欢呼声中，我曾不止一次高唱《草原上升起不落的太阳》，大草原——我魂牵梦绕的神圣之地。

又到一年草原季。今年7月，我与家人来到了朝思暮想的大草原——内蒙古自治区赤峰市克什克腾旗西南部、塞罕坝北麓的乌兰布统草原。这里曾是清朝皇家木兰围场。东部和中部山脉绵延起伏，西北部多沙丘，最高海拔1869米，最低海拔1412米。也曾是电视剧、古装和现代影视剧的外景拍摄地：《还珠格格》《康熙王朝》《汉武大帝》等60余部影片外景都在此完成。

一路乘车在山下沟谷的峰回路转，一路触目的绿波滔天，一下子都被甩到另一个世界，我仿佛变成一个天真稚气的孩子，惊喜地大喊起来："哎呀，这么大啊！"这一望无垠的大草原：翠绿的草地，蓝蓝的天空，朵朵的白云，与散落在草地上成群的牛羊，构成一幅优美的画卷。多少年来，一想起草原，就觉得它是一张平展的无高低之分的大床。可当我站在草地上远眺，发现草地上也有山，但这山都是缓缓的土坡，坡上坡下随着地形的起伏和绿草的铺盖，竟看不清哪儿是山，哪儿是场。草长在山上、长在坡上、长在沟塘，紧密地配合大地起伏，山高草高，坡低草低，以诱人的绿色覆盖着草场，一会儿像个深碗，一会儿像个浅盘子，在阳光下泛着青、绿、黄色深浅不一的光泽。五颜六色的光带，在草原上掠来飘去，像水面闪闪的亮波，又像艳丽的绸缎在反光。

我三步并作两步走进草原，浓密的草没过脚踝，嫩绿的小草像被刚刚剪过，放眼望去，草原平整得像一块大地毯，可这地毯实在太大，除了天，

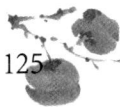

只剩它；除了天蓝，只剩它的绿；除了天上的白云，只剩地毯上的牛羊。看着这无际的草原和无垠的蓝天，我突然感到心胸开阔，所有的烦恼和疲惫一下子消散得无影无踪，我已经被融化在这透明的天地间。

草原上不见一个人，只有那群牛羊在缓缓地移动，走近时，它们不时会抬起头来看你几眼，或甩一下尾巴。看着看着，我真的把这大草原当成一张大床，毫不客气地躺下了，时而侧卧，时而俯卧，但我更喜欢仰卧，仰望蓝天，呼吸着清新的空气，竟觉得比前一天晚上睡在五星级酒店的大床还要舒坦。我躺在这舒展别致而爽逸的大床上，左右环视，小草向我招手，金莲花朝我微笑。微风轻拂，却挟不来一星沙土。我抬起双腿，看看脚上白洁的旅游鞋，不沾一点灰尘。我高兴地哼着蒙古小调，躺着唱着玩着，我真的不想站起，还想美美地睡一觉，转身发现一米多远处有一堆牛粪，已经风干，却没有任何气味。听说草原上的牛粪晒干后，可以煮饭，甚至能烤熟一只全羊。我不仅不觉污秽，甚至嗅到了烧烤牛羊肉的气味。

似睡非睡中不知躺了多久，一阵马铃声打断了我的遐思，忽地爬起来四处张望，远远地看见一位牧马人，骑着一头身披五颜六色飘带的大马向我靠近，继而跳下马微笑着让我骑马，我婉言谢绝。接着，家人各自骑着一匹马儿，边招手边缓缓向我走来。老伴儿冲在最前边，他们靠近我时相继都跳下马。老伴儿告诉我，他们已经骑着马绕了好大的一圈。我们又说又笑地拉起手来，边歌边舞，唱起了蒙古长调："鸿雁，向苍天，天空有多遥远，天苍苍，野茫茫……"唱啊！跳啊！欢快地享受大草原的清凉和美景。老伴儿还一本正经地学着歌唱家腾格尔的腔调唱了一曲《天堂》："蓝蓝的天空，清清的湖水吆！这是我的家啊吆……我的天堂！"看他那摇头晃脑，自我陶醉的样子，我们笑得东倒西歪。虽然天色已经暗了下来，竟没有一点离开草原的意思……

夜幕降临，我们依依不舍地离开了草原。但从那时起，在我的眼前，总是铺展着无边的绿，氤氲着芬芳和无比厚实的底蕴，滋养着我的身心。

大草原，这净化心灵之旅，大自然爱与力的源泉，我将终生不会忘记的一种享受啊！

离开的路上，我们边走边唱草原情歌《离别草原》："难忘草原的笑容，难忘花落随风走；多想在草原久留！盼望还有相见的时候，让我们紧紧相守……"

2019 年 7 月 12 日

鸭绿江畔静悄悄

刘金恩

每次路过丹东，我都不忘到鸭绿江断桥走一走。目睹桥上遗留的累累弹痕和桥头飞翔的白鸽，我心绪难平，感慨万千。

这座断桥，曾是横跨中朝界河的大铁桥，于清朝年间，日本殖民机构驻朝鲜总督府铁道局建造，史称"鸭绿江大铁桥"。鸭绿江大铁桥，是日本侵略中国的铁证。朝鲜战争爆发期间，美机空袭中，中方一侧桥梁两孔被炸断，朝方一侧桥梁全部被炸毁，鸭绿江上第一座铁桥变成断桥。

这段历史想必人们从史书或影视上有所了解，但作为一个当年抗美援朝战争的亲历者，我的感触恐怕比一般的游客会更深刻一些。

我 8 岁那年，新中国不满周岁，像个刚刚站起来的孩子，身体骨骼还在成长发育中，就面临着严峻的挑战：以美国为首的"联合国军"，自恃强大，公然发动了震惊世界的侵朝战争，将熊熊战火烧到鸭绿江边。我的家乡——与朝鲜仅一沟之隔的"一步跨"，变成了第二战场：飞机昼夜空袭，每天枪炮声声，人们惶惶不安，除了上下班，能不出门就不出门，只有不懂事的孩子总爱溜出屋外，或遥看飞机拉着青烟在空中你追我赶地空战，或等待空战结束去捡弹壳。安东市（今丹东市）和边境县区，多次遭受美机的空袭轰炸，建筑物被炸毁，人被炸死或炸伤。《辽宁近现代五大战事》一书记载：从 1950 年 8 月至 1953 年 6 月，美机侵入安东市上空 1450 次，扫射 57 次，轰炸 22 次，投弹 189 枚（不含轰炸江桥投于鸭绿江内数），伤亡 672 人，其中，重伤 132 人，死亡 152 人（不含部队伤亡人数），毁损房屋 2959 间及其他交通运输、电力、通信设施和物资。家住三马路大院

胡同 3 号做豆腐生意的李荣山，早晨到街上卖豆腐脑，一颗炸弹落在他家房后院子里，房子被炸塌，李荣山的妻子和 3 个孩子被炸死。李荣山在距住宅 40 米处，发现妻子尸体下身炸没了，肚子被炸破，肠子全冒出来了；一个孩子死在屋里，另一个只找到一只胳膊，大孩子仅找到一条腿上连着炸断了的脚。1950 年 6 月至 1953 年 7 月，美机多次侵入安东县侦察、扫射、轰炸和投放细菌，人民生命财产遭受重大损失。仅 1952 年，入侵县境美机 869 批次、7250 架次，居民伤亡 139 人，其中，死亡 4 人。家住县造纸厂边一位母亲，被美机投下的燃烧弹将她和一周岁的儿子活活烧死，其间，母亲一直把孩子压在身下。内地有亲戚的安东地区老百姓，离开家乡出去躲灾。而国破家亡、妻离子散的朝鲜难民，则成群结队冒着枪林弹雨跨江越境，逃到同样并不安全的安东边境地区避难。1950 年 10 月 8 日，美军为切断我方供给线，多次派飞机对大桥狂轰滥炸，致使这座有百年历史的大桥成为断桥。就是这一天深夜，我与父亲到丹东市亲戚家串门，晚上，被一阵爆炸声惊醒，吓得我大被蒙头，久久不敢入睡。

面对威胁和挑战，新中国当家人深谋远虑，运筹帷幄，千钧一发之际，果断出兵，"抗美援朝，保家卫国"，一场伟大的抗美援朝战争由此拉开帷幕。

当时，志愿军的战机大都是从家乡的刘家小园和孤山机场升空迎战。空军战斗英雄张积慧，就是从孤山机场起飞，击落了第二次世界大战中曾参加战斗飞行 266 次的美国老牌飞行员戴维斯，举世震惊。我清楚地记得，那年，地里庄稼已经收割完，一天上午，正值小学生下课，空战发生。突然，一架战机拖着浓浓黑烟向黄海北部海面俯冲下来。一只降落伞在半空摇曳，向我们小学后山松林方向飘来。与学生一起做课间操的老师说："刘家小园机场的飞机遇难了，快！到老师宿舍捞床被，别把飞行员摔坏了。"我们 4 个小同学每人扯一个被角，在后山接伞，最终，因为降落伞落到校园门前玉米地里而没接着。只见一个高个、黄发、黄眼睛的飞行员踉踉跄跄从玉米地里走出来，黑色皮夹克被玉米茬剐破一道口子。老师说，他是参加抗美援朝的苏联飞行员。果然没多一会儿，刘家小园机场驶来一辆吉普车，把他接走了……至今，回忆起当年战争的日日夜夜，依然历历在目，仍觉惊心动魄。

中国人民志愿军与朝鲜人民军并肩协同作战，历经两年多时间，彻底将入侵者赶到"三八线"以南，并签订了停战协定，从此，奠定了新中国长治久安与和平经济建设的根基。

目睹弹洞斑斑的断桥，我把追忆的目光移向鸭绿江左侧——丹东市。只见群山叠翠，绿树成荫，高楼广厦，车水马龙，熙熙攘攘的行人穿红戴绿，像一道五彩缤纷的河流在大街上流淌。夜幕降临，情侣在江岸喁喁情话，老人领着孙辈休闲纳凉，尽情享受幸福生活。

水无声，桥无语，饱受战争洗礼的断桥，见证了中华民族的奋起抗争，从历经挫折到不断胜利，从当家做主站起来到改革开放富起来的艰难历程，而今，它静静地矗立在鸭绿江畔，迎接着来自大江南北和世界各地的参观者，娓娓诉说着以美国为首的侵略者"醉翁之意不在酒"，借侵占朝鲜为跳板，意在吞并中国的罪恶目的，成为爱国主义和国际主义教育的露天大讲堂。

国是船，家是客。没有比国更大的船，没有比家更小的客，船与客风雨同舟，客依船而生。和平——国之幸，民之福。今天，每当我看到断桥两侧挂满的国旗在轻风中漫卷，人人都在尽享盛世太平的时候，我从内心提醒自己：莫忘幸福来之不易，莫忘伟大的中国共产党。

2019 年 6 月 15 日（本文与徐涛合作）

乔致庸和他的家训

刘金恩

7 月中旬周二那一天，阳光充足，暖融融的，我来到山西祁县乔家大院门外。售票口排成一条长蛇阵，检票口也是一条长蛇阵，乱哄哄的两个口，足有上千人。其中，少数是漂洋过海来到中国的外国人，大多数都是来自大江南北的中国人。机动车道受阻，喇叭呼躲。国家优待 70 岁以上的老年人，可免景点门票。我便直接走到检票口。检票口工作人员验过我的身份证，确属免票范围，便让我夹在检过票的排队中，走进了四周由高墙围就的乔家大院。

乔家大院占地面积大，围墙内大四合院套小四合院，拥有上百间屋子。

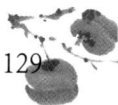

始建于清乾隆二十年（1755），由"在中堂""德兴堂""宁守堂""保元堂""花园"构成，是典型的北方民间大院，也是乔家鼎盛时期商业和民俗风貌的原始建筑，雄伟壮观，至今保留完整。因为具有历史研究价值，而成为国家级文物保护单位和 AAAAA 级旅游景区，被誉为"北方民居建筑史上的一颗明珠"。《大红灯笼高高挂》《赵四小姐与张学良》《亮剑》《昌晋源票号》《乔家大院》等 40 部影视剧在此拍摄。其中，我看过《亮剑》《乔家大院》等 4 部电视连续剧，今日得见真容，实景动人，果然大气磅礴。

我跟随参观者队伍边看边听讲解员宣讲，走马观花两个半小时。每个院落门槛都高，门槛高低在中国古代是身份和社会地位的象征，有钱有权人家的门槛都高。门槛是要跨过去的，我走得很累。从各个宅院建筑、设施、物件、摆设、遗存等和相互间联系衔接来看，像一个不大不小的小社会，五脏六腑俱全，管理得井然有序，家和业兴，正气浩然。

乔家主要经营盐、粮、布、茶、典当、票号等生意，商业范围辐射全国东南西北，直至内蒙古、俄罗斯，是晋商中的佼佼者。

乔致庸，字仲登，号晓池，生于 1818 年，卒于 1907 年，是乔家第三代掌门（家）人。为什么乔致庸这一代是乔家生意鼎盛与辉煌时期呢？也许我们认真看看他的家训，就会得出结论：老话说得好，国有国法，家有家规，没有规矩不成方圆。依法治国，据规理家，才能国安家宁。

乔致庸将原"正堂"命为"在中堂"，意纳"中庸"之意。他嗜读善思，晚上好静养，读书不辍，有暇则批点经籍。筹谋有方，以不变应万变，守旧而不固执。谨遵祖训，待人忠厚，处世圆融，多行义举，广结善缘。一生六娶，皆先他而逝。因赈灾有功，清廷曾旌表"举悌弟加五级赏戴花翎"，89 岁寿终，朝廷加封二品职衔。

我既不看好乔家馆藏的金银玉器和"犀牛望月镜"等稀世珍宝，也不羡慕一方乡绅的私人豪宅，更不欣赏在没有轿车的年代，乔致庸曾经坐过的抬轿。对乔致庸的理财精明，我不感兴趣，而他的治家理念，倒最让我崇拜，因为家和万事兴。

乔致庸亲订家训，广购史册，教育儿孙。居家尚俭约，宴宾不吝财，极尽丰厚。他家的六不准，字迹有的模糊，能看清的有：不准赌博、不准吸毒、不准酗酒、不准嫖娼……百年之前，乔致庸就懂得让后代远离黄、赌、毒，看得出他的远见卓识。黄、赌、毒是干部腐败之源、刑事犯罪之根，像人患了皮肤病，今天治好明天复发，野火烧不尽，风适吹又生。其难以根除的传染性和顽固性，决定了与其斗争的长期性和复杂性。今天我们还在扫黄打非、惩霸除恶，正是净化社会环境和人类灵魂不可或缺的治标手段，并将措施永远摆在路上，方能达到标本兼治的目的。

再看他的疑似格言或曰经验总结：寡欲故静，随遇而安，知足常乐；常思己过，慎能远祸；莫论人非，勤能济贫；诸恶莫做，阙疑好问，众善奉行，务实耐久；涵养存虚，有容乃大，心性安和，无欲则刚；笃忠信，谨修持；致广大，极高明；敬天地，孝父母；安乃吉，和致祥；和师友，乐天伦；满招损，谦受益……只有这样，才能使家族成员真正懂得怎样做人，怎样帮人，怎样为国。

这样的家庭教育和氛围，造就了英烈乔倜的光辉人生。乔倜出生于乔家大院富商之家，自幼聪慧，曾随父习武，及长，考入南开中学，时值九一八事变，全国抗日浪潮一浪高一浪。乔倜放弃上大学机会，毅然投笔从戎，报考杭州梵桥中央航校。在短暂而紧张的学习中，他刻苦钻研，超时训练，在400多名学员中脱颖而出。1936年8月，被编入梵校成立的第九大队，同年12月，驾僚机护航，经历了震惊中外的西安事变。1937年"七七"卢沟桥事变，乔倜所在大队被编入南梵支队，8月上旬，首次与日本战机交锋，在以高志航为代表的中国空军健儿抗击下，一举击落日军王牌木更津战机6架，中国战机无一损失，震惊中外。该战役被称为"8·10梵桥空军空战"。当年9月，太原保卫战爆发，日军以绝对优势装备向我军发起猛攻，乔倜部队配合陆军英勇抗击。10月6日，乔倜与枪手麦振雄驾2707号机，奉命侦炸中武、代县、繁峙等地之敌，至平型关附近，与敌3架驱逐机遭遇，乔遂低空飞翔，并以后座机枪还击，英勇战斗，当至定县上空时，被敌军地面高射炮击中，不幸殉国。

国是船，没有比国更大的船；家是客，没有比家更小的客。船与客互为依存，船稳客安。每个家（客）都应像乔致庸那样，树立良好家风，教育子女走得端、行得正，客安船自稳，船稳客永宁。

2019 年 7 月 9 日

久别重逢

刘金恩

己亥年仲夏那天清晨8点，天气晴好。我们驱车离开北戴河阿卡小镇健康谷荣逸酒店，向北出发。道路两侧路树在风中摇摆，热情地夹道欢送，新建的楼群高耸入云，目送我们离开。我回头望一眼下榻的酒店，突然想起一件事：酒店绿化，竟给院落里每一棵成树都挂上了吊针。西医传入中国，我看到人有病打吊针。给树挂吊瓶，我第一次看到。成树在它老家生活得好好的，你把人家搬到你的院子来，一路上折腾得半死不活，再给人家打什么营养针，额外遭针扎的罪，多让人家痛苦啊！况且，有谁愿意离开生养它（他）的故乡呢？搞绿化没有错，伤害感情的事不可做。

我们的客车在柏油路上风驰电掣。突然，一个男人横穿马路，司机急刹车，打断了我的思索。一个小时后，客车在沿海丁字路口广场停泊。我下车举目环视：路上车水马龙，人来人往。身后一片高低错落建筑，生机勃勃，路边店门洞开，迎接客人进进出出；胸前一片偌大的细沙滩，滩前怀抱天蓝水碧相接、辽阔无垠的茫茫大海。沙滩上耸立一座孤独的塔式标志，顶层一架蓝色钟面的挂钟，时针指向9点35分；柱状的底层蓝色断面，清晰写着"黄金海岸"；滨海边几个蓝色遮阳棚，在默默等待游客的光临。偌大的沙滩上，岸上人越滩入海，沐浴人穿滩返回岸，仍有一群男女在大海里撒大欢，游来漂去……

此情此景，让我想起毛泽东笔下的《浪淘沙·北戴河》：大雨落幽燕，白浪滔天，秦皇岛外打鱼船。一片汪洋都不见，知向谁边？……这里有青山绿水、富丽建筑，漂亮浴场，作者为啥都不写，却单写大雨中的渤海，写波澜壮阔的景象。因为他关心大风大浪中打鱼的劳动人民，这就是伟人的胸怀。我是平民，自然想不到这一层。

我独立塔式标柱下，望着同游的家人陆续踏着沙滩走向大海。忽地一转身，却看到几只小小的沙雀留鸟，在沙滩上空滚来滚去地翻飞，像一队机群，在蓝天做飞翔表演。一会儿顺势落在沙滩上，东张西望几眼，再逆风腾空而起，上天翱翔几圈儿，又落到沙滩上，蹦蹦跳跳像捡点什么；一会儿再逆风升空。如此这般，腾空降落，降落腾空，腾空为啥偏逆风？我真搞不明白。但这种敢于逆向叫板，锲而不舍，勇于拼搏的精神，却让我由衷感动。

　　我与沙雀留鸟几十年未见面了，做梦也想不到能在此相逢，一下子把我的记忆拉回到玩山玩水的快乐童年：70 年前，我们家房后是个小山坳，林子里有许多鸟，我常到山河沟抓蝲蛄，同时看鸟飞、听鸟叫。门前是一条好几丈宽的大河，河边柳树繁茂，沙石河底水清如镜。大河一边沟深，偶有旋涡，日夜悠悠流淌；另一边浅可见底，一疙瘩一块露出细沙滩。每逢夏季，孩子们就到大河里洗澡、打水仗，然后躺在沙滩上晒太阳。一种小鸟就身前身后蹦蹦跳跳，头起头落，不知捡点什么，当地大人们都叫它沙雀留鸟，学名叫什么，只有鸟类专家知道。其实，河边还有一种鸟，头扎一绺红头绳，绿翅膀，专抓浅水里的河鱼，大人们叫它鱼鹰。因为不管是小山鸟抑或小水鸟，只要是鸟，我都喜欢。所以，看到沙雀留鸟我就停止玩耍，呆呆地看着，小伙伴就瞧不起我：傻帽，有什么好看的？抓把沙子往我头上扬，我急忙躲闪，惊飞了小鸟。我很伤心，破口骂他：你个尿样，滚蛋！俺再不跟你玩了。

　　这河里有两种淡水鱼，一种叫沙里固，眼睛不太好使，耳朵倒特灵，听到声音，"嗖"一下钻进沙里逃生；另一种叫马口，身体修长，白色，光滑，肉鲜美，水上层鱼类，速度极快，不易捕获。我用 8 号铁丝，一头插上木耙为鱼条，挽着裤腿或穿着裤衩，发现鱼群，就用鱼条抽。有时跟着鱼群跑出好几里，一条也打不着，累得呼呼带喘，我就泄气躺在沙滩上瞭望天空，沙雀留鸟就落到我身边来了。我一点不动，只呆呆看着它，它可能觉得没有危险，试着往我跟前再靠近一点，谁知它怎么想的，跳靠几步又飞走了。因为我或洗澡或打鱼，经常在沙滩上转悠，我们也经常相遇。有一次，我打伤一条马口，只抽断鱼的尾部，它还在水里忍痛逃生，我穷追不舍，抓住它拿上岸，边躺在沙滩上边晒太阳，边欣赏它的美体。这时，沙雀留鸟跑过来了，叨一口鱼，我未动，它又叨第二口，我还未动，不知为什么，它再也不叨了，目不转睛地瞅我老些时候，展翅飞走了。于是，我有了一点感悟：人与人之间，人与鸟类之间彼此信任、尊重，有时会创建出更加美好的明天。

2019 年 7 月 7 日

拜天井

刘金恩

　　我出生在偏远的农村，小时候是吃堡子墙外一口井水长大的。中华人民共和国成立后，堡子里开通了自来水，老人们便把水井给盖上了，怕孩子们玩耍掉进去。长大以后我外出读书，毕业了直接进城参加工作。因为工作性质决定，我曾看过本市金矿矿井，也曾办过"枯井冤尸"的案子；出差看过盘锦油田的油井。进入暮年，要去看长白山山巅那口天井，就是1983年夏，邓小平亲笔题字的"天池"。朋友说，看天池难遇好天气，不少人到了山下阳光明媚，登上山顶非雨即雪，什么也看不清，还送我一段顺口溜：众人都说天池美，得见真容靠福气，有人三次攀到顶，不是阴霾就是雨。朋友善劝反而变成激将法，我原本举棋不定的心坚定地横下来，暗自憋了一股劲儿：我不信邪涉千里，硬着头皮碰运气。

　　6月下旬的一天，我们驱车到吉林二道白河露宿一夜，第二天清晨7点继续朝长白山天池方向奔驶。不到一个小时车程，来到"长白山火山国家地质公园"。从北景区（另有西景区）山门进去，购买登山汽车票。在国内，70岁以上的老年游客，国家给予特别优待，走哪哪免门票。

　　我凭身份证免费跟随客流顺利通过检票口，排队登上了大客车。到达中小客站，换乘摆渡小客车，送达终点——天池山脚下一块斜坡式的坳地广场。这里早已聚集了上千名国内外游客，熙熙攘攘，等候排队步行攀峰。其中，中青年游客占比百分之九十七八，少数怕冷者，挤到出租窗口租棉衣。前几天我在家乡街头踯躅，穿短袖小褂还浑身冒汗，出游时急促慌张忘备暖衣。站在此地略觉凉爽，却未冷透我的热心。同来的亲友劝我租棉衣，我自幼执拗，摇头不租。遂瞻目环视：但见广场左边向上拉了一道简易栏杆，延伸到上坡尽头，形成一道半月式的弧形圈，在弧形圈中间装两扇木栅栏门，把游客挡在弧形圈外的广场上。远眺群山坡上，隐约可见一张张黑乎乎常年不融的冰雪块，像农家妇女在锅里贴的大饼子，高高地挂在坡壁上。栏杆内侧也有一处黑乎乎的锅盖式的冰雪层，因为风尘玷污了它们的洁白，雪窟下潺潺流出的清水，在阳光下冒着热气，告诉人们：永不褪色才是它们的本质。景区管理人员疏导游人排成一条长蛇阵，分拨放进栅栏门内，游客便沿着约有千米的逶迤幽径，自由缓缓向上攀爬。

长白山天池是我国最大的火山口湖，也是松花江、鸭绿江、图们江三江的发源地，还是中朝两国的界湖。湖面海拔2198.1米，略呈椭圆形。南北长4.4千米，东西宽3.73千米，积水面积21.4平方千米，水面面积9.82平方千米，水面周长13.17千米，最深处373米，平均水深204米，总蓄水量20.4亿立方米。年平均水温-7.3摄氏度，是吉林省气温最低，而降水量最大、蒸发量最小的地区，也是一个巨大的天然水库。2000年荣获"海拔最高的火山湖"吉尼斯世界纪录。

我伫立天池岸边，高天艳阳，白云蓝天，整个天宇都晶莹剔透，光芒四射。俯瞰池面，闪烁缤纷的色彩，像一位妩媚的少妇，青黛微波涟漪，荡漾出脉动的深情；倒映的山峰，或颤抖或摇摆，像画师上下左右抖笔开弓，不断变幻着图形；一只大鸟掠空而过，可是执行护卫和巡逻天池的任务？400多年前，大地突然剧烈颤抖，顷刻间像要天崩地裂，伴着震耳欲聋的轰鸣，一团耀眼的火焰喷着滚烫的泥浆，从地下冲出地面，烧红了半边天空。而后，泥浆和灰沙纷纷扬扬掉落，形成嶙峋和突兀的岩石，堆积成眼前这奇异的山壑，像人工雕琢的乱石大缸，柔情绵绵，甜蜜地与一潭碧水亲密接吻、拥抱，久久不离不弃。传说"山有多高，水就有多高"，这是地质学家能说清的问题。俗话却说人往高处走，水往低处流，天池之水居高临下，水不走也不流，可是缸底太厚？天干日燥，长年累月，为何百年不涸？那静谧、神秘和空灵，令人遐想万千。而它毫无烦恼，以宁静的姿态和经年不变的美丽容颜，天天热情地接待南来北往、络绎不绝的男女老少游客，满足他们的向往和好奇。我禁不住扬手高呼：好大的一个水泡子啊！惹来亲朋一串串笑声。突然，一阵凛冽的冷风来袭，赶走了登山时的汗气，白色灰条短袖小褂，被风吹得哗哗作响，我情悦神爽地扬手指点天池水面，家人适时为我留下一个颇具纪念意义的镜头。而这异常心开天窗的瞬间，让我有了重返年轻时代，踏上天井人未老的感觉！

2019年6月30日于长白山温泉皇冠假日酒店

"土"字碑

刘金恩

　　在国外谋生的外甥携子回国探亲。个人出资，特邀我们两口子参加他们一家人的旅游。他说：天气逐渐变热，咱们北游。遂租一辆国产奔驰，驶向吉林省珲春市辖区的敬信镇防川村。防川村位于珲春市东南部，距市区 70 千米。有一段道路正在维修，颠簸厉害，车不得不减速。当日 16 时，到达景点售票处。还有几辆旅游轿车也随后抵达。边防检查站执勤武警，逐一查验旅游者的身份证。五六位韩国游客和我外甥儿子（美籍华人）被挡住禁入，孩子奶奶无奈，只好留下陪她孙子。游客带来的车子，一律暂存售票处停车场，由景区一辆摆渡小客送我们这些中国游客到景点。这是一段羊肠子式的沙土小路，越走越窄，窄得回车都困难。一路风尘飞扬地来到被铁丝网夹起来的界桩——"土"字碑。

　　防川村在图们江下游的中、朝、俄交界地带，东南与俄罗斯接壤，西南隔图们江与朝鲜民主主义人民共和国（以下简称"朝鲜"）相望。东临张鼓峰、张其峰、沙草峰，峰峦叠嶂；西临图们江天然界河，江水经中、朝、俄三国边界注入日本海。

　　清军入关前，防川是东北土著民族（满族）部落，以游牧、狩猎、渔猎等为生。顺治元年(1644)防川满人全部随旗人入关，黑穆吉变成荒芜空旷之地。咸丰十一年（1861），户部侍郎成琦在黑穆吉立"土"字碑。同治年间（1862—1874），朝鲜垦民在黑穆吉建屯，防川逐渐形成朝鲜垦民村落。

　　站在"土"字碑跟前，一眼望三国：西北方是俄罗斯，地弯而僻；东南方是朝鲜，零星几间小屋，静静地卧在旷野；脚下即是我们的神圣国土。

　　国与国之间相连的地方叫边界。常言道，家有边、国有界，古今如此。有边有界必有记号（标识），相互遵守，友谊长存。

　　中国周边与十几个国家相连，都有各种不同的标志。到防川我发现，这里与朝鲜西北部豆满江市洪仪里接壤；我家乡地处鸭绿江入海口，与朝鲜东南部新岛郡接壤，沟为界，铁网为记。

　　"土"字碑立在防川境内的中俄边界卧峰上。碑东是俄罗斯哈桑镇，西临图们江；图们江右岸是朝鲜豆满江市洪仪里火车站。碑高 1.44 米，宽 0.5 米，厚 0.22 米，石质花岗岩。中方一侧正中竖向刻有"土字碑"3 个大字，左侧竖向刻有"清光绪十二年四月立"九个小字，为中国领土；俄方正中刻有俄文字母"T"，为俄罗斯领土。碑下入土深一俄尺，约中国二尺三寸，四周地基用碎石筑成，外掘深沟，填满碎石和混凝土灰浆，这就是中俄的界碑。2012 年以后，中俄重新勘界，"土"字碑成为防川旅游景点和吉林省重点文物保护单位。

我闭目默立"土"字碑前，心灵恍若走进历史的深处。眼前突然一闪，一个头佩顶戴花翎的官人从碑后姗姗走来，他就是吴大澂（1835—1902）。江苏吴县（今苏州）人，字清卿，号恒轩，又号愙斋，同治年间进士。初授编修，出任陕甘学正、河北道，曾随吉林将军铭安办理边防。光绪七年（1881）授太仆寺卿，会办北洋军务。光绪十年（1884），授左副都御史。次年，赴吉林会同副都统依克唐阿与俄使勘界。光绪十二年（1886），授广东巡抚，反对总理衙门与葡萄牙订约澳门归葡萄牙管辖。光绪十四年（1888），擢用东河总督，堵塞黄河决口。光绪十八年（1892），被授湖南巡抚。甲午中日战争爆发，请缨率湘军出关御敌，光绪二十一年（1895），辽东战败，被革职留任。

吴大澂文武兼备，还精于金石学和古文字学。曾搜集钟鼎、玺印、陶器、货币等，撰《说文古籀补》，为古文字学重要著作；撰《字说》考释文字，颇有创见；又集录所藏各种彝器铭文拓本，为《愙斋诗文集》；以古物证历代权衡度量制度，成《权衡度量实验考》；另有《恒轩所见所藏吉金录》《古玉图考》等。光绪二十八年（1902），于苏州病逝。

咸丰十一年（1861），中俄联合勘界珲春东界，对两国边界具体走向未实际踏勘，仅按俄方提供地图签订约款，按《中俄续增条约》规定，自松阿察河源到图们江口，应设木质界碑 12 个，本已稀少，设碑时又少设几个。清政府边防松弛，给沙皇俄国（以下简称"俄国"）入侵防川造成可乘之机。19 世纪 70 年代后，乌苏里江流域及其以南中俄边境移民骤增，俄国军队经常越境到中国境内，抢掠杀害中国边民。俄军哨所逐渐向中国边境推进。边界模糊不清和俄国不断犯边侵占，危及东北边疆安全和稳定，引起朝廷重视。

清政府派遣户部侍郎成琦、吉林将军景淳与俄国代表勘察吉林东部防川中俄边界，双方签订《中俄勘分东界约记》。清政府会勘官吏昏庸，俄国便借此机会将大半兴凯湖及其相连领土据为已有，并将图们江沿岸一带中国领土纳入俄国版图。

光绪初年，俄国偷移界碑，不断蚕食中国领土。光绪六年（1880）十二月，吴大澂第一次随同吉林将军铭安办理边务兼屯垦。始知珲春河至图们江口250余千米竟无一个界碑，黑顶子濒江一带久为俄人侵占，俄方在此添设卡兵，接通电线，有久住不归之意。光绪九年（1883）一月二十八日，吴大澂将俄国侵占珲春黑顶子问题奏报朝廷，并派人屡与俄员照会交涉，索还被占之地，迭次据约辩论，俄方却一味支吾拖延。吴大澂再奏朝廷"派员来珲春照会俄官，定期复勘，按照旧图所定红线，将沿海地段划清界址，限令俄官将侵占珲春的领土一律交还。图们江口10千米以内仍为珲春管辖，俄界与朝鲜不复连接"。后因中法战争爆发，吴奉调"会办"北洋防务，对俄交涉暂停。但他反复奏请，清廷感到问题严重。光绪十一年（1885）四月二十八日，朝廷委任吴大澂为中俄勘界大臣，到吉林会同珲春副都统依克唐阿与俄国滨海省省长兼驻军司令巴拉诺夫交涉边界。吴大澂亲勘边界，发现在宁古塔内"倭"字碑、"那"字碑均被俄国移动。为维护主权，吴大澂寸土不让，迫使俄国同意将新刻"倭"字碑立于瑚布图河口原处，错移的"那"字界碑也按约移回原处。当年五月六日，吴大澂在珲春城与俄使巴拉诺夫会谈界务，提出归还黑顶子问题，因按以往界约规定，黑顶子在红线内，属于中方领土。俄使巴拉诺夫无言可辩，双方达成协议：中国界内黑顶子地方旧有俄国卡化民房，"于一千八百八十六年六月（光绪十二年五月），迁回俄境，两国各派委员前往该处交接明白"以后，由依克唐阿派员前往接收黑顶子归还中国。光绪十二年（1886）五月二十日，在中方吴大澂、俄方巴拉诺夫等两国政府代表共同主持下，在离图们江口15千米处，补立"土"字碑。从沙草峰俄方侵占处向日本海方向推进8000米，立于山南沿江高岭下平原尽处，即"土"字碑现址。至此，包括黑顶子等在内的失地，被俄国侵占总面积达100多平方千米的土地重归中国。

光绪十二年（1886）六月一日，双方勘界会谈在俄境岩杵河举行。吴大澂会同依克唐阿重勘中俄东部边界，与俄国勘界代表、俄国滨海省省长兼驻军司令巴拉诺夫，展开一场历时 5 个多月的艰苦谈判，史称"岩杵河勘界会议"。经 8 次会谈和现场勘查，当年十月十五日，双方勘界会谈结束。光绪十二年（1886）十月十二日，签订《中俄重勘珲春东界约记》和《中俄查勘两国交界六段道路记》。

图们江原系中朝界河，两国均可行船。但"土"字碑设在江口以上，俄方借此剥夺中国船只出入江口的权利问题仍未解决。在中俄双方第二次会议上，吴大澂提出将图们江作为中俄两国公共海口，巴拉诺夫声称不敢擅自决定，须报请俄政府批准。其间，俄代表妄图用海军战舰恫吓中国谈判代表。吴大澂和依克唐阿不畏强暴，请北洋水师 6 艘战舰开往海参崴助阵。软的怕硬的，硬的怕不要命的。巴拉诺夫见中方强硬，才请示俄外交部。光绪十二年（1886）十月十二日，俄国外交部来电答复中方：同意中国船只由图们江口出入，并将照会列入附件中，彻底争回了图们江出海权。

钱恂在《中俄界约勘注》中说："溯自咸丰八年（1858）至光绪十年（1884），凡中俄立约勘界，无不削地，唯此一次为展界。"把补立"土"字碑展括 10 余千米、索还黑顶子、争得图们江口中国船只自由出入权，为吴大澂三大功绩，此一证也。吴大澂任广东巡抚时，反对总理衙门与葡萄牙签订由葡管辖澳门条约，此二证也。任湖南巡抚时，甲午中日战争爆发，主动请缨出关御敌，此三证也。吴大澂是昏庸腐败的晚清政府中忠国靖边的爱国大臣，令人敬佩！"土"字碑疑是吴大澂的一张脸，我情不自禁地行了一个举手礼。

这时，不知谁拍了一下我的肩膀：车就等你了，快走。我从深沉的默思中醒来，登车离开"土"字碑。车上游客对防川游杂议纷纭，我充耳不闻，只想到另一个人：北宋政治家、军事家、文学家范仲淹，他也是吴县人，官至参知政事（副宰相）。他在陕西守卫边塞多年，西夏不敢来犯，说他"胸中自有数万甲兵"。戍边期间，流传下来的诗词只有 6 首，其中，《渔家傲》表达了作者决心捍边御敌的英雄气概，也反映了思念家乡的情绪和战士生活的艰难性。一个地方（吴县）出了两个文臣武官，一个忠国靖边，一个忠国卫边，真的是人杰地灵。庸说书生百无一用？不辩自明。

2019 年 6 月 25 日

千里谋真容

刘金恩

　　我们从下榻的宾馆出来，走进成都大熊猫繁育研究基地时，已经是 10 点一刻。通向大熊猫生活馆的山路上，来自世界各地和大江南北的旅游队伍，每支队前举旗者身旁都跟着一位导游员，边走边哇啦哇啦讲解什么；散客游人比组团的要多，他们避开行进缓慢的团队，急匆匆地向前猛冲。我被夹在路边登山车站的长蛇阵中排队候车，好久才能往前蠕动几步，人都能急出猴疮来，真的。

　　但车驶总比步量快，我们很快融进最早进入大熊猫生活馆的人群，谋得在电视之外瞥一眼大熊猫真容的机会。不仅是我，潮涌般的参观人流中，不乏瘦高个子、牙齿洁白、背着挎包的黑人和胖瘦得体、肤色白洁的金发女郎，可见你——大熊猫的魅力无穷！你像熊非熊，似猫非猫，你就是你，举世无双。你家族数量甚微，又憨厚大量，难成山中群兽之王，但你容颜妩媚，德超百兽，备受地球人的青睐和珍惜。你本是濒危灭绝的物种，幸运地在中国找到了生存条件，快快乐乐地活在大山里。你是世人心目中的宝贝，更是中国的国宝。

　　我们目不转睛地在大熊猫生活馆墙外的树林间、专为它们搭建的木质棚架和地面上，寻找它们的踪影。也许大熊猫认为高空比地面更安全，或者与生俱来的攀高习性，我们看到的大熊猫不是挂在树杈上，就是挂在人工棚架上睡大觉，既不动弹，也不睁眼。游人无法也不忍心将它们唤醒。网友说，看大熊猫最佳时间是上午 9、10 点钟，它们正在吃食，动态大熊猫比静态更美。老伴儿没有好气抱怨我：喊你早起，你就躺着懒，晚了吧，总看它们睡觉有什么意思？算了，回吧！千里之外来看大熊猫睡觉，不如在家看你睡懒觉了。我拉着老伴儿的手继续向前走：我的睡姿可没有大熊猫那么美，看人家睡得多甜多香多可亲。放心，再懒的动物也有动的时候，绝不可能像小学生睡午觉，老师令下才爬起来。别着急，它们总有出来走走的时候，耐心是成功的一半。

　　你瞧，前边那堆人，熙熙攘攘，一准有玩意儿。我们冲前数十步，果然不出所料：一只大熊猫从住舍墙根一棵树后左摇右摆，姗姗走来，头也不抬，旁若无人，直奔水塘边。喝够了水，摇摇摆摆回到水泥墙边躺下了。老伴儿顿时兴趣盎然，眼疾手快，早已举起手机录进镜头里。继续向前搜索，又有抓拍和录制了：一只大熊猫像个人似的坐在树杈上挠痒痒，洗脸；另一只从人工棚架上滚爬下来坐在地上，抓起一截竹竿，像孩子手握高粱甜秆似的啃，那吃食的动态真可爱……特有意思的是，躺也罢，走也罢，吃也罢，任凭游客吵闹或拍摄，大熊猫就是不理不睬，充耳不闻，目不瞻对，该干什么还干什么。

小熊猫生活馆里都是些家猫大小的孩子，正在成长发育中，比大熊猫活跃，它们动多静少，不是吃食，就是玩耍疯闹，有的干脆钻出笼外自由溜达。

午时已过，饥肠辘辘，我们走进一家被茂密树林裹夹的饭店，食客依然爆满，餐厅内外座无虚席，犹见参观者之众。我们等了40分钟，才在厅外遮阳棚里挨到一张座位。学着大熊猫的饮食习惯点了4个菜，道道是笋片，盘盘有辣椒，脆、香、微辣，口感精美，川人厨艺委实独到。正吃着，远处传来咬字吐词清楚的鸟鸣"巧克力、巧克力"；比麻雀还小的红嘴鸟，在饭店栏杆上蹦蹦跳跳觅食，不声不响；门前树枝上响起"唧唧，就这儿，就这儿"的鸟啼。哦，哈哈！山鲜爽口，鸟语悦耳，好生惬意啊！

你狠下心想不爱大熊猫都做不到。因为它那白色皮毛裹腹掩被，后腿毛是黑的，前腿黑毛连背捆成U形，像人戴了一副黑色套袖，白色圆脸上耳朵是黑毛，像人戴的防寒耳兜，鼻尖毛是黑色，眼毛是黑色，像人戴副墨镜，这样黑白相间的皮毛自然生成，宛如专业画师的精工之笔，描摹了优雅文静的线条之美。当我离开成都大熊猫繁育研究基地时，它那站、立、坐、行、卧的姿态和神奇形象，依然留在我的大脑荧屏里，它那无与伦比的美，回眸一展百媚生，豺狼虎豹无颜色，让我感到从未有过的心里舒服。还有它那虬结般的墩实体魄，野生动物的凶悍恶相荡然无存，其温顺的样子中蕴含着雄厚的内力，却始终恪守"人不犯我，我不犯人"的准则，步履稳健，目不斜视，给人以文明、睿智之感，所以，它才有资格以一个和平使者的身份，代表国家形象被租借到世界多个国家，传递和平友谊和中国精神。

2019 年 5 月 21 日

武侯祠：崇拜者向往的地方

刘金恩

中国历史上有难以计数的名人，但没有谁能像诸葛亮这样被人们久念不忘；中国大地上也有无数座祠堂，没有哪一座能像成都武侯祠这样，备受海内外后来者的崇拜，成为天下崇拜者的一种神秘向往。

我的阅读生活中，第一本书就是《三国演义》，虽然囫囵吞枣，理解肤浅，但多少还有点零散记忆和初浅认识。在三国诸多英雄中，我最崇拜的就是诸葛亮。因为他走出草屋后，倾注一生的智慧，忠心辅佐汉室刘备建国立业，表现出重情、忠义、多谋、善断、果敢、清廉、爱国、怜民的高尚品格。

也因此，我总想到诸葛亮军旅生涯涉足的地方去看看。去年秋，我有幸来到历史上曾是东吴的地界——南京镇江，看到了云台山脚下的蒜山。三国时期，诸葛亮应东吴之邀来到这里，与周瑜会晤战策，他们在此共定"火"计。火烧赤壁一战，曹操败走华容道，成为古代世界战争史上以弱胜强的著名军事战例。今年5月，我又有幸飞到古代蜀汉地盘——成都，走进向往已久的武侯祠。

武侯祠是纪念诸葛亮的祀庙，因为他曾官至蜀汉丞相，公元223年封爵为"武乡侯"而得名。

武侯祠坐落在成都闹市区。两棵古榕为屏，一对石狮拱卫，临街一座朱红飞檐的庙门，上书"武侯祠"（汉昭烈庙：公元223年4月，刘备病逝，5月，诸葛亮护送刘备灵柩从白帝城回到成都。太子刘禅继位，谥刘备为"昭烈皇帝"）。这就是成都武侯祠最大的特色——君臣合祠，这里不仅是蜀汉丞相诸葛亮的祠堂，也是祭祠蜀汉皇帝刘备的庙宇，更是刘备的皇陵所在。门楣对联：三顾频烦天下计，一番晤对古今情。你只要往门口一站，圣地庄严肃穆和敬畏之感便油然而生。进门是一庭院，树木夹道，杂花映目，直达二门，门楣上方有一幅悬匾，上书"明良千古"。匾额由清康熙年间四川提督吴英撰写，"明良"指贤明的君主和忠良的臣子，"千古"谓永垂史册之意。四个大字意在昭示圣明君主刘备和贤良臣子诸葛亮，千古垂范，流芳史册，为后人所怀念。"明良"的"明"多了一横，但不是错字，《汉语大字典》载：明同"明"，同义的异体字，意在突出刘备的贤德。穿过二门又一座四合庭院，1700多年前的刘备殿映入眼帘，飞檐翘角，雄踞正中，左右两廊分别供着28位文臣武将。再穿过刘备殿又一四合院，东西南三面以回廊相通，正北是诸葛亮殿。由诸葛亮殿顺一红墙翠竹夹道就到了祠的西部——惠陵，这是刘备的墓。诸葛亮前配天子庙，右依先帝陵，一千多年香火不绝，这气象绝无仅有。

公元234年8月，诸葛亮在他一生最后一次对魏作战时，于北伐前线五丈原军帐中病逝。国倾栋梁，民失恩相，举国上下无不痛悲，百姓请命建祠，朝廷不批。只好按诸葛亮遗命，葬于陕西汉中定军山下。恩相死后的公元263年春，朝廷才同意在定军山武侯墓旁修建第一座纪念祠庙。此例一开，全国武侯祠像雨后春笋，先后拔地而起，仅三国时期为蜀汉辖区的云、贵、川三省，曾有武侯祠82座。除孔子、关羽被封为圣人外，作为历史人物，纪念诸葛亮的祠庙数量如此之多、地域分布之广，是无人可比的。"文化大革命"中，不知有多少文物古迹蒙受灭顶之灾，武侯祠却片瓦未损，诸葛亮在世代百姓心目中的地位由此可见。

我分开拥挤的游客，穿过几道院落，来到诸葛亮殿前。殿柱耸立两旁，贯人间正气，殿门前敞，容万民之情。诸葛亮端坐在正中的龛台上，头戴纶巾，手持羽扇，正凝神沉思。往事越千年，历史风尘不能遮掩他睿智的目光，崇拜者顶礼膜拜也无法唤醒他沉思的灵魂。他左右是其子诸葛瞻，其孙诸葛尚。瞻与尚在诸葛亮死后，都为蜀汉政权战死沙场，一门三代忠良。殿里摆放一件铜鼓，是诸葛亮南征时，一日晌午，大军正在生火做饭，突然一支叛军冲杀过来。蜀军顿时混乱，无序迎战，侥幸取胜，但损失惨重。总结战情，诸葛亮认为是军令不畅所致，遂传令用铜铸造像锅一样的鼓，闲时，以鼓当锅煮饭烹食；战时，把锅口朝下，敲锅当鼓传令，约定鼓声规则，声令合一。我仿佛隐隐如闻一阵金戈铁马声。这传令鼓与木牛流马一样，说明诸葛亮不仅是一名政治家、军事家、思想家、外交家，也是一名天才的发明家。殿的左壁书着他的《隆中对》，预知数十年后的天下事；右壁《出师表》，表陈他一颗忧国忧民之心。我默思良久，透过他深沉的目光，仿佛看到他赤壁大战前夕，草船借箭的智慧，雾起时与鲁肃坐在船中饮酒取乐，雾散时借箭成功返回的喜悦。我也看到他街亭失守，挥泪斩马谡的悲痛和无

奈。我还看到他七擒七纵南蛮王孟获，直至对手心悦诚服为止的耐心。我当然看到他身披鹤氅，头戴纶巾，于城门大开的城墙敌楼前凭栏而坐，焚香弹琴，内外几十名百姓低头洒扫，旁若无人，不费一枪一弹的空城计，击退司马懿兵马的睿智。我更看到他向后主自报家产时那一颗坦荡无私的心……在我的眼里，当年就凭诸葛亮调兵遣将的智慧，蜀国应该一统天下，历史却开了一个悲壮的玩笑，诸葛亮输给了司马懿，但赢得了自此以后所有崇拜者的心。

我在武侯祠环游了四个多小时，临别前又到武侯像前敬默了一会儿，他还是凝神沉思，像有话要对后人说，但欲言又止，手中的羽扇，只展不摇。

2019 年 5 月 19 日

乐山大佛

刘金恩

站在被联合国教科文组织专家誉为"森林在城市里，城市在山水中"的乐山市江边，与坐落在大渡河（又名铜河、沫水）、岷江、青衣江（又名平羌江、夹江）三江汇合处、海拔 448 米凌云山（又称九峰山、九顶山）上的乐山大佛隔江相望，风光十分诱人。夜色降临，绿色的凌云山中，人工灯火红、蓝交相辉映，倒映于川流不息的江水中，远远还能看到大佛一张模糊的脸。城市岸边一派祥和，生机盎然，三队大妈各不相扰，都在各自的乐曲声中翩翩起舞；河沿边一排健身器材群，聚集一帮中老年男女，正在飞秋千，攀单杠，一位老者跳下蹬板，一脸自豪地"啪啪"捶几下自己隆起的裸胸；稍远处，一帘白幕迎风高挂，幕前聚集一堆人，幕布上没有电影，而是黑色的五线谱和歌词，一位中年男人正在教唱红色歌曲，悠扬的歌声融入大渡河的滔滔水声，划破宁静的夜晚，飘向远方……

下榻乐山大佛对岸"设计师酒店"的服务员告诉我们，欣赏大佛真容有两条路线：水路有客船专供游人伫立船头远眺，全景有些模糊；陆路即佛道，可直接走到周长约 3.5 千米，面积约 0.6 平方千米的凌云山上的大佛脚下，全景会看得更仔细。与服务员谈来唠去，她竟是我的东北老乡，结婚来到这里，日子过得很好。树挪死、人挪活嘛！

凌云山上不仅有大佛，还有些著名建筑物：被九峰环抱的凌云寺、普贤菩萨、观音菩萨、地藏菩萨、灵宝塔。为纪念当代文化巨人郭沫若而建的沫若堂和新铸郭沫若全身铜像，距灵宝塔50米，堂内陈列郭沫若生平事迹及一生著述400种和著名作家马识途先生的题联："峨眉钟灵，大渡铸魂，中华惟怀，黎庶系心，笔落摇山河，真是文豪本色；女神惊世，屈原壮魄，雷电为颂，洪波度曲，诗成泣鬼神，果然名士风流。"始建于宋代的东坡楼，楼前有一洗砚池，传说为苏东坡在此读书期间洗砚的地方。栖鸾峰峭壁上的海师洞，是唐代海通法师居住的地方。紧依凌云山，近邻乌尤渡口的壁津楼。下山必经的麻浩渔村，东门正对江面，时有渔舟过往，别有一番诗情画意。还有麻浩崖墓、离堆乌尤、乌尤寺、天王殿、弥陀殿、青衣亭、罗汉堂、旷怡亭、景云亭、东方佛都等亭、台、楼、阁、塔、榭，一应俱全。凌云山是建筑艺术、雕刻艺术、文学艺术和史学知识的总集合，有阅不尽的风光、看不完的风景。千里之外寻大佛，不可"喧宾夺主"，只好"走马观花"。

看大佛走佛道是为上策。第二天早晨，我们乘车过江来到凌云山脚下的石窟式的山门，首先映入眼帘的是郭沫若先生题写的"乐山大佛"，遒劲磅礴。然后，一路沿333级石梯的逶迤佛道而上，左边崖壁上为唐至清代摩崖石刻造像和题咏，因久受潮湿风化，石刻造像长苔藓，形象模糊；在积水成池的"龙湫"，相传苏东坡在凌云山读书期间，曾多次买来鱼虾龟鳖在此处放生。右边悬崖绝壁下的大江东去，舟如漂叶。继续拾级而上，路过明代开凿的弥勒佛住处"兜率宫"。再上行几步，到达"载酒亭"，相传苏东坡年轻时也曾驾一扁舟遨游江上，陶醉于汉嘉秀美山水怀感，"但愿身为汉嘉守，载酒时作凌云游"，后人取其诗意，在此筑亭纪念。载酒亭对面，兜率宫左侧，是明代雨花台故址，台已不存，仅崖上刻有"雨花台"三个字。离大佛真身越来越近，步下修建大佛时开凿的最宽处1.45米，最窄处0.6米，共217级的石阶，沿崖迂回而下的"九曲栈道"，这段路程犹如登泰山"十八盘"那么艰辛与恐怖，栈道两侧幸有护栏把手，才得以顺利抵达大佛的脚下。

举头瞻目，令我惊奇：大佛位于凌云山栖鸾峰西壁，坐东向西，背负九峰，与山齐身，脚踏三江，游船穿梭，远眺峨眉，近瞰嘉州，宝相庄严，气魄雄伟。大佛两侧沿江崖壁上，数百龛石刻，造像数千尊，神态各异，栩栩如生，形成一个庞大的石刻艺术群，历时一千多年，风化现象严重，但从幸存的部分石刻中仍能窥见盛唐风貌。乐山大佛不是铜铸，也非泥塑，而是一尊摩崖石刻弥勒佛坐像：通高71米，高大魁伟，比例均称，头宽10米，鼻长5.6米，耳长7米，眉长5.6米，眼长3.3米，嘴长3.3米，颈高3米，肩宽28米，指长8.3米，脚背宽8.5米，脚背至膝盖高28米，头顶有螺髻1021个，故称"山是一尊佛，佛是一座山"。 开凿于公元713年，竣工于公元803年，历时90年间。在社会原始、科技落后的古代，雕艺如此精妙，古人也智不逊今。

大佛选址颇具匠心，周围林木稠密，地质稳定，不易被雨水冲刷；佛体隐于山体之中，减缓风化速度，头顶发髻，髻髻相连，并与佛颈后肩左右相通，和双肩壁简练的衣纹一起，巧妙地构成人们极不易识破的排水沟渠，其建筑与保护统一的用心是何等良苦。颇有意思的是，大佛大耳竟然并非在原石头上雕琢，而用木结构制成。南宋人范成大在《吴船录》中有"极天下佛像之大，耳犹以木为之"的记载。1963年维修大佛时得以证实。

中国有大佛的地区并非仅此一处，我就见过北京世界公园里的坐佛、无锡灵山的站佛、辽宁鞍山的玉佛、吉林敦化圣莲湖西山48米高的青铜坐佛等。香港大屿山大佛也是一尊铜佛，始建1976年，1993年开光，是宗教艺术与尖端科学技术的结晶。佛高34米，金光闪闪，威壮神奕，慈目善眉，一脸福态。左手平放，掌心向上，托起空中彩云万朵；右手前扬，掌心向下，指点祖国大好河山；两耳垂肩，社稷稳固，双目能辨善恶忠奸，大肚能容天下万事，一张大脸播善人间。

我只信马列不信佛，但绝不厌佛，不管走到哪里，只要有大佛，我就一定会去看。我不关心佛本身的意义，而喜欢和欣赏的理由：一是大佛形象都富态、善良，胖乎乎的真好看；二是无论大佛什么质地，制成都是一种雕琢美学艺术，值得学习和传承。

2019 年 5 月 17 日

桥　魂

刘金恩

通往西北高原的泸定桥，从乐山市出发，还要穿越高速公路上十几座地下隧道。地隧长短不一，长则多，短则寡，最短不足千米，最长13.4千米。轿车一会儿入隧，一会儿见天，一会儿暗，一会儿明，进出交错，明暗交辉，一路颠簸，车疲人乏。现代交通尚且如此之难，可想而知，千百年前更加闭塞的交通，给人们出行带来的苦恼是何等的头痛。李白在《蜀道难》中用诗句"蜀道之难难于上青天"，真实艺术地再现了当时社会发展滞后的史实和人们迫切改善交通落后状况的追求。现代人便有了"要想富，先修路"一说。两个多小时后，我们总算到达了泸定，入住事先预订的"四合院桥景宾馆"。

桥景宾馆坐落在大渡河畔西岸桥头，背靠大渡河，门前峭壁高耸，宾馆与壁根之间，是一条狭窄的乡道。出门右拐几步，就是泸定桥入口，持住宿卡可以免费过桥。宾馆地下一层、地上两层，夜色降临，后窗高挂成串红灯笼，三层楼顶国旗在风中摇曳，远眺乃是一道亮丽美景。从二楼入住宾馆，迎面吧台侧面，整面墙壁镶着毛泽东各个时期的像章；大厅正面，高挂红军飞夺泸定桥巨幅画卷和毛泽东画像。我们住在地下一层，哗哗流淌的大渡河水声，陪我们度过了难忘的一夜。

泸定桥横跨大渡河，两岸险峰兀立。康熙四十三年（1704）四川巡抚能泰，据情洞意建桥，表奏朝廷核准，次年动工，三年告竣，历时一年多。泸定桥桥身由12164个铁口环连接成重约21吨的13根铁索，横空飞架河上。9根铁索做底链，上面铺3米长、0.1米宽的横木板组成桥面。4根铁索为两边扶手。"一十三条索两岸，迢迢波际飞长虹"，大气磅礴，壮丽雄伟。民间传说：皇帝下令修铁桥，桥工来到大渡河边因无铁发愁。他们商量一个晚上，决定到二郎山寻铁。找了七七四十九天，也未找到一块铁。他们又到贡嘎山去找，只见东灵山上突闪一道红光，又闻一声巨响，一股红彤彤的铁水从山上冒了出来。桥工们操纵工具，就地铸造铁柱、铁链。铁工师傅马之常，用铁水铸了4根扶手铁柱，每根重900公斤。因为抬不动，

大家又发愁了。忽有一天，从打箭炉来了一个自名郭达的大汉，情愿帮忙运装铁柱。近一吨重的铁柱，他轻轻一抱就走了。不到两个时辰，4根铁柱全被运到建桥处并安装妥当。桥工们感激他，急忙备酒菜招待。一切准备就绪，却不见其人。大家恍然大悟，原来是三国时期诸葛亮委派在打箭炉造箭的郭达将军显灵，前来帮助造桥。为纪念他的功绩，桥修好后，桥工们在西岸桥头建了一座郭达庙（已拆），并把他安装的4根扶手铁柱命名为将军柱。古人的造桥技艺和工程质量无与伦比，至今桥如磐石，钉帮铁牢。

次日清晨，我们怀着崇尚古老建筑文化和缅怀革命先驱的心情，登上了海拔7556米的贡嘎山东北坡山脚下的遗世美景、中国红色第一桥——泸定桥。对面山体挺拔，冰峰洁白，烟雾缭绕，时隐时现。踏上铁索桥面，可比儿时的摇车厉害，桥身强烈左摇右摆，人像失去脚跟，站立不稳，迈步打怯，只有手把铁索扶手艰难缓慢前行，恐惧顿时心生。"万里风雪盖哟高原哪，大渡河水浪滔天……"那首歌，昔日听过，觉得太夸张了：一条河水，安有如此凶猛？今儿个身临其境，方知名副其实，且有过之而无不及也。脚下的河水，不停地疯狂奔流，浪花迸起，风声、水声在耳边交相回放，愈加吓人道怪。终于，在跟跟跄跄、东扭西歪中登上了彼岸，被紧锁的心才彻底松绑。而当年，红军飞夺泸定桥时，桥板早被国民党军拆掉，只剩下光秃秃的铁索，对面桥头又有敌军追堵拦截，恶劣的大自然与敌对势力一起来袭，飞夺泸定桥就是一场你死我活的决斗。这让乾隆帝做梦也想不到：231年后，这座民用桥梁竟默言无语承担起红军飞夺此桥一战，胜利完成了改朝换代的神圣使命。然而，帝王魂散，桥魂依旧。

早餐过后，我们沿着大渡河边逶迤小路，走进泸定桥展览馆。担任飞夺泸定桥任务的是中国工农红军一军团二师四团，其前身是北伐革命中叶挺独立团，南昌暴动之二十五师七十三团，井冈山时期红四军二十八团，各个时期都是作战中的头等主力。强行军开始了，团政委杨成武回忆道：在行军纵队中，忽然一簇人凑拢在一起，这群人刚散开，接着出现更多的人群，他们一面跑，一面在激动地说着什么。这是连队党支部委员会和党小组会在一边行军，一边开会！时间逼得我们不可能停下来开会，必须在急行军中来讨论怎样完成党的任务……天黑了，下起倾盆大雨，部队一天未吃饭，每人准备一根拐杖拄着，嚼生米、喝凉水前进。羊肠小道被雨水冲得像浇了一层油，三步一滑，五步一跌，队伍简直是滚进。

　　1935年5月29日，红四团赶到泸定桥。那轰轰隆隆的河水咆哮声鼓荡人们的耳膜，桥下褐红色的流水像瀑布一样从上游山峡间倾泻下来，冲击着河底参差耸立的恶石，溅起一丈多高的白色浪花。杨成武回忆说：泸定桥真是个险要所在，就连我们这些逢山开路、遇水架桥、见关夺隘的人，都不禁要倒吸一口气。

　　团长王开湘向敢死突击队交代任务，指定二连长廖大珠担任突击队长。杨成武回忆说：参加突击队的22名勇士是他亲自从共产党员、共青团员、干部和战士自愿报名中挑选出来的。下午4点发起总攻。全团司号员集合吹响冲锋号，廖大珠带领22勇士，背挎马刀，腰缠手榴弹，攀桥栏，踏铁索，向对岸猛冲过去。历史在这里浓缩了，凝结了，令他们成为中国革命史中一尊尊永恒的青铜雕像。他们中大多数没有活到胜利，更无一人成为党、国家和军队的领导人。我们更应该世世代代记住这些有名和无名的中国革命的开路先锋和沙场英雄。

　　飞夺泸定桥一战的胜利，一举粉碎了蒋介石妄图把红军变为"第二个石达开"的阴谋，打开了北上抗日的通道，谱写了中国革命和世界军事史上"惊、险、奇、绝"的不朽篇章。为此，毛泽东同志在《长征》中留下了"金沙水拍云崖暖，大渡桥横铁索寒"的壮美诗句。展馆广场前，两排并列22根柱子，代表飞夺泸定桥22名勇士。当年只留下3人的姓名：二连长廖大珠，三连支部书记刘金山，红小鬼刘梓华。后来又找到几位，有的至今也未找到。柱子上有名字的7人：廖大珠、王海云、李友林、刘金山、刘梓华、赵长发、杨天铭。最后找到一位在贵州入伍的苗族小战士，没有名字，战士们就叫他云川。因为他攀爬技能很强，飞夺泸定桥时与廖大珠抢在最前头，后在腊子口战役中他还立了功。对幸存的勇士们，每人奖励列宁装一套、笔记本一个、钢笔一支、搪瓷碗一个、搪瓷盘一个和筷子一双。在物欲横流的现代人眼里，这种奖励有些寒酸，但在信仰至上、淡泊物欲的红军战士心中，这是最高奖赏和荣誉了。

　　泸定，还是进藏出川的重要通道和军事要津，也是川藏茶马古道的门户。泸定，谐音"路定"，如果当年没有泸定一战，北上抗日和成立新中国的目标就会流产，飞夺泸定桥才有"十三根铁链托起了一个共和国"，所以，

坚持路定——道路自信极为重要。董存瑞献身堵枪眼，决定一仗的胜负，被命名为战斗英雄；丹东市为抗美援朝战争做出重要贡献，被国家命名为英雄城市；泸定桥一战决定了一个国家的诞生，此功之巨，盖世无比，我等待它被命名为英雄桥的那一天。

2019 年 5 月 25 日

怀古都江堰

刘金恩

上学读书时，始知都江堰是古人治水害为水利的巨大渠道工程。初夏四川，气候温润适体，我已站在了都江堰的宝瓶口，暮年有幸身临其境，甚喜！平畴万顷的川西平原，就是通过这个像"宝瓶"的山口，将滔滔岷江之水引入平原，滋润出沃野千里的"天府之国"的。

与都江堰渠道工程隔江相望的青城山，位于邛崃山脉东部边缘。郁郁葱葱36峰，若城郭环绕，诸峰林木苍翠，是道教的发祥地。因此，与为人类造福的都江堰一起，于2000年11月，被联合国教科文组织列入世界文化遗产名录。景区门口立着一尊著名作家余秋雨先生的题字石刻：拜水都江堰，问道青城山。

几千年来，古蜀先民与水患展开了不屈不挠的长期抗争，多少治水英雄虽已湮没无闻，但三次大的治水伟业却永远载入史册。《尚书·禹贡》记载："岷山导江，东别为沱。"沱者，江河支流又回流入原江河，说的是大禹和古蜀先民治水的功劳，主要功绩是从岷江开挖一条向东流向川西平原的河道，引水灌溉，方便水上交通。蜀国杜宇王朝之相鳖灵"决玉垒以除水害"，进一步指出从玉垒山挖开一条水道引水、控制水，让岷江水患得到根治。秦并巴蜀后，为加快川西发展，秦蜀郡守李冰，慧眼独具，在岷江出山口建堰，设鱼嘴分其江，筑飞沙堰溢其洪，"凿离堆"开宝瓶口引其水，于公元前256年，建成了举世闻名的都江堰。全面解决了从岷江分水、泄洪、引水问题，变岷江水患为水利，造福子孙后代，可谓功业千秋。在陆路交通欠发达的古代，水路航运无疑是最便捷、最具运输能力的通道。据对都江堰考证，唐朝以前以航运为主，杜甫有诗句"门泊东吴万里船""即从巴峡穿巫峡，便下襄阳向洛阳"，蜀道难的天府之国，过去主要靠这条黄金水道与外界联系。随着农耕文化的发展，唐朝以后才逐渐转为以灌溉为主。

我伫立在从玉垒山伸向内江一条山脊上凿开的那个缺口，对岸留下一座与玉垒山隔江而峙，从玉垒山分离出来的大岩堆——"离堆"上一座银杏和香楠掩映着飞檐翘角的庙宇"飞龙观"下的护栏外，遥望着对面崖壁上"宝瓶口"三个醒目大字。宝瓶口是内江水流向川西平原的总进水口，天府之国的生命线。如今的宝瓶口，平均宽度 20.4 米，高 18.8 米，峡口长 36 米。闻着脚下波涛不绝于耳的呼啸声，看着浪花翻滚的旋涡，江水像一匹脱缰的野马，气势磅礴，冲过大山豁口流向远方。遥想雷管、炸药没有发明之前和工业机械化程度欠发达的时代，将陡峭坚硬的大山破开一道口子谈何容易？我眼帘微闭，仿佛听到钎、钻、锤、锹的响声此起彼伏，一群劳工肩挑背扛和汗流浃背的样子，匆匆从我眼前闪过。我上学读书期间，老师说中华民族是勤劳勇敢的民族，当时我寻思，这样的评价毫无根据，而眼前这古蜀先民们用血汗凝成的都江堰，像一尊顶天立地的证人，狠狠扇了我一记耳光。

在离堆西侧，有一条不宽的人字堤，当汹涌澎湃的江水直扑离堆时，若洪水期"飞沙堰"泄洪通过宝瓶口的水量仍然过量时，人字堤便可以帮助飞沙堰把多余的水泄流入外江。

飞沙堰是内江流至玉垒山凤栖窝处，在金刚堤上修筑坝长 240 余米，仅比河床高约 2 米的泄洪堤坝，上距鱼嘴 700 米。保证了内江一半以上的沙石排出，避免内江渠道的淤塞。都江堰至今几千年不废，依然在中国特色社会主义新时代中继续发挥着重要作用，飞沙堰便是重要作用中的关键。

再往前走到"鱼嘴"，就是都江堰的分水堤，犹如一条江鱼卧在水中，顶端部分称为鱼嘴。把岷江水一分为二，靠东边玉垒山的称内江，是一条人工挖掘的河道；靠西边的称外江，是岷江的正流。鱼嘴绝妙功能是四六分水，并随水的丰、枯季节自动转换。枯水期内江水占六成，外江水占四成；丰水期内江水占四成，外江水占六成。站在鱼嘴岸上，远眺滔滔的岷江水，

像一条凶恶的猛兽，呼啸着向参观者的胸前扑来，令人不寒而栗。但冲到鱼嘴前，这恰如一把锋利战刀的鱼嘴，把它一劈两半，一半分流通过宝瓶口流向川西，另一半分流经过飞沙堰，注入内江。今天看到的鱼嘴是钢筋水泥地面，可在没有钢筋水泥的两千多年前，这个固若金汤的鱼嘴用什么材料筑建的呢？李冰巧妙地使用卵石竹笼（笼中装卵石）垒筑。有人说，犹太人是世界上最聪明的人种，我不敢苟同，犹太人聪明是真，聪明之最未必敢当。而都江堰工程技术表明的是几千年前古蜀先民们的智慧，让我认识到中国人才是天下聪明绝顶的人种。我作为中华民族的一员，亲耳聆听岷江的悦耳水声，就觉得那正是我们民族自豪的欢笑声！

2019 年 5 月 12 日

予览杜甫草堂

刘金恩

杜甫草堂，是唐代大诗人杜甫流寓成都时的居所。我们今天看到的杜甫草堂，已不是 1000 多年前的原始面貌。朝代更迭，战事纷争，不断加以重建、保护和修缮。自唐末诗人韦庄，寻得"柱砥犹存"的草堂遗址，重结茅屋后，宋人吕大防重修并绘杜甫像于壁间，使之始具祠宇性质。后有张焘，立石遍刻杜诗于庭院内，再经元、明、清各代的修葺扩充，特别明弘治十三年（1500）和清嘉庆十六年（1811）两次大规模扩建，草堂终于衍变成今天这处建筑宏敞而古朴、格局典雅而庄重、庭院幽美而秀丽的文化名胜，成为"诗圣"行踪遗迹中规模最大、保存最完好、最为引人注目的一处。

1952 年，人民政府拨专款，对草堂全面整修后正式对外开放；1954 年筹建杜甫纪念馆，翌年，纪念馆开馆；1961 年，国务院公布其为第一批全国重点文物保护单位；1985 年，杜甫纪念馆更名为杜甫草堂博物馆。

杜甫祖籍京兆杜陵（今陕西西安东南），先代迁居襄阳（今湖北襄阳），后又迁巩县（今河南巩义）。其远祖杜预，是西晋时有名的大将军，因平定东吴有功，被封为当阳县侯，曾为《左传》作注。祖父杜审言，是唐代著名诗人，做过膳部员外郎，修文馆直学士。父亲杜闲，做过兖州（今山东济宁市兖州区）司马、奉天（今陕西乾县）县令。母亲崔氏，出身名门望族。杜甫，字子美，唐玄宗先天元年（712）在巩县出生，因其母早逝，长期居住在东都洛阳的姑母家。卒于唐代宗大历五年（770），年仅58岁。

杜甫自幼聪颖好学，小小年纪便在学业上有非凡的表现，他在《壮游》诗中回忆：往昔十四五，出游翰墨场。斯文崔魏徒，以我似班扬。七龄思即壮，开口咏凤凰。九龄书大字，有作成一囊。

青年时代的杜甫，怀着建功立业、报效国家的远大抱负，漫游壮丽山河和名胜古迹，结交官宦名流。开元二十三年（735）回到洛阳，参加进士考试落榜。次年，北游齐赵，开元二十九年（741）返回洛阳，并娶司农少卿杨怡之女为妻。天宝三年（744），与大诗人李白在洛阳会面，同游梁宋（今河南开封、商丘一带），在梁园与另一位著名诗人高适相遇，三位大诗人把酒论诗，登台怀古，携手同游，醉眠共被，成就了中国文学史上一段佳话。他们分手后，杜甫又回到洛阳。其早年诗作保存下来的二十几首，崭露出才华横溢、乐观奔放、勇于进取的风貌。那"会当凌绝顶，一览众山小"是何等的胸怀与气概！后来，唐玄宗诏令天下通一艺者可到京师就选，杜甫应试。但奸相李林甫嫉贤妒能，玩弄权术，竟无一人及第。杜甫寒心不已，政治理想破灭。自此，他旅居长安十年，诗作不断。天宝十年（751），杜甫向玄宗进献《三大礼赋》，受到赞许。天宝十四年（755），被朝廷任命为河西尉。但他不愿干欺压百姓之差事，辞而不就，改任右卫率府兵曹参军。辛酸与屈辱，使杜甫逐步认清社会的黑暗与种种矛盾，接近并注意到下层人民的苦难，同情他们的不幸，其忧国忧民的情怀，遂跃然于他的诗篇中。其间诗作，现存110首。

安史之乱爆发时，杜甫正在奉先（今陕西蒲城县）探视家小。不久，洛阳失陷。翌年（756）初，他回到长安，四月再赴奉先携家逃难。六月潼关失守，玄宗逃往西蜀，长安陷落。七月太子李亨在灵武（今宁夏灵武西北）即位。杜甫闻讯，将家小安置在鄜州（今陕西富县）羌村，只身奔赴灵武。途中为叛军所俘，被押到长安贼营8个月。至德二年（757）四月，才从长

安逃到凤翔（今陕西凤翔）肃宗行在，被朝廷任命为左拾遗。虽是一个从八品小谏官，但职位重要，他深感"主恩厚"，决心为唐王朝中兴大业恪尽职守。赴任不久，即遇房琯罢相一案。杜甫认为，国家正值多事之秋，对房琯这样重臣应"弃细录大"，便直言疏救，触怒肃宗，诏三司问罪。幸得宰相张镐、御史大夫韦陟营救，罪方获免，但被贬为华州司功参军。这年闰八月，杜甫被放还鄜州探家。乾元元年（758）七月，他弃官携家前往秦州（今甘肃天水）。十月，由秦州到同谷（今甘肃成县）。一家人颠沛流离，生计无着，生活十分困苦艰难。从天宝十五年（756）初，到乾元二年（759）的四年里，杜甫经历了逃难、陷贼、遭贬、辗转流离等各种苦难和打击。正是这些挫折和不幸，使诗人能广泛、深入地接触纷繁、广阔的社会生活，吟唱出流传千古的绝响。这一时期诗作，现存250首。

759年冬暮，因避"安史之乱"，杜甫由陇右（今甘肃南部）入蜀，一家人先借住在离成都西郊浣花溪畔不远的一座古草堂寺里，后靠亲友资助，在浣花溪上游溪畔营建茅屋。次年春，茅屋落成，称"成都草堂"。自760年至765年，其间除流亡梓、阆（今四川三台、阆中一带）一年多外，诗人先后在此居住了三年零九个月。

我在博物馆里浏览了好几个小时，从康熙帝第十七子、雍正帝之弟果亲王允礼手笔"草堂"匾额正门走进，是草堂中轴线上第一重建筑——浣花溪；园内高楠树与修竹的绿荫，从墙头流溢而出，让人幽意顿生。公廨，是草堂中轴线上第二重建筑：碧水一泓，小桥一座。桥头两株三四人合抱的古老黄桷树分立左右，枝繁叶茂，洒下一片浓荫。在其掩蔽下，一座敞厅式的建筑，依稀露出它的身影，这便是公廨，古代官吏办公的场所。因为杜甫流寓成都时，靠好友举荐，获得个"节度参谋、检校工部员外郎"的头衔。大厅中央有一尊杜甫的铜像，身姿单薄羸弱，一副饱经忧患、贫病交困、抑郁不得志的样子，仿佛仍在向苍天悲怆地发问："乾坤含疮痍，忧虞何时毕？"虽然一生郁不得志，但始终"每饭不忘君""穷年忧黎元"，爱国忧民之心至死不渝。公廨内还有叶剑英元帅撰书联：杜陵落笔伤豺虎，爱国孤惊薄斗牛；张爱萍大将的书联：挺身艰难际，张目视寇仇。

穿过公廨数十步，是占地百余平方米的草堂主厅——诗史堂。诗史，就是杜甫将自己所见所闻的社会现实、所感所叹的民怨国恨、所思所想的辅君中兴，完全用诗歌记载下来。全览其诗，恰如一部唐王朝由兴盛走向衰败的历史巨著，也是他生逢乱世，颠沛流离，生活苦难的真实写照。诗史堂前正中，陈放雕塑家刘开渠先生为杜甫雕塑胸像一尊，两侧楹柱上悬挂朱德元帅1957年参观草堂时撰书对联：草堂留后世，诗圣著千秋。堂内东、西两侧，分别立放民间艺人雕塑的杜甫、李白泥像。杜、李同为唐代诗坛成就最为突出的大诗人，一个艺术手法注重真实，一个极其浪漫，但不妨碍他们是感情真挚的好友，被郭沫若誉为"中国诗歌史上的双子星座"。

诗史堂之后，是第四重建筑——柴门。柴门的体量是几重主体建筑中最小的，占地仅二十多平方米，高不过三四米。柴门是杜甫当年营建草堂时，用树枝编扎的简陋、低矮的院门，从其诗中判定，这里是他草堂旧址无疑："野老篱前江岸回，柴门不正逐江开"，当时草堂四周有矮墙、竹篱，对西南朝向的草堂来说即是"不正"；"田舍清江曲，柴门古道旁"，柴门紧靠古道，古道紧临浣花溪；"锦里烟尘外，江村八九家""城中十万户，此地两三家"。草堂地处幽僻，人烟稀少，四周皆阡陌农田，近邻很少，不是"田父"，就是"邻翁"。今日之柴门，比诗人当年所建，堂皇得多了。柴门西有一阁，凌跨溪上，是杜甫经常光顾之地，或凭栏远眺，或坐而垂钓。故有："去郭轩楹敞，无村眺望赊。澄江平少岸，幽树晚多花。细雨鱼儿出，微风燕子斜。城中十万户，此地两三家。"杜甫还在草堂前后遍植花果树木，据其诗句"花径不曾缘客扫"，推想当时定有一条两旁栽满花木的小路，通向他所居住的草堂。走过一座横跨溪流的小木桥，可见竹林丛中，隐约露出一座竹篱围护、茅草覆顶、黄泥涂墙的典型农居建筑，这就是1997年2月重建落成的茅屋。沿着溪流向东走数十步，进入柴门，通过四棵松、五株桃的夹道小径，重建茅屋就装进我的眼帘：竹笆墙、茅草顶，呈"一"字排开，居中为堂屋（客厅），左右为大小卧室，两卧中间是书房，东头为厨房。看着看着，我蓦然想起中学时代曾读过他的《茅屋为秋风所破歌》，原来正是杜甫当年建造的这座茅屋被八月狂风吹垮的情景……一个爱国爱民的文人，生存生活竟如此寒酸，我不忍心再细看了，一阵心酸来袭，便跟着游人匆匆离去。

2019 年 5 月 11 日

宽窄巷子扫描

刘金恩

宽窄巷子是闻名遐迩的饮食文化服务街，凡是到成都的游客，一般都会到这里品尝一下四川的名小吃，但不是所有人都为了满足口福。我市著名诗人、散文家王雪茜女士，她到宽窄巷子是"刻意留心过宽窄巷子里的店名"，那是对中华文明的考察和探究，也是作家坚守正能量创作和自觉传承历史文化的初衷，很有进步意义，这才有散文《古道门楣》发表在《辽宁作家》（2019）第3期上。我是个饕餮的人，听说"游在四川，味在宽窄"，怎肯轻易放过？从下榻的"天府美居酒店"七楼居高临下远眺，就能看到宽窄巷子的位置和模糊影子，不必问路可以找到。我把更多时间留给稍远的景点，白天或晚上便插空就地就近到这里走走，寻找口欲。这里白天客稀，生意浅淡；晚上客涌，生意兴隆。

宽窄巷子是成都市内道路中裹夹的宽窄不等、平行走向的3条小街道。巷子两头都挂着醒目的木牌：井巷子、窄巷子、宽巷子。牌子以外是宽敞的城市机动车道。

巷子里都是实体经济商铺，与上海城隍庙、南京夫子庙、山西平遥古城和现代各地商业一条街夜市的模式极为相似。在备受人们青睐的网络经济时代，却并未影响传统饮食经济的持续发展。

他们经营的商品都具有明显的地方特征：城隍庙糖果何止包装精美，品种也应有尽有，我最喜欢吃那铁道砧木状的芝麻酥糖；还有1945年中国本土品牌"粉嫩膏"（雪花膏），其曾在美国旧金山举行的巴拿马世博会上摘得金奖。在没有国外化妆品冲击的多年前，城隍庙摊床上摆着大瓶装零售雪花膏，一两一角多钱，我就曾给我的爱人买过。如今，外包装也改成图案精美的长方形纸盒，盒内3个圆形铁盒装的雪花膏，安静地睡在纸盒里。

夫子庙以盐水鸭的肉香著称，鸭味弥漫，笼罩着街市上空，并延伸出与鸭有关的小面店、小糕店、小鸭店，一个挨一个。平生第一次吃那鸭血粉丝汤，真鲜！让我这东北人至今回味无穷。

平遥古城把面食做出了各种花样儿：刀削面、猫耳朵……东北人做凉粉用淀粉，这里人制凉粉用面粉，他们拌的面粉凉粉也很好吃；更有秘制的大块熟牛肉，摆在托板上切块销售，老远就能闻到香喷喷的牛肉味儿，肉烂而嫩，一会儿就被当地人抢买一空。

这些地方性食品的共性：工艺老到，技法传统，产品样式精美，好看又好吃，弄得我眼花缭乱，目不暇接，在选择上时常举棋不定。

夜间的宽窄巷子灯火通明，与闪烁的星光交相辉映，如同白昼。地面上人头攒动，互相擦肩而过。此起彼伏的叫卖声、和谐动听的音乐声、不绝于耳的嘈杂声交相回放，恍若走进了盛大的音乐晚会现场，令人神悦情惬。各种美味飘香扑鼻，弥漫于街市上空，催人涎下，欲离难舍。买的买，尝的尝，各取所需。三条巷子中，窄巷子最繁华：见山书局、散杂文书屋、川剧戏院、变脸戏、京剧表演等文艺场所，翰墨书香四溢，书虫戏迷进进出出。老夏家火锅城，眉州东坡酒楼，老妈兔头，挂着"奶香不怕巷子深"标牌的酸奶屋，烧饼、馄饨、饺子等风味小吃摊床，香辣飘逸，食客盈满。音乐水果杯，煮熟猪脸鼻子上插大葱等，备受年轻食客青睐。楠木家具、辣椒屋、扇子坊、布桩、熊猫布衣馆和茶坊等，购买者络绎不绝。艺人街头献艺：吹糖人、采耳、追银族（银匠当街手工打）、名字作诗（诗人以姓名中的每个字为题材，在短短几分钟内，以字谜的形式，写出几句诗，把求诗人的名字巧妙地装进藏头诗或更高一筹的雅号诗谜里）等，整个巷子里弥漫着返璞归真、不忘初心的味道。

逛来走去，我走进一家棍棍麻辣串店。店面颇大，灯光明亮，屋棚太低，略感压抑。迈进店门，一男服务员招呼并援引着：里边请，里边请，自找空桌坐。我寻一张空桌坐下，桌上只有一个空竹筒。因为不知道咋弄，便跟着新到的食客向墙边纱网罩子走去，拾起罩头放的不锈钢小盆，掀开纱网，任意挑选罩子里摆满竹签串的牛肉、猪肉、鸡肉、鸡心、鸡蒸肝、豆腐皮、金针菇、火腿肠、鱼丸子等各种薄片串。拣好后，端盆送到罩子跟前的厨间窗口。厨子每接过一个盆，都"哗"一声向盆里倒一钵红油汤："好啦！"食客一个接一个端走了，我也端回自己的桌上。边桌操着当地口音的老两口，正在各自一串一串地撸着吃，老头边吃对老伴儿说：自己数着棍，吃完好算账。我这才知道空竹筒的用途。我就默默跟着学。食毕，我也像这里的常客一样，提着竹筒到店门入口旁边吧台，往台秤上一放。收银员漫不经心地斜瞟一眼，喊出的交款额与我数的根数价钱完全相符，店家骗我瞎数了一回。不过没关系，十年九不遇这样本质善意的骗子，倒挺有趣味。我的家乡也有类似的麻辣烫，但做工、程序和收款方式等都与此不同，真的是大开眼界了。

2019 年 5 月 10 日

夜　思

李金红

每当夜晚来临，只要是感到有点疲劳，我就马上洗漱上床躺下，拿起书看一会儿，不知不觉就睡着了。一觉儿醒来，望望窗外，黑黝黝的深夜，多少人正陶醉在甜蜜的梦乡里，我却是非常的清醒。于是，闭着眼睛胡思乱想。

时间苍老了岁月，在无情地消失着，我怎么会老得这么快？有人说，人老腿先老，可我脑子先衰老，明显表现是记忆力减退，刚刚在字典上查到的一个生字，时隔几日又忘掉了。可奇怪的是，好多年以前发生的事，在脑海里却记得清清楚楚。记得当年小学升初中考试，监考老师把算术题写在黑板上，我打眼一看，就知道这道题是在哪册书、第几页第几题（当年考初中，考题全在五至六年级课本上选，原题不变）。走出考场，等候在考场外的班主任老师一道道与我们对题，我竟一道未错，老师说我记忆力较强。当时，60 多人的班级最多不过有十个八个人能考上初中，我就是被录取的幸运儿之一。20 世纪 60 年代初，全国掀起学习毛主席著作热潮，我在农村小学起早贪黑上班，下班哄孩子，做家务，晚上还要给孩子洗洗补补，忙活完了，便凭借摇曳的煤油灯读书、写笔记。几个晚上，就能把"老三篇"一字不差地印在脑海里。那个年龄，学什么会什么，可以说是"过目不忘"。现如今，人老脑衰，记忆力一年不如一年，正如古诗所说："人生寄一世，奄忽若飙尘。""浩浩阴阳移，年命如朝露。"不过，这是谁都无法避免的事，只能从容对待。我常常想，难道人老了就如此浅尝辄止，无所作为地等待死亡降临吗？我认为，不能因年老而万事皆休，我要趁着脑子还未完全糊涂的这段时间，把年少时的文学梦纳入余生。

自从忙忙碌碌的经济工作岗位退休后，我就试着写散文，写过童年时代的快乐生活：《岁月深处的年味》；中年时期的蹉跎岁月：《包饺子的痛与乐》；年逾花甲的满足日子：《小城情愫》等多篇散文。虽然文笔很差，但我还是坚持学中写、写中学，写着写着，竟走上了文学写作之路。我常常在深夜里过滤曾经看见过的人生和风景，想象怎样把这些场景出神入化地描写出来。

我想到历朝历代文人墨客，徜徉于名山大川，然后就情思澎湃地写出许多令人激赏的佳篇。于是，我就下决心走出去尝试着写游记。

回忆起那次参观"南京大屠杀展馆"，在展厅外围的广场上，当看到那位双手托着被日本鬼子杀害的孩子，仰头悲号的妇女，看到那趴在已被日本鬼子杀死的母亲身上吃奶的孩子等塑像时，我心里又痛又恨，眼泪唰唰流淌。由于太过激动，走进展厅还未看多久，就犯了心脏病，随即口服携带的药丸后才好转，家人终因怕我再激动惹起麻烦，就匆匆带我离开了，很是遗憾啊！后来，我曾多次产生写南京大屠杀文章的冲动，然而，真的拿起笔来，却什么也写不出来了。

我还想写张家界风光，可那次是跟团旅游，由于来去仓促，印象浅薄，怎能有声有色地描写出那里的大美风光呢？只得让深夜里浮起的思绪，像一层稀薄的云雾，轻轻地飘荡。

旅行，为我的写作留下了缺憾，也带来了收获。

去过贵州黄果树旅游，那瀑布飞溅的浪花淋湿了我的头发和衣衫，那绚丽的水潭仿佛在向我喃喃倾诉，我在这诗意山水间徘徊，那迷人的山水激起了我美丽的幻想，回到家，我很快就写出《黄果树记行》。

还记得那次去欧洲旅游，我站在法国埃菲尔铁塔对面的人类博物馆广场中间，看那铁塔只露出一个纤瘦的顶部。印象中，埃菲尔铁塔只是一座比电视塔略高一点的大铁架子，可当来到它的面前，站在它脚下的时候，没想到它竟是如此高大，抬起头望不到它的全部，眯着眼向后仰视天空，

才明白它的高度，它的气势，它的骄傲。随后几天，参观卢浮宫、凯旋门、巴黎圣母院等名胜古迹；泛舟塞纳河，我一路忙着拍照、录像，记录着每一道景观，生怕"清景一失后难摹"。回到宾馆便认真记录，为写《欧洲之行》而构思。

我又想起在英国探亲的那段美好日子，那看上去似乎伸手就能摸得到的蓝天上的白云，那偌大的没有院门限制的公园里的花草，那洋洋洒洒挺拔在绿似地毯的草地上、开满了大朵大朵红花粉花、几个人都抱不过来的大树，那静静湖面上的白天鹅、野鸭和叫不出名字的各种鸟儿与人类亲密接触，那绿得与树的颜色分不清的鹦鹉，只要你手心里放几粒花生米，它就会毫无顾忌地飞落到你的手心上来吃，哪怕你擎着手随便走，它也不会离开你的场景，深深地印在我的脑海里。由于在英国停留的时间较长，回国后，便写出了《情调伦敦》《头等舱》等多篇散文……

我在黑夜里默默嘱咐自己：放松心态对待岁月和年龄，珍惜能走、能看、能写的日子，去游览那看不完的人生和风景，忘不掉的世外桃源。继续认真地学习和写作，努力追随充满正义感和奋斗精神的朋友们，充实而快乐地度过每一天。

2019 年 4 月 10 日

大树礼赞

李金红

俄国著名文学家托尔斯泰在《战争与和平》这部巨著中，有一段保尔康斯基公爵与老橡树的对话，说树的生命会对人的生命产生不可忽视的影响。中国文学史上，也有"树犹如此，人何以堪"之句，证明树的生命远非人所能比。

游十三陵，看到周围静立的大树，尤其那些虎卧龙盘的老柏树，我会不由自主地生出一种敬畏——帝王们都不在了，它们却依然活着，并居高临下，默默看着人间的兴衰更迭、生死荣辱。在我看来，它们就是历史，它们就是帝王。

生活中，畜禽可供人们驱使和食用，但需要人去照料和饲养。有些植物需要人们种植、施肥、浇水。树就不是这样，我敬畏树，因为树为人类贡献了自己的全部，从枝叶到花果根干，却从未向人有过任何求助，竟能活得好好的。就是那些从绝崖石缝中斜逸而出的小树，也能撼山拒石，吸天地之精华，长成大树，彰显它们强大的生命力。

我喜欢在森林里漫步。那次去抗日义勇军二十八路军司令邓铁梅大本营旧址——黄花甸，放眼四野，所见皆绿，山上山下顶天立地的树木，高大挺拔，茁壮厚朴，整座大山郁郁葱葱，生机勃勃。我好不容易爬上了山顶，舒坦地躺在大石板上，面朝晴空，大口大口吸吮着天然氧吧赐予的氧气，是那么的舒畅，那么的惬意。

汤岗子温泉疗养院有一条被称作"有氧步道"的树林，前来疗养的人大都把时间用在泡汤、理疗上，忽略了在"有氧步道"里散步吸氧健身。我每天都把更多时间留在树林里散步、做操，兼听林中百鸟欢唱，倍感心旷神怡。

干旱的内蒙古大沙漠，大风飕飕地刮，把沙漠刮成一道道梯田式的沙丘、沙山或沙沟。我们几个人手牵手，前推后拥，好不容易爬上一座沙山，远远看见对面丘坡上有几株山里红树，它们傲然挺拔，枝叶繁茂，并结出一串串酸甜可口的红果。我想，它们得有多么大修行，才能活得如此自信？我艰难地走到树下，仰视它们的生命形态，竟忍不住向它们鞠了一躬。

20世纪60年代初，我嫁到农村。婆婆家房后有棵高大的杏树，主干二人携手都抱不过来。公爹说，这是土改时分地主家房子带来的，树龄近百年。多年来，大杏树冬不用御寒，夏不必浇水，每年阳春三月抽枝发芽，五月花开满枝头，六七月份枝头缀满红黄的果子，待到杏熟收获时，邻居们欢欢喜喜前来品尝。大杏树自由地生活在大地上，心甘情愿地默默奉献。后来，我家搬进城里，离开了这棵大杏树。时光荏苒，每当春暖花开时，我都会想起它。

一棵树，在漫长的岁月中，也会遇到大大小小的灾难，只要挺过去，它还是那棵挺拔健硕的大树。资料记载：唐玄宗李隆基"诏封泰山神为天

齐王"，在泰山脚下建寺庙供奉神灵。岱庙就是历代封建帝王供奉泰山神灵，举行祭祀大典的场所。庙内广植松柏、银杏、国槐等名贵树木，尤以松柏居多。古庙，红墙，黄瓦，绿树景色宜人。走进岱庙，我并无心思去看那些前宫后宫、铜铸亭阁，却钻进树林中去看树、拍照、录像，忙得不可开交……

在一处低矮的护栏里，有一棵又高又粗的桧柏，只见老树中间像被巨斧劈开似的，一分为二地站立着。分开的两部分，各自青绿苍翠。我好奇地自言自语：这棵树为何被劈成两半？又怎能携手并肩活得如此壮观？游人中一位老者解释：听说好多年前，一天午夜时分，晴朗的天空月明星闪，突然雷声震天，落下倾盆大雨。次日天亮，园工发现这棵百年桧柏被雷劈成两半。园工不忍砍掉，便在树根围起护栏，至今生机盎然。围观的游人争相拍照，我与老伴儿也扯起手站在树下与之合影留念。

大树——通神通灵的植物，扎根大地，拥抱天空，尽得天地风云之气，留下一片怡人的景色。我喜欢树，特别喜欢那些高高耸立的松树、柏树、槐树等，喜欢它们巍峨庄重、枝根虬结、风姿苍劲、气势不凡的风采，更敬重它们自立自强、默默奉献的博大精神。

2019 年 3 月 19 日

与鸟儿为邻

李金红

那几日，我和老伴儿住在桂林植物园内的桂林驿皇家酒店。这里古木参天，绿草茵茵，满园姹紫嫣红，宛如古代山水画卷。

清晨 5 点多钟，我在蒙蒙眬眬中，被第一只鸟"您好！您好！"清脆的啼鸣叫醒，它那绵长、温润且悠扬的叫声，似乎完美地终结了一夜的寂静或迷蒙，启封了一个崭新的清晨。接着，第二只、第三只、第四只……片刻的眯瞪之后，一下子欢闹起来。此起彼伏的叫声，穿越厚重玻璃，在耳边忽隐忽现，这欢快的叫声让人感到惊奇和激动，我小声唤起老伴儿，悄无声息地下床，轻轻打开窗户，这扇窗几乎是隐藏在树林中，一伸手就能抓住树的枝叶。自以为无声无息的动作不会被鸟儿发现，但还是被发觉了，我已经看见那些光鲜的灰褐色鸟雀在淡淡的雾霭中留下的剪影。它们在蓊郁、健硕的树间，扑棱棱地呈直线、曲线或弧线飞翔，叫声十分清脆，时而短促，时而悠长："咕咕，唧——唧，喳喳，啾——啾"。它们的羽毛带动了风，风推送着气流，气流裹挟着叫声，叫声旋了一股股草木的气息扶摇而至，从下边，从左边，从右边，从上边，似乎从四面八方涌来，瞬间便覆盖了窗外的天空，浓郁且清新。

　　我们急忙洗漱、用餐，走出客房，走到林间，看鸟飞，听鸟鸣，漫步在公园的曲径。鸟儿们的叫声越来越真切，我们走一路，听一路，越听越爱听，边听边寻找鸟儿的踪影。我高兴地捧起双手，对着林中大喊："小鸟，你们好啊！"老伴儿打小生活在山区，对鸟儿倍感兴趣，这样有趣的日子即便是三五天，很短暂，已经格外让人满足与幸福了。走一阵，停下脚，仰望一株株高耸入云的大树：梧桐、棕榈、雪松、金钱松……还有那些不知名字的大树。我们在看树吗？不是，是沿着鸟啼声寻找鸟儿的踪影。鸟雀飞来飞去，大的、小的、红的、黑的、花的……有的站在枝头放歌，有的飞起来啼鸣，有的扑棱着翅膀呼朋引伴。园子里处处都是鸟儿声，到处都是鸟儿影。那只站在树枝上，翘着长尾巴、喳喳欢叫的大鸟儿，若不是它那尖尖的嘴和脑袋、羽翅、尾巴都是红色的，也许我们不会看到它，它的叫声真尖厉，且头顶羽冠，松松散散地蓬着大卷儿，像刚烫的鬈发，漂亮极了！那只画眉，慢悠悠地飞来了，落在树枝上，我高兴地喊了一声：画眉！这一喊，把它惊得没立稳脚，就飞进了林中，我只能远远地看着它站在枝头上歌唱……我的眼睛应接不暇，看清这只，漏看那只；盯住了一只，另一只飞走了。

　　前方是一片绿茵茵的草地，几只大鸟儿翘着闪亮的尾巴在觅食，打眼看上去像啄木鸟，我小声对老伴儿说："快看！这是啄木鸟儿。"老伴看了又看说："那哪是啄木鸟？啄木鸟儿羽毛没有这么漂亮，也没有这么长的嘴。再说，啄木鸟一般都在树林里和树干上觅食，怎么会到草地上呢？"我们索性坐下来远远地观察：这鸟儿头上长着一小撮似绿非绿的羽冠，直竖起来像一把打开的"折扇"，"折扇"在阳光照射下一闪一闪，格外漂

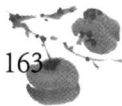

亮。当它高声鸣叫时，"折扇"还会迎合叫声一起一伏，太漂亮了！这些鸟儿看上去胆子很小，觅食时总是疑神疑鬼，低下头啄几口，马上抬起头观察一会儿，再低下头觅食，稍有动静，就会"咕咕咕"叫着，耸起羽冠，迅速飞走。曾在不少画卷里见过这种鸟儿，可惜不知它的名字，很是遗憾。

临离开植物园那日，突然发现绿荫间一群衣着整齐、满有艺术风范的青壮年，他们架起高矮不等的照相机，悄无声息地站在机旁等待、瞭望。我想，他们一定是来拍鸟雀的，我们绕他们而过。

自古以来，有多少诗人墨客写过赞美鸟雀的诗文，又有多少画家把鸟雀画在画中，而我，喜欢鸟雀，却既不会写诗，又不会画画。庆幸这次旅游与鸟雀相处的美好时光，让我大开眼界，乐此不疲。我多么想与鸟雀为邻，每天都能听到它们快乐而美丽的歌唱，那将是多么惬意的生活。

2018 年 12 月 11 日

喜遇爬墙虎

李金红

在高温不再炙烤，蝉儿不再鸣叫的秋意浓郁日子里，我走进了北国江南——古北水镇。

放眼四野，那别样的神韵——漫天遍野的红，像一幅幅动态水墨画，葳蕤、娟秀、葱茏、油亮，透着生机。挥毫的自然是爬墙虎。一栋栋古香古色的小楼，一座座造型别致的小桥和静静的河水两岸，全被爬墙虎深深浅浅的红笼罩着，那一片舞动的红，真叫人喜欢，顿时，我觉得生活里所有的好，都汇聚在这红红火火的世界里。

于是，我想起在农村生活那些年，我家的西墙上那些生龙活虎的爬墙虎。起初，我看见邻居王婶家的西墙上挂满了红红绿绿的植物，她说叫爬墙虎，能遮阳降温。我好奇地看呀看，羡慕极了。王婶看出了我的心思，就在墙边挖出两株小苗送给我，又教我如何栽培。看着这两株瘦弱的小苗，我心想，它们能活下来就不错了，还指望它抵挡烈日？

我拿回家栽在屋子的西墙边。两株爬墙虎小苗在傍晚的阳光中蔫头耷脑，像是默认了我的想法。可是只栽上三四天，缓苗后的小爬墙虎一下子睡醒了似的，左伸一只触角，右伸一只触角，一步一串串脚印，噌噌地往墙壁上爬，西墙上很快就留下了一串赛跑的小脚丫子。

每天早晨起床第一件事，就是到西墙边看看它们在晨意里郁郁葱葱；晚上下班了，又去看看它们在夕阳里随风摇曳。我不知道爬墙虎的小脚丫是什么时候长出来的，每天，当我走近它们时，就感觉爬墙虎又长高了许多，藏在叶片下的小脚丫又多出几片新叶，嫩嫩的，油光水亮，泛出淡淡的粉红色，真叫人喜欢得不得了，每次看见都不舍得离开。我仔细观察爬墙虎的小脚丫，几乎在每一个叶腋处，先是伸出一根不长的触须，不久，触须顶部很快膨出一个小小的圆"脑袋"，小"脑袋"一旦触及墙面，就变成一个精致的小吸盘。小吸盘牵动茂密的枝叶，从墙根一步步爬上了墙壁。我用手小心试过吸盘的力度，但它尽心尽力的样子藐视我，像一颗颗坚定的钉子，牢牢地抓住墙壁不放。

爬墙虎从春到夏，不用施肥、浇水和修剪，根底冒出的能量，顺着褐色的茎秆，源源不断地流向绿叶，流向千千万万个小脚丫，在墙壁上一寸寸泼墨，一层层游走，让绿叠盖着绿。

自从有了爬墙虎，我家西山墙面有了呼吸，穿上了美丽的防晒衣裳，无论是暴晒炙烤，还是狂风骤雨，都动摇不了爬墙虎永不停歇的脚步。那满墙的绿，犹如潺潺的溪水，在竖直的墙壁上，向上蜿蜒，用绿叶和奔跑的小脚丫，向人们展示出老虎一样的气势。正是因为爬墙虎的存在，我们家不再受高温炙烤。爬墙虎茂密的叶片不但降温、消噪、除尘，还给生活增添了无比的欢乐和趣味。

当秋风漫过头顶的天空，我们家西山墙上的壁画，渐渐地红，呈现出一幅美丽的景观——红霞铺墙。红霞一点点从绿叶中泛出，像片片火苗，也像一颗颗红心，将夏天里凝聚的热情一股脑儿诉说出来，这真是"满目苍凉意，忽来照眼红"。似花非花的红叶，成了大写在墙壁上的一首抒情诗。当初两棵孱弱的爬墙虎小苗，渐渐织就了整整一面"壁挂"，这"壁挂"也像一片竖起来的绿莹莹的湖水，静静地流进心里……初秋，当点点白花

从绿叶中探出头来时，就要开始结籽了，待花儿谢了，结出一个个青禄色的豆豆，慢慢地，绿豆豆变成了紫豆豆，紫豆豆变成黑豆豆，爬墙虎终于完成了孕育下一代的任务。

在古北水镇游玩了四天，天天行走在大街小巷，红红的爬墙虎布满了小桥流水人家的墙壁上，高高的古香古色的门楼上，还有长得高过围墙和门楼的爬墙虎垂下来往下长，它们层层叠叠，流光溢彩，什么围墙，门楼，原本的颜色全不见了，满目都是爬墙虎泛着红光的大叶子。就是乘坐在游船上，潺潺流水的两岸亦有张张爬墙虎的笑脸陪伴。我深情地举起相机留下这美丽的风景。当要离开时，还摘了一把孕育生命的爬墙虎的黑豆豆。可一想，待到明年春暖时，它们能在何处安身？我怅然若失。

想起我们家搬进城里时，最让我舍不得的就是西山墙上的爬墙虎。多少年来，它常常出现在梦里，有一次，它竟然剪纸般凝固在我家书房的墙壁上。

我喜欢爬墙虎，喜欢它那舞动的红，更喜欢它自强不息、勇于攀登、乐观向上的精神。

2018 年 11 月 11 日

秦淮河畔笔记

刘金恩

1

走进南京夫子庙老街市，第一感觉是热热闹闹，人多店多，不是一条，而是几条街互通，没有机动车来往，只有四海亲朋、八方游客汇聚，熙熙攘攘。儿子怕我们走丢，牵手不放。街市两边的小吃店一个挨一个：烧饼、葱油饼、酥烧饼店，什锦菜包店，小笼包子店，熏鱼银丝、鸡丝烧面店，杂货铺等，家家面街营业。五色小糕店，艺人迎门手工切糕块，入店顾客自由品尝，想买往里走几步，货架上有包装定价的现货任你选。鸭店生意兴隆，老南京人像东北人爱吃小鸡炖蘑菇那样，几乎顿顿少不了盐水鸭，顾客排着长队购买。街市空气中弥漫着浓郁的香气，唯独鸭味最浓。面馆生意红火，食客里出外进，却未见摇摇晃晃的醉酒人。夜晚，灯光四射，似同白昼，逛街人比白天更多，但见人头攒动，摩肩接踵。

一家门店玻璃罩里立着几只红红的糖葫芦，金黄的糖面儿在阳光下闪闪发光。儿子知道我好这一口，急忙掏钱要买，老伴说，喃爸①有糖尿病，儿子说，年月吃一根，没事，遂买一支递给我。实话实说，南京糖葫芦比北京糖葫芦口味逊色了一些。溜溜达达跟着儿子走进了夫子庙贵宾楼，服务员热情递过来菜谱，我们点了套餐。

传菜员将套餐摆上桌，原来是十几道小盘小碗，有赤豆元宵、麻团、馄饨、锅贴、面条、烧饼、汤包、鸭块、鸭血粉丝汤等。在大块吃肉、大碗喝酒的东北人眼里，小气抠门，虽文明有余，但豪气不足。可也怪，看着佳肴少得可怜，却吃着吃着就饱了。套餐中小盘里有一个毛蛋（孵蛋），要用小管抽着喝，我喝了一口，难以接受；不过，鸭血粉丝汤口感独特，我平生第一次尝到，好喝极了，至今意犹未尽。老街市小吃好吃，吃好吃小。

2

夫子庙古建筑群，是就东晋学宫扩建而成，坐落在秦淮河北岸、江南贡院以西，系中国第一所国家最高学府。夫子庙亦称孔庙、文庙、文宣王庙，为中国四大文庙之一（北京孔庙、曲阜孔庙、吉林文庙），是供奉、祭祀孔子的地方，免费对外开展。

夫子庙大殿里，有照片、文字，还有孔子的铜像，详尽展出了孔子各个阶段生平事迹，铜像两边有12个弟子汉白玉像。在30年为一代人的远古，孔子73岁寿终，算是高寿了。孔子的教育思想系统、完善。孔子游周庙，见有敧器，问守庙人是什么容器？守庙人答：是座右警人之器，可装水。孔子说，听说座右之器满了就倾覆，空了就歪，装得正好就正了，有这事吗？

① 喃爸：方言，你爸。

对！孔子即叫学生子路拿水来试，果然满了就倾覆，水正好就正了，空了就歪了。孔子长叹一声：哪有满了不倾覆呢！提醒人们不要自满，要谦虚，自满必然要失败。孔子一生，以"诲人不倦"的精神传播知识和文化，周游列国，却从未迈出国门半步。如今，虽死犹生的孔子，作为中国的文化使者，真正跨出了国门，从 2004 年第一所孔子学院在韩国挂牌以来，全球已有 100 多个国家和地区设立了孔子学院。

参观夫子庙的人群接连不断，有父母领儿女来的，有学生结伙而来的，还有年龄更大的散客，前后交错，互相礼让，自看自解，临走时，都对孔子的铜像恭恭敬敬行个礼。我想，即使一个任性的人，在这种尊崇与严肃的氛围中，灵魂也会受到冲击和熏陶。

3

如果把夫子庙古建筑群列为秦淮风光带的中心，那十里秦淮河就是风光带的轴心。秦淮河是长江的一条支流，"六朝烟月之区，金粉荟萃之所"，堪称中国第一历史文化名河。曾经，秦淮河是达官显贵、风流才子的乐园。至今，八大名妓之首李香君的故居依然对外开放。李香君是明末秦淮名妓之一，善音律，擅调笑，与侯方域在秦淮河相识，后侯离京，她暗示他爱惜名节。孔尚仁以他们的爱情故事为主线，遂成名剧《桃花扇》。

如今，秦淮河养育着两岸的劳动人民，游船上坐的多是南来北往的游人。夜色笼罩大地，秦淮河两岸灯光通明，我坐在船上，悠悠而下，经过一道道河桥，闻着扬声器里的风光介绍，一种时空交叠、物是人非之感油然而生。90 多年前，俞平伯与朱自清同游秦淮河，《桨声灯影里的秦淮河》中的木桨和油灯，在我的视野里慢慢清晰起来。

2018 年 10 月 25 日于南京碧瑶花园 30 号楼

人杰地灵话镇江

刘金恩

住在朋友家游南京多日，我着急回家，朋友热情挽留："来一趟江南不易，看完镇江我决不留你！"我说："南京市内玩个遍，少去一处何妨？""那儿有三国故事，你不去会后悔。"我熟读《三国演义》，却不知道镇江与三国有渊源，他这一说，倒勾起我的思古幽情，欣然应允。

南京上空乌云飘飞，阴风时紧时松，安知雨落何处？车子驶出京外，两个半小时抵达镇江。镇江正挥洒着牛毛细雨，龟缩在长江和京杭运河交汇处的金山、石固山、焦山等群山，树翠草绿，古木幽深。没有高峻陡峭，宛如一片小丘，之间距离很近，互相对视、映衬、烘托，在朦胧烟雨中，如至仙境。

导游小姐先把我们引上东晋古刹、佛教圣地金山寺。她滔滔不绝地细述神话故事，我无心细听，满山去找白蛇、青蛇和法海的"遗踪"，寻来觅去，不过是一段戏文。只有唐朝宰相裴休出家的儿子法海的石像，无聊地坐在一个小石洞里。能到许仙与白娘子神话爱情故事的发源地走一回，也算不虚此行。朋友附耳轻声："前面的人都上船了。"

我们急忙登上篷船，向东驶出一支烟工夫，导游小姐手指北方："那就是石固山。"艄公插嘴："你们看看那山像个什么？"我转头远眺，惊呆了：一座形状奇美的小山，像一条蛟龙卧在蓝色水域里，尾巴向西陡翘，脊背逶迤起伏，头部高昂坚挺，面向东方。篷船停靠码头，我们下船登上云台阁：外建三层形，内实四层楼。没有比人更高的山，山高我为峰，对岸扬州城和长江风光尽收眼底。据说，三国时期刘备与孙权之妹孙尚香，就在这座龙形小山上完婚。

从石固山下来，继续乘船到达焦山。焦山风景尤为奇美，树木葱茏，海风清爽，真是度夏避暑胜地。传说蒋介石与宋美龄曾在此山定情。

时至中午，我们原路返回，在一家面店坐下，面店招牌是"江南天下第一面"之誉的"锅盖面"。

相传乾隆带一随从太监，第一次沿古运河下江南时，在镇江西津渡登

岸。一日腹饥，走进这里最大一家伙面店，因为乾隆随从催得急，女店主便催丈夫赶紧把和好的面，用粗长擀面杖"跳"（压扁、筋道）好、切细。与此同时，她把水烧开，急忙往锅里下面，因为手忙脚乱，把盖汤罐的木盖落到锅里，漂在水面，面很快熟了，乾隆吃了面连说不错。后来，店主将错就错，就把伙面店改成锅盖面店。我品尝后，味道好极了！85岁老友用支付宝向店家付款，我很惊奇，自愧不如。

吃过午饭，我们步行前往北邻长江、镇江市西、云台山麓的西津渡口。云台山与金山隔江对峙，又名银山、银台山，鸦片战争后划为英租界。西津渡是三国时期通往长江以北唯一渡口，也是兵家必争之地。云台山脚下的古街全长1000米，从第一道卷门拾级而上，经过五十三坡、救生会、昭关石塔、观音洞、待渡亭、超岸寺、蒜山游园等，两边是鳞次栉比、翘阁飞檐的小楼，待渡亭对面高台墙壁下，立着一尊张祜铜像，旁边诗碑刻着他夜宿西津渡的客愁诗《题金陵渡》：金陵津渡小山楼，一宿行人自可愁。潮落夜江斜月里，两三星火是瓜洲。那条依附于破山青石板路上长长的独轮车辙，也在向人们娓娓诉说着千年古渡、千年老街的沧桑。

登上云台山麓，便看到保护完好的英国领事馆旧址。这是1864年，第二次鸦片战争期间，清政府被迫与英国签订《中英天津条约》，将镇江辟为通商口岸时在此修建的。西津渡宛如一本延续千年的历史大书，繁荣、悲凉、屈辱和奋起，都镌刻在人们的记忆里。

云台山脚下的蒜山，因出产野生蒜头而得名，又因诸葛亮和周瑜神机妙算而改名算山。当年，火烧赤壁，曹操败走华容道，成为古代战争史上以弱胜强的著名战例。而这火攻，正是定计于算山。但时空远去，这里早已物是人非。我站在曾经的东吴国土上，好像梦回书中。

镇江风景优美，人杰地灵，人文荟萃。唐代李白、孟浩然、白居易、杜牧，宋代范仲淹、文天祥、欧阳修、苏轼、辛弃疾、王安石，明代唐寅、冯梦龙、吴承恩，清代郑板桥、龚自珍等名人，都曾在此驻足，留下许多著名的诗文。我读过北宋人沈括的名著《梦溪笔谈》，到这里才知道，作者曾官至翰林学士，被贬后定居镇江，在生命最后8年完成《梦溪笔谈》，65岁寿终于此。

阴雨将歇，西津渡古街华灯登场，驱车离开镇江返回南京的路上，镇江山水画卷仍在我眼前浮现，而厚重的历史文化更让我无法释怀。

2018 年 10 月 31 日

阅江楼揽古

刘金恩

真的是"南辕北辙"，深秋的江南，草青树绿，阳光和煦，"春"意盎然。我脱下秋装搭在胳膊上，踏着逐级攀升的石板路，呼着长气，跟随客流缓缓登上阅江楼。

阅江楼耸立在南京鼓楼区狮子山巅，与首座南京长江大桥隔江相望，它饮霞吞雾，风光旖旎。1997 年，阅江楼立项后，经南京市人民政府批准始建，2001 年竣工，对外开放。

阅江楼旧址新建，系仿古建筑，呈 L 形，雄伟华丽，金碧辉煌。主楼在两翼掎角，主翼朝西北，次翼面西，两翼均可一览东逝长江水。楼高 50 余米，外 4 层，暗 3 层，共 7 层，碧瓦朱楹，檐牙摩空，朱帘风飞，山脚下城墙环绕，古香古色，蔚为大观。楼底层有金字靠壁一堵，壁上刻有 9 条龙；靠壁前，放一把红木仿制的朱元璋龙椅；东侧有一"治隆唐宋"匾额，为康熙所书。楼二层有一幅船画，原来，明永乐帝朱棣亲政，取消海禁，扩大内外贸易和文化交流。下关地区有造船厂，当时所造的船，最长 138 米，宽 56 米，9 桅 12 帆，载重 7000 吨，系 600 年前世界之最。这幅船画，再现郑和 7 次下西洋的历史。室外屋檐下，橘红色大立柱和门楣上留有多位名人的楹联、匾额，其中一幅为"吴楚名楼今则四，水天明月古来双"，令我惑而不解，这是后话。

当地 82 岁老婆婆告诉我，她家住在山脚下，每天都到这儿溜一圈。她说：每逢国庆节，阅江楼上高挂红灯笼，远远望去非常漂亮。雨后初晴，天高云淡，空气质量忒好，东边幕府山清晰可见；北望，宛如巨龙之长江尽收眼底；南眺紫金山、紫风大厦、电视塔，历历在目，但这样的天气却

是可遇不可求。

江南地形低平，河渠纵横，绝大部分地区都在海拔 50 米以下。狮子山原名卢龙山，算较高峻。当年，朱元璋在此山设伏，制高拒敌，击败劲敌陈友谅，奠定了大明基础。为纪念这一决定性胜利，朱元璋赐卢龙山为狮子山。翌年，朱元璋下诏动用囚犯修建阅江楼，亲撰《阅江楼记》，并令当朝文官职事写记，至今只留下他和大学士宋濂两篇《阅江楼记》。但楼基打好不久，朱元璋突然下令停建，留下了"有记无楼"的建筑残迹。有人说，朱元璋考虑天下初定，边患未除，经济力量不足；也有人说，他以建楼试探群臣，看谁为臣民生活着想，所以停建。凡此种种，皆无史料佐证。

但是，吴楚名楼原本有三（黄鹤楼、岳阳楼、滕王阁），为何变成"今则四"？我有一说，只因加进了阅江楼。从成楼时间看，前三楼筑于古代，唯有阅江楼建于现代，古今相差几百年叠加，似有牵强附会之嫌，毕竟当年没有建成；但从地理方位看，四楼均位于江南，故此，合称为四大名楼也不无道理。

然而，名楼缘何成名？不妨简单回顾一下历史：黄鹤楼，位于湖北省武昌蛇山，西临长江。崔颢有诗《黄鹤楼》；"昔人已乘黄鹤去，此地空余黄鹤楼。黄鹤一去不复返，白云千载空悠悠。晴川历历汉阳树，芳草萋萋鹦鹉洲。日暮乡关何处是？烟波江上使人愁。"李白有诗《黄鹤楼送孟浩然之广陵》："故人西辞黄鹤楼，烟花三月下扬州。孤帆远影碧空尽，唯见长江天际流。"

岳阳楼位于湖南省岳阳市古城西门头，下瞰洞庭湖，前望君山。杜甫有诗《登岳阳楼》："昔闻洞庭水，今上岳阳楼。吴楚东南坼，乾坤日夜浮。亲朋无一字，老病有孤舟。戎马关山北，凭轩涕泗流。"北宋文学家范仲淹，从未登过岳阳楼，却写出流传千古的名篇《岳阳楼记》，凭崇高的家国情怀和远大政治抱负，赢得世人尊崇。

滕王阁位于江西省南昌西北赣江东岸，坐西朝东，背城临江。王勃《滕王阁序》中两句"落霞与孤鹜齐飞，秋水共长天一色"，便将人迷住。

其实，在大力发展旅游产业的今天，各地兴建的仿古建筑比比皆是，其中不乏"高大上"的亭台楼阁，但出名的屈指可数。一座楼为什么能让后来人如此追捧？我以为，建筑艺术固然重要，但更重要的是名人题诗留文，如此，一幢楼因文化而扬名，一座城市因历史而厚重。

文化是一个民族的根，是一个民族的魂，只要根系尚存，魂魄不散，名楼名阁即便遭战火焚毁，但只要时机成熟，它终将重新屹立人间。

2018 年 10 月 23 日于万丽酒店 915 房

重阳夜登古长城

刘金恩

重阳节登高，是国人的传统习俗。今岁重阳，我在异乡，登的不是家乡的无名小山，而是举世无双的明长城。

中国名胜古迹遍布大江南北、天涯海角：从越王台到紫禁城，从虎丘到秦淮，从兵马俑到十三陵，从丝绸之路到敦煌石窟，从泰山经石峪到洛阳白马寺，从黄鹤楼到杜甫草堂……都足以撩拨人们的思古之幽情。然而，在我看来，却都抵不上长城那么令人震撼，那么伟大、威严、悲壮和深邃。

中华文明五千年，长城已经屹立了 2000 多年。公元前 221 年，秦始皇统一六国，派大将蒙恬以"三十万众"，在战国时期北方诸侯国筑修长城基础之上，因险制塞，西起临洮，东至辽东，筑起一道万里长城。后来历代王朝都有修缮和改建，其中，修复次数最多、工程规模最大的当数明朝，仅山海关至昌平境内 1000 公里长城线上，改原来土夯、石砌为石灰嵌缝的石砌砖垒。

据资料记载：明长城西起祁连山下，东到鸭绿江边，全长 5660 公里，何止万里之遥？一个人一生很难有机会有条件全程攀登。而我曾登过八达岭长城、辽东东端起点的鸭绿江畔虎山长城。都在白天，人多嘈杂，你挤我拥，并未细品深读，只为浏览风光而已。今又有幸登密云司马台古长城，我已经很满足、很幸运了。

司马台明长城山脚下，怀抱一个改革开放中新崛起的古北水镇游览区，游览区内风景优美，功能齐全，宛如一个独立的小社会。室内电脑、电视、

电话配备齐全；门禁、收款等智能设施安全便捷。室外是一片仿古建筑，绿丛掩屋脊，红叶披墙头。还专门装置了缆车，方便游客自由攀登，一睹明长城风采。

夜晚，灯火倾城，古北水镇华灯闪烁，流光溢彩。远眺镇北山巅，银白色灯光汇聚成一条半月形线条挂在天空，宛如一道修长的彩虹，由西南向东北方向延伸，渐伸渐升，直插云际，那就是司马台明长城。

夜色渐浓，星星和月亮俯瞰人间。乘缆车大约7分钟，便到达位于长城南坡的终点站。下了缆车，又在崎岖的山路上向西南方向步行20分钟，才登上了长城第一个垛口城楼。顺着灯光向东北方向的城楼望去，坡度陡长，我已脚力发软，望而却步。伫立城墙南眺，水镇万家灯火，一派祥和，音乐喷泉的响声在山谷间回荡；转身北望，漆黑一片，墙体兀立于深深的沟壑，深不可测。我的心沉重起来，可以想象：在生产力极其低下的时代，修建如此雄伟的建筑，依靠劳动与智慧，也一定伴随苦难和牺牲。不知遇到多少挫折和失败：塌方、伤亡、墙圮、楼倾……无数青壮年征夫拼尽最后一口气，流尽最后一滴血，人倒下了，家破碎了，留下几堆白骨，在葬尸埋骨的地方，立起了城墙。看着脚下残破的地表，我仿佛听到从黑乎乎的古砖缝和凄迷的草丛里，传出了孟姜女千里寻夫的哭泣声和城墙坍塌的轰鸣。几个年轻男女站在我身旁，大呼小叫、说说笑笑地拍照。把我从沉思中唤醒，抬头看看，几位老人也默思无语，我能体会到，他们一定有我同样的心情。

许久，我原路返回水镇。回头仰望长城，就觉得，那就是一支身着灰色军装，百战不倒、英勇悲壮的大军，穿沙漠，跨河流，蜿蜒于山谷平野，盘踞于险峰峻岭，在风雨中跋涉了几千年，尽管衣衫褴褛，遍体鳞伤，却依然保持威严肃穆的军容，纵然有点疲累、困顿，筋疲力尽，但所有环节仍连成一个整体，构筑了当年战争中第一道军事防线。由长城，我想到第二道防线——戍边的将士，继而想起一代名相范仲淹的名句"羌管悠悠霜满地。人不寐，将军白发征夫泪"，展示出将士们不怕艰苦、扫除边患的决心和长期在外、思念家乡亲人的心情。

带着满满的思绪回到下榻处，回望长城，又觉得，它像一条温顺的巨龙，翩翩起舞于荒漠原野、山川沟壑之间，愉悦地等待前来拜访的客人——

和平时期，它带着历史使命，默默诉说着前世与今朝。

2018 年 10 月 18 日于古北之光温泉度假酒店

鸟儿传奇

刘金恩

1

几声清脆的鸟鸣，把我从梦中唤醒。我蒙蒙眬眬下床，拉开下榻的温泉迎宾楼二楼窗户，对面树林的枝头上站着一只小鸟儿，正在恣意引颈高歌。那优雅的声调仿佛是一架敲响的时钟，穿透缥缈的气层，送给楼房里那些慵懒的贪睡者；又宛如时光的指针，在唤醒周边村落里沉睡的人们，尽快迈开脚步，奔向春耕或秋收的繁忙。我擦擦惺忪的眼睛，精神为之一振，天刚刚放亮。在当今的旅店业中，有的店家怕出差人贪睡，便开展了"叫早"服务项目。而小鸟儿"叫早"倒是天下奇闻，毫无功利之念，纯属大自然的无偿恩赐。

温泉占地面积 46 万平方米，历史悠久。史料记载：唐太宗巡游辽东，马失前蹄，在此踏出一泓清泉；努尔哈赤、乾隆先后赴此温汤、驻跸；再后，侵华日军、军阀张作霖在此造屋。1950 年，始建东北人民政府卫生部直属疗养院，后又建成中国林业、煤矿工人疗养院。那时候，只有全国劳模、功臣等，才有资格在此温汤。1956 年合并为属地鞍山市辖矿泉理疗医院。

一个温泉区，奈何能留得住那么多鸟儿？生态环境使然。区内有主支两条柏油路，每条路两侧都是等距离的杨树和梧桐树，笔直挺拔，枝繁叶茂，整齐划一，像威武的士兵在迎接长官和贵客莅临。路树两边是建筑物，每幢建筑物周围都被各种树木和花草包围着；还有水洼和桥。迎宾楼后身，有一片三四层楼高的白杨树林，每棵树上都挂着一串喜鹊窝，最高那棵树

上挂了 17 个窝。还有一株株紫丁香，花儿紫白相间，散发着浓郁的香味，引来蜂蝶环树起舞；一片片争奇斗艳、顾不上穿衣服就来到天地间、只开花不长叶的金雀梅，小花金黄，美不胜收；红色樱桃花，白色梨花也在诸花中争做翘楚……支路以西，是一条宽 1 米、长 1200 米，人工砖铺的有氧步道，步道两侧是以主干合抱粗、五六层楼高的杨树、槐树为主题的丛林，间杂杨、槐的后代，野山杏、桃子、皂角、丁香、金雀梅等。迎宾楼左拐可以走进西南角原林、煤疗养区，那一大片密林被一条人行步道劈成两半，树高林廓，空气清新，凉爽宜人，被称为天然氧吧通道。东南角那条水沟边还是一大片树林。整个园区，除建筑物、道路、唐王泉、水凼和边沟，地面全部绿化，青翠草坪，紫白相间二月兰、黄色草花等覆盖着黑土地，草木葳蕤，百味喷香，正是这片翠林泉水，吸引国内外疗养者纷至沓来，成就了人鸟共享的天堂。

我对鸟儿情有独钟，也许与我儿时的生活有关。我的老家在农村，门前是河，房后是山，河里有鱼，山上有鸟儿，耳濡目染，酿成了爱鸟儿、钓鱼的习惯，无论走到天涯海角，抑或世界各地，只要有鸟儿，我必去听鸟儿叫、看鸟儿飞，从不吝啬自己的脚步。于是，我穿好衣服，抖擞精神下楼，待我伫立在台阶上的时候，枝头上那只跳来蹦去的鸟儿已经飞走了。我失望地正要离开，从北边飞来一只黑乎乎的鸟儿落在了枝头上。我走下台阶，缓慢向那棵树靠近，快到树根底下了，刚一抬头，咳！这只鸟儿也飞了，真晦气。

2

入院者早起，一般都在家庭装的寝室内自由温汤后，再进餐厅吃早餐。餐后有到理疗、泥疗室治疗或针灸、中医等看病者，没事的就到室外抻抻胳膊散散步，也有在凼边喂鱼的，在树下看鸟筑巢的，在林子里窥松鼠爬树的。总之，各得其所。我走进人工有氧步道，这片林子正如著名作家肖复兴先生所说：林子大了，什么鸟儿都有。还真是：驴屄屄蛋儿似的小山雀、麻雀、喜鹊等在林间穿飞。忽然，一只黑乎乎大鸟，从林子里蹿上晴空，双翅笔直张开，与其身躯呈十字形，像一架巨型轰炸机。翅膀上下扇呼，并非投弹，而是前行。穿苍万里，哪里也不去，独绕温泉上空飞了一圈又一圈，也许是飞累了，俯冲在院内西南角天然氧吧式的密林中。瞬间，那里一只喜鹊一路"喳喳"地叫着，从密林里飞出来，一头扎进有氧步道的树林中。正是：穿苍无限大，随便要去哪。只在巢顶旋，小鸟也爱家。

　　我每天必去有氧步道，吸氧益身，更有百鸟欢聚。只要昂首观坐，参天枝头一定会有鸟儿在做表演式的弹跳，其功夫之深像学过轻功之人，轻飘飘地从同一棵树的这个枝头跳到那个枝头，又从这棵树的枝头跳到另一棵树的枝头。既不上天，也不落地，就在枝头上这么跳来跳去，是练功，还是在比赛，我真说不清。因为不是一只鸟，也不是一种鸟在跳，而是几只鸟、几种鸟都在这么跳，独鸟独跳者寡。其中，头黑色，脖白色，躯干与尾灰色，尾长于其身，呈流线型的大鸟最多。当你看见一只这种鸟在枝头上弹跳时，瞬间会有同样一只鸟飞过来，两只鸟一起跳。丛林中有时会发现好几对这样的鸟在跳。它们边跳边互相对视，有时还会听到轻轻地啼叫：啊（阳平）。啊（阴平），不知是刚见面打招呼，还是朋友间约会有事相商，抑或是异性间在谈情说爱。正是：树靠营养滋，百棵像首诗。猴子乐爬树，小鸟爱跳枝。

3

　　只要你走出房间的门，一定会在水氹边、树林下、道路旁的任何一处草坪上，看到一只只小鸟跳来跳去地觅食。头一点一点的，像只小鸡捡豆子，不知在捡什么东西吃，是昆虫还是草种？鸟儿甚至比人类更懂得"居安思危"，吃饭时也不放松警惕，吃几口抬头看看，没有危险再继续吃。既然人家正在用膳，我们就该少给人家添麻烦，能避开就避开，尽管是这样，也常常不是我吓它们一跳，就是它们吓我一跳。凡是我先看见它们，一定尽量避开；我未先看到它们，却已走到它们跟前，便吓得它们急忙展翅腾空而去。有一天，我出门刚一右拐，远远看到路边杨树林下的草坪上，一只比麻雀稍大一点的小鸟，头上蓬散着一小撮好几种颜色的长长羽毛，非常好看，正在埋头觅食。我放缓脚步，蹑手蹑脚前行，生怕惊着它。它一抬头发现了我，"噌"一声，头部膨胀成一枝美丽的花朵，身躯放大成

一只较大的鸟，腾空扬长而去，反而吓了我一跳。正是：吃饭勿打扰，己与人都好。居安应思危，小鸟警惕高。

4

鸟雀跟人一样，高兴时也会疯打闹。它们的嬉闹方式多是互相追逐，一只鸟儿在前头飞，另一只鸟儿在后头追。后头那只超过前头，前头这只不服，会拼命追，超过原后头那只，如此，既像双人奔跑比赛，也像两架飞机在追击。我正坐在路边的板凳上，摇着扇子瞭望天空，这时，原前头一个急旋圈儿，返身直扑对方，变成相对飞翔，故意撞了原后头一翅膀，原后头也急返身，恢复了追原前头的快乐场景。瞬间，双双落在我坐的这棵树的枝头上，原来是一对长尾鸟。正是：追逐费气力，人鸟方式异。童子爱玩耍，小鸟做游戏。

当然，为爱它们也会吵。我在天然氧吧通道遛了一圈，听听鸟儿们歌唱，看看它们玩耍，便向北走去。路过桑枣园，摘了几个紫色熟透的桑枣吃了，继续北行。在支路拐弯处一棵槐树下固定的木椅上坐下来休息一会儿。这时，两只长尾鸟儿，一前一后，从有氧步道林子方向飞出来，绕着槐树主干转圈追逐，不知是玩游戏，还是……正在难分难解时，另一只长尾鸟儿不知从哪飞过来，直扑尾追前鸟的那只鸟儿下口就咬，它俩便叽哇乱叫地厮杀起来。我这才看明白，是两只雄鸟争风吃醋，雌鸟趁机逃脱。两只雄鸟打了一阵子架，也落荒而去。正是：打仗有伤害，事出于无奈。非为一口吃，小鸟也有爱。

5

那天，我正在氹边看一位妈妈带孩子喂鱼，忽闻一串"包谷——"声，拉着好听的长长韵儿。我放弃欣赏水中抢夺食物的鱼群，侧棱耳朵细细听，原来鸟儿声是从院内东南角那片树林里传来的。

其实，鸟语有声高声低、声粗声细、声大声小、声韵声憨，悦耳和难听的都有，因为鸟类的发声器官各不相同所致。人语也是。我离开氹边，走进有氧步道，一种和风细雨的鸟儿鸣"歪（阴平）——"，从我身后边飘了过来，像个文静的雌性在招呼对方，拖住我的腿脚，昂首瞭望参天大树的枝头，什么也没看见；接着，左边冒出一声"歪（去声）——"，像个粗暴的雄性在呵斥对方，我又急转身窥视，还是什么也没发现，真是见鬼了？不，也许是树的枝繁叶茂挡住了小小鸟儿，让我难见其真容。忽然，头顶上传来一阵"咕咕"声，紧接着，东南西北响起一连串"咕咕"声，或高亢，或沉闷，或清脆，或尖锐，此起彼伏，遥相呼应，久久不息，它们是在友好对话还是在谈情说爱？我是听不明白。叫声东边传来，我东望；西边传来，我西望，头快都转晕了，也未见到它们的"庐山真面目"。这种鸟儿嗓门最高，天天爱唱，它们无愧于天籁和鸣中高音部的歌者。正是：鸟声几多种？专家心肚明。我只酷爱闻，听也听不懂。

6

我每天都在鸟儿"叫早"时起床，走进有氧步道吐故纳新，兼听百鸟儿演唱会，顺便寻找叫声最高、最脆的鸟儿。这片林子里，聚集、不停地在树尖上穿梭或暂停的鸟儿头黑、体灰、腹部浅灰、尾巴细长，展翅既像蜻蜓，又像直升机。我原以为高音部歌者就是它，连听了三天，确认不是。这种鸟儿歌声轻柔、单一，就是二声一个字："喂！"这个枝头上"喂！"，那个枝头上"喂！"，你"喂"我"喂"，不知说些什么。体态大小，与喜鹊近似，却又不同。喜鹊体羽大部黑色，肩和腹部明显白色，叫声"喳喳"！但它到底是什么鸟儿，已经不重要了。而这不间断的"喂喂"声，又有千奇百怪的歌声穿插进来："哥儿俩你好！""矮（上声）——""矮（去声）——"；"咕咕（阴平）——咕（去声）"；"咣（去声）——、咣（去声）——"；"喳喳喳（阳平）……"此伏彼起，此起彼伏，像一支交响乐曲，持续许久许久。因为各疗区都被树林包围着，几乎难以分辨出歌者的方位。在半明半昧中，将我深深笼罩，让我无比陶醉。花香鸟啼，空气清纯，我深呼一口，拾撷早气，尽情打开透明的灵魂，沐浴大自然的恩泽，滋润我的身心。天渐渐大亮，它们的音乐会逐渐散去，偶有几曲独唱。如此日复一日。正是：会演在早晨，耳明皆有闻。美声空中来，实乃天籁音。

这些年，久居繁华城市，汽车轰鸣，人声喧嚣，小贩游动吆喝，装修工具吵闹，路边烧烤烟熏火燎，汇成一股噪动符，令人苦不堪言。今逢如此天籁和鸣与自然本色，除了温汤，我便天天乐享晨曦鸟儿音乐会，甚至梦想与它合二为一，永远倦憩在汹涌澎湃的和音中。

2020 年 7 月 19 日

走进"祖树园"

刘金恩

北方 4 月，梨花正开，盛花期仅有半月十天。如遇风雨，立刻凋零。我们来到对桩石村晚了几天，错过了游人如蚁的梨花节，赶了个盛花期之末。虽未看到盛花之妍，却恰好收获落花飘逸之美，因为花开花落都是一道亮丽风景。尽管此时赏花人比梨花节期间少了很多，但还是人满为患，偌大的停车场挤不进去，只好将车停在路边老百姓家的院子里，停车费同样 10 元。朋友引领我们走进"乾隆缘道"南果梨园，跟随游人缓慢登山。满山坡上坡下的白色梨花纷纷扬扬，雪片似的在轻风中飘逸，风筝似的在晴空中摇曳，蝴蝶似的在鸟鸣中翩翩起舞，于我等身前身后自由飘落，不离不弃。老伴张开双手接着徐徐飘落的梨花，闻着它的余香，猛然转身埋怨我：我催你早点来，你偏说不着急，赶趟、赶趟！赶什么趟？如果早来几天，正逢盛花期，这么一大山的梨树，一朵雪白梨花紧挨着一朵雪白梨花，一树雪白梨花紧挨着一树雪白梨花，铺铺展展，犹如云雾中翻滚的波浪，一波涌起一波落下，起起落落，花浪如海，那该有多好看！那芳香会有多醉人！女人似花更爱花，我特理解老伴此时的心情，便说：放心，明年一定带你准时来！老伴笑了，笑得脸上皱纹在飘逸，与梨花飘逸同样美，这就叫"情人眼里出西施"。

这里游人太多，熙来攘往，我们匆匆忙忙照了几张相，朋友驱车把我们拉到对桩石山脚下他朋友家的果园。好大一个私家果园，几百棵南果梨树分布在路边的山坡和宽平的山沟里，我们兴奋地穿插观赏，接受梨花飘落的洗礼。在一棵多年生的老树根下，我停下脚步，零距离观察这一树梨花：

大多数花瓣正在脱落，极少数花蕾正在绽开，嫩绿的花叶在白花间映衬，交相辉映。我依附在粗壮的枝杈间，正在插空观察一朵花的花蕾（花骨朵）、花蕊（花心）、花瓣的形态，突然，一阵轻风掠过，一树白花落到我的发顶和肩上，又一次感受大自然的亲吻，觉得异常惬意。我深深吸了一口气，嗓眼儿迸出一个"啊——"，在山间久久回荡……这正是：匆匆赶路跑如飞，想象变更绝无悔。盛花艳妍已错过，尽享落花飘逸美。

朋友说，南果梨是鞍山特产，果皮薄，肉质细，甜酸适度，口味纯正，颇受国内外消费者欢迎，已远销全国 20 余个省市，并出口到美国、韩国、日本等国家。其祖先就在对桩石村。清光绪二十年仲秋的一天，村里老人高永庆来到北坡，突闻奇香扑鼻，老人寻觅到一棵碗口粗的梨树下，只见黄里透红的落果铺地。老人便拾起地上一枚果实品尝，顿感清香沁入心肺，回味无穷。为弄清此梨由来，高永庆让女婿把梨带到辽阳，请南来北往的梨客帮助辨认，梨客们对此梨味道赞不绝口，说此果独具南方诸果之长，于是，便将此梨定名南果梨。我知道人类有祖先，在北京山顶洞和辽东半岛前阳洞，却第一次听说梨也有祖先，真的是孤陋寡闻。既然所有生物都有祖先，祖先在上，应该前去拜谒。于是，朋友把我们拉回对桩石村石门沟北坡，走进了一片果园拥抱的"祖树园"。

"祖树园"四周由砖墙圈围，登上几步台阶才能入内，园内有祖树 3 棵，坐落在高台之上，主茎干外皮粗糙厚实，比园外的果树苍老许多，但依然开花，花已基本谢尽。2006 年 7 月 28 日，鞍山市千山区大孤山镇人民政府在祖树旁边立了一块牌子，上书：南果梨是鞍山地区特有树种。1986 年，经中国果树研究所权威专家鉴定：该树被认定为南果梨祖树。1987 年，政府拨专款修建南果梨"祖树园"。2005 年，鞍山南果梨经申请，报国家列为原产地域保护产品。2006 年，为进一步提升和扩大南果梨原产地域产业和产品知名度，结合社会主义新农村建设，发展农事旅游业，创建农产品品牌，在各级政府和财政部门大力支持下，重修"祖树园"。

"祖树园"以外几万亩南果梨，都是这 3 位祖树繁衍的后代。如今，子子孙孙们簇拥着它们的祖先，在这方得天独厚的水土上造福百姓。

2018 年 5 月 17 日

平民饭店散笔

刘金恩

　　大连是个风景美丽的沿海城市，至今保留着有轨电车，也是一道美景。在发达的餐饮文化中，海鲜做工精致是其一大特色，高档酒店名菜随处可见，当然，也不乏特色独到的小餐馆。我囊中羞涩，大店不敢进，名菜不敢点。腹中饥饿，走出下榻小旅店，信步来到一家包子铺。

　　时值 4 月最后一周的周三傍晚，华灯初上。我走街串巷，看见一家饭店门外正在排队，就站在了人流之末，后来的顾客排在我的后面，逐渐形成一条弯曲的长蛇阵。我趁机瞥了一眼饭店的牌子，只记住 3 个字：蒸包店。长蛇阵蜗牛似的向店内蠕动，突然，几位二十几岁的年轻男女，连说带笑插到我的排前，我未置可否，依然默默地站着。这种个别的插队现象，在国外没有。我在英国、意大利、瑞士等国家看到，所有公共场所，包括去卫生间，甚至在一个卖冰激凌的个体摊位前，只要有两个人以上都自觉排队。我看国人的文明建设，就从排队开始，最切合实际。

　　我站了许久，才踱到了店门内。抬头一看：迎面一堵半截墙，右边是厨间，透过玻璃橱窗看见里面的人正在忙忙碌碌；左边和墙以里是不规则的大堂式的餐厅，摆满了条状餐桌和凳子，确是一家极为普通的平民饭店。但顾客盈门，座无虚席。耐心自有平安福，总算挨到了我，在络绎不绝、来去匆匆中得以插空补缺就座。手持菜谱的点菜员立即走过来，亮出菜单，有豆腐馅儿、芸豆馅儿、小白菜馅儿、海菜馅儿、海肠馅儿、猪肉馅儿等各种馅儿的包子，任尔挑选。当然，也可以点炒菜。我点了一盘豆腐馅儿的包子。很快，传菜员就把包子端到了我的桌前。

　　餐厅里人声嘈杂，此起彼伏，也许因为幸福、快乐所致而放任吧。但总该懂得，自由只能在规则中实现，公共场合说话，还是轻声微语、和风细雨的好。我只有忍耐的权利，第一次吃豆腐馅儿的包子，感觉味道挺不错，边品尝边不经意地窥视餐厅内部，墙上没有标语口号，也没有其他豪华装饰，就是白墙皮。却突然发现在半截墙内伸的一头，挂着用玻璃相框镶着的毛泽东标准像。毛泽东主席已经逝世 40 多年了，竟有人将他的相片保持到今天，可见，埋在老百姓心中的爱是何等之深，让我感叹不已！再一转头，又发现在其对面的墙上，挂着规格相同的习近平标准像，更让我惊叹。两位伟人庄重、严肃地微笑对视，似做心灵上的沟通和交流。我心中蓦然升腾一种感觉：怎么会有这样的餐馆？看来老百姓心里确实有杆秤，领袖爱人民，人民也爱领袖啊！

餐毕，当我走出店门，借助门灯灯光发现，原来是一家连锁店总店，在大连沙河口区联合路 36-3 号，全称：槐念老大连海鲜蒸包店，被大连美食文化协会、辽宁饭店行业协会大连分会、《大连日报》和《大连晚报》联合命名为"大连小吃名店"，原名大连郝记味久鲜包子铺。既然怀念，何必用谐音"槐念"，怀念无过，怀念就是不忘，不忘初心、牢记使命，理所当然。

2018 年 5 月 21 日

天女木兰

刘金恩

朋友了解我喜欢游山阅水，向我推荐蒲石河森林公园。远吗？不远，在宽甸满族自治县长甸镇。有什么好看的？他脱口而出：秋看亭桥溪水石，遍山枫叶红满天；春窥花鸟水中鱼，千山一色是草绿。我对草绿色情有独钟，因为从不敢忘记曾穿过草绿色的警服。时值丁酉年春天的一日，我走进了蒲石河森林公园。

蒲石河森林公园，本是以各种繁茂林木为主题的自然生态深山沟壑，理当加强保护。但为开发旅游业，正在建设中的景点锹声阵阵、机声隆隆，搅得林木家族不得安生。

这条由山门向上，逐渐攀升的大峡谷，逶迤蜿蜒，曲径通幽。谷底全部为大小不等、形象各异的块石、鹅卵石和粗细沙砾所构成，溪水便在沙石间无休止地潺潺流淌，小鱼成群结队，绕着石缝游来游去，水清见底，

凉意盎然，流过岁月，流向远方，当地老百姓就叫它铺石河。后来，有文人觉得河名不雅，把"铺"换成"蒲"，蒲石河便从此定名，流传至今。

蒲石河两岸山脉植被茂盛，以主干明显高大的木本植物松、柏、杨、柳、樟等乔木为主，间杂无明显主干、低矮的酸枣之类的灌木。远看，浓绿黝黑，覆盖整个山体；近看，绿叶蔽日，株间开阔，适宜避暑歇凉。

河边有一条柏油机动车道，为有车人准备。但我们沿着一条坎坷的山间小径缓慢向公园纵深行走。越走越高，越高越累，直觉心跳加快，两腿发软打摽。快到大石湖跟前，刚想在一块石头上坐下休息一会儿，突然发现山根边一株灌木上有一个吊着子弹头似的含苞待放的白包，还有几朵绽开的白花。白花前端呈椭圆形，叶蒂与花蒂相连，气味香甘。每朵花3层9片白色花瓣张开，酷似一盏白色灯罩，罩里是暗紫色花蕾，宛如灯蒂，蒂下是黄色花芯，像安装的有色灯泡，白、紫、黄三色辉映，美不胜收。我再往上走几步，河崖上又有一株白花灌木，一回身，山根上还有一株。这么多的白花呀，我像走进了仙境！再往上走可能还有，可我实在走不动了。因为留心，回返路上的两侧（山根、河崖）又发现多株同样的灌木和白花。我既惊奇，又觉得似曾相识，却记不起在哪儿邂逅。实在没有办法，就"缺德"一次，摘下了一朵白花和一片叶。走着走着，蓦然想起，2015年8月，我在登凤凰山缆车上，恣意俯瞰草青树绿时，突然发现万绿丛中飘着一抹白云似的花儿，虽然瞬间而过，但它的圣洁让我心生感动与敬仰。下了缆车，便问同来的友人，他说那是天女木兰花，很珍贵。

回到山门，我拿着花和叶走进票务厅隔壁一间耳房，请教一位50岁左右的农妇。她说："这是天女木兰花，非常漂亮，山沟里有的是。"这花到底叫仙女木兰，还是叫天女木兰？我说不清楚，也许只有花木专家能做出正确回答，而我收获的是这花的洁净、珍贵、美丽和高雅的品格，信口而吟：崇山峻岭密林中，一枝独秀露峥嵘。志在深山性高洁，不与尔等争英雄。

2017年7月7日

樱花园感怀

刘金恩

在一个杜鹃开满山、杏花出墙头的日子，我应朋友诚邀走进了龙王塘樱花园。

龙王塘樱花园是大连高新园区龙王塘街道官房子村深山沟里一道美丽的景观。

穿过屯堡，接近樱园，首先映进眼帘的是块石垒起的大坝，坝下便是偌大的樱花园。显而易见，有坝在先，有园在后。园子里树木连片，宛如一个庞大的樱树森林，全部绽放着粉白色的樱花，浩瀚如海，与两岸葱茏山色遥相映衬，从高处望，如云似雾，遮天蔽日。树荫下，游人如蚁，穿梭于樱花间，你拍我照，有谦有让。那位妙龄女孩儿，站在一棵东京樱花树下，男友麻利举起手机，把她灿烂的笑容与樱花一起定格。这么多、这么美的樱花，我平生第一次得见，真让人难以置信，如此窎而僻的樱花园，能引来如此之多的游人，还真是"酒香不怕巷子深"。

日本文献《樱大鉴》说，樱花是从中国"引进"的。北魏农业科学家贾思勰在《齐民要术》中记载，樱花属于落叶乔木，每年春天开花。分为两种，一种结果前开花；另一种是只开花不结果的无果樱花，是观赏花。我所看的是后者。几年前，我在北京玉渊潭公园看过樱花，有红色、粉红色、白色和红白相间的花，却只有那么一小片，几百棵树，一阵工夫就看完了，其规模远不及龙王塘樱花园。花园主人不仅十分在意保护古树，而且注重培养年青花树。20 世纪 80 年代，园内陆续栽植了 10 余个品种、3000 余棵樱花树。那十几株近百岁树龄的东京樱花，迄今仍整齐地排列在大坝西头的沟边，树干足有两抱多粗、二三层楼高，冠幅酷似硕大的白伞，与年轻花树一样充满生机。更有大山樱等几十株名贵老树为伴，像个尊老爱幼、和睦相处的大家庭。

直到登上块石坝顶，我才知道这是一道水库大坝，横亘于两山之间，拦腰切断上游山涧之水，水平如镜，库堤隆起的闸门楼墙上，有 4 个横写的大字"龙王呼雨"，大字下面墙体上竖刻几行小字。大字小字，都从右

向左读，我看出年代久远。因风雨剥蚀，竖刻小字已模糊不清，我眼力不及，费劲巴力才认出开头"土木厅"3个字。正在为难时，大连外语学院一男一女两位大学生姗姗走来，他们帮忙辨认，很多地方还是看不清，最后对我说，唯一能看清的是龙王塘竣工时间——大正十三年三月三十一日，并立刻用手机查询：是 1924 年。原来龙王塘和塘下的樱花园，都是日本入侵大连，妄图永久霸占我国领土而建造的。朋友告诉我："1989 年，我在旅顺边防大队服役时去过龙王塘，那花园真漂亮。我们大队长王超就是那里人，服役前他是村里的民兵连长。他说，日本侵占时，村里老百姓除 6 人脱离虎口，其余全被鬼子杀害了。"听罢介绍，我感到头上像被浇了一盆凉水，赏花时的快乐心境陡然冷却。人生就这样，有些事不知道很快乐，知道了快乐的内幕反而苦恼。

我拖着沉重的步子走出园门，猛回头：那坝，恍若国人一堆尸骨；那花，恍若被鲜血染红。坝无罪，花无过，坝与花却都是侵华日军的罪证。我想，我们可以忘记一顿饭不吃，但一刻不该忘记家仇国恨！不忘初心，才能坚定实现中国梦的信心。

2017 年 5 月 14 日

千山九爪蟠龙松

刘金恩

4 月末的周六，天气很好，不凉也不太热。我有幸登上挂在千山主峰仙人台下的香岩寺古建筑群。举目仰望，仙人台上有一座辽代古塔，经年累月，风雨剥蚀，虽居万苍葱茏之中，也难掩其灰暗老旧之身。古塔左，一块虎状石呈攀爬主峰姿态；古塔右，万顷碧波托起一块疑似金蟾石。因为乐山。我几次来过千山，但登得最高、收获颇丰，唯有此次。中国大山名川数不胜数，三山五岳也都是独山。唯有这北疆千山，群山汇聚，山头多如牛毛，实属"山如其名"。千山峰峦叠嶂，险、峻、秀、奇、幽，风景绝佳。人有意聚成群，山有情积千叠。人在千叠中，只喻一条虫。

忽然，一声鸟啼打碎我的联翩浮想，回神集中到香岩寺（中国五禅之首）里那棵高大神武的古松：这棵松树既像一墩松伞磨，更像一把太阳伞，亭亭玉立在四合院里。高约十几米，主干粗三四米，树皮呈鳞状，向上伸出曲曲弯弯9条支干，织成一个偌大的圆形冠幅，枝繁叶茂，满目葱茏，触屋及脊，几乎占领四合院的所有空间，遮天蔽日。站在树下，宛如走进人工遮阳棚，燥热便乖乖溜走，给人以赏心悦目之惬意。

我很想知道这棵古松的身世。时值风骨清秀的道清（住持）大师姗姗走来，他满面春风拉开话匣子：这棵大树为一级国松，植于唐朝中晚期，树龄距今约1300年，冬夏常青。因为主干向上长出9条支干，弯曲如群龙起舞、升腾盘冠而得名为九爪蟠龙松。

道清大师突然脸色沉重，深深叹了一口气，手指树间立着的两根顶杆，声音低沉而哽咽地继续说：这两根顶杆，重任在肩，长期各顶着一根人为造成的伤枝。幸亏好心人用了这两根顶杆，伤枝这才苟延残喘地活了下来。

我目睹那可怜的伤枝，心中倍感伤痛：一株古松，就是天地间一植物，它不会与人交流，更不会与民争利，到底碍着人的什么了，非要折磨它，并将其致残？真是太无聊太滑稽了吧！一棵古树，似一个长寿的古稀老人，按古人一代30年计算，等于陪过43代人；按现代人平均寿命75岁计算，等于陪过17代人。它不仅是朝代更迭和人间冷暖的见证，而且还有非凡的生存经验，至少可以留下警示后人的深刻教训，正所谓姜还是老的辣。老，其实是宝贵的财富。

我们再冷静仔细地想想，一个人生下来，首先见到天上日月星辰、地上花草树木，说明已经来到天地间，投进了大自然的怀抱。人既是父母的儿子，也是大地的儿子。大自然在你出生之先（前），你看不到天地从什么时间开始；你作古于天地间，也看不到大自然什么时间寿终。既然你已经降生在天地间，大自然甚至比父母更亲爱儿子，恩赐你阳光、空气和水分，你这才能建巢筑窝，存活下来，繁衍生息，传宗接代。所以，不言而喻，爱护大自然其实是为了自己，更为了下一代。

2016 年 6 月 28 日

孔雀开屏

刘金恩

浑河岸边的鸟岛，以得天独厚的自然资源优势，辅以科学的人工管理，竟留住了诸多种鸟类。走进鸟岛，不必刻意，哪怕不经意，都会看到它们自由起降或奔跑的身影。我为鸟惑，曾写过"鸟缘"一篇，放在第二本散文集《杏花开了》书中。事隔两年后，兴致勃勃地二进鸟岛，笔触盯准了孔雀。

刚进鸟岛往右一拐，一只美丽的雄孔雀，正在浅沟边树丛里独自低头觅食。我轻轻地向它靠拢，还是被其警觉，它回头瞟了我一眼，抻抻颈子，不慌不忙地隐匿于树丛之中。我边搜寻边继续向腹地深入，耳边冷丁[1]传来一声"哎呀——"的尖脆叫声，吓我一跳。接着又是几声，类似小儿故意闹人的娇气声，尖细悠长，划空而过，穿透力极强，吞没了所有杂音。我急忙循声搜索，在一间屋脊上见到了它，原来是一只雄性孔雀，向东南方向喋喋不休地欢唱，却无半点回应。游客以为叫声之后它会开屏，停下来干等就是不开，又叫了几声便飞走了。未抓到孔雀开屏的瞬间之美，游客大失所望，纷纷扫兴散去。

我不认输，宁愿放弃湖里天鹅游如船，笼里鹦鹉学人言不看，也要集中精力捕捉"孔雀开屏"这一精彩瞬间。于是，我对草丛、树间、湖汊、河边……展开了地毯式搜寻。岛上的孔雀有多少只我说不清，到处可见确属事实。正前方草坪上，一雄一雌两只孔雀，正在地上觅食，它（雄）低头捡一口东西，抬起头看它（雌）一眼；它（雌）捡一会儿食，抬起头又看它（雄）一眼，多么恩爱和睦的两口子！让人羡慕。再看右前方的路边，一大一小两只孔雀正在觅食，大的是雌性，像母子（女）俩，看见我向它们方向走去，大的领着小的急忙横穿通道，消失在对面的树丛里。

我不打扰它们，继续前行搜寻。突然，东方传来"爱呀——"的尖叫声，西方也传来"爱呀——"的尖叫声，声韵相似，此起彼伏，却都是呼而无应。不言而喻，一定是两只雄孔雀各展歌喉，吸引雌性，决个上下高低。

[1] 冷丁：东北方言，冷不防，突然。

我放开脚步循声奔视，在一个铁丝笼子外边草坪上，看到了两只雄孔雀：通体披着紫铜色、绿色、蓝色、黄色、红色、褐色等六七种颜色。冠顶像插了一枝花，随风摇摆，白眼圈里镶着精灵般的小眼睛，蓝颈灰肩绿尾巴。不开屏时，尾羽收拢向后，像女人穿的绿色外搭；开屏时，尾羽放散上翘，宛如诸葛亮的羽毛扇，非常漂亮。真是孔雀开屏百媚生，普天鸟类无颜色。

我赶到时，一只雄性孔雀已经收拢羽毛，悻悻离去；另一只雄性孔雀依然留驻原地，搭讪着来回走动，等待时机。它面前几只低头觅食的雌孔雀，既无回应，也无表情。我猜它不会轻易放弃，定会再度发动进攻，便耐心地等待。果然不出所料，没过几分钟，这只雄性孔雀重新爆发出"爱呀——"的尖叫声，像当年中央电视台那档节目《爱，你就大声唱出来》，尾羽应声顿时放展开来。游人或操相机或举手机抓拍，雄性孔雀并不在意人们的呼声和举动，只管不停地转身摆尾，在雌孔雀面前展示自己的美丽，意在表达爱意，却一个没有理睬它，依然埋头觅食。它缓缓地向前靠近，选择其中一只雌孔雀，先低头闻一闻，再于其身前身后地转一转，对方依然头不抬眼不睁，不理不睬，却突然趁机闪身离去。它大失所望，觉得很没面子，呆呆伫立，不纠缠，也不跟踪追赶，缓缓收拢尾羽，依依不舍地走开了。其余的雌孔雀还在原地，边溜达边觅食。

2016 年 6 月 6 日

为藤点赞

刘金恩

朋友告诉我，盛夏到宽甸天桥沟森林公园，会有神清气爽、心旷神怡的感受，尤其那山涧溪水，像人工制造的强力"洗洁精"，定会将你的烦恼和忧闷，冲洗得一干二净。可惜，我未遵从朋友的建议，去得稍微早了一些，正值春风料峭，午暖还凉，便很难体会盛暑之行的惬意。不过也好，凡事有利必有弊，此时游人较少，停车、吃饭、购票、游览等都很方便，

省去了拥挤的苦恼和排队的规定。

一条两面山高林密，蜿蜒曲折，谷底上扬，渐行渐高，仰望天高云淡、俯视绿海成荫，大气磅礴，苍凉而壮阔的大峡谷，把公园所有的景致都装了进来。我沿着木板栈道溜溜达达，自由自在地循谷两岸走了一圈，两三个小时，感觉良好。时值前几日下了几场春雨，方见得这般美景：涧水唱哗哗，瀑布挂岩崖，绿染两岸山，树竞朝天发。在彼岸山根下，有一口人工山水井，井边桌上放了几只仿古大碗，井台架上挂着木制水桶。我摘下木桶，打上一桶山水，抏一碗倒进嘴里，从口入胃爽到脚跟，可比矿泉水要甘甜多了。临走又装了一塑料瓶带回家。

公园里的树木几百种，一棵一棵，一簇一簇，一片一片，黄绿相间，漫山遍坡，在眼前匆匆走过，而能知其名的，寥寥无几。于是，我倏然觉得，在大自然面前，人是那样的渺小和无知。但我又惊奇地发现，在动物世界里，常常看到弱肉强食，不想这里也是你死我活。其中，藤与树的较量最为精彩。

藤是一种软体木本植物，常年生活在树林最低层的泥土沙石混合土壤里，茎干细长，柔软而坚韧，直不起腰，抬不起头，匍匐于地面，东爬西攀，四处寻找生存空间。在庞大的树群面前，它们处于弱势地位，忍受百般欺凌，还要顽强地活下去。

为争夺阳光，藤与树成了冤家。树拼命向上长高，枝叶繁茂，遮天蔽日，活得快快乐乐，甚至得意忘形。而藤只好或追日于树的缝隙间，获取一点残阳余光，维持生命；或靠近他物，攀扶登高，谋求生机。忍气吞声，只好拼死一搏。

远处石缝上那棵藤，瘦弱单薄，费劲巴力爬了很久，才来到一棵大树跟前。柔软的身躯一扭一曲，缠到了树干上，拼命向上攀爬。一刚一柔，一直一曲，一高一矮，一粗一细，构成一幅相争相依的搏斗局面。依稀可见的痕迹表明，本已爬到了树的半身，不知它是力所不支，还是突遇强风劲吹，最终跌落在地，堆成乱麻，半死不活。看着它那残肢断臂，实在令人心痛。

没走多远，又一个凄惨场景闯进我的眼帘。一棵大碗口粗的树下，有一堆死于非命的枯藤，干燥得触火即燃。但从树身上依稀可见绳索似的勒痕，证明它们曾经有过一场刀光剑影的厮杀，藤最终败阵落马。

藤与树的生死较量，失败多于胜算，但也有狭路相逢勇者胜的时候。涧溪中央那棵藤，浑身长满了晶莹的绿叶，根植在泥沙石埕间。它闻着两侧湍急水流如诗如歌的响声，在人们不经意中，把茎干托举半空，并跨越身边的水流，将对面山坡上一棵树缠得半死不活，实在是一幅生动神奇的绞杀场面。

再往前走，一堆乱石突兀而起，人工加固成一道坚固的拦水坝，山水顺势而下，形成一道一字形的水帘。一只黑色的小鸟贴水俯冲，钻进水帘，我目不转睛看着小鸟怎么飞出来，可等了好几分钟未见身影，生死不明，让我失望。吾转身欲走，猛抬头，见岸上一株藤，一圈一圈缠到了一棵树的树梢，枝头仰首，随风摇曳，喜形于色。一棵柔弱的藤，以小胜大，以弱胜强，让我看到了"人在屋檐下，就是不低头"的勇敢、顽强抗争精神，故为之点赞。

2016 年 5 月 15 日

从沉睡中醒来的古村落

刘金恩

小儿子在早餐桌上说：我哥经常到北京开会，一次不登我家门。今年赶上十月一日双休节(国庆和中秋)放长假，哥嫂终于一块儿来了，我很高兴，爸妈也来了。这个日子，大景点车无停地，人无站处，我们不去凑热闹，吃完饭，我拉你们去城郊看一个著名景点，死而复活的古村落——北京门头沟区斋堂镇辖的深山峡谷中的爨底下村。"爨底下村"的"爨"字难写，30 画，为灶、烧火做饭的意思；分爨，旧指兄弟分家，各自起火做饭。字的写法有句顺口溜：兴(繁体)字头，林字腰，大字下边架火烧，火大烧林，越烧越旺。

从"永旺梦乐城"商场到爨底下村，不足百公里，轿车在两山夹一沟的 109 国道上奔跑，因为路上有上百道 S 弯儿和胳膊肘弯儿，车速始终提

不上来，尽管小儿子谨慎驾驶，我们坐在车里仍感觉像鱼儿在大海中戏水，尾巴左摇右摆，一个单程竟跑了两个小时。不过也好，路边风景真养眼：两岸葱茏塞双眸，苹果脸红忙展头。车笛一声震山谷，惊飞鸟儿掠晴空。

明、清时期，爨底下村门前有一条沙石便道，是京西贯穿斋堂地区西部东西的古驿道，也是京城连接边关的军事通道，还是通往河北、内蒙古一带的交通要道。如此地窎而僻、荒野封闭的深山沟，为什么会有人居住呢？去看了才知道，不是他们愚钝，而是我的无知。因为这里地理位置重要，所以，明代沿河城便派世袭军职守口百户韩世宁，到此安家落户。守护之家，世代为军，有战参战，无战垦田，于是，这支守护爨里安宁的韩姓人家，由少增多，渐成村落，延续至今。村落无一杂姓，全部都是韩世宁的后裔。寂静的山沟里人丁兴旺，鸡鸣狗跳，炊烟袅袅，烟雾缭绕，商客留宿，商品交易，民生富足，生机勃勃，直到中华人民共和国成立前夜，兴旺发达了好几百年。

中华人民共和国成立初期，百废待兴，国家修建丰沙县铁路和109国道，爨底下村毅然服从国家长远建设规划，默默牺牲自己，弃商贸转农耕，收入骤降，昔日繁荣和辉煌也几近死寂，约30年间，因经济衰退，无力构建新房，却在自觉与不自觉中，保留下来古村落的原始风貌和自然田园环境。改革开放后，始建于明永乐年间的爨底下村，以保护下来的中国古典建筑艺术和旅游资源开发为资本，一夜间成为国家级景区、国家级文物保护单位、中国最具旅游价值的古村落、首批中国历史文化名村。

如今，5.33平方公里的村域，群山环抱，山脉起伏蜿蜒，山形奇异优美，气势壮观，文化底蕴厚重，是远近闻名的旅游景点。全村现居35户93人，主要产业是旅游。走进村头第一眼，一辆接一辆轿车泊在路一边，黑的、白的、黄的，远远望去，像一条沉睡的花蛇。游人或在路边店采购山货野果，或在堡子里上下穿游。儿子一时找不到停车位，被逼在街头停车位旁边下车瞭望。这时，相对方向一辆车子离队驶出，儿子赶紧抢占了这个车位。泊车后我们都走下车，站在路边朝北部向阳坡上瞻目：成片的四合院群落，于山沟北坡依山顺势而筑，从山根铺向山坡，高低交辉，错落有致，青山翠谷，古老深沉。《投名状》《手机》《神探狄仁杰》《三国演义》《太极宗师》《女侠十三妹》《关东大侠》等十几部影视剧和《故土难离》《父老乡亲》《远月》《冰糖葫芦》的MV，都在此取景拍摄。书画名家及各大艺术院校学生，也常在村落间写生作画。我们随着闲散游客登坡进村，走街串巷。果见一所艺术学校师生，一周时间吃住在此，仨一帮俩一簇散在自选的胡同或巷间，持着画板正在写生。游客就在其间串来走去，你拍我照。中午时分，各家饭店爆满，都在迎接游客品尝农家饭菜。

按照古人每30年为一代人推算，爨底下村已有500多年的历史。根据村内大庙"画碑"记载：其开工和告竣时间及30位捐银者姓名辈分推测，大庙建于康熙年间岁次乙未七月（康熙五十四年，公元1715年），捐银人为第七代"奉"（明）字辈。因清朝时期民间禁用"明"，故此，辈分变成"奉"。这时，此村已有三十几户人家，后继续发展，达到70余座四合院规模，曾是京西古驿道上一处繁荣的商品交易场所和客栈。抗日战争时期，遭受侵华日军进村践踏，烧毁房屋228间，至今残存的废墟，便是历史的见证。

另有现存的村民参加拍摄电影《投名状》照片、清代小学课本、韩门二十代辈分（福、景、自、守、玉、有、明、万、宏、思、义、巨、晓、怀、孟、永、茂、广、连、文）表，足以证明爨底下村起源于明清时代无疑。现在村中80岁左右的老人，基本都是"晓"字辈，现已传到"茂"字辈。

当你踏着脚下的石板路，看着狭窄路上车连车、人挤人的盛况时，其实是沉默一段时间的小山村已经又复活了。正是：时机轮换难逼寂，死寂总有复闹时。

2020年10月7日

英国纪行

伦敦在西方，民心皆相通。
先进总该学，洋可为中用。

题记：旅游是我们退休生活的一部分。我们曾去过梵蒂冈、意大利、瑞士、法国、摩纳哥等国家及我国香港、澳门等特区，但都是跟团出游，来去匆匆，只有几天或十几天工夫，走马观花而已。明代著名旅游家徐宏祖（号霞客），一生游览考察只在国内；号称周游列国的孔夫子，也没有迈出半步国门。而我，适逢新时代，一个普通老百姓，竟然有条件到社会制度迥然不同的西方国家去看看，自然是一件很幸福的事。这一次只去英国，探亲加旅游，待的日子长一些，看到、听到和遇到的人与事相对多一点。我们不愿意在沉默中自醉，那就在触景生情里说开去吧。力量在后，追梦在前。于是，把一些我们认为有价值有意义的东西写出来，以飨读者。

"不同" 与 "一样"

刘金恩

中西餐味不同，各得其所一样

中国人的舌尖文化举世闻名，酸、苦、辛、咸、甘五味俱全。不管粤菜、川菜、上海菜、潮州菜，还是东北菜以及各种腌渍小菜，都能吃得惯、吃得香。到了异国他乡，这西餐西点，看似色泽斑斓，干干净净，唯独口味异常，实在让人"无奈"。

西餐正餐3道：头盘、主菜、甜品。价格昂贵，讲究也多。每人桌前铺一张餐纸，餐纸右边放长短刀子各一把，左边放大小叉子各一把，中间一个空盘。菜品上来，本地人左手持叉，右手操刀，刀割叉吃，极其娴熟，让我眼花缭乱，而我用起来笨手笨脚。

中餐馆倒有金塘酒家、荣泰大酒店、中国城大酒店和泰国菜馆等，都

适合国人口味。只是餐馆距离远，搭车费用高；走着去，找不着道儿。很多时候我们自己在家做着吃，大米白面都有，我们喜欢吃的蔬菜太少，土豆比较便宜，可不能一日三餐都吃土豆；韭菜昂贵得惊世骇俗，一根价近一英磅。两种菜品救了我们，一到中国城买中国咸菜，二买西生菜。西生菜貌似中国大头菜，掰开蘸酱吃甜而脆，亦可炒着吃。

我们下饭店就在路边小馆子吃西餐中的快餐，什么三明治、汉堡、炸薯条、比萨、炸面包等，皆不合口味，可不吃饿得慌。只有"仨不为"是个例外：面皮里夹西红柿片、红椒丝、黄瓜片、西生菜等加沙拉，任选夹猪肉或鸡肉或牛肉片，吃起来还算可口。这时，我会想起中国的"仨不为"，就是每年农历二月初二中和节（春龙节）这天，民间有吃春饼（又称煎饼）的食俗。"仨不为"的做工与中国的春饼大致相似，都是熟面皮里夹蔬菜与肉类。不同的是：菜料配置各异，"仨不为"奇缺提味菜品；价格迥异，每个"仨不为" 3英镑，相当人民币30元；食时逆向，"仨不为"是英国老百姓每日常餐，而春饼则是中国人在中和节时才吃的一种具有象征意义的食物，它本是悠久传统文化的遗存，却在市场经济中被有经济头脑的人所利用，于是，各地便有了"春饼店"，打破了只在中和节吃春饼的习俗。在英国老百姓中，"仨不为"是不可缺少的美食，他们天天吃这类快餐，活得好，吃得也香。这只有一种解释，口味不同，但各得其所一样。

生活习惯不同，快乐人生一样

英国老百姓生活习惯轻松，节奏缓慢，在"吃、喝、玩、乐"上表现尤甚，但看不见扑克翻飞，听不见麻将响声。工作之余和节假日，放开肚皮吃喝，敞开胸怀玩乐。爱骑自行车、爱跑步，一拨接一拨，在公园路上穿梭似的与你擦肩而过，汗如流水不间歇。爱逛公园的，踏着草地散步、遛狗、倒立、踢球；只穿裤头的男生和戴胸罩的女孩儿，一动不动躺在草地上晒太阳，日浴半天……

他们不看重一日三餐，啥时候想吃就吃。食客捧场，小饭店总是客来客往，生意格外兴隆；不愿进饭店的，像孩子吃零食，身背挂包，手拿比萨、面包片、牛奶、咖啡之类的食物，在路上边走边吃，走路吃饭两不误，节省时间干该干的事。

他们更喜欢朋友聚餐，三两个或男或女聚在一起，围一张餐桌，一人一份，各吃各的，边吃边唠，有说有笑。我身后一桌，几个男女哇啦哇啦边吃边唠，唠到兴奋时哈哈大笑。他们笑声与我们笑声相似，我忍不住，也不由自主地笑起来，被老伴儿恨恨地推了一把。对面那桌3个男人边吃边唠，情绪十分友好，吃完了各结各账，我这才发现不是一家，胜似一家。西方人下饭店所谓AA制早有耳闻，却在这里得到目睹。因为他们活在尊严里，在他们的理念中，别人请吃是瞧不起自己。餐厅里有些闹哄，讲话声此起彼伏，但没有争吵斗嘴，更没有打架的。

他们也喜欢喝茶，不像我们一壶一壶地泡茶品茶，而是西点陪茶。那天在丘吉尔家族庄园吃下午茶，茶庄几十张桌子座无虚席。我们4个人要了一份两杯茶水、两杯茶酒、两杯咖啡、一杯鲜牛奶、一壶开水，一笼3层3个碟里装的各式点心和奶油、甜酱等，边喝边吃边唠，一个半小时，花掉68英磅，折合人民币680元。老实说，疼钱也痛胃口啊！这也只有一种解释，生活习惯不同，快乐人生一样。

东西话语不同，神交可以一样

在英语国度里，我就是一个耳聋眼瞎的人，只有亲人回家说说话，方觉一丝安慰，空余时间孤独无限。招牌上的字一个不识，两眼一抹黑；人家"哇啦哇啦"说话听不懂，像"鸭子听雷"。不必说自己出门找不着道儿，尿急找卫生间都难，还会碰到一些麻烦。一次在西餐厅吃饭，坐等亲人到吧台点菜时，我突然尿急，便问传菜的男服务员："卫生间在哪儿？"那老外摇头不语，我比画个动作他明白了，开脸一笑，把我领到卫生间门口他走了。

还有一次，我们到服装店买衣服。站排交款轮到我时，收款女郎笑眯眯哇啦几句，我说"听不懂"，她摇摇头，做出装东西的动作，我明白了，也边比画边说"要要要！"她也明白了，把钱数输到收款机上；我看着价格签先把衣服整钱交上，零头是硬币，我认不准，就把兜里硬币全部掏出来让她拣，她拣够了把剩下的推给我。然后输入收款机，打出单据，连同

衣服装进袋子里，双手交给我。她笑着目送我走，我笑着离开了她。中国改革开放初期，老外到咱家乡来，拿个汉字条子找我探路，我曾把他们送到目的地。这还是一种解释，东西方话语不同，神交可以一样。

法律制度不同，管理目的一样

每个国家都有自己的一套管理办法，都想把国家管理好。在家乡，车也罢人也好，一律右侧通行。到了伦敦突然要左侧通行，实在太别扭。长期养成的习惯改也难，许多时候不由自主，初次上街行走，一走就走右边。当地老百姓都悄然躲我而过，我也没感到是个问题。

一次，在街上与一大个子老外迎面相遇，把人家手包碰掉在地，我急忙弯腰去捡，人家抢先自己拾起，礼貌地对我笑笑走开了。路过的人"触目不见"，没人看我的笑话，他们依然匆匆与我擦肩而过，自己觉得有些尴尬，回去讲给亲人听。亲人告诉我，英国法律规定：人、车一律左侧通行。咱在国内是守法户，到国外更不敢违法了，就按这里规定走路，走常了也挺自然，一次尴尬抹掉了别扭的感觉。

伦敦市内没有交通岗楼，也没有交警站岗指挥，交通秩序靠标志标线和红、绿、黄灯控制。英律规定，行人闯红灯造成死亡事故，司机无责任，没人敢闯红灯。而司机却能做到一旦遇到个别行人横穿马路，一定停车让行。圆球形黄灯闪闪，行人可以理直气壮地通过，行进中的机动车必须无条件给行人让行，强行通过造成死亡事故，司机负全责。风挡玻璃上亮着"TAXI"镜子的，是规格相同的出租车，比一般轿车高半箱，并不抢钱似的在路上拼命。没看见地下停车场，机动车都井然有序地停在本就狭窄的道路两侧，中间可以通行的路面就更窄，司机却能做到会车时互相避让。避让是文明，更是安全。

考取驾照十分严格。青岛一位五十上下的华侨医生对我说，他们单位一个人考驾照，几次没考上，便动心思拿钱塞给考官。考官没拒绝，把钱收下。这人照常参加考试，还是没考上。公布成绩那天，考官把他找到办公室说，你给我的钱，已经没收交公，根据我们对行贿行为的惩罚规定，三年后你可以再考。有法可依，执法必严，法律才神圣不可侵犯的约束力。

交通法规如此，民法也极其严格。房屋出租人可以向租房人要押金，但必须将押金存到国家规定的押金机构或买保险，不这样做就涉嫌违法。租期到了，有物损，出租人要直接扣取租房人押金，租房人不服，告到押金机构。押金机构指出出租人违法在先，应接受处罚，即如数退返押金，并赔偿租房人押金的一至三倍。出租人不服，押金机构便责令双方协商，一次不行，就二次或几次，直到达成协议。始终谈不拢，押金机构会起诉到法院，法院一般会判决出租人赔偿租房人押金二倍，作为罚金结案。出租人最终落个"偷鸡不成蚀把米"的结果。

老百姓受益的社会面治安管理也相对稳定，特殊时期会采取特殊手段确保安全。我去过伦敦人口密集的公园、展馆、游乐场、饭馆、酒吧、果品超市、服装店等，都平安无事。肯辛顿区高街（对百姓日常生活最方便街区的称谓）玛莎服装店侧门，正对过道的地铁站口。上下地铁的人穿过玛莎店服装架之间，进站或出站，里出外进，人来人往，分不出谁是购物者，谁是抄近路的，给生意带来一定隐患，商家却没有专人巡视，也没有偷摸或打架或闹事的。

白金汉宫正面铁栅栏围就的偌大广场，皇家卫队换岗仪式时，围观游众人山人海，一个跟一个，你挤我躲，互谦互让，一片人头攒动，都把目光聚焦在卫队上。没有喧闹滋事，只有拿手机或摄像机，高高举过头顶，插空拍照的。

双休日夜晚，家家酒吧灯火辉煌，室内坐满，室外道边站着，边哇啦哇啦对话，边手把酒瓶开怀畅饮。喝得晃晃摇摇，大有夜不归宿之嫌，竟没有打架斗殴的。这仍是一种解释，法律制度不同，管理目的一样。

2016 年 8 月 30 日

伦敦老屋

刘金恩

在伦敦，几乎看不见摩天大厦，从办公、商贸到民宅，只有三五层高的小楼。

临街红砖民宅，屋檐下和围栏上吊养的盆花，与苍翠的路树交相辉映，把风雨剥蚀的百年老屋打扮得年轻了许多，默默地承载着城市建筑文化的历史记忆。我的住地——伦敦中心地带肯辛顿区26号连体楼3层13号房，便属于伦敦高街（沿街房屋周边有多家饭店、酒吧、食品水果店和服装店等，是百姓日常生活最方便街区的称谓）里的老屋之一。

小楼地下1层，平时为垃圾处理室和供电间，战时是防空洞；地上4层，每层2户，共8户人家。打开共用玻璃木门进入正厅，一部小巧玲珑的老式半自动电梯映入眼帘。双层铁栅栏门需要手开手关，走进门里变成自动，一按电钮，拉绳牵引的小吊箱便上下顺畅游走。一梯一次保证载运不超过3人。手动栅栏门是有点麻烦，但里外透明，方便应叫，比全封闭电梯门更能增加安全感。

楼层结构设计艺术精巧。我走出3楼电梯，却进不了3楼房间，得走下3级铺着棕色地毯的步梯，映入眼帘的是2楼左右两户。再从下3级步梯对面继续登上3级步梯，才能真正进入我下榻的3楼正面左间，右间是另一家。每层都是如此2户。

淡黄色内开入户木门，上面是只能伸进一只手、铁制横条形吊环式的拉手；拉手下面是豆粒大的门孔，以方便窥视；门孔下面有一横条小口，邮差一推口内的"护搭"，就能把邮件投到屋里的通信孔。

推开入户门直行几步左拐，一道小走廊把屋子分成两半：一侧往里走是大客厅（2个窗）、大卧室（3个窗）、横窄条状小卧室对着走廊开门（1个窗）；另一侧往里走是大厨房（2个窗）、带卫生间的大卧室（1个窗）、单独卫生间和卫生间里一平方米拐角的杂物储藏间。室内没有隐藏、悬浮、吊顶、背景墙之类复杂的装修，墙体横平竖直，也没有吊毯、壁纸，只有纯白色的墙。不论房间做何用途，地面一律铺地板。卧室里备有木质衣柜。厨间和卫生间设施，不是瓷制品就是木制品或白钢，没有塑料制品，下水管都是白钢。整体风格简洁、大方、明快、淡雅，方便保洁。使用面积约 100 平方米。房间里窗明几净，没有蚊蝇、臭虫和蟑螂，也没有异味。如此老房子，干净得让人难以置信，走进去有一种周身舒服的感觉。而且，躺在床上就能透过玻璃窗，看到天上南来北往的客机，一两分钟一架次，真乃天赐良机也。

多少年来，不知道房主人换了几茬，都因为能够自觉履行政府的硬性规定而没有改变屋子的主体结构。除室内墙体粉刷，木门窗上漆，个别设备换代，那穿越时空的古旧痕迹，依然挥之不去：

每个 2 米多高、1 米多宽的木质窗框中，都凿了两条窗扇滑道沟。外滑道沟装的木质窗，窗边都是木头，上下两扇。上扇下边，左右各装一个圆形铁把手，可将窗扇下拉；下扇下边，左右各装一个半圆形铁把手，将窗扇上推。每扇窗两块玻璃，中间横着一条木鼻梁。木窗框重新刷了白漆。内滑道装有上下两扇合金边玻璃窗。

大客厅正面墙根，有高 3 米、宽近 3 米黑色铁框，与白色墙体形成明显反差。铁框内墙体被掏个窟窿，窟窿上方是藏在墙体里的烟道，窟窿底座有个长方形黑色铁盆，盆中撑一块铁条网，这就是完整保护下来的古老壁炉。在铁条网上架木柴生火取暖，烟走烟道，灰从铁条网下人工掏出。现已废弃，取暖设备由暖气片替代。

老屋建筑都是框架结构。注重通风采光良好、通信联系便捷、安全防范可靠、保温程度适宜等诸多细节，足见百年前建筑人的聪明才智。英政府强调保护原创，分析原因有二：一是，有的已经列入古迹文物，既延续历史文化，又有利于吸引游客；二是，老屋太多，拆迁成本过高，重建意义不大。这才给我们留下了至今还能看到这些老房子的机会。

建筑像人的一张脸，是一座城市的形象，也是人们久长的共同记忆。在画家眼里是一幅立体的画卷，在诗人眼里是一首铿锵的长诗，在音乐家眼里是一段优美的音符，在建筑家手中就是一件凝固的艺术品。异国的建筑质量，防患于未然的措施和保护意识值得借鉴，但我们有自己的历史文脉，要在建筑风格和式样上，展现出一张生动创新的"中国脸"，继承和光大我国传统的建筑文化，势在必行。

2016 年 7 月 17 日

鸟舞人欢

刘金恩

偌大的草场中镶着一个湖，圆得像一面照脸镜，镜框是一条三四米宽、暗灰色油面沙砾环湖人行路，一团汪洋就被乖乖地锁在当中。这正是：轻风微拂水浅浪，湖面日下闪银光，水中倒映岸上人，自我欣赏左右晃，困乏游人凳上坐，早备木椅在路旁，坐看湖中百鸟游，地上群鸽寻食忙。

路外一片草地，树木粗壮。鸟在湖里、树上，人在路上、草场。男欢女笑，此起彼伏；鸥啼鸽吵，此伏彼起。你来我往，人留人去；鸟翔鹅舞，飞去归来。鸟儿不怕人，因为人爱鸟儿，逗鸟儿玩儿，食不少。鸟儿也识人，能辨善与恶，善则近，恶则躲。鸟舞人欢，和谐相处，家园共享，一派勃勃生机，这便是肯辛顿公园里一道独特风景。

肯辛顿公园位于伦敦中心，距我下榻的老屋仅有一道之遥。每天我都到那儿溜达一圈儿，因为我既喜欢那里有礼貌的人，更喜欢那里亲近人类的鸟。

肯辛顿公园是肯辛顿宫的重要组成部分。肯辛顿宫始建于1605年，1819年维多利亚女王就出生在这里，却因黛安娜王妃最后的住地而得名。现为伊丽莎白二世女王的长子的寝宫和办公区。

肯辛顿公园面积不大，却与面积颇大的海德公园紧密吻接，形同一体，分不出哪是哪。游人可以随意走动游赏，没有门票收费。这里是人们汲取天地之气，亲近与享受大自然的最佳去处。

公园里聚集了千百只鸟类，长相千奇百怪，大小相差悬殊，肤色杂七杂八，叫声五花八门。我才疏学浅，只认得天鹅、海鸥和灰色水鸭子。其实数量最多，恰恰是能飞也能游、与家养的鹅子大小差不多的黄嘴灰鸭，以及全身黑色的小黑鸭和能飞不能下水的野鸽子。它们拉帮结伙，聚堆成群。有人喂食，就跟在身前身后哄抢，是最不讲游戏规则的群体。鸟贪食，人贪趣，还是"狗咬猫乎两下怕"。胆大的鸟直接到喂食人手上抢夺，吓得喂食人一"哆嗦"，它们也害了怕，"轰"一声飞上天空，铺天盖地，黑压压一片，像一床被子飘在半空，绕着湖畔转两圈儿又返回陆地，再搭讪着向坐在椅子上的人靠拢讨食。

海鸥和天鹅基本不上岸，大部分时间在湖里游戏觅食。天鹅最讲卫生，时不时就钻进水里洗一次羽毛，弹出水面，摇摇头，抻抻长脖，向后梳理翅膀上的羽毛，一天好几遍，那白色的羽毛一尘不染，真是一种肥硕、俊美、温柔、浪漫的鸟。伦敦的天气阴晴无常，一阵小雨过后马上晴天，大天鹅高兴了，领队的踩着水面从此边向彼边奔跑，发出"啪啪"的水声，颇像飞机在跑道上起飞的架势，水声消失，一行大雁已经在空中翱翔了，这是一支纪律严明的团队。它们向海德公园方向飞去，很久又飞回湖面。由于气候适宜，食物充足，这里的大雁也许没有迁徙一说。

在百鸟中，我最喜欢愿意在陆地上逗留的黄嘴灰鸭、黑嘴黑脖头顶条状白毛的灰鸭和驴屄屄蛋似的小黑鸭。它们上岸晒太阳，向游人讨食，黄嘴灰鸭还间吃青草。于是，湖边路和草地上便留下一些鸟粪和羽毛。一只黄嘴灰鸭摇摇摆摆、扭歪扭歪走到一位脚下围了一群鸟儿的女孩面前，女孩儿赶紧把米条丢给它。灰鸭动作缓慢，一只海鸥趁机巧取豪夺，叼起米条飞走了。女孩儿又丢给它一条，一只驴屄屄蛋儿小黑鸭抢先叼进嘴里，腾空而起，却不知螳螂捕蝉，黄雀在后，一只海鸥追上，从其嘴里夺走米条。鸟儿们轮换演绎着"人为财死，鸟为食亡"的悲剧。女孩儿无奈，向前走去，憨厚的黄嘴灰鸭跟着，她把最后两根米条亲手喂到它的嘴里，两手向上一扬，表示"没了"，其他鸟儿却以为危险来临，轰然散去。只有黄嘴灰鸭，感受到女孩儿的爱怜，宠辱不惊，依然摇摇摆摆、扭歪扭歪，回到正在草地上晒太阳的几十只同类中。

我小心翼翼地跟在它后面，轻手轻脚慢慢靠近鸭群。它们有蹲的，有站的，都警惕地盯着我，却都没有离开。5米、3米、1米……我已走进了鸟群里，慢慢蹲下身来，老伴儿麻利举起手机抓拍，记录下这美妙瞬间。它们望着我慢慢起身离开，仍然一动未动。黄嘴灰鸭的识别能力和文明谦让，几乎是人类的楷模。

2016 年 7 月 21 日

草木风光

刘金恩

英国位于大西洋的东岸，是一个海洋性的国家。它头顶一汪海水，背靠欧洲大陆，像一只精瘦的猴子，一屁股坐在英吉利海峡上，昼夜遥望着浩瀚的大洋。地势北高南低，丘多山少。伫立丘巅，昂首观望：天体低得好像触手可及。忽然，穹苍万里，白云飞渡，蓝天吐棉絮；又忽然，阴云聚集，匆匆来袭，小雨喷似雾；还忽然，太阳光顾，乌云败阵，雨歇天朗。四季模糊，雨水充足，气候宜人，雨露、阳光频繁交替，只感春秋，没有冬夏。真乃一方风水宝地。

不干不涝的适宜气候，造就了这片神奇的草木之场：草葱茏，厚如毯，踏上去，软绵绵；头天被踩伏，第二天便复站，草中无虫蛇，放心走、宽心玩。古树参天，星罗棋布，不偏不倚，高大壮健。有从主干一人高向上分枝长杈，枝繁叶茂，顶部冠幅成圆，远远望去像把遮阳伞；也有从根部向树梢生枝长杈泛叶，层层朝天隆起，越隆越细，直达树梢，举目远眺疑似一座耸天绿塔。一些主干碗口粗、一人多高的年轻树木，与老一辈日夜为伴。我边走边看，突然觉得犹如参加一次自然知识考试，我却是一个"白卷先生"，竟然一种树也不认识。也许老天无意羞辱我，最后在一条公园路两旁看到两行栗子树，果实正在成熟中。我高兴得差点叫起来，这张"卷子"终于不用得零分了。

这片绿草和树木，沿着时间的足迹，栉风沐雨，四季常青。它们装扮大地，用自己的身躯，忠诚地守护着这方热土。空气中弥漫着的草木清香，完全把沃土的味道淹没了，这便是海德公园。

海德公园占地145公顷，位于伦敦中心威斯敏斯特区，是举世闻名的环保公园，也是伦敦最大的皇家公园。东部的带状九曲湖，把公园分成两部分。东北角靠近大理石拱门和骑马道，是水晶宫遗址，这里有著名的演说角。当年，马克思曾在这里发表演说。演说角没有圈围，没有房屋，连个简易棚子也没有，其实就是一露天地。每周日下午，都有几帮或十几帮，每帮十几人或几十人甚至上百人，到这里露天演讲。一人讲众人听，各说各的，没有争吵，没有辩论，也没有打架斗嘴。他们说的都是英语，我一句也听不懂。九曲湖以南椭圆形石头环形喷泉，是戴安娜王妃喷泉，开放于 2004 年 7 月 6 日。除了水泥路和湖泊，公园里所有地面，全部为草坪覆盖，我穿着锃亮的皮鞋行走一大圈，仍纤尘不染，依然如新。

英国是世界最早完成工业革命的国家，从不缺钢铁。四棱粗铁栅栏围就的海德公园，东西南北各门洞开，任人自由进出往来，不收门票。爱好跑步或骑自行车的男女，或单或双或三五成群，在公园路上飞奔，不经意间会与你擦肩而过。公园里小饭店弥漫着香气，会勾出你胃里的馋虫；品种多样的食杂店，会掏出你兜里的钱；飞马车、爬山车、秋千、滑梯旁边，那是孩子们的乐园……

每条公园路边都有几处长条木椅，人们在此休息、聊天、看书，或坐听树上百鸟儿欢唱："啊！""啾！""呜！""咕！""哎呀哈哈！"……千奇百怪，喋喋不休，此起彼伏。循声望去，只见树上黑点闪过，压根看不清其真面目。我印象最深的是，群居在九曲湖边树上那些小巧玲珑的绿色鹦鹉。它们居高临下，歪头侧脑找人寻食，大胆与人零距离接触的姿态，分外招人喜欢。一只鹦鹉站在一个小女孩的左手背上，捡食她右手心上的松子，吃够了飞回树上，瞅着女孩离去，它又飞到另外一棵树上向下窥视，寻找新目标。坐在长椅上那位老太，正在喂脚下的一群鸽子，一只小松鼠贼眉鼠眼从树上跳下来，也想整点吃的，试了一下，觉得"鸽多势众"，胆怯地退了回去。那位魁梧的英国男士，远远站在树间的空地上，两臂张开，手心向上，诱引树上的鹦鹉，不一会儿，果然有两只鹦鹉同时从树上俯冲下来，各占他一只手，捡食花生米。我看得兴起，也张开两手，也许因为我手里拿的是面包，鹦鹉并不"感冒"，于是，那男士主动把他左手伸向我的左手，推掉面包，将花生米与鹦鹉一块儿送到我手上，这鹦鹉在我手上竟然照吃不误。可他因为向我手上传递时抖了一下，右手那只鹦鹉飞走了，他索性把剩下的花生米全部给了我。我点头道谢，他笑着离开了。

草坪是本土人最喜欢的地方，穿裤衩的男人，戴胸罩穿裤衩的女人，老少皆有，东一个，西一个，或面阳独坐，或仰卧或伏卧于草地上，接受强烈的日光浴，自在安详。也有年轻男女挨着躺卧，但都正经规矩，类似公共场合，这里人似乎都不会搂搂抱抱。任人从其身边随便走过，他们也

并不在意。

驯犬女郎对犬比比画画，犬边跑边嗅边寻，当犬把主人事先藏匿草中的小球叼在嘴里，殷勤地送到主人面前时，主人"哇啦"几句，那犬可能受到鼓励，便高兴地撒欢，满草地转圈儿。跑了一会儿，讨好似的回到女主人身边。主人又把球抛得老远，犬又调头追赶，主人也跟着它跑远了。远处那位瘦高个儿的金发女孩儿，反复练习倒立和滚翻，之后表演舞蹈，坐在草地上的母亲一脸满意地指指点点。几个天真活泼的孩子，在草坪上追逐踢球，纯真的笑声让我感慨：童年多么美好！

平坦的草地和长青的树木啊，你给人们带来多少柔情和快乐！

2016 年 7 月 21 日

街头风景集锦

刘金恩

道路与建筑

从老家来到敦伦，旅途劳顿与倒时差之苦折磨得我好几天睡不着，晕晕乎乎不爱动弹。但想到自己年逾古稀，此行既是生命中的第一次，也可能就是最后一次。于是，抖擞精神，决定先到街头去看看，出现在我眼前的第一道景致便是道路与建筑。

飞机在伦敦机场落地那天，儿子开车去接我们。驶出机场，便跨入修在丘陵上的双向六道高速公路。车子像一条"穿山甲"，在两侧广袤原野和葱茏路树间穿梭，一会儿坦荡无阻、风驰电掣，一会儿加油爬坡、车速骤降。坦而坡，坡而坦，坦坡轮换交错，便有了忽而跃巅峰，忽而跌深渊的感觉。一路上，除了偶尔路过一两个小镇，路两侧基本没有屋舍。

显然，这是一个多丘陵的国家，直到驶进伦敦市内，也未驶出丘陵。然而，市内道路却陡然狭窄，变成双向两道。干线、支线和巷间单行线交叉相通，弯多直少，坡上坡下，路路通达。与香港道路窄而曲颇为相似，因为香港曾被英国实行殖民式统治。百年前就以道路窄而曲限制车速，不失为当时管理的高明。如今社会发展，车辆增加，车速加快，若要就地发展扩道，必将付出高昂代价，这便给后人留下一个需要解决的课题。

房屋建筑，一律沿城市道路两侧而就，凸显以保护地理生态为特征。道路按照地貌走，房屋按照道线建。道曲房拐，道直房平，道坡房顺，道高房起。纵观全局，房屋规格相同，样式各异，高低参差，错落有致，顺畅自然，完全没有风水方向之感。地面一层和地下一、二层都是门市，地下部分战时用于防空。

行人与餐馆

工作日，伦敦街头车多人少，不知他们忙些什么；双休日，路上车少人多，白人、黑人、印巴人和阿拉伯人，天天都是来去匆匆。老外眼里的我，夹杂在擦肩而过的行人中，他们既无惊奇也无敌意，似乎不曾相见。

英国男人仪表整齐，穿戴干净，高个魁梧，矮个端庄，步履矫健，目不旁视。老年男人，或西装革履，或素雅休闲，习惯领老伴儿出行。成熟女性，皮肤白皙，身材修长，丰乳肥臀，金黄鬈发，黝黑弯眉，深陷眼窝，灵活眼神，不比杨贵妃逊色，美而不妖，落落大方。老年女人讲究穿戴，小衫短裙，涂红嘴唇、红指甲，她们与你擦肩而过，会留下浓郁的香水味。在英国男女人群中，最好看的当数童男童女，眼前那位母亲推车上的小男孩儿，金黄鬈发随风飘逸，大眼睛镶在略陷的眼窝里，与玩具布娃娃一样可爱，正昂首哭闹，母亲推车边走边哄，男童哭闹不止。我们随后跟上来，老伴儿上前温情地说："不哭不哭！"小孩子像听懂了似的，果然不哭了，竟瞪起好看的鼓溜溜大眼睛笑了。老伴摆摆手走开，他也挥挥小手告别，可爱极了！老伴儿自言自语："咱要有这样一个小孙子，那该多好！"

行进间的男女很有特点：不是拿着手包，就是肩背挂包；不是拿着雪糕或冰激凌边走边吃，就是拿着汉堡或奶酪、咖啡边吃边喝，毫不掩饰；不是站在路边抽烟，就是边走边抽，非常随意。在烟民中，女人多于男人。

烟头可以随地丢，据说一为满足捡吸人，二为清洁工不失业。室内必须禁烟，否则会被重罚。年轻男女走路膀挨膀，却不见搂、抱、吻。手拉手走的，偶尔能见到星崩几个。

"行为艺术"是街头一景：一个男人坐在路边，埋头拉风琴，旁边放个空盒子，行人被优雅的琴声吸引，就往盒子里扔钱。也有一个男人蹲在路边，埋头把一摊沙子一会儿摆成虎，一会儿摆成兔，过路的善人便往他身边盒子里扔钱币。还有一个男人蒙头遮脸，头顶插根棍，棍上戴顶帽子，远看是个没有脸的人，脚下的盒子里同样有一堆钱币。这些"艺人"固定在一个区段里轮流"献艺"，一天只出一个。

伦敦街头餐馆、酒吧等餐饮商铺多如牛毛，一家挨一家，家家生意红红火火。政府和各业办公机构地址，也夹在商铺之中。办公也好，商铺也罢，所有牌匾惊人的一致：平整、干净、利落、规矩。绝无探出门窗、横竖高低各异的挂幌和木牌或铁牌，只在门楣或门膀边书写英文名字。

餐馆每天开门早、打烊晚，顾客盈门，络绎不绝。店内客满，餐桌就摆在门前支的简易遮阳棚里。几人一桌，每人一张比萨或一杯饮料、牛奶、咖啡等，随意夹几口小菜，轻声细语，边吃边饮边聊，能聊上大半天；一人一桌，一杯冷饮或一杯奶茶，持一张报纸或一本书，边看边吃，悠闲享用，很久才离开。空出一张桌，后来者急忙抢占。

酒吧则是另一番情景：面积不大的小酒吧，白天顾客少，夜晚，尤其每逢周六、周日，十分热闹。嗜酒者从屋里喝，挪到酒吧外马路边推杯换盏。喝得兴起，碰碎了酒瓶，再拿一瓶，一夜都不想回家的样子，竟无醉鬼闹事。

2016 年 7 月 23 日

游泰晤士河

刘金恩

适逢工休日，儿子说带我们去看看泰晤士河，我很高兴。因为学生时代老师讲世界地理，我得知这条河，老师还说它是世界上著名的河流，很美。可它在异国他乡，谁管它美与不美？但做梦也未曾想到，古稀之年，我竟有机会远涉重洋，身临其境欣赏它的迷人风采。

在泰晤士河第9与第10座桥中间河畔、国会大厦边大桥上，遥望大厦顶楼那架大挂钟（绰号大本钟），照几张相之后离开，奔向近在咫尺的桥头码头，买票船游。

泰晤士河是英国第二长河，英格兰地区第一长河，英国人的母亲河。也许由于发源地即北部高地数条山河水土流失汇聚而成的原因，河水浑黄不堪，比中国黄河之水好不了多少。虽然河床高深，汩汩河水被紧紧裹夹其中，但轻风日夜来袭，游船往来穿梭，依然波浪荡漾，起伏跌宕，像一根跳动的动脉血管，永无休止，并以非凡的气度，浩浩荡荡穿过伦敦中心，由东向西注入浩瀚的大西洋。竟不费吹灰之力，便把伦敦分割成南北两个世界：南部是商贸金融发达的老区；北部是正在开发建设的新区。

售票体制公、私两种，轮到哪种买哪种。60岁以上老人，公船免费；我买轮上私船，60岁以上老人半票3镑。购票的游客，陆续站排登上号称江上"客车"的豪华游船，缓慢驶离码头，调头靠河南边向下游驶去。到达终点登岸稍息后，再靠河北边逆水返回，往返约两个小时。伦敦眼、圣彼得大教堂、金融城等两岸风光尽收眼底。水悠悠，船悠悠，娴雅柔情，心旷神怡。一路走完，印象最深的当数河上密集的桥。

桥是人类方便通行、发展经济的创举，也是人为江河的美容。凡有人类活动的地方就一定有桥。泰晤士河上有多少座桥我不知道，集中在伦敦市中心的是10座。且桥与桥之间的距离颇近，只有几百米，以钢筋水泥筑就的拱桥最多。

10座桥中的塔桥和千僖桥，具有特别的意义，因为它们是两个时代的产物和象征。塔桥是一座横跨泰晤士河的铁桥，建于1894年，长80.5米，宽61米，钢筋水泥桥墩，水面距桥面42.4米，与伦敦塔交相辉映，赏心悦目。它采用维多利亚时代的哥特式造型，由两座耸天高塔相连而成。上半部可以走人，下半部可以通车。桥内经常举行各种展览。桥中央可以提升降落，拉成吊桥，方便大船顺利通过。其技术类似于"鸭绿江大铁桥"，日本殖民机构驻朝鲜总督府铁道局，于1908年8月开始，在鸭绿江上建造

"鸭绿江大铁桥"，桥中间可以整体做 90 度平行旋转，成为可以开合的桥身，也是为了方便江上行船。但鸭绿江大铁桥已在朝鲜战争中被美机炸毁，成为供今人缅怀历史和游览观赏的断桥。而泰晤士河上的塔桥，因为极少有大船通过，吊桥起降时的场景很难捕捉到。但百年古桥，除表面风雨剥蚀，桥体略显老旧，其身材骨架健壮，至今安然无恙。

塔桥上游，是一座近年新建的南靠金融城和圣保罗大教堂，北靠居民区和商业网点的千僖大铁桥。造型别致，由南向北筑有两个钢筋水泥墩，牢牢坐在日夜流淌的河水中，经年累月地接受考验。墩上装有酷似人体两胯仰扬的钢板，胯间铺上铁板桥面。第二墩向北到引桥一大段距离，每隔一定间距，就有弧形角钢上扬托举，上扬部分用断面钢板链接加固，超出铁板桥面悬于空中。悬于空中的条状断面钢板，成为海鸥的休闲处，两行海鸥站在钢板上，看桥上人来人往，瞧桥下游船穿梭。

2016 年 7 月 24 日

拜谒马克思墓

刘金恩

每个人都活在物质和精神生活的双重追求中，如何处理好两者关系，取决于每个人的人生观和价值观。所谓精神追求，指的是信仰。信仰也是一种力量，谁也无法剥夺这种自由。

我是 20 世纪 60 年代初入党的党员，党龄超过半个世纪，探亲加旅游来到英国，得知马克思陵墓在这里，给了我一个近距离崇敬和参拜的机会。7 月下旬一天下午，伦敦上空飘着细纱般的白云，突然翻脸似的下起毛毛细雨。我冒雨登上出发的车子。说来神奇，也许老天洞察我的心思，车子在奔向目的地的走街串巷中，又陡然雨歇天晴。一小时后抵达墓园，在园外（P）位泊好车，买了门票（4 英镑），走进建于 19 世纪的海给特公墓园。

公墓园四周，是高墙和铁桩围就。园内林木繁茂，遮天蔽日，草木葱茏，墓路平坦。顺山势高低而立的石碑，规格基本一致，成排成行，埋葬了十几万古人。其中，不乏大文豪狄更斯、著名科学家法拉第等诸多名人。伟大的马克思，也葬于此园中。

马克思是德国人，1818 年 5 月 5 日生，1883 年 3 月 14 日卒于英国。他生前曾在伦敦海德公园演说角多次发表演讲。死后第 3 天，其挚友恩格斯在此园中为他买了一块墓地下葬。在其追悼会上，恩格斯说：马克思是当代最伟大的思想家。当年他献身工人运动，当看到由于理论准备不足，工运裹足不前时，他毅然宣布退出会议，走进书斋，终于写出了震古烁今的名著《资本论》。1956 年，英国信奉科学社会主义的人群集资，将原较荒僻的马克思墓地，迁到了如今醒目的墓园路旁，并雕刻了一人多高的雕像。

我走到马克思雕像前，这里已经聚集了好多人。有站在雕像前，表情肃穆，掌心合一，默思许久，鞠躬后离去的男人；也有高举自拍手机，与雕像合影后离开的女人；还有两位印巴女士，恭恭敬敬，手拉手站在雕像前，寓意联合起来，求助身边游人为她们与雕像留影。柏油墓园路道对过，一男一女两位英国老人，一直坐在阶石上默默观看。雕像座底，不知谁人送的鲜花，因为离开不久，烛光依然在风中亮闪。毫无疑问，两位老人肯定见证了这儿敬重的一幕又一幕。

我目睹这一场景，异常激动，一个离开人世 130 多年的古人，后来人为什么如此敬仰他，拜谒的人为什么络绎不绝呢？信仰的力量。信仰在前，恐惧在后。因为这儿的空气里依然弥漫着崇高的思想。作为古人的马克思与我们渐行渐远，而作为伟大的思想家的马克思却离我们越来越近了。他的思想魅力并没有因为时间久远而过时和消失，相反，马克思主义仿佛屹立于地球最高处的灯塔，光芒四射，成为一颗耀眼的明珠，继续为世人指明前进的方向。我与前来拜谒马克思陵墓的人群一样，因为相信科学社会主义，才不远万里，漂洋过海到这来参拜的。

这里的人，买票、上车、登机、购物、参观、上卫生间，都自觉排队，参拜当然也是啊。轮到我了，快点，后面还有人在等呢。我默默站在雕像前，恭恭敬敬地鞠了三个躬。猛一抬头，忽然觉得这不是一座雕像，恍若一个真实的人，缓缓向我走来，走进了我的心灵。

太阳西斜，我要离开墓园，定定神，回头看一眼，那人不见了。

2016 年 7 月 24 日于伦敦时间晚 8 点

白金汉宫与温莎城堡

刘金恩

白金汉宫与温莎城堡，皆是 90 多岁高龄的伊丽莎白女王二世的寝宫与办公地址。她多居于白金汉宫，但每周必去温莎城堡几日。白金汉宫与温莎城堡均对外开放。但白金汉宫附属建筑皇家画廊与马厩，每年夏季对公众开放，须事先订票。

白金汉宫正面，是铁栅栏围成的偌大广场，皇家卫队换岗仪式就在这里举行。广场外，高耸一尊手持权杖、天使般的维多利亚女王的雕像。宫殿正面入口，面向东北方，通过林荫路，与特拉法尔广场相连。白金汉宫于 1703 年至 1705 年，由白金汉和诺曼比公爵谢菲尔德，在此兴建大型镇厅建筑。1837 年，维多利亚女王登基后，白金汉宫成为英王正式宫寝。19 世纪末 20 世纪初，宫殿公共立面修建，形成延续至今的白金汉宫形象。

7 月 23 日，时值皇家卫队换岗仪式，我不期邂逅。几千名英国人和国外游客，聚集于广场之外。伴着响亮的鼓乐声，皇家卫队骑着高头大马，身着特制服装，列队整齐，前有一位着装警察开道，后有一位着装警察断后，浩浩荡荡沿着规定路线，向宫内进发，十分壮观。而人头攒动，膀挨膀，肩擦肩，一个跟一个，挤而不拥，动而不撞的围观群众，便跟随卫队缓缓向前推进。没有吵闹斗架，只有手机、相机、录像机高高举过头顶，所有目光都集中在一个点上——换岗卫队。直到目送卫士站在岗位门口，众人方四散离去。

温莎城堡，也叫护城河花园，是撒克逊部落的劳动者约 1000 年前为威廉建造的。1066 年，威廉征服英格兰后，出于国防的需要，将城堡的中心部分建在山丘上，由此产生了护城河。护城河便有了防御性的功能。但护城河不经常有水，干涸时便杂草丛生。1319 年，有 5 个女人，每人每天支付一便士，来清除这里的杂草。

随着英格兰政权稳定和国防需要的消退，护城河渐被改造成时尚花园，并开始记录它的存在。其中一段故事：苏格兰的詹姆斯一世，青年时被囚禁在城堡中，他在诗歌中提到，他看到琼博福特小姐（萨默赛特伯爵的女儿）在护城河花园散步，他爱上她。詹姆斯一世从温莎城堡被释放，返回苏格兰以前，以真正浪漫的方式与琼博福特结了婚。詹姆斯一世这段爱情史，被记录在耸立于圆塔边小屋子的档案里。

如今花园里有大量的古老雕像、怪兽状滴水嘴和教会象征。其中一些最古老的，来自萨克森部落的石头，是16世纪亨利八世下令解散修道院后，从被强行拆除的雷丁修道院里移出来，经泰晤士河转运于此的。其中，南部假山庭院里，我们依然可以看到环绕爱德华三世塔楼的怪兽状滴水嘴。

护城河花园是住在诺曼塔里的温莎堡总督的私人花园。诺曼塔楼建于1360年，1588年、1748年先后两次重修过，并于怀厄特维尔在翻修乔治四世城堡时，重塑为哥特式的塔楼。

护城河花园目前的样子，是20世纪初，代顿普罗宾爵士重新设计的。他住在诺曼塔20多年，是爱德华七世国王私用金的掌管者。他将原来的土堆改造成梯田，修林荫小径，植绿地，种花草，还建造了瀑布、石窟、喷泉露台、无花果树凉棚和诗人角等。1993年，为覆盖重修圆塔时使用起重机夷平的那块平地，一个荷花池在此建起来。1994年，其中一个紧挨着圆塔的小房子也被修复，这也是普罗宾原始设计的一部分。随后，所有温莎堡的总督都为护城河花园的演变做出了贡献，才呈现今天这般美丽的景象。

温莎城堡外围对外开放，游人如织。由下向上的盘山道，游人络绎不绝。顺逆而行。古老围墙上，一洞双竖条箭道口和躺在制高点上那尊黑色桶状土炮，承载着千年的历史。

要看到城堡顶峰国王办公区景观和把门卫兵形象，门票2英镑，60岁以上老人半价。由一男一女两个七八十岁老人验票收费，不验任何证件，听凭我们自报岁数，按规定收费放进。所有收益都捐献给温莎的慈善机构和青年组织。

2016年7月26日

鹿园·薰衣草

刘金恩

伦敦西南部丘陵有个偌大的里士满公园，是著名的富人区之一。1625年，查尔斯一世为躲避瘟疫，将他的行宫搬到里士满，并圈养了许多只鹿。当时居民不满意，抱怨圈地造成通行不便，几经协商，查尔斯一世同意居民享有过往权利。几个世纪以来，园子变化不大，依然被居民住宅包围着。1950年春，一位21岁、叫奥黛丽·赫本的歌舞演员在公园春游，摄影师记录下来，命名为"我们带一女孩寻找春天"。

园中并行的机动车道与人行便道，是查尔斯一世兑现居民的"过往权利"，却把园子分成两半：道南一半有草场、树木和湖泊；道北一半的岭上、坡下是一片辽阔的草场，草地上，参天大树树冠近乎千面一孔的擎天巨伞。几朵黄色野花点缀其间，在阳光下显得分外妖娆。举目远眺，蔚蓝天空映衬下的这片园子，恍若画家笔下的一幅油画。

据资料介绍，园子里有600多只麋鹿（也称驼鹿，全身赤褐色，皮可制革，肉可食）和黇鹿（角上部扁平或呈掌状，尾略长，性温顺）。我走进道北那块园子，草青肥厚，汪洋一片。远处坡顶，东一帮西一簇的鹿群，一边悠闲吃草，一边缓慢向我对面的肥草区走来。几只无角的雌鹿，带着几只鹿崽，从僻处向鹿群靠拢。这么一大群鹿，漫山遍野，赤褐一片，势如排山倒海，生动鲜活，看着真够过瘾。鹿是一种性情温和的物种，属于动物家族里的弱势群体，常常会成为猛兽餐桌上的美食。我喜欢电视台《动物世界》栏目，更喜欢温柔可爱的鹿。但能看到如此之多的真鹿，还是平生第一次，惊奇与兴奋一起袭上心头，我驻足凝望鹿群，数了好几次，因为它们总在移动，怎么也数不清楚到底是多少只。

它们向我这边的肥草区走来，长角的雄鹿比无角的雌鹿数量多，且高大壮实。有2个角的，也有4个角的，还有角上长角，像树杈子的，最多有14个角。多角的鹿，低头容易，抬头吃力。但它们昂首朝天的样子，那可真英武。它们从不放松警惕，吃几口草，便抬头窥视一下左右，觉得没有危险，才又继续边吃边走。我深吸了一口气，努力控制情绪，尽量保持神态自若，小心翼翼向鹿群移动，以走似非走的姿态迷惑鹿群，争取最大限度靠近它们。这时，远处突然传来一种杂音，正在低头吃草的鹿群受惊，几乎同时昂首远眺，四处窥视。其中一只率先奔跑，后面全体也跟着跑起来，大帮小帮都不拆帮，上百只鹿，像躲避空袭似的，风起潮涌，仓皇奔逃。跑了一会儿，觉得没事了，它们又都停下来继续吃草。

鹿群逃跑那一刻，我也跟着跑，它们跑到哪，我就跟到哪，边观察边拍照。雌鹿和它们的孩子跑得轻松，当玩儿似的。吃草时，大多都低头各吃各的，也有三两凑到一块吃的。还有雌雄一双对脸吃，它（他）吃几口抬头看看它（她），低头再吃，它（她）也吃两口举头瞅瞅它（他），埋头继续吃。更让人惊奇的是，偌大的公园，竟没有豺狼虎豹之类的凶猛野兽，更没有猎人，纯粹是鹿族的天堂。

一个多小时后，我离开群鹿，沿人行步道准备返回。突然发现道南那半山坡上，有一只掉队的小鹿，眼瞅它前边十几只鹿，集体向道北一半庞大的鹿群方向奔跑，它还驻足不定。这个小鹿群接近机动车道时，不约而同地戛然而止，让过一辆行进的机动车，瞄准瞬间，三步并着两步，一起横穿公路，安然无恙地通过了。而那只掉队的小鹿，还远远落在道南一半山坡上，东张西望，不知所措。我怜悯地停下脚步，仔细观察，它东一头、西一头，磨叽了好一会儿，才找到了方向，便向道北一半大帮鹿群跑去。跑到机动车道边，它发现两个骑自行车的小男孩儿正在骑行中，立即停下；几乎同时，小男孩儿也发现小鹿要过横道，也赶忙刹车。说时迟，那时快，小鹿抓住时机，几个箭步横穿公路，头也不回，撒野向鹿群奔去。小男孩儿欣慰地蹬上自行车走了，掉队的小鹿也已安然无恙地融入了大鹿群，我也放心地离开了。

看了动物又看植物。从鹿园出来，来到伦敦内外环路之间一个薰衣草农场。薰衣草是什么样的植物，我从未见过。只听经营化妆品老板说过它的名字，说它是制造化妆品的最好原料，还可以除虫等。薰衣草是否真有这么神奇，我不知道。但我知道，当今许多年轻女人喜欢薰衣草。

薰衣草农场在马路边一块平顶的丘陵上，像东北民间起脊的草房，丘顶前后两坡，从坡底到坡顶，都密植着薰衣草，远看一片汪洋，又像一床带花的草毯铺在地上。不是一两棵，也不是千百株，无法用株（棵）计算，

而是成垄成行，一垄垄，一行行，宛如女人的大辫子。走进垄间，能看到它裸露在地面上那截壮实的白根，根向上生出粉丝般的枝条，枝条顶端结出玉米穗状的穗头，穗头上绽开无数朵非常漂亮的紫色小花，密密麻麻，在阳光下、微风中弥漫着浅淡的香味。以吸食花粉维生的蜂蝶，便在花草间飞来穿去。小心别碰它，惹它你会被叮一口，难受啊！

农场四周道边，停了上百辆机动车，都是来赏花的。大多数是白种人和黑人，几位东方黄种人也杂在其间。地垄间站满了赏花的大人小孩儿，绝无故意踩踏和采摘花草的。孩子们很听话，踩着大人脚步走。一位父亲给孩子照相，叫孩子后退就后退，照完了相，孩子向父亲要手机看看，抿着小嘴甜甜地笑。

薰衣草原产于地中海地区，东欧地区也有种植。即使在英国本土也并非仅此一园，泽西岛上的薰衣草就比此处长得更加茂密旺盛。据说法国的薰衣草世界闻名，也许因此世人都说法国香水好。

2016 年 8 月 1 日

西洋服装店

刘金恩

中国人有句俗话：人靠衣裳马靠鞍。说的是，人的衣衫像马的鞍鞯一样，既有减轻苦难的功能，又有装点容颜的作用。人生其实就三件事——衣、食、住，我今天只说衣。在英国，超大型综合商店商品品种、花色繁多，是有钱人的购物中心；普通商店遍地都有，是普通人的购物场所，其功能单调，服装店只卖中低档衣服鞋帽。老伴儿在国内就有逛商店的爱好，有钱没钱都去逛。到了伦敦，更不舍这一爱好，甚至变本加厉。于是，陪老伴儿逛下榻之处附近的服装店，成为我的功课，有时一天不止一次。

顾客走进服装店无论拎什么包，一律没有人工检查。凭借售方的信任，实现购方的自由和人格尊严。而售方的安全防范，依靠出口处的监控设备。

倘若购方忘记交款或无意中夹带衣物而走，出口处会发出尖锐的警报。一位女士买了好几件衣服，里面误夹了一双袜子，警报声起，着装保安闪现在女士面前，取回袜子，将人放走。

服装店通敞的大厅里，没有柜台，只有收款台和试衣间。销售的服装全部用货架吊挂，摆在敞开的店面里。一个衣挂一件衣服，每个货架挂几件或十几件衣服。每件衣服都有价格签，任凭顾客穿插货架之间随意挑选。没有砍价、清仓、爆减、降价、馈赠一说，如果价格变动，就重换价格签，收款只认价格签。每天几乎都有新品上市，经常到店里，一定会挑到你满意的衣服。世界上的国家和民族不同，喜欢服装却是天下女人的共性，所以，店里顾客也大多数是女性。也许与这里只有春秋、没有冬夏的气候有关，店里经营的都是休闲装，以小衫、裙子、吊带背心等居多。

选一两件衣服的顾客用手托着，选多件衣服的顾客可用轮式拖筐拖着。选好后，拿到试衣间试穿，不合身的留下，由营业员重新送回原处。合身的，顾客直接带到收款台交款拿走。顾客挑选时不慎碰掉在地上的衣服也不必捡起来挂上，由不停巡视的营业员拾起来挂回原位。一位身材微胖，头戴围黑圈草制品礼帽，鼻子上架着茶色眼镜，身着上褐下蓝服装的女士，本来步履轻健，却偏偏手持一条黑色文明棍，穿来走去选衣服。一买十几件，让人不得其解。

我坐在衣架旁边专供顾客休息的沙发上，耐心地等待老伴儿选衣服。一位面相40多岁的男人和他的金发妻子走来，男人送我一个浅淡的微笑，在沙发另一端坐下。因为等得时间较长，他无奈的眼神朝我瞅瞅，露出一丝苦笑。可见，天下男人多数对购买服饰不感兴趣。终于，那位妻子挑好一件吊肩背心，比比画画给丈夫看，丈夫点头认同，一块儿到收款台交款去了。

我老伴儿选好一件小衫，到试衣间一试挺不错，我们也一起到收款台付款。人多排队，在这个国度，排队已成为自觉的习惯，买车票、取交款、上厕所，甚至在公园买个冰激凌也要排队，等等。轮到我们付款了，因为不会英语，只得比画，幸好收银员明白，她微笑、耐心地操纵电脑，显示钱数给我们看。老伴儿拿出一张大额钱币，对方把找的零钱放在台上，一张一张"哇啦哇啦"地点给我们看，我们点头，她才把零钱往我们面前一推，

表示交易成功。这便是普通服装店的情景。

综合性大商店情形完全不一样。店面宏大，装修富丽堂皇；经营品种花色多样：男女服装、鞋帽、箱包、饰品、围巾、化妆品，等等。既有开放大厅，也有高档单间。售货员多为年轻的黑人和少数白人以及个别中国人。货品价格昂贵，令普通人咋舌。即便如此，仍然顾客盈门，女装店尤甚。女性中，多是穿着拖地长袍和个子矮小、丰乳肥臀的鬈发女人；也有长鬓角、胳膊刺青或长鬓角、连鬓胡须的年轻黑人男子，都是一些富人。

2016 年 8 月 5 日

天下第一栈桥码头

刘金恩

能看到栈桥码头并不稀奇，但能看到天下长度第一的栈桥码头，却是偏得，这一景观不在国内，而在异国他乡——大西洋东部英国泰晤士河的入洋口。

中国著名哲学家冯友兰先生说："古代中国人认为，他们的国土就是世界。汉语中有两个词语都可以翻译成世界：一个是'天下'，另一个是'四海之内'，中国是大陆国家是这样定义的；如希腊等一些海洋性国家，也许不能理解。"所以，"天下"泛指世界各地，方名副其实。

立秋（8 月 5 日）的第二天，伦敦不冷不热的气候，突然变得凉爽。太阳升起的时候，我满怀喜悦地登上了轿车，车子风驰电掣般地一路向东奔驶，闪进眼帘的是波浪起伏的丘陵和丘陵上的草青树绿，以及一两个普通小镇。两个多小时后，顺利抵达了这个依山傍水的美丽小镇。

尚未看到栈桥码头，就被小镇的旖旎风光拖住了脚步。从山脚下到山顶，民宅、酒吧、饭馆等，依山顺势而筑，高低错落，星罗棋布。山上、坡下，曲里拐弯的道路上，人来人往，车水马龙，与地中海边的摩纳哥公国风光很近似。山顶上的停车场，已经停满了机动车。山脚下海边路两侧，也停满了机动车，一辆接一辆，疑似两条布带子，裹挟着狭窄的路面，中间只能单车通过。我们的车子山上山下不停地转圈，终于一车离开，才顶上了车位，白白浪费了一个多小时。

海边路前面是码头广场。广场两侧除了零星水果饮品店，主要是游乐场。游乐场布满各种电动轨道车——电动上山爬岭小火车、电动龙虾摇摆车、电动大圈乘上滑下空中翻滚车等，虽然看着吓人，但乘坐者仍然络绎不绝。

山坡上或站或坐了很多人，大部分是打扮得体的老年夫妇，也有年轻夫妻带着孩子，还有儿女携父母大人，他们面向大海，登高望远，欣赏大海的壮阔和山下的风景，指指点点，有说有笑。我也杂在其中，伫立山坡远眺，心旷神怡，信口而出：穹苍蓝蓝漫无边，海风阵阵轻拂面。大洋茫茫与天接，心中满满装浩瀚。

半山腰几家西餐快餐店人满为患，排着长队买票，等桌就餐。吃饱喝足了，各取所需，玩儿什么看什么，任凭自选。我们简单吃了几口西餐快餐（这里没有中餐），便穿越游乐场，奔向今日游览的主要目标——栈桥码头。

远远望去，栈桥码头像一条长长的水蛇，岸边成了它的克星，吓得它猛回首，打了一个月牙弯，从岸边游向大西洋的深处，在汹涌澎湃的大洋中，它得意扬扬，静立了100多年，安然无恙，以天下第一长的栈桥码头名扬全球。栈桥全长4000米，两边全部是钢铁结构护栏，只有宽3米的步行桥面，是厚厚的木板。人在步行栈道走过，像走在漂泊于大洋中的一条露天文化长廊。长廊每隔一段距离，便设一两个木板铁架长条椅，以备游客消闲和休息。还有几间屋子和凳椅组成的紧急呼救站，站外立牌上有蓝绿按钮各一个，绿钮呼叫，蓝钮回答，同时用汉字标明："如有诈呼，罚款500镑。"步行栈道另一边，是正在检修中的小火车道线。如果道线修好，我向往再来一趟。

栈桥码头门票2镑，60岁以上老人半价。我们跟着人流走上了栈桥码头，浩瀚的大洋一望无际，飞浪滚滚，海风大作，顿感浑身爽凉，大脑异常清醒。右手边，泰晤士河浑水滔滔注入大洋；左手边，嗡嗡叫的快艇逆流而上；一对海鸥在栈桥边追逐求爱，蹿上天空又落回大洋……我从太平洋西岸的北黄海来到大西洋东岸泰晤士河入洋口，看到了亿万人想看而没有看到的举世无双的栈桥码头，除了骄傲，只剩下幸福了，尚未回国，网络已将美

景传给了家乡的亲友。

2016 年 8 月 7 日

周游英国

刘金恩

一辆十五六米长的豪华大客车，车体上赫然写着中国方块字"欧美嘉旅游集团"。驾驶员是个 50 多岁，膀大腰粗、个头高高、文质彬彬的英国人。在个子矮小，身板瘦弱的导游员钟先生（中国人）引领下，满载 50 多名来自中国各地（包括我在内）的游客，从伦敦出发，向北部最高海拔 1000 多米的所谓"高地"行驶，开始了为期 5 天的英国游。去时爬坡，回时下岭。我有说不尽的高兴，想想看：当年孔夫子所谓周游列国也没有走出中原，没有走出秦燕齐楚韩赵魏，那是历史的局限。而我，不仅走出国门，而且周游英国。

一路上，路过景点停车看，坐在车里看路边。虽吃苦受累，但饱了眼福。夜幕降临寻店住下来，第二天再走再看。这也算一种旅游方式，姑且称"度假公路游"。当然，有条件可以自选路线自驾游，会更加随性、自由。

我坐在大客车前三排的窗边，尽情地欣赏沿路旖旎风光，了解这神奇国家的一草一木。从伦敦西线高速公路出发，东线高速公路返回，行程 2188 公里。车子沿着蜿蜒曲折而又宽阔平坦的公路奔驰，把丘陵、小山、湖泊、河流、沟壑、小镇、城市一一甩在身后。虽然是"走马观花"，但我透过匆匆闪过的景色，收获了极其快乐的心情；一路往返的高速公路两侧，都是以绿色为主、黄绿相间的靓丽世界，让我无比惬意。也许与我年轻时穿过橄榄绿警服有关，绿色早已走进我的心里，一看到绿色就感到格外温暖、亲切。

这绿，是一条条、一簇簇、一片片枝繁叶茂的树林和草场，散落在起伏不平的丘陵上。大片大片或用石头，或用木桩拴铁网，或用灌木丛围成的草场里，成群结队的黑色小鸟在蹦蹦跳跳地觅食，像小鸡捡黄豆，啄几口飞到树上唱两句，落下来再继续啄。少数顽皮的小鸟飞到羊身上站着，小脑袋像拨浪鼓似的东转西瞅，打个停儿，"嗖"地飞走了。每个草场里都有几十只、上百只纯白羊或黑脸白羊，间或仨一帮、俩一簇或马或牛也在低头吃草。各取所需，和平相处，互不干扰。黑脸白羊体态微胖，警惕性很高，闻到机动车轰鸣便急忙抬头看看，一脸的温顺厚道，毫无敌意，只在昂首瞬间，它那可爱的模样才能让陌生人欣赏到。当它觉得没有危险了，便又低头继续吃草。

苏格兰比英格兰养羊面积更大，不用风吹草低，就能看到遍地牛羊。苏格兰以盛产羊毛、羊绒和羊皮制品闻名世界，质地纯正，样式新颖，但价格昂贵。

那黄，是裹挟在牧场中一大片一大片即将成熟和已经成熟的麦田。麦浪滚滚，随风起伏，在阳光折射下，一块麦田就像一块价值连城的金砖。成熟的麦田里，收割机正在忙碌，留下石磙状的干草捆，作为牛羊越冬的补充饲料。这里生产的小麦除供人吃，大部分做了酿酒原料。小麦与这里的水酿制的威士忌，其质地可与中国茅台酒相媲美。

英国人口密度小，一路上只有路过城市和小镇，才能看到忙碌的人群，而城市与城市、城市与小镇、小镇与小镇之间的间距很大。小镇的功能与城市的功能一样，风景却比城市更美。高速公路上轿车、大客车、大货车风驰电掣，但很少发生交通事故。回程途中，"欧美嘉"大客连续跑了好几个小时，不知到了什么地方，突然刹车停下。游客一愣，驾驶员回头对导游员"哇啦哇啦"几句，导游员告诉我们，司机接到指令，行驶超时，必须停车休息40分钟再走，确保安全，否则，司机违法。个别人嚷嚷催行，司机一言不发。我看着手表，分秒不差，到点马达准时启动，我们安然无恙返回了住处。

2016 年 8 月 15 日

牛津与剑桥

刘金恩

　　因为家贫，我没上过大学，特别羡慕那些上过名牌大学的人。在我眼里，上清华、北大和牛津、剑桥的人，都是才高八斗的栋梁之材。20 世纪 50 年代末，我在家乡师范学校毕业，当了个小学老师。从教两年，被推上领导岗位，这对一个 20 刚出头的小青年来说，不知是喜还是忧，我怎么也张不开嘴向上级部门提出要去实现朝思暮想的在职进修梦，只好边干边学。结婚生子后，我把希望寄托在下一代身上。夫妻二人共同努力，我们的两个儿子果然都圆了大学梦，成为我们家族几代人的骄傲。虽然他们读的大学没有清华、北大和牛津、剑桥那么牛，那么响，但我总算多少找到一些快慰和心理平衡。

　　我知道剑桥的名字，是与我经常看书有关。著名的风流才子徐志摩先生曾留学于此，《沈阳日报》编辑肖瑛曾写有散文《张幼仪：孽缘也是缘》，专为张幼仪生下次子后与徐志摩离婚抱不平；歌颂张幼仪在徐志摩去世后，一手料理后事，促成台湾版《徐志摩全集》出版，照顾他的父母直至终老的高贵品质。徐志摩曾在剑桥留学，归国多年后，故地重游剑湖，写下《再别康桥》："那河畔的金柳，是夕阳中的新娘，波光里的艳影，在我心头荡漾。"略带惆怅离情的诗句，诱发我新的梦想：能看一眼剑桥多好！俗话说，有福不用忙。丙申年 8 月，英国之游让我实现了这个梦想。

　　位于查韦尔河与泰晤士河汇合处的牛津大学，始建于 1249 年或者更早一些，而剑桥大学建于其后。因为牛津第一批学生初来乍到，与当地市民产生紧张关系，由经常性对骂，演变成手脚并用的暴力事件，市民和学生双方死亡合计近百人，国王爱德华三世出兵镇压才平息。此后，挨打的学者们先后弃校而去，办起剑桥大学。

　　牛津大学 39 个学院，分散各处，被称为"大学中有城市"。现有学生两万人，其中，中国留学生千余人。校园虽然老旧，却很庄严，曾培养出许多名人：发现波义耳定律的罗伯特·波义耳；世界上第一个使用显微镜观察到活细胞的罗伯特·胡克；因发表拥护无神论论文而退学的诗人雷莱；美国前总统克林顿；还有继撒切尔夫人之后英国历史上第二位女首相特蕾莎·梅。我国著名作家钱锺书和妻子杨绛，也曾留学于牛津。

位于英格兰东部峰区国家公园附近，在被水淹没过"沼泽地"上建起来的剑桥大学，虽然比牛津规模小，但环境比牛津漂亮得多，是无可否认的大学城，即"城中有大学"。由国王学院、王后学院、卡莱尔学院、圣三一学院和圣约翰学院等31个学院组成。七八百年来，孕育出科学巨匠牛顿和达尔文、哲学家培根、经济学家凯恩斯、文学大师弥尔顿和拜伦、7位英国首相、70多位诺贝尔奖获得者，奠定了世界近现代学术中心的地位。我国著名数学家华罗庚，也曾留学剑桥。

从校园北端的平底舟搭船，一边聆听撑船学生讲述，一边顺着曲折蜿蜒的小河南下，两岸杨柳垂丝，芳草萋萋，优雅的天鹅静静地划水，与你擦肩而过。岸上耸立的历史悠久的学院校舍，庄严肃穆的教堂和爬满青藤的红砖住宅，翠色葱茏，古韵盎然。其实，能培养出高端人才的校园，比校貌之美更美。国家兴衰，教育至关重要啊！

2016年8月13日

古城堡

刘金恩

欧洲是世界上古城堡和教堂最多的地方，几乎各国都有。德国巴伐利亚山间的新天鹅堡，法国卢瓦尔河谷的"城堡之王"——香波堡，瑞士日内瓦湖畔的西庸城堡，匈牙利、奥地利、捷克、意大利、西班牙、葡萄牙等国家，也都有古城堡。这些坚固而古老的建筑，依然沉寂在现代喧嚣之中，彰显着永不衰败的建筑艺术。古城堡虽然没有教堂那么华丽，却有着战争、复仇、浪漫或绝望爱情等异乎寻常的故事。

《新华字典》解释，堡（bǎo）是土筑的小城，泛指军事上构筑的工事。而多音多意，正是汉语的妙处：一种读堡（bǔ），是有城墙的村镇，泛指一个村屯，如王堡子、李堡子；还有一种读堡（pù），是地名，如二十里

堡（也作铺）等。本文叙述只取其音其意——堡（bǎo）。

英国古城堡建筑历史极为悠久，大多是实实在在的军事要塞。多数古城堡外观朴素，即便是有做行宫的，也是外表低调，内在华丽。就说爱丁堡市，它既是英国较大的城市之一，也是苏格兰王国的首府和经济文化中心。爱丁堡市里的古城堡，是欧洲最有名的古堡之一，也是这个城市的象征和精神支柱，它曾见证了太多英格兰和苏格兰的恩恩怨怨。

爱丁堡市里有一座在平地中突兀而立、悬崖峭壁的小山，古城堡宛如一颗短粗胖的圆形爆竹，稳稳地屹立在小山的山巅。小山就是古城堡的底座，古城堡距座底足有十几层楼高。一条车水马龙的城市道路，绕着小山根儿而过，峰回路转，拐弯的地方才是游人仰望古堡的最佳处。古堡四周是高高的围墙，围墙的门开在山坡最低处，面向广场。进出城堡仅此一门，只要守住这道门，即呈"一夫当关，万夫莫开"之势。城堡内是主人的住宅、花园和可以提供衣食住的小商店、小饭店。

围墙四周设有岗楼，黑色粗犷的老式火炮筒，安详地睡在墙顶的豁口里，向外张开乌黑的大口，摆出一副"生人勿近"的姿势。城堡门前偌大的广场，正在圈围搭架子，看样子要搞什么大型的展览或演出活动。

欧洲国家的古城堡建设，多数出于防范的初衷，是有钱人为保护自己的财富所建，与中华人民共和国成立前土豪劣绅修的四合大院，雇请保镖看守的"土围子"功能相似。后来，因为战争需要，有的古堡便被改造成军事工事。其实，英国也不只有爱丁堡市里的一个古城堡，我就游览过这个国家建于800百年前的华威古城堡、至今公爵后代依然居住的爱伟克皇家古城堡，以及伊丽莎白二世女王每周必去的温莎城堡等。

古城堡建设与北欧海盗兴起时代有直接关系。当英格兰、威尔士和苏格兰的疆域逐步变得清晰时，大不列颠又一次迎来了挪威和丹麦人的突然袭击。他们戴着角形头盔，手持大刀长剑，驾驶横帆大艇，突然登陆后，一路烧杀劫掠，杀光所有人，抢走所有财物，然后迅速逃之夭夭。痛定思痛，于是，古城堡便成了抵御海盗的最佳利器。这坚如磐石的古城堡，真的成了他们生命财产安全的重要掩体。

欧洲古城堡建筑与中国万里长城建筑，其功能性质雷同，都是为了防御外侵。不同的是，古城堡是有钱人和皇家为保护其私有生命财产所筑，而中国古长城规模之巨，举世无双，且起到保护国家和全民族利益的重要作用，这是秦始皇在历史上的贡献。古城堡，古长城，这些开创历史先河的古建筑，彰显的都是劳动人民的聪明才智和撼动历史的力量。

2016 年 8 月 15 日

迷人的小镇

刘金恩

名人小镇

司机一脚油门，大客车"嗡嗡"几声，缓慢驶离伦敦，跨上高速公路，向北驶出两个小时车程，来到恬静、优雅、干净、利落的英格兰中部埃文河畔斯特拉特福小镇——英国文艺复兴时期伟大的戏剧家和诗人莎士比亚（生于 1564 年，卒于 1616 年 4 月 23 日）就出生、成长和寿终正寝在这里。一位文化名人的诞生，令小镇名噪全球。很多人都想到这里来看看，我算捷足先登了。英国称谓的小镇，类似中国的城镇和集镇，功能与城市一样齐全。小镇是英国人的灵魂，不仅走出小镇的人最终要回归家乡，即使出生在城市里的人，也千方百计想在小镇里拥有几间屋。莎士比亚成名后，由家乡小镇迁到了城市，退休后回归故里，又过了 3 年谢世。

莎士比亚一生，创作戏剧 30 多部、诗歌 100 余首。他聪明得正如自己的格言"笨蛋自以为聪明，聪明人才知道自己是笨蛋"。他的经典悲剧爱情故事《罗密欧与朱丽叶》举世闻名，至今依然让人震撼。如果你还有闲情逸趣，不妨到意大利维罗纳市那条古老胡同再看看剧中女主人公朱丽叶的老宅子，砖瓦结构的二层小楼，门前塑有一尊雕像。

斯特拉特福小镇很普通，一条东西走向、直肠式的主街（亨利街），从这头能望到对头，却看不到任何被丢弃的杂物，干净得就像居室。一幢

耸立在西头道北的二层木板小楼，是莎士比亚的老宅子，作为这条街上唯一的宏伟建筑，孤独、冷清，年复一年，历经风雨剥蚀，屋体已老旧不堪，却穿越了 400 多年的历史，完整地保存下来，实属不易。屋门关闭，透过窗户发现里面有人。导游说，那是一支专业演出队伍，以演出收入养屋。进屋看演出得花钱，我们时间太紧，都别进去了。很多人读过莎士比亚的作品，很少人知道和看过他出生的老屋子，我们已经很幸运了。

除了我们这支旅游队伍，街上还有几支。游人在街上东望西瞅，走来走去，偶尔能看到几个当地老百姓。老屋门前一条凳子上站着一个身穿盔甲，手持战刀，脸蒙黑色半透明纱布的男人，被南来北往的游人围在中央，他正在陪猎奇的游人照相呢！照完相的游人把几枚硬币扔到他脚下的盒子里，你不给他也不要。这种在英国许多城镇都能看到的"街头行为艺术"，其实是文明的"乞求者"。

时近中午，我们急忙在一家小饭店花 3 英镑买个夹西红柿、西生菜、胡萝卜、肉片和沙拉的"仨不为"吃完，赶紧登上等候的旅游大客，向下一站出发了。

石头小镇

英格兰北部湖区国家公园里有个温德米尔小镇，依山傍湖，风景秀丽。因为建筑物从地基、墙体到屋顶，全部用片状石头筑成，故称石头小镇。石头小镇里有世界上最小的石屋，石屋虽然只是一间房子，但门窗户壁俱全。这些石房子鳞次栉比，令人赏心悦目。其中，坡路拐角那幢小石楼，独立于一片低矮石屋之中，颇具"山中无老虎，猴子称大王"的风范。墙体上标注：小酒馆，建于 1818 年。近百年的酒馆虽然早已歇业，但小石楼依旧傲然屹立，坚如磐石，只是墙皮外刷了一层白漆。我驻足正看得出神，一对步履蹒跚的老夫妻各牵一条狗迎面走来，老妇人牵的那条狗不识时务，突然放出一泡屎。老妇人眼疾手快，掏出事先备好的塑料袋，麻利地弯腰抓起狗屎提着，若无其事地与我擦肩而过。我回头目送老夫妻离去的背影，陡生几分敬意：这么简单的文明举动，不是天下所有养狗人都能做得到的啊！

我们沿着街头小巷徜徉，一股扑鼻香气把我们引进一家咖啡馆。女招待是漂亮的英国女孩儿，身材匀称，媚而不妖，落落大方，笑迎我们进店。她端上我们点的热咖啡，喝得人心里暖暖的。这时，旅行团集合哨声响了，我们赶忙向湖边奔去，开始游湖。

温德米尔湖是英格兰最大的天然湖，长 16.9 公里，最宽 1.6 公里，占地 14.7 平方公里，水深 67 米，高出海平面 40 米。湖里有 18 个小岛，最大的一个岛为私人所有。冬季会有大批天鹅迁徙到这里，湖边现在就有许多鸟类。我们从一号码头乘船，向另一个码头游览。起锚时，一群天鹅、海鸥和黄嘴鸭等，跟着机船从搅浑的水花中觅食，场面十分壮观。登上豪华客船，一位腿脚不便，拄着拐杖，脸色红润，身着蓝色打白领结上衣，下着短裙，干净利落的英国老太，坐到我的对面，一路无话。下船时，她却微笑地向我致意，礼貌地首先离开。英国老百姓就是这么友好。

逃婚小镇

英格兰北端与苏格兰南端之交界处，有个历史上是苏格兰的一个荒僻乡村，曾经有过火车站，叫格特纳格林的小镇。三四百年前，英格兰与苏格兰两地法律互相抵触，各自为政，无形之中，给年轻人逃婚撑起了一把保护伞。自 1753 年开始，逃婚现象便盛行于这个山高皇帝远的地方，故其被称为"逃婚村"。

当年，英格兰规定：男女结婚时年龄不到 21 岁，必须父母允许。而苏格兰规定：男 14 岁，女 12 岁即可结婚，无论父母是否首肯都可以。又规定，只要在两个证人面前立下誓言结婚，均属合法婚姻；到 1929 年又规定，男女双方均 16 岁，无父母允许也可以结婚。而英格兰规定，16 岁结婚必须得到父母允许，18 岁以上可不用父母首肯。

其实，逃婚现象早在国家法律规定之前，便在民间悄然兴起，小镇里老铁匠礼堂于 1710 年、老铁匠商店于 1712 年，已经先后经营起逃婚生意。记录这段历史的老铁匠商店和它门前的一把铁匠铁钻标志，一直保留到现在。后来，附近农庄和旅馆，也陆续经营起这种生意。我们来到老铁匠商店那天，就碰到一对新人正在举行婚礼。直到今天，不仅周边新人依然愿

意到这座有标志物的场所举行婚礼，而且来自世界各地的新婚夫妻也同样愿意到这里举行仪式，将人间之爱推到了浪漫的极致。

农区小镇

在曼彻斯特市附近峰区国家公园里，有个全部被笼罩在葱茏的树荫之间、漂亮极致的农区小镇。小镇里一条川流不息的小河，像一根跳动的血管，优雅地穿过小镇中心。小河上游有一座古老的 5 孔石桥，每个孔洞呈莲花形，与流水接触的孔洞长满了绿色青苔，远看，青苔莲花口不停地喷着清泉，让人赏心悦目；下游有一座铁桥，栏杆上拴满了铁锁，那是恋人定情物，意为把爱情与幸福锁住。河水悠悠流淌，深可见底，浅见沙滩，无数只小鸟在水上游动。我只认识海鸥，叫不上名的还有小灰鸭、白眉黑鸭，黑头、黑脖、白下巴、灰身躯的大鸭最多。各种鸟类浮在水面，漂上游下；大小鱼儿成群结队游来游去。这里没有吃腥的鸟儿，鱼与鸟儿各自戏水，相安无事。两桥之间有个浅滩，是鸟儿们的乐园，它们在河边吃足了游人的喂食，乐颠颠地飞到浅滩上，扇动翅膀，晾晒羽毛，再蹲在那里叽叽喳喳聊一会儿，又呼啦一声飞走了，在空中溜一圈儿，再落下来继续戏水，好生自由自在。

小河一边是与河水走向平行的一排精美民宅，每家每户都有一个四合院，院外就是一条铺到河边的柏油小路。院里院外都收拾得干干净净，院墙内外养着各式各样的小花，将住宅点缀得无比艳美。本地人好像有的是时间，在街上悠闲地溜溜达达。一位老汉与老太膀挨膀走着，老太一手牵条狗，另一只手拿根冰激凌边走边吃，缓慢地从小桥走过，是那样悠然自得。

走过铁桥，是一处农区，那里有个宽大的农贸大厅。也许英国是世界上最早实现工业革命故而冷漠了农业的国家，大厅里的农业生产工具几近原始，大到车马、小到镰刀斧头一应俱全，还有上百种钢铁制造的生活生产工具，大到脱粒机，小到剪刀针，应有尽有。突然，大厅另一房间人声嘈杂，吓我一跳，以为有人打架，急忙推门观看，一股难闻的气味扑鼻而来。原来，几个人在台上竞卖，台下是一群牛马。

2016 年 8 月 31 日

福斯湾铁路桥

刘金恩

在江河湖海中架桥，是人类为生产和生活方便做出的一项创举。筑桥材质不同，有木桥、石桥、水泥桥、绳索桥、铁桥等；筑桥样式各异，有独木桥、拱桥、吊桥、钢铁桥等；建桥投资渠道五花八门，有个人独资、公众集资、地方政府出资、国家投资、国内外合资，也有"劫资"（掠夺异国财富）。我所游览的福斯湾铁路桥，就属于"劫资"所建。它位于英国苏格兰福斯湾海峡，呈棕色漆面，现已停用。这座古老桥梁，1882 年始建，因资金困难，历经 7 年时间建成，1890 年通车使用。桥全长 2528.7 米，宽 33 米，中间 3 个桥墩，两边是引桥，系 1917 年前世界最长的钢桁架桥。这座精心定制的铁路桥，历经 134 年风雨剥蚀仍坚固如初。它见证了当年造桥者深厚的文化底蕴和聪明才智，现已被联合国教科文组织列入世界文化遗产名录。

据史料记载，大清朝李鸿章出访英国，曾参观过这座铁路桥，他回国后想在中国渤海建这种桥。后来，詹天佑在奥汉铁路做督办时，提出建设武汉长江大桥方案，便参照了福斯湾铁路桥。

1900 年，以英法为首的八国联军攻进北京。清政府既无招架之功，更无还手之力，任其把金银珠宝抢劫一空。1901 年，李鸿章代表清政府与八国联军签订了《辛丑条约》，赔款白银 4.5 亿两，分 39 年付清，本息 9.8 亿两，等于当时中国年总收入的 12 倍。英政府用这笔"劫资"，填充他们建桥时的亏空。听到导游介绍有关这座大桥的建造史，我由最初的新鲜感，心情陡然变得沉重，不禁想到了英殖民者对中国所犯下的滔天罪行。

1922 年 2 月 6 日，北洋军阀政府在华盛顿会议上与美、英、法、日、意、比、荷、葡签订了《九国关于中国事件应适用各原则及政策之条约》（史称《九国公约》）其中规定"维护各国在中国全境之商务实业机会均等""中国之门户开放"等，对中国主权与领土完整进行粗暴干涉和侵略。

俗话说：人熊有人欺，马熊有人骑，越熊人越欺。得寸进尺的侵略者，割地赔款还不满足，还欺压残杀国人。何蜀著新史书《从中共高干到

国军将领：文强传》里记载：当年，英国商船仗着设备先进，运载力强，称雄于川江，常因掀起大浪致使中国小木船翻沉。1926年6月13日，英轮"滇光号"在万县箱子石浪沉民船一只，淹死5人；7月8日，英轮"万流号"在丰都立石镇河段浪沉小船一只，淹死杨森部六师营长田雨廷和勤杂兵5人；8月2日，英轮"嘉禾号"在万县狐滩浪沉兵差木船两只，淹死杨森部十师官兵5人，损失公款银元6800多元。气恼不已的杨森正派人与英国方面交涉而毫无结果之际，8月29日，英轮"万流号"又在云阳附近浪沉三艘木船，淹死杨森部提取盐税款搭船返回万县的官兵46人，损失现款85000元，枪56支，子弹5500发……

杨森闻讯大怒，下令扣船。英国军舰当即将该船强行劫走并打死杨森部士兵两人。气得咬牙切齿的杨森又于8月30日下令，将路经万县的两艘英轮"万通号""万县号"扣留为质，向英方提出惩凶、赔偿、善后等要求。英方强词夺理，以扣船是"不顾中英邦交，侮辱英国国体"为由，于9月5日派出三艘军舰前来强行劫走"万通号"，并悍然炮击万县城，打死平民604人，毁民房千余间……史称"万县九五惨案"。

英国殖民者的暴行不仅猖獗于我国北京、上海以及长江流域，他们的魔爪也伸到了我的家乡：1923年，英国人在甲午海战古战场东港市大鹿岛蟒山建航海灯塔，至今犹在。英国怡和船务公司在东港市赵氏沟开设赵氏沟到浪头的客运，后被日本大安船务公司挤走……

"欧美嘉旅游集团"大客车缓缓通过福斯湾海峡现代线缆吊桥时，导游员钟先生指着对面古老的福斯湾铁路桥，激动地说："旅友们，你们看，上游那座停用的铁路桥，是英国用中国赔款填补的他们当年建桥的亏空。这座铁路桥，是强盗侵略中国的铁证，我们一定要勿忘国耻……"一个又矮且瘦，在国外谋生的中年国人，竟有如此爱国之情，让我陡生几分敬意！

2016年8月28日

静静的工地

刘金恩

我下榻的伦敦老屋，是个容易把勤快人变懒的地方，因为生活方便得近乎"饭来张口，衣来伸手"。老屋的公用门就开在马路边，推开门走几步便是柏油马路。行人在马路上走，一转头，就能透过民宅玻璃窗看到屋里的一切，但却没有一个行人发"贱"——窥视他人的隐私。出门往左右一拐，都是路边店，吃喝穿戴，菜米果茶，买什么都有，吃啥喝啥都方便。再往前走几步，过了马路就是肯辛顿公园，游览更方便。

清晨起来，我习惯推开后窗换换室内空气。这一天，突然发现老屋墙外与后窗户之间仅有两米左右，竟是一个圈围的民房建筑工地。之前，什么时间开工，已经干了多久，都干些什么，我全然不知，既未听见，也未看见，倒像一夜间陡然冒出这么一个工地。有一点我知道，英国民宅建设依然延续百年前必建生活与防空两用地下室的传统，不言而喻，等我看到地面上的工程时，那地下室工程其实早就神不知、鬼不觉开工多日了。地下工程听不到、看不见、可以做到，地面工程看得到却静悄悄的，那可真是有些不可思议。偶尔听到几声断断续续的轰鸣，只是吊车启动时发出的。原来英国建筑工地有一"铁律"——尽量避免打扰别人的工作、学习和休息。这一点，英国人的确做到了，包括人与人之间讲话都轻声细语，即便有争执，只比平常声音稍微高一点点，绝没有粗声大嗓，更没有"声嘶力竭"。

工地上建筑机械有大、中、小4台吊车。一台十几层楼高的摇臂大吊，气势磅礴，负责把主要建筑材料从工地外的运输车上一一吊到工地内，包括吊进的水泥浆并直接灌注。于是，工地上就有了一堆又一堆成材的木板、木棱，但更多的是钢板、钢管、钢筋、钢丝、钢轨式的钢料等。工地上没有一块砖瓦和石头，也看不见沙堆与水泥垛。另一台中型吊车，负责凸起地面挖与铲，将泥土搬到一角堆起来。还有两台小巧玲珑的小吊车，负责平整地面，吃掉大土堆，以及搬运区域内建筑材料。

每天早晨8点，几十名身着整齐劳动服装的工人，分秒不差集中到工地一隅，排队站稳。一位身着便服的男人，没有训话的架子，比比画画说

了几句什么，仅有一两分钟；工人们也没有口号式的集体"宣誓"，便自动散开，各就各位，开始劳动。工间没有休息，11 点半吃午饭，12 点半继续开工，下午 5 点下班。周五、周六正常休息，人去工地空。不动声色的规矩酿就铁的纪律，让人敬佩！

工人以工作服颜色区别工种，可谓独眼龙观花——一目了然：头戴白色安全帽、身着黄色加灰竖条坎肩的，系普通工人；头戴淡红色安全帽、身着淡红色坎肩的，是钢材工；头戴蓝色安全帽、身着黄色加灰竖条坎肩的，是吊车司机；头戴绿色安全帽、身着黄色加灰竖条坎肩的，常常站在最高处，有时拿出图纸，与工人比比画画的，是工程技术总负责人；时而着工装，时而穿便服的那个人，是工程总指挥。

他们究竟建什么样的房子，我看不明白，反正不像国内建楼一层一层向上起，三两天时间，一幢楼的框架就完成了。这里的工地，只见工人忙忙碌碌，就没有看见楼很快往上"长"。可能工人在忙于地下工程。等发现地面起楼时，我才注意工人少了一些，哪去了呢？我定眼一看，西墙角有个洞口，工人从洞口下到底层，原来，他们在继续完成地下未完的工程；与此同时，也在开始地面上的工程。

地面上的建设能看得清楚一些。西墙洞口边堆起一层楼高的建筑，东墙边有一大堆泥土，屋子与土堆之间堆满钢材和木板。几天后，北墙边拉起铁网，与此同时，地面开始灌水泥。小吊车在东墙处推平一块地，圈上铁网后又灌上水泥。水泥凝固后，再往里推一平地，再圈网灌水泥……如此将这个大土堆一块一块吃掉，变成了房间。

我在这儿住了两个月，他们的建筑也未完工，但从来没有影响我的正常休息。建筑工地不扰民，这很难得！

2016 年 8 月 31 日

走进丘吉尔父子的故居

刘金恩

丘吉尔的故居不在山区，也不在城市，而在广袤的丘陵上。其住宅不是草房，也不是瓦屋，而是豪华的宫殿——布伦海姆宫。布伦海姆宫被联合国列为"世界文化遗产"。8月末的一天，我慕名到此一游。

穿过布伦海姆宫入口拱门，优美无比的环境一览无余。首先映入眼帘的当数气势磅礴的宫殿：20米高的大厅，天花板上的精美绘画，壁墙上的精湛石雕，把大厅装扮得金碧辉煌。长长的走廊从大厅两侧一直延伸到厢房。还有绿色客厅，红色客厅，绿色书房，第一、二、三陈列厅，长图书馆，小教堂等。我跟着一帮又一帮参观者，逐厅逐室观看，生怕遗漏，两个小时下来就觉眼神不够使。

早在1702年3月，安妮女王登上宝座时，约翰·丘吉尔及其妻子莎拉就已经在皇室确定了地位，因为莎拉早已是安妮女王非常亲密的朋友。当年年底，欧洲战争爆发，由于约翰·丘吉尔（1702年被授爵为马尔伯勒公爵一世）有丰富的军事经验而被推上盟军的统帅位置。接下来两年，为保卫荷兰，他率领军队同法国人作战。1704年8月13日，在巴伐利亚的多脑河北岸的布伦海姆，他赢得了这场战争决定性的胜利，扼断了路易十四称霸欧洲的最后机会，整个世界的政治版图都发生了巨变。为表彰约翰·丘吉尔，安妮女王赐予他"伍德斯托克"荣誉称号和庄园，并在此修建布伦海姆宫，表示国家的感激之情，纪念他举世闻名的胜利。

布伦海姆宫是在战场遗址上修建的，每个地方设计都体现出胜利的情绪，看起来一切都是那么自然完美，但建造过程十分巧妙却又非常艰辛。从1764年至1774年，整整花了10年时间。原来，随着时间的推移，安妮女王与约翰·丘吉尔的妻子莎拉关系冷淡，政治敌对势力想方设法破坏女王对马尔伯勒公爵一世的厚爱，国库为修建布伦海姆宫拨出的资金大大减少，到1712年，拖欠金额达45000英镑，伦海姆宫被迫停止。之后两年，马尔伯勒公爵一世自我放逐国外，直到安妮女王去世后才回到英国。尽管继任的国王承认这笔债务，但国库没有支付资金。马尔伯勒公爵一世遂用

自己的积蓄完成了宫殿的修建。就宫殿功能而言，它集纪念碑、城堡、大本营和私人住所于一体。

老子英雄儿好汉。这里也是约翰·丘吉尔的儿子温斯顿·丘吉尔爵士的故居。

1874年11月30日，约翰·丘吉尔的夫人莎拉，在一个离大厅不远的小卧室内（原公爵一世的牧师琼斯教长的公寓）生下了温斯顿·丘吉尔。产房里至今展示温斯顿·丘吉尔儿时的摇车和小时候的鬈发。在隔壁房间里展出他在二战期间夜里值班时穿过的红褐色丝绒衣服、一双缀有花押字的拖鞋及"BUDGET"（预算）原件。后来，温斯顿·丘吉尔说："在布伦海姆宫我做了两个重要决定：出生和结婚。"温斯顿·丘吉尔于1900年进入议会，在此后55年中，他担任过多个重要大臣级职位。曾于1940—1945年及1951—1955年间，两度担任英国首相。1953年被授予"英国嘉德勋位爵士"称号，1965年去世。温斯顿·丘吉尔还是一位多产的作家和艺术家，在BBC电视台最近的调查中，被评为"有史以来最伟大的英国人"。他留下许多名言，如：站起来说话需要勇气，坐下倾听同样需要；真正的才华体现在未知、危险和矛盾的信息的判断之中；天下没有永远的朋友，也没有永远的敌人，只有永远的利益……

结束了宫殿参观，户外风光同样让人流连忘返。喷泉式的水景花园、遮风挡雨的意大利园林、趣味盎然的秘密花园、缓缓流淌的湖水、跨越沼泽的拱桥和湖面戏水的百鸟……都能拖住你猎奇的脚步。特别值得描写一笔的，是温斯顿·丘吉尔的浪漫爱情故事：从水景花园向南，经过狄安娜神庙，就是百花齐放的植物园。1908年8月11日，温斯顿·丘吉尔在狄安娜神庙向克莱门蒂娜·霍兹尔求婚，那天，两人正在屋檐下躲避夏天的倾盆大雨。还有41米高的胜利纪念柱耸立在公园大道的入口处，上方是公爵一世的雕像，脚旁盘旋着数只雄鹰，手持古希腊胜利女神像，是那么的肃穆庄严！

我恋恋不舍地离开了这气势恢宏的父子宫殿，作为世界文化遗产，布伦海姆宫当之无愧。

2016年10月30日

情调伦敦

李金红

清晨的阳光爬在伦敦的墙上，让建筑仿佛洗去了多年的斑驳，屋檐下悬挂着的盆盆小花，经雨水淅淅沥沥的浇灌，在阳光的抚摸下簇簇交叠，贪婪地吮吸着清爽的空气，临街的咖啡厅早已座无虚席，厅外的小餐桌也三五一伙围坐着品茗、小食的客人。新出炉牛角包的麦香与浓咖啡的苦涩在道路边弥散交融，久久不散。

世界上响当当的泰晤士河上的塔桥，让伦敦乃至整个英格兰在浪漫与典雅的基础上彰显更多的阳刚之美，仿佛是这伦敦古老温和的脉搏上迸射出的青春活力。

伊丽莎白二世女王孙子的肯辛顿宫门前的肯辛顿公园，与海德公园相连。偌大的公园一望无际的绿草地上，那一汪明镜般的湖水粼粼发光，一群大雁、水鸭在湖水中招摇，鸽子在绿草地上无忧无虑地寻食，又肥又大的天鹅，时而钻进湖水中戏水嬉戏，时而跳出湖面，在草地上食草；时而飞出水面，沿着湖面飞翔一周，时而晃晃悠悠在人们面前仰脖叫几声。鸟儿与人相融，它们不慌不忙地在水中荡漾，不惧一切跳出水面啄食人们抛出的面包，甚至伸出长长的颈，从人们手中衔食。那些在绿树间不愿落地的鹦鹉，在枝头或树梢上飞来飞去，寻觅人们放在手心上的花生米，它们时而落在人们的肩头上，时而落在手心上，任人走来晃去地吃着。这些精灵又为厚重的建筑和历史增添了一丝轻盈。那些蓝眼睛、黄头发的孩子们常常把手中的苹果、香蕉插在树枝上或篱笆上，让几只鹦鹉聚在一起吃，孩子们乐得拍着雪白的小手欢呼着、雀跃着。

舒朗高大的树荫下，三五一伙的人们坐在毛茸茸的绿草地上看书、唠嗑。鸟儿身前身后地转，远远望去，一切尽在祥和温柔中。

这里没有高楼林立，只有绿地的一角，那一栋栋似乎只存在于童话中的肯辛顿宫小楼建筑，被波光粼粼的湖水洗出特有的风情，又为伦敦增添了几分温柔的魅力。

人们自由自在地漫步在公园草地间，浸润在英国独有的浪漫情怀中。

这里尤其是老年人的天堂，他们身着节日盛装，一双双一对对手拉手，或行走在绿草地那枝叶繁盛的参天大树间，或倚坐在那长长的木椅上沐浴阳光。男士们西装革履，儒雅风度；女士们身着素雅衣裙，擦胭抹脂，红红的小嘴唇、黄里透白的鬈发格外亮眼。他们将所有的历经沧桑的情意和依恋，都融入四目相视、唇齿含笑之中。世界上所有的浪漫仿佛都在这一刻凝结在午后的伦敦。

傍晚时分，已经变得温柔无比的夕阳懒洋洋地照在肯辛顿宫的门楣上，太阳渐渐落下，街道两旁的咖啡屋的灯却亮了起来，昏黄昏黄的光，摇曳在暗红色的牌匾上，摇曳在黑色的吧台上，摇曳在牛排、鹅肝酱沙拉和水晶杯上，魅力无比。

伦敦是平静的，也是激情的；是温婉的，也是柔雅的。伦敦的天湛蓝湛蓝的，天上的云雪白雪白的、大朵大朵的。伦敦的空气是新鲜的，伦敦的百姓是祥和友好的，伦敦的气韵风范在纷繁红尘中足显悠然静谧，让世人举目向往，让人的灵魂接受到最纯粹的洗涤，安然美好。

2016 年 10 月 20 日

杂文随笔

节俭养荫德，尽孝理应当。
民间生万事，曲直皆文章。

点燃激情

刘金恩

我爱好新闻写作和文学创作，是《丹东日报》点燃了我的激情。这要追溯到 40 多年前。那时，我在东沟县（今东港市）公安局前阳公安派出所任政治指导员。有一天，接到县局电话，说让我当通讯员，给报社写稿。我喜欢读书看报不假，但从未写过稿子。有人在报上发表文章，我羡慕，自己墨水浅，不敢奢求。拒绝也没有挡住领导的意志。没过几天，也没招呼一声，县局教导员办公室协理员张忠源，就领着报社负责政法战线的记者孙云德，闯进我的办公室。不能不识抬举啊，我只好接受了。孙记者当即辅导我新闻写作要领，什么时间、地点、经过、结果等，要及时、准确、真实书写，等等。唠着唠着，时至中午，我们没有什么好招待的，只好带他们到食堂，一碗大米豆干饭、一碗白菜汤，就把人给打发了。

他们走了，我像背上个沉重的包袱，压力可就大了。正憋得头痛，忽一日，一位老者拿着准迁证找内勤民警林深办户口。小林接过准迁证，发现两个问题：一是要迁出的不是他女儿，但户口上记载的就是他女儿；二是要迁出的人 15 岁，户口上记载的是 23 岁。小林向老者说明了不能办理的理由，他很不高兴。小林耐心地做他思想工作。他说了实话，原来，为女儿进城，他托城里亲戚办了准迁证，把自己女儿说成是亲戚的女儿，投靠在城里工作的父亲。真相大白，他又软泡硬磨。小林苦口婆心做工作，他才悻悻离开。

过了几天，小林家乡来了一位领导，拿着那份准迁证，来找小林办。小林婉言谢绝。那位领导理解地说：小林做得对。于是，我就以《小林做得对》为题，写了一篇稿子，寄给孙云德。1974 年 3 月 28 日，《丹东日报》三版发了这篇稿子，还给了两元钱的稿费。这就是我第一次在报纸上发表文章，那种兴奋与自豪，只有写作者才能感受得到。

激情这东西，看不见，摸不着，一旦有了它，就像被注射了强心剂，

老精神了。从此，不管职务怎么变化，工作怎么繁忙，我处处留心新闻，坚持新闻写作。后来，孙记者又几次到我们单位，教我怎么捕捉新闻线索、筛选组织素材，以及怎么命题、开头、结尾等一些具体写作手法，我的稿件质量逐步得以提高，上报率逐年递增，写作劲头倍增，稿件冲破地区范围，满天飞——《人民公安》《人民公安报》《法制日报》《文摘报》《共产党员》《辽宁日报》《辽宁农民报》《辽宁法制报》等 30 多家报刊，发表新闻稿件 800 余篇、20 多万字；并连续多年被评为优秀通讯员，还被《辽宁法制报》和《丹东公安报》聘为"特邀记者"。

其间，我与记者孙云德、战科、刘洪礼、于成立、赵敏、王明智、李志成等有了来往。20 世纪末，我退出工作岗位，开始转型文学创作，独撰或与他人合著出了几本书。这里，又凝结着张忠军、赵旭光、李燕子、宁晓丹等编辑们的心血……

2015 年 11 月 27 日

作者与编者

刘金恩

作家、作者和文字爱好者，生产一篇文化产品，需要采访、选材、立意、构思、下笔、初稿、推敲、定稿等全过程。而决定稿子质量的，是文章的主旨、标题、句式、段落、标点、语言艺术等各个方面的综合判定。即使是写完的稿子，也不要马上出手，沉淀一段时间，再一遍甚至十几遍反复打磨和推敲，读起来朗朗上口时，投出去才觉得无愧和放心。其中，标题是画龙点睛的一笔，像一个人的名字，响亮了才容易镌刻在读者的心中，散文、诗作尤甚。鲁迅的《阿 Q 正传》、茅盾的《白杨礼赞》、朱自清的《背影》、孟浩然的《春晓》、李白的《静夜思》、柳宗元的《江雪》等，都因此而流传百世。稿子写好了，要求电子版投寄，会用电脑的方便；不会用电脑的，找儿女求亲朋，多少也是麻烦。投出去了就是漫长的期待，天天关心书报版面。发现自己的作品见报入刊了，就暗自高兴。迟迟不被刊用，除了着急上火，也夹杂些许不解。

读者看到你的文章，有的会当面夸一句："这篇稿子写得不错！"你可千万别沾沾自喜，因为那赞誉的背后，功劳应当归于甘为他人做嫁衣的编辑。

至于投的稿子为什么老是上不去，原因很多，最主要的是作品不精。筛选出来可以备用的，分为即用和待用两部分。就是已经编好备发的稿子，也可能因为版面和时效等原因，备着备着，就搁浅了。况且，方方面面都要尽量考虑周到，尤其散文和新闻稿子多如牛毛，做好平衡很不容易。借用著名作家、编辑周洪一句话："有效的版面需要对付的散文实在太多。一是名人写的；二是写名人的；三是老人写的……；四是关系稿……"还有作为发现和培养新人新作的稿子，不一而足，当编辑的真有些头痛。

我与所有的作者一样，投到编辑部的稿子，总希望在编辑帮助下能与读者早日见面。如果，突然有一天看到稿子面世了，在发自内心感谢编辑、责任编辑和主编的同时，会情不自禁地或独自鼓掌，或哼几声小曲。若稿子石沉大海，切勿怨天尤人，虚心找差距，坚持多看多写多练笔，产品质量保证了，一定会石破天惊。不成熟的稿子最好莫投，尽量少给编辑添烦恼。

2016 年 6 月 26 日

借个平台说句话

刘金恩

先自我介绍：我是标点符号。中华人民共和国成立初期，国家语言文字委员会以法规的形式把我孕育出来，并写进《新华字典》的附录。从此，我便与人们天天见面，风风雨雨走到今天，却还有少数人至今与我形同陌路。

我是文字记录的助手，表示一句话的停顿、语气。没有我，表述意思会很麻烦。我的诞生，方便了许多人的书写和阅读，也避免了许多笑话。

　　我没有诞生之前，古代书刊，尤其从右向左竖版线装书，没有点文言文的底子，阅读起来既麻烦又吃力，语意也难以理解。仅举没有标点符号的笑话一例：很久以前，一位老农家菜园遭到抄近路人的踩踏，眼看苗壮的小苗被踩倒或被踩死，他心如刀割，无计可施。老农或补或种也晚了，一年白忙活。年复一年，生人熟人都走这条便道。有人还随地大小便，冬季结成了冰坨子。邻居出主意，他请屯里一识字先生写了一块木牌"行路人等不得在此小便"，插在地里。这天，一个秀才进京赶考，路经老农家菜园，适逢尿急，他看牌子边有屎也有尿，再看牌上的字，便喜出望外，急忙褪下裤子就撒尿。恰被老农发现：你这么斯文的人，怎么在这小便？秀才温和中略带理直气壮：牌子上写的不就是告诉行路人等不得，在此小便吗？老农啼笑皆非，长叹一声："咳——这不是行路人等，不得在此小便吗？"秀才恍然大悟，满脸涨红，连连作揖：对不起！老伯，对不起！

　　历史的年轮无休止地转了几千年，社会进步，不断发展，才有了句读和圈点。虽然向前迈进了一大步，但仍不规范、不完美，圈圈点点，表述的语意和语气时有模糊，不知道说了些什么。于是，我想借个平台说句话，劝大家走进我的家族，学会使用每一个成员。

　　比如句号。句号的用法很简单，一句话的意思完了，就应该句上，有人叫"句死"。句不死的话，不能用句号。一篇文章，句号用得多，语句就短，因而也就更加凝练。不愿使用句号的人，他的文章必然拖沓，难读难诵，令人望而生畏。

　　比如逗号。逗号的确很"逗"，其貌不扬，却屡屡出现，且负有"承上启下"的重大使命。写文章，该用它而不用，句子便显得拖拉、见长；不该用它用了，一"逗"再"逗"，又破坏了句子的完整，留下零散和破碎。有时候，错排了它的位置，它将怀恨在心，把句子本意弄颠倒，于是，便有了"行路人等不得，在此大小便""养猫条条大老鼠，只只瘟；酿酒缸缸好作醋，坛坛酸"的笑话。

　　比如省略号。在省略号后边加上逗号或句号，这是写作上的画蛇添足。省略号是佘太君手里的龙头拐杖，上敢打君，下能打臣。想想也是，文字尚能删除，况标点符号乎？

　　比如顿号。顿号是表示并列词语间停顿的符号。一个顿号的作用等于一个"和"字。"三四天"，是个大约摸的估计，可能是三天，也可能是四天。如果在"三""四"中间用上顿号，即是"三天"和"四天"，你要讲的概数变成了确数，那么，你要表达的原意呢？

这就是我想说的话。既然有了我，你们就要用，用对用好，会给文章和语言表达增色。闲着我也难受，为你们做点事我高兴，况且用我免费嘛。

2016 年 11 月 1 日

一辈留一辈

李金红

春节前夕，小区里来了一位戗菜刀磨剪子的老人，业主陆续提着菜刀来磨，我也站在磨床前挨帮排队。

老人看样子足有 70 岁，慢性子，一边笑眯眯磨刀，一边与我们闲聊。

我问：老师傅，你几个孩子？

俺这把年龄的人一般孩子都多，3 个小子，1 个女儿。磨刀老人说。

都孝顺啊？

对我们还好，也算孝顺吧。他们都挣钱不多，我在家待不住，出来挣点零花钱，也挺好的。

为啥不让儿女养老啊？

老辈人传下来的话：养活儿，养活儿，一辈留一辈。没听说养活爹，养活爹的。逗得大家哈哈笑，老人却很自然。

我仔细端详，他一身旧棉衣油腻腻、脏兮兮的，脚上破棉鞋看不出本色。布满皱纹的脸像核桃皮，又黑又瘦，手指像干枯的树枝。

来磨刀的人拿着磨得锃亮的菜刀陆续返回，老人身边只剩下我一人。

他边磨刀边抬起头：你这老姊妹年龄有我大吗？

我不比你小啊，我说。

他低下头继续磨刀，轻声说：看样子这老姊妹有福啊！你几个孩子？

两个儿子都远走他乡，一个在国外，一个在省城。

过年都能回来？能。他长长地叹了一口气：唉！

你为啥叹气？我问。

还能为啥？3个儿子都住楼，闺女有病，两口子下岗，租人家平房过日子。我们老两口寻思，再过几年我们不能动了，身边有个闺女伺候不是挺好嘛，就让闺女搬来一起住，这下惹祸了，老二、老三心里不满意，面上还过得去。老大自从他妹子住进父母家，就与我们断绝了关系，多年见不到面。打电话不接，捎口信不理。

老伴想大儿子想疯了，有一次求别人给儿子打电话，她在电话里哭着要见儿子一面，儿子一声不吭把电话挂了。老伴吃不好、睡不好，前几年整天以泪洗面，经常站在家门口道边，瞅着南来北往的行人，希望能在人群中看见儿子一眼，哪怕不说话也行啊，可是7年了，儿子长什么样都忘了……老人说着说着，眼圈红了。

我的刀磨完了，他挑起担子就走，我追上几步，把钱塞进他兜里，他头也不回地继续走了。

人呀，老了最怕的，不是吃，不是穿，不是钱，不是病，而是孤独！人们不是常说家是根，家是温馨的港湾，家是回肠荡气的歌，家是一股令人无比陶醉的熏风吗？为了团聚，每年长假，天南海北在外打工的人都奔家，天上飞，火车运，摩托车队跑。在父母心里，儿女是心尖上的肉啊！

人一生都在慢慢走过，慢慢变老，皆是生儿育女，一辈留一辈。你今天是青年，转眼就是中年。如不中途退席，前面照样有个老年阶段等着你。当你老了，儿女不回家看你，你将是个什么心情？

我望着磨刀老人渐行渐远的背影，揪心的难受，突然想起《我想有个家》的歌词，眼泪在眸子里直打转。

2017年2月16日

于成龙三授"卓异"的启示

刘金恩

猴年岁尾，中央电视台一套隆重推出史诗般大戏《于成龙》，观后令人震撼，发人深省。在永无停止的社会发展中，无论价值观如何变化，广大百姓永远需要一身正气、清正廉明的好官。有好官的时代，老百姓才会有好日子过。

于成龙，字北溟，号于山，绰号于青菜，清代山西永宁州人（今山西吕梁市房山县）。45 岁初仕广西罗城知县。为官二十余载，三次被皇帝授予"卓异"称号。"卓异"是那个朝代最高精神奖赏，并被皇帝钦点为"天下廉吏第一"。

顺治十八年，于成龙被派任罗城第三任知县，前两任一任畏难遁逃，一任惨遭杀害。他在任 7 年，把一个地窝而僻、土筑寥寥的蛮荒之地，治理得井井有条，百姓安居。两广总督金光祖在举荐词中说：罗城在深山间，民风顽悍，于成龙廉洁为民，建学馆，创养济院，任事练达，堪列"卓异"（高出一般，与众不同），皇帝恩准所奏。

康熙八年（1669），已擢升合州（今重庆合川区）知州的于成龙，因招民开荒，政绩显著，湖广巡抚张朝珍举荐，第二次被评为"卓异"。

康熙十三年（1674），于成龙调任黄州知府，时逢发生暴乱，他亲自披挂上阵，主动进剿，带领乡勇激战，大获全胜。湖广总督蔡毓荣举荐，第三次被评为"卓异"。

于成龙凭借从政能力，最终做到统辖江苏、安徽、江西、上海民政军政事务的封疆大吏——两江总督。官职步步擢升，生活一路走低，甚至吃糠咽菜，因此绰号于青菜。

中国历史上，清朝的清官也非于成龙一人，还有林则徐、刘墉等。其他朝代，人们熟知的唐朝狄仁杰、宋朝包拯、明朝海瑞等，都是一些惩恶扬善，主持公道，为民请命，廉洁奉公的主儿。但在清代历史上，于成龙的事绩尤为显赫，影响较大，其三授"卓异"，让我们领悟到：

"卓异"是大清国家级荣誉称号，类似当今的先进工作者、劳动模范

之类的荣誉称号。荣誉称号是善心、善意、善举，尽情、尽职、尽责，持则、持正、持公，助困、助残、助弱，克己、克勤、克俭综合素质凝结的产物，是艰辛付出的硕果。精神奖赏，看似不值钱，其实荣誉无价，可以流芳百世。雁过留声，人过留名，正是人们的精神追求。

一个人追求与梦想的实现，必然有明君贤臣、开明上司和知人善任的"伯乐"相伴，否则，也难成就一代廉吏。

奖励机制适用于国家各行各业和家庭。使用得体，对调动人的积极向上精神和开掘人的智慧潜能，有百益而无一害。建成小康社会，实现中国梦，要改革和创新奖赏制度，逐步消解荣誉称号乱成一锅粥现象，把激励机制作用发挥到极致。

公平、公正是国家长治久安的基础，更需要于成龙式的清官廉吏，把干群关系拉近。其实，国家已经在树立当今的清官典型，引领广大干部队伍持续健康发展，此乃国家之举、百姓之福也。

2017 年 2 月 28 日

感受幸福

刘金恩

幸福是一种感受，这话在理。换句话说，只有真实存在，并加以比较、作用于大脑时，这种感受才能最深刻、最牢固、最真实、最形象、最生动、最感人。

小时候，我家很贫困，平日穿带补丁衣服。夏季打光脚板走路，玻璃扎破了脚；冬天穿单鞋，脚冻得像发面饽饽。盼年盼新衣，好几年盼一件。后来，日子渐好，我有了一件的确良上衣和一双棉胶鞋，美丽又暖和，就感觉很幸福。如今，衣服鞋子穿不过来，还得排号，感觉就更幸福了。

我中学时的同班同学，90% 没考上大中专院校，毕业后回乡务农。我家境寒酸，考了个不花钱的师范学校，毕业后有了一份固定工作。看到他们在田间劳动，泥里水里很辛苦，我就感到脑力劳动比体力劳动幸福。

有一次，因工作推不开，牙痛好几天，我也未及时去治，害得牙龈红肿，口腔溃疡，不吃饭疼，吃饭更疼。到医院一检查，牙根烂了，拔掉装假牙。又能吃饭喷喷香的时候，我感到牙不疼的日子真好，很幸福。

清晨，我打开窗户换换室内空气。俯瞰小区晨练场上，一位老太正由老伴儿搀着，沿场地遛弯儿。老太左脚向外趔趄，举步维艰，迈一步拖一下，一脸的痛苦。我也跟着难过。也许这就是我的将来，而我现在甚好，走路轻健，与老太相比，我很幸福。

田大爷老伴儿死得早。4个儿子，3个在城里工作，1个在乡下务农。他大儿与我是邻居，我与田大爷一季度能见一回面，因为儿子们轮流赡养他。田大爷到大儿这生活3个月，天天在小区内外拾荒，我问他儿子们不给你点零花钱，田大爷只说，爹有娘有不如自己有，便匆匆走开。我也有儿子，老大郑重其事告诉他弟弟，父母养老送终他全包，多次催促我们尽快搬到他那去。可我们现在，身体硬朗，不想去，等再老老再说。望着田大爷离去的背影，我突然觉得养活一个孝顺儿女，是幸福中的幸福。

新中国1岁时，以美国为首的"联合国军"悍然发动了震惊世界的侵朝战争，战火烧到了鸭绿江边。美国飞机空袭，炸毁锦江山公园几间房屋、炸断鸭绿江大铁桥那天晚上，我住在丹东市八道沟的亲戚家里，吓得我一连好几天晚上都做噩梦。抗美援朝战争胜利后到今天，已经远离了担惊受怕的日子，太太平平走过了六七十年。把一个当年吓得失魂落魄的9岁孩子，推进了古稀之年，我感受到和平是平民百姓最大的幸福；同时也感受到，和平来之如此不易，是先辈们用生命和鲜血换来的。我时刻警醒自己，千万不要忘记历史，不要忘记耻辱。忘记过去，意味着背叛。

幸福有着丰富的内容，各有各样。无论穷富，幸福人人有，时时有，年年有，大事有，小事有，经意中有，不经意中也有。幸福心中有，忧伤被撵走，卸了肩上担，活到九十九。幸福常常会在人生长河中不经意间消失，但曾拥有过美好的瞬间，也是幸福。

2017年3月26日

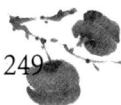

析"屋笆开门"

刘金恩

我国北方民间盖房子，地基、墙体筑成并支上房架后，将苇草扎成的把子一条挨一条在屋脊上折弯，顺在两坡的檐边铺平后，再在草把上抹一层黄泥晾干，就叫屋笆。屋笆除可遮风御寒，重要的是没有屋笆房草或瓦挂不住。四面墙围的房子，都在前墙开正门，也有后墙开后门，却无"屋笆开门"。

"屋笆开门"是北方俗语，使用时后边必跟一句"万事不求人"，多少有一点讽刺的味道。比喻有一种人，老实本分，只求在法律和道德框架内，争取一个人的风景不受干扰，不善人情往来，过好自己的日子，有困难自己解决，不麻烦别人，也不希望别人打扰自己，便很少与他人和外界接触。如果不是世上还有细心人，真不知道仍有这种人。这是长处还是短处？实难定论。

相反，生活中也有另一种人，爱接触人，爱搭搭话，俗称"自来熟"。善于拉关系、套近乎，能把陌生人很快变成老熟人，甚至像久别重逢的亲人。然后，便不分青红皂白，是非曲直、轻重缓急，凡事就启齿求人，拿求人全不当回事儿。

譬如，听说你出差，他（她）就让你捎这捎那，从不考虑对方"千里捎针"之苦；家里没有钱，偏要借钱买首饰、房子，或办这办那事；等等。有求不应，不办就恼，办不成也恼；办成了高兴一阵，过后就脸黑，甚至走在道上装不认识，真的不可思议。这种人处世、处事理念，至少不能划在长处之列吧？

当然，也不是说所有事都不能麻烦人，因为人生一世难免会碰到这样或那样的难事，有的事个人无力回天，绝不可能"万事不求人"。如遇危急、重特大难事，自己又无力承受和担当，求亲靠友，纯属正常。只是开口之前先掂量掂量，该求只管求，不该麻烦别人，就"免开尊口"吧！有一次，我老伴儿夜间突发膀胱炎，尿路疼痛难忍，不能走路，又必须马上就诊。儿孙都不在身边，难住了我。无奈挂电话找来亲戚，把我老伴儿背下楼。事逢凑巧，我的车在修理厂检修，又麻烦隔壁楼上的邻居，邻居闻讯，二话没说，急忙穿衣下楼，开他的车，把我老伴儿送到医院诊治，病情很快缓解，减少不少痛苦。欠了人家的情，至今我还未找到敬还的机会。

"金无足赤，人无完人"，"屋笸开门"的确不够完美，但从另一个角度讲，"屋笸开门"只是减少与他人和外界联系机会，放大个人自由空间，祈求安稳、平静，让心意天马行空，独来独往。遇到困难和麻烦，不靠外援，独立自主，自我消化；消化不了，也不怨天尤人。这种自尊自爱、自信自强、自力更生、"知耻近乎勇"的精神，也值得我们一学。

2017 年 4 月 7 日

头等舱

李金红

去年，平生第一次坐头等舱。儿子屡屡坐经济舱往返，辛苦攒下来的积分够了升舱级别，本应自己享受，却让给了我。

在贵宾室候机，感觉真好，优先登机，座位阔绰。以往坐经济舱，在机场大厅候机，排队上了飞机，把行李箱艰难地塞进行李架，然后侧身从乘客膝盖前挤过去，还没扣上安全带，左右"邻居"就会互相点头打招呼——"您好！"在同一个扶手上，胳膊肘被另一个胳膊肘挤落，也不觉不悦，或与"邻居"之间自然搭话、唠嗑，或拿出前座位后背兜里的杂志、报纸翻阅。累了，闭上眼睛倚在座椅上眯上一觉。睁开眼，见到的是空姐推着车子送盒饭、饮品。

坐在头等舱，环顾左右，我的感觉慢慢变得复杂起来，十几个乘客东倒西歪躺在座椅上，看上去都是涉世不深的年轻人。过道对面，把鸭嘴帽压得低低的男孩儿，看上去不过 20 多岁；左前方，两个长腿伸得霸道的男孩儿，精良的皮鞋上，露出半截子未经风霜的白皙脚踝；挨着他座椅，是一位有着一头颜色丰美的披肩发的 20 来岁的女孩儿，她仰着娇嫩的小脸与他细语，我猜他们是情侣。

飞机刚刚起飞，空姐伸手拉上了头等舱与经济舱隔帘，落座前那种幸福感荡然无存，取而代之的是一种淡淡的失落。我有些嫉妒身边的年轻人，他们年纪轻轻，那么富有。我猜他们的父母一定也有与我儿子一样几万公里的奔波积分，或许不惜数万元的代价，才让他们去享受头等舱？

飞机钻进云霄，年轻人或许已经进入梦乡，可我却格外清醒，清醒得30年前的事如在眼前。

儿子读大学时，每年寒暑假两次往返，4年8次乘坐27/28次丹东到北京特快列车，购一张硬座票，儿子就高兴得不得了。每次回家，坐了一夜火车，下了火车又要乘汽车，或站或坐经过百里路程才能到家。见到家人高兴得看不出一点疲劳感，放下背包就帮妈妈做饭、洗衣服、干零活，这样的孩子，现在还有吗？

空姐送餐来了，遵照舱客的要求送吃送喝，收起一茬，又送来一茬。那男孩儿要了一份牛扒，一杯橙汁；女孩儿只要了一份我从未见过，也说不出名字的小食品，慢腾腾地嚼着。我故意搭话："你怎么不吃主食？"她笑了笑："我不喜欢吃。""你们住在北京，是去旅游啊？"她又笑了笑："对呀。"边说边又躺在了座位上。男孩儿接着主动与我搭话："你们也是去旅游吗？""不是，探亲。"男孩儿也躺下了。灯光暗下来，我们都入睡了……

醒来，空姐又在身边踱来踱去，显然快到目的地了。男孩儿"忽"地坐起来，撸起衣袖看看腕上的手表，女孩儿也撸起衣袖，露出她那白皙细长的手腕，也在看表。看着看着，女孩儿抬起头笑嘻嘻地看了看我，像是要对我说些什么似的，我抢着问："刚买的瑞士表吧？"他俩几乎同时点点头，"多少钱一块呀？"女孩儿伸出五指闪了一下。"5万？"女孩儿边笑边调皮地又伸出两只乖乖的小手．"50万？"她笑着点了点头。我心中震惊：头等舱！两块50万一块的瑞士手表！我不知道是在庆幸自己所见，还是——飞机正在徐徐降落……

我时常会想起头等舱里那个男孩儿和女孩儿，他们现在是在读书还是工作？他们可好？

2017 年 4 月 10 日

人老话惜时

李金红

　　人生就像远方铁轨上奔跑的列车，跑着跑着就到了终点。

　　一日闲暇，重温 2000 年年初我与老伴合著的《樱桃红了》一书中《女人六十》一文，甚感震惊。时光跑得就是那么快，一晃又是十几年过去了。当年 60 岁的我，是这样描述自己："女人 60，人老珠黄，没了 40 岁的丰润，更失 18 岁的光彩，原本又黑又长的秀发生出银丝，光滑的前额与红润的面颊刻上了皱纹，就是那微翘着的嘴角，也弯落了下来……"如今，且不说容颜变化之大，就身体健康状况而言，就深深体验到 60 岁的时光有多好。60 岁，身体硬朗，干活不累，吃啥啥香。可年近八旬，干活儿身无力，吃啥啥不香。60 岁时，200 多平方米的室内卫生，一阵工夫就清扫得干干净净，蹲下来擦地板一气呵成，不觉得累。可如今，擦着擦着就汗流满面，更不争气的是，地板未擦完就全身无力，腰酸腿痛倚在墙坐在地板上，想站起来都很困难，仅此一点就足以使人感叹。可这又有什么用呢？生命有限是不以人的意志而改变的自然规律，时间老人不会照顾任何人。

　　什么是时间？英国人卡莱尔说：不可限制的，从不停息的就是时间。时间是最无情的，它不以你的欣喜放慢脚步，也不以你的忧伤加快脚步，对世事沧桑熟视无睹，无论你是叱咤风云的英雄还是声名显赫的帝王，都不能挪动它分分秒秒。

　　我们无法看见，也无法触摸的时间在悄悄改变一切。它像流水一样在日夜不停地流逝，使我们无法把握。时间就是这样在不知不觉中把天真烂漫的孩童变成朝气蓬勃的青年、血气方刚的成年、弯腰驼背的老年……

　　少不更事，没有时间概念，尽情玩耍，不知道时间的宝贵。步入青壮年，总觉来日方长，如今方觉盛年不重来，后悔晚矣。人老了唯一该做、也能够做到的就是惜时，把握现在，珍爱生命的每一分钟。

　　文学大师林语堂告诉我们，人生处处有乐趣，关键是能在平凡中享受乐趣，在平凡中发展乐趣。我与老伴相濡以沫半个世纪之久，身为国家公务人员，人在岗位时，忙忙碌碌、满腔热忱地工作，竟不去想老了退休后

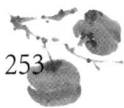

的生活。退休后曾一度失落，好在我们慢慢地找到了生活的乐趣——读书写作。十几年来，笔耕不辍，写身边的人和事，写初心和乡愁，写爱情和友情，写绿水和青山……越写越觉得有兴趣。写作表达了我们热爱生活，珍爱生命，珍惜友情、乐观向上的美好情怀。感谢《满族文学》《丹东日报》《鸭绿江晚报》《东港通讯》编辑们的关怀培养，使我们的文章时常见诸报端，每有拙文发表，我们都会认真地逐字逐句对照品味，以此提高写作能力。每当我们写作累了，弹弹琴，唱唱歌，如果弹一曲老歌，老伴儿定会走到琴旁高歌一曲。每日晚餐后，我们都会漫步在黄海岸边宽阔马路的人行道上，耳闻芦苇荡中婉转啁啾的鸟鸣，心中是那么惬意。每年春秋季节，我们会背上双肩包旅游观光，或走出国门，或大江南北，开阔眼界，情调更浓厚，也为创作劈开新路。

鲁迅先生的"要赶快做"说得极为深刻。与老同志老朋友见面，常常是旧游如梦，好像自己又回归往昔，感到一种快乐。听到老友离开人世的消息，总要惆怅伤感，让我们深刻地记住自己的年龄，珍惜每一寸光阴。

我们深深懂得明日不会何其多，要赶快做应该做的事，赶快读应该读的书，赶快写应该写的事，不能等到迟暮，老大无成。

没有遗憾，没有悲伤。走了，微笑着走了，像一丝微风，像一个春宵的轻梦，淡淡地结束，平凡地终止。

2018 年 9 月 24 日

店名雅俗谈

刘金恩

闲暇，在街上随意走走，无论店铺楼盘，抑或酒吧茶座，牌匾上很难再见到"大东皮竹社""东沟制油厂"之类简明易记的名字了。映入眼帘的不是媚俗，就是趋繁、趋大，甚至秽言，五花八门，花里胡哨。

老街上有一家叫"宴福"的小店，用谐音邪意诱吊顾客胃口，招徕生意，什么情迷"宴（艳）福"，岂止心动？秽气弥漫，有失雅意。另一条街上有个"狼诱惑"，无人不知狼走天边吃肉，那食客进店吃肉，与狼何异？可怕之极，顾客却步。不必仿学"狗不理"包子，那是天津老字号，"狗不理包子"，正是人吃的好东西，人狗有别，恰恰体现人之高贵。而狼诱惑，狼吃肉，人也吃肉，难道同类？玷污人性。这与老街上曾经的"双合栈""德兴聚"那些文化与道义同在、典雅与古朴共存的名字相比，仿佛倒退了好几个朝代。

店铺名字与人名一样，是一个代号，也是一个广告，人们对一个公司、店铺的了解，首先是从它的名字开始的。名字总会给人以联想，未见其面，先闻其名，名字就成了想象的依据。一个优美名字的价值，对于顾客的影响，不亚于那些金碧辉煌的内外装饰。各行各业都有自己的类属，命名也有个不成文的规范：1.地名＋产品名＋类属词，如洛阳造纸厂；2.地名＋行业名＋类属词，如丹东毛纺厂；3.虚词＋产品名＋类属词，如山川电机厂；4.虚词＋行业名＋类属词，如宏发贸易公司；5.地名＋虚词＋产品名＋类属词，如上海华通开关厂；6.地名＋虚词＋行业名＋类属词，如东港华发电子股份有限公司。所谓"类属词"，是指"厂""公司""店""行""中心"等词，表示一个工商实体，不是别的什么单位。国家品牌命名也是这种规范：云南（地名）白药（产品名）集团股份有限公司（类属词）、珠海格力电器股份有限公司、中国贵州茅台酒厂（集团）有限责任公司等。这样取名会收到独眼龙观花——一目了然的效果，不劳顾客苦思冥想、分析加判断，就能知道是干什么的。

名字是一种文化，从来都是有时代的印迹和人心的投影。20世纪六七十年代，父母给儿孙起名都会一夜间遍地开花：跃进、卫东、文革、红卫……命名是艺术，但不是文学，无须巧言花语泛泛修饰，最好直接大气。有些虚无缥缈的词，不该进入店名的主题词："私人订制""由己做主"，纯属废话；"铁锅生态鱼"偏要再加"太太怕我"等，这都是些什么名字？令人啼笑皆非，有时必须进店看看，才知道是做什么的。于是，不得不在店名主题词下加小批，如此画蛇添足，肥了命名人和制匾人，苦了消费者。当然，这也不能全怪他们，周瑜打黄盖——一个愿打，一个愿挨；姜太公钓"愚"——愿者上钩嘛，但却污染了店名文化的生态环境，乱了自己的

脚步。店名在继承中创新，无可厚非，但在创新中丢掉了继承，就是丧失了文化自信，万不可取。

2018 年 5 月 20 日

城市的脊梁

刘金恩

1

几声圆润的京腔，从门缝而入。我抬头看墙上石英钟，时针指向 9 点 05。上班、上学、办事的，该走的都走了。什么人有此雅兴，在楼梯间开腔？我好奇地推开屋门，原来是一男一女两位保洁员。女的承包我家这个楼道口，天天见；男的偶尔来过。女的手持抹布，抹到两层楼之间扶手的一半，被男的歌喉叫停，手握抹布伫立在步梯台阶上，笑眼眯眯瞅着男的；男的手扶拖布把儿，垂直站在电梯口平台，表演似的仰首对着女的清唱，场面特逗人。我轻轻拍拍手：好，唱得太好了！男的急转身收住歌喉：对不起，打扰你了，我以为你们都不在家。没事，没事，接着来。不不不。

两人即刻舞动抹布和拖布，一前一后继续向楼下清扫。看着他们把劳动当成幸福快乐的神情和徐徐隐去的身影，我心中陡升几分羡慕和敬意。

后来，知情邻居告诉我，他们是两口子。女的个子矮小，微胖、墩实，圆脸盘，双眼皮，慈眉善目。有一次，我要下楼，电梯门一开，碰见她正高举拖布把儿，清扫电梯间顶棚的灰尘，汗水顺着脸颊往下淌。我说，棚东角的灰网你够不着，我替你扫。不用，不用，我慢慢够。天这么冷，你都累出汗了。我们就是挣点出汗钱，谢谢你！说完，她离开电梯间让我先下。我下到一楼，电梯门打开，旁边站了一条宠物狗，眨巴眨巴眼瞅瞅我，一声不吭给我让道。谁家的狗这么文静而有礼貌，它在等谁？我收拾完车库垃圾要回家，刚拉开单元门，女保洁员收工从楼梯间出来，小狗一溜溜跟着她往外走，与我擦肩而过。

又后来，我留心观察，有时小狗先跑到单元门外等女主人，女主人随后骑着自行车赶来干活。冬季，女主人在单元门外随便找个地方放一个褥垫，它就躺在上面一动不动，有人路过它身边，它抬头眨巴眨巴眼，察言观色，觉得无敌意，便慢慢闭上眼低下头，似睡非睡。女主人干完活出来，蹬上后货架绑着拖布、笤帚、撮子、抹布、水桶等工具的自行车，它或先爬起来超越女主人头前跑，没多远回头望望再跑；或随后追赶女主人，女主人回首笑笑它继续跑。人狗同路，车飞狗跃，一路快快乐乐。

再后来，女保洁员告诉我，她60多岁了，户口在农村，儿子在城里买个房，就住了下来。待在家闲得浑身难受，就与老伴都在本小区找个打扫楼道卫生的活儿。老伴在那边干，她在这边干。男人总比女人劲儿大，老伴先干完就过来帮帮她。老伴爱好京剧，闲着没事就号号几声，你可别见笑啊！说着，她自己就笑了。她还说，在小区已经干了五年，儿子说岁数渐渐大了，就别干了，生活也过得去。她不同意，说出来干点活儿身上轻快，乐乐呵呵的多好！干不动了再说。

入冬的一天夜里，家家户户正在收看电视连续剧。一户业主家里无人，电路引起火灾，其家箱柜、衣物等迅速燃烧，浓烟滚滚冲出窗口，风助火威，严重威胁整幢楼的安全。有人大喊：快来救火呀，起火了！起火了！这对夫妻保洁员闻讯，二话没说，冲出家门，赶到火场参与扑救。小区物业经理告诉我，这两口子平常活儿干得不错，遇到危情能主动参加，这两项年终一块儿表奖。

区容区貌像人的一张脸，需要天天保洁。一个小区、一座城市，小区保洁工抑或城市环卫清洁工的美丽笑容，永远不会消失。

2

夜雨追随阳光开启新的一天，依然淅淅沥沥地下着。距上班时间还有15分钟，快递小哥拨通我家的电话：你有快递了，下楼来拿？还是我给你送到屋里？我问：什么东西？广西柳州金橘。这时，我手机响了，外甥发

来微信：出差碰上售果期，即买即递。好，你稍等，我马上下楼，放到车库里。

一位年轻的快递小哥，十七八岁的样子，个子偏矮，瘦瘦的，眼神机灵，撑着一把雨伞站在摩托车旁。看我出来，他笑挂嘴边：喔，叔！你的快递。我说：让你久等了，没淋着就好。手按遥控器，车库门徐徐攀升。说时迟，那时快，小哥再无二话，趁机抱着快件放到库墙边，待库门升到顶时，他已蹬上摩托车一溜烟飞了。

我与快递小哥接触机会相对多一些，因为我的孩子和亲友多在外地工作和生活，之间产生的互递业务也多。我把家乡土特产品递给他们，他们也今天给我递一箱荞麦面，明天递一箱阳澄湖大闸蟹，后天递一箱陕西渭南富平柿子饼（外甥发来微信：又发现一种好吃的东西）……小快件，快递小哥骑着摩托车来；大快件，快递小哥开辆小面包车来，麻利地将快件搬到指定位置，转身就溜。

有一次，北大荒亲戚给我快递100斤大米，快递小哥从车上往我车库里搬时，显得有些吃力。看着他那皮包骨的样子，我陡生怜悯之心，便问：你这年龄怎么不读书？小哥笑了：叔啊，我快18岁了，不是不想读书，家住农村，父母种地，生活不宽裕。因为妹妹腿不好，我们兄妹俩一块儿上学，又一块儿考上大学，妹妹考个一本，我考个二本。父母说，妹妹身体不好，让她去念吧，你下来帮帮家里！我就进城来跑快递了。父母这样安排，你想得开吗？开始我也不高兴，琢磨了两天我想通了：妹妹身体不好，多点知识，干点脑力活儿；我身体比妹妹好些，干点体力活儿，这样，我们兄妹俩都能改变自己的命运。你身体这么瘦小能撑得住吗？没有问题啊。

一日傍晚，天阴沉沉的，小风不停地刮着，眼瞅要下雨的样子，东港路大桥边围了一群人。我过去看了看，原来是一位年迈的老婆婆，家住桥东，拄着拐杖出门回家走不动了，坐在这儿歇息。这时，一辆微型小货车远远驶来，也把车靠在路边，下来一位小哥儿。我一看，正是经常给我送快递的瘦小伙儿。他没看见我，但见他分开人群，问明情况，搀起婆婆：走，我正好到你们小区送货，捎你回家。他替老人提起拐杖，把老人扶上车，一溜烟跑了。我看着小货车渐行渐远的背影，心里陡升几分敬意：多么善解人意、急他人之所急的年轻人啊！

我一个邻居家有位老婆婆，身体有病，生活自理困难，儿子与儿媳都上班，他们只好经常为老人叫外卖。有一天，我正要开单元门回家，一位头戴安全帽的小哥，摩托车后座驮个布篷支的方盒，方盒一角插一面小红旗，在轻风中摇曳着，"突突突"向我驶来。他停下车就按门铃，干按没人接，便对我说：大叔，你也住这楼梯口吧？帮帮我，把饭捎上去，这家老婆婆可能耳背听不见铃声。我说：好，以后你再来送餐，就按我家门铃，我替你代送。小哥千恩万谢地走了。

这些冬夏不分，风雨不误，整天穿梭于大街小巷的快递小哥抑或外卖小哥，都是城市不可或缺的一道亮丽风景。

2019 年 1 月 5 日

甲子风光无限好

刘金恩

甭管你什么时间参加工作，到了花甲之年，就该离退休，回家颐养天年。随着离休者逐渐远行，空余退休一族。根据时代需求，退休年龄要调整延长，但延到最后，还是要退休。退（离）休是人生的重要转折点。在岗期间循规蹈矩半辈子，忙忙碌碌数十载，迟早都要面对这一天。几十年过来，身心条件再好，零部件也会有不同程度损伤，故此，千万不要"急刹车"，多几次"点刹"，缓冲一下，平静一点，太急了容易"肇事"。既然退（离）休"概莫能外"，那就合理调整好进与退的关系，换一种方式，拉开心扉，亮亮堂堂迎接新时代新生活，快快乐乐过好每一天：买买菜，遛遛弯儿，听听鸟叫，看看云卷云舒……审视个人条件，选择自己喜欢的事去做，便会更有利于延年益寿，尽享健康幸福的晚年生活。

我的退休生活主要是阅读和创作。除了"三陪"（陪老伴儿就医、逛商店、旅游）"一帮"（家务），每天家事忙完了，就徜徉在书报中，与那里的人物对话交流，同喜同悲，体会作者著书立说的真正意义。阅读要善于挤

时间，见缝插针，放下碗筷拿起书，有味道多看几眼，没有味道就放下。睡前看几眼，瞌睡放枕边。囫囵吞枣先浏览，细嚼慢咽读二遍，准能嚼出味道来，读来看去会上瘾啊，成瘾方能手不释卷。阅读是修身明理之道，增知补识之径。既要重视经典名著的阅读，也莫轻视平庸小作，抑或闲杂书刊，只要不违禁，与时代接轨即可。政治理论、天文地理、艺文书法、山林泉石、花鸟虫鱼、烹茶煮饭等品类，都可以阅读。广种薄收，也是一种耕耘果实，知识不怕多，可怕知不多。

创作离不开阅读，阅读是创作的源泉之一，也是提升创作水平的捷径。因为阅读可以直接汲取前人或他人来自实践的思考成果，来自对人民群众创造的各种经验的概括和总结。我的作品头等毛病是文学语言干涩，身边的名家张涛老师淡淡一笑道出"五字经"：增加阅读量。当然，阅读的意义不仅是为了创作，也不是为了打发时间，时间如同金钱宝贵，阅读正是珍惜时间，让短暂的生命更有意义。

创作更离不开火热的生活，否则，只能今年笔下风花雪月，明年再重复。我的创作爱好，源于新闻写作。在岗期间，常把公安队伍建设和某些有警世价值的案例写成新闻稿件，发表于全国公安系统和地方报纸杂志上，成为省内各级报刊的优秀通讯员。退休后，我把曾经记录的案例，用文学手法扩写，结集成书。华艺、当代世界、中国社会出版社等，为我出版了公安纪实文学《警事备忘录》《半岛利剑》《旷世奇案》，计53.5万字。此后，我由纪实文学改为散文创作，其间，有针对性阅读梁衡、肖复兴等当代散文名家的作品，收获颇丰。除了阅读，也不宅在家里，插空补缺出去走，听、看，勤记录，勤思考，有了灵感即创作。春风文艺出版社先后出版了我与老伴合著的散文集《樱桃红了》《杏花开了》，计70万字。现在，我与老伴的散文创作正在路上，不久，第三本散文集即将面世。

阅读、创作轮换交错，感觉挺充实，很愉快，忙得时常把双休日都搭了进去。明知阅读费思，创作劳神，却不肯罢手，立志"让文学爱好与生命同在"，离开它们，我有饥饿和负罪感，因为传承是每个人义不容辞的责任。正是：肩扛责任撒野跑，醒来方知人已老。莫管退休早与晚，甲子风光无限好！

2019 年 4 月 10 日

酒事散议

刘金恩

  中国人酿酒技艺超群，历史悠久。1500多年前，古代著名的农业科学家贾思勰，在他的《齐民要术》卷七"造神曲并酒"第六十四中，就详尽记载了酿酒方法。在文字记载中出现的第一种酒，因陕西白水县杜康其人始造而得名。魏武帝曹操慨赞：慨当以慷，忧思难忘。何以解忧？唯有杜康。杜康酒堪称酒业鼻祖。"茶圣"陆羽，"酒圣"杜康。浙江绍兴沉酿村，原名沉酿堰，坐落在绍兴鉴湖之源，因世代相传酿酒而得名。自唐宋时期以来，这里家家户户以酿酒、修缸、补坛为业，成就了许许多多酿酒作坊。李慈铭诗曰："沉酿村前柳色新，柳花争趁翁头春。红阑桥外青旗影，一色清阴覆酒人。"沉酿村被确认为"国家级非物质文化遗产绍兴黄酒酿制技艺传承基地"。100多年前，茅台曾荣获美国巴拿马万国博览会金奖。

  酒是尘世天使：酒（久）香飘大地，快乐满人间；华章酒中吐，文化厚积淀。酒也是凡尘魔鬼：酒似蒙汗药，酣杯麻人翻；啥事都敢应，当心苦井陷。

  酒在传统中医药学中的药用价值，多用于泡药酒或做药引子。散白酒装瓶常作礼品，逢年过节馈赠亲友。酒也是人与人之间交流沟通、为事为文的重要媒介，千百年来，经常在"无酒不成席"的喜庆宴会和迎来送往的日子里亮相，给人以无限的激情和旷怀，为人壮胆、助威、提兴、消愁。唐代道州刺史元结《石鱼湖上醉歌并序》：用公田米酿酒，请友人来喝，休暇时载酒于湖上，时取一醉，借酒消愁。韩愈《八月十五夜赠张功曹》："人生由命非由他，有酒不饮奈明何！"李白斗酒诗百篇，以《月下独酌》最精彩："花间一壶酒，独酌无相亲。举杯邀明月，对影成三人。"还有武松景阳冈打死老虎、吴用智取生辰纲等，皆离不开酒。酒在语言文学史中组成诸多歇后语：酒杯掉在酒缸里——罪（醉）上加罪（醉）；酒杯里掉苍蝇——扫兴；酒鬼走路——东倒西歪；酒里放蒙汗药——存心害人；酒肉朋友——终难长久；贪杯无度——醉生梦死；等等。日前，北京电视台播放的电视剧《外交风云》中，当刘少奇访苏凯旋，毛泽东设宴接风庆贺，朱德、周

恩来参加，倒酒时毛泽东说：酒要满，茶要浅，心要诚。四人欢快举杯，一饮而尽。"醉里乾坤大，壶中日月长"，壶中日月流淌的正是中华璀璨的文明史。

我有位老邻居，每天要到门前小卖店打二两散白酒，没有饭食菜肴，脖子一扬，"吱啦"一口倒进肚里，顿时脸色绯红，神采飞扬，交钱转身就走。吃酒当有时，上瘾不应该。看不惯者说他是酒鬼，既亵渎了人，也亵渎了酒。吃酒不误事不闹事，啥事都没有，这是酒德。老年人说他上一辈儿准有酒虫的根，亦太武断。随根（东北俗语，即遗传）很重要，但也不绝对。我曾提审一盗贼：你不怕儿子跟你学坏吗？他说：怕，特别怕，我都等儿子睡沉了摸黑才出门。贼也担心子承父业。果然，十几年后，他儿子考上了公务员。我祖父、父亲，包括祖母和母亲都不会吃酒。就算我有吃酒的根，一家人吃饭都癞疥疤子（东港俗称，蟾蜍）打苍蝇——刚供嘴，哪有钱吃酒。可我陪伴了一位嗜酒的上司，他常出钱请部下吃小酒，请吃不去有伤和气。第一次第一口白酒下肚，把我嗓眼儿辣得直冒烟，眼泪往下滴。上司瞅着我狼狈的样子笑了：敢下口就是进步。果然，在他的鼓励下和吃的次数多了便慢慢适应，我竟能把师傅（上司）放倒，很快出了徒。没有遗传有外传（环境）也会成性，正是：近朱者赤，近墨者黑。

我还有一位家住农村，工作在城里的工友，为人真好，就是贪吃小酒。一日下晚班，独自到小馆喝了几杯酒。骑自行车回家路过稻田埂时，酒劲发作腿不受使，人、车和近视眼镜，一块儿掉进稻田地里。黑灯瞎火，阴风横扫，他顾不得脱鞋挽裤腿，跳下去就摸到了自行车，扛起来登坝便走，嘴里自言自语：我骑你你累，屈得慌是吧？今儿个我扛你走，这公平吧？回到家家人都已入睡，他悄声洗洗裤腿鞋袜，倒头就睡。第二天早起上班，满院子找不到自行车，却发现多了一个锄草耕耙。他恍然大悟，扛起耕耙匆匆就走。到当晚摔倒的地方，自行车和眼镜都睡在稻田里。他洗一洗车子和眼镜，若无其事地上班去了。后来，他酒后吐真言，吃酒酿成的笑话竟成了大家调侃他的笑料。

中国男人爱吃白酒者众，"三盅"全会者寡。有人说，男人不会吃酒不是男人，这话有几分道理，也有几分荒诞。酒当然不是男人的专利，女人敢举杯，男人不留神，一定先醉倒。但中国女人多数不喜欢吃酒，一旦嫁给酒仙丈夫会苦恼一生，不是天天吵架，就是同床异梦，甚至离婚。

吃酒分为三六九等：一等人吃名酒，茅台五粮（液）不脱口；二等人吃瓶酒，大钱没有小钱有；三等人吃散酒，辣嗓辣舌照样吼；四等人吃蹭蹭酒，颜面扫地也不走。

今人以酒为台，道贺会友，酒风空前盛行。吃酒人与日俱增，名目泛、场次多、场面大，视为酒风盛行，是其一也。吃酒人有失酒韵、酒德，酗酒闹事，触碰禁令，视为酒境瘴目，是其二也。

民间婚丧嫁娶、孩儿生日娘满月、盖房搭屋、乔迁之喜等大摆酒宴，将传统光大，在普及中覆盖城乡。大寿宴、升学宴、谢师宴等新名宴，适时而生，不一而足。督促检查，迎来送往等公务活动宴也频繁露面。酒不厌度，杯不烦大。于是就有了：一斤酒漱漱口，二斤酒照直走，三个人两壶酒，杀遍亚洲无敌手。酒逢知己千杯少，酒过三巡，菜过五味，这个敬酒毕，那个举杯起，你敬我，我敬你，交头接耳，喝五吆六，猜拳行令，推杯换盏，高潮迭起，酣畅淋漓。或说大话，或吹牛皮，或封官许愿，或能办万事，噪声震门庭，酒气贯包间……如遇女士作陪，酒劲更猛，洋相百出，语言污秽，动作低级，原形毕露，形象扫地。留一半清醒留一半醉的，趁机抓起麦克风号唱，只贪破锣般的嗓子舒坦，莫管他人耳膜受苦；邻间食客苦不堪言，捶壁求情：酒友们，小点声，好吗？

吃酒并非不良嗜好，讲究酒境（意境）、酒德（文明）、酒风（清正）和酒韵（文化）的吃酒人，才委实难得。

2019 年 12 月 19 日

小议广告

刘金恩

时今，产品销售主渠道靠广告，从中央到地方，凡具备文字、声音和图像手段的各级报纸杂志、广播、电视等传媒，都在名正言顺地做广告，

热情地为有经济实力的制造商推销商品。曾经为计划经济做出过贡献出过力的销售科和推销员，早已名存实亡，被送进历史博物馆。传媒的广告效应，令那些遍地开花，在网络经济笼罩下，本来生意就不很景气的日用百货、专业服装鞋帽店、小商铺、小旅馆、小饭店、小日杂店、小水果店、小家用电器店、小药店等实体经济经销商眼馋眼红。这个商机却被有点文化修养和经济脑瓜的人瞄准，上仿下效，申请工商管理部门批准，开办了小广告公司。印制一些规格不一、色泽斑斓的纸质小广告，墙上、地下、电线杆上、过洞里、楼梯间等，铺天盖地，到处乱贴。保洁员手持抹布脸流汗，苦不堪言，清除一遍又一遍。停车场上几十辆机动车，不知啥时何人，就将小广告插在每辆车雨刷器贴风挡玻璃之间的缝隙上。城市道路红绿灯下，常常会发现被经销商雇请的一个或二三个手托一沓小广告的年轻男女，目不转睛地盯着行进的来往机动车，红灯一闪，他们会眼疾手快，迅速穿插于各停车之间，把小广告插在雨刷器贴风挡玻璃之间的缝隙上。

　　各种性质的制造商，都在争先恐后地抢占传媒，推销自己的产品，努力为企业增效盈利，这本是一件可以理解，也无可厚非的正经事。但有的企业偏花高价邀请文艺圈美女频频出镜，争夺消费者，有的产品，一个美女做了还不行，隔一段时日再换一个美女，成年累月、连篇累牍地广而告之。老实说，正在看新闻或电视剧的人，兴致勃勃之时，荧屏突然冒出广告来，真的是癞疥疤子（蟾蜍）跳到脚背上——不咬人膈应① 人。有人说，人家企业有钱，做广告促销，是为社会创造财富，就算扫兴一点看电视又有什么了不起的。此话说得也对也不对。我要说的是另一面，观众和消费者大意了吧，表面看，广告费似乎与我们毫无关系，其实，买的绝对没有卖的精。大家动动脑子，昂贵的广告费会增加产品成本，哪个企业老板是吃素的？只好变相把手伸进消费者的衣兜，于是养肥了文艺圈里的一群人。这些人中，有的已经加入外国籍，早已忘掉了养育他们的祖国母亲，还厚着脸皮回来吃母亲的奶，不嫌臊得慌！

　　其实，企业推销产品，最好的广告是消费者口口相传。上海飞鸽等牌的自行车、和黄药业有限公司的麝香保心丸、北京王致和的豆腐乳等厂家，我未见它们做过媒体广告，不也活得很好吗？

---

① 膈应：东北乡土语，意讨厌、烦人。

当然，做广告也没关系，设法多让点利给消费者，淳朴点说是一种善举，稍拔高点说不也是一种无名分的扶贫吗？况且，做广告也不必老请美女出来显摆，消费者不是花心群体，像脑白金多年来以动画片做广告，企业不也是活得好好的吗？还有，打打字幕广告，简便省钱，同样可以收到美女广告的作用。至于像珠海格力电器股份有限公司董事长董明珠女士，既为企业节支，也为老百姓省钱着想，亲自在中央电视台为企业做广告。我的家乡——甲午中日海战古战场的黄海北部是人居佳地，每年伏天最高温度没有超过摄氏 30 摄氏度，平均温度在二十五六摄氏度左右。2018 年伏天，35 摄氏度以上的高温突然来袭，地冒热气天下火，中医院一夜间收住热袭病人 20 位。经销空调、电风扇商家的商品被抢买一空。有空调的旅馆也被无空调和电风扇的市民住满。有人找到了格力，第二天，格力就派人拉着空调，给购买的诸家诸户登门安装。东港人热怕了，2019 年春节过后，格力就开始为求购者安装空调，其中，我家的立式桶装空调，就是这期间购买安装的。

广告是产品的宣传形式，我将对广告的一点感悟公之于众，也算是一种"广告"吧。

2019 年 12 月 30 日

读书、著书和赠书

刘金恩

读书是著书的启蒙和奠基，著书是读书的深入和升华，赠书是著书的积累和展示。

人的情趣与爱好蕴含着遗传因素，喜欢读书也莫能例外。民间有句顺口溜——龙生龙，凤生凤，老鼠生下来会打洞，说的是遗传基因，老百姓叫"随根"。如果你习惯留心身边的家庭，一定会惊奇地发现被许多人忽略的一个秘密：一个人出生在什么家庭，就会自觉与不自觉地接受这个家

庭第一任老师——父母潜移默化的教育和影响。甚至，父母是什么秉性和职业，子女也有可能是什么秉性和职业。子女能歌善舞的，其父系或母系中，一定会有一个从事文艺工作或非文艺工作但隐含文艺细胞的传人。所以，尘世间才会有世袭中医师、人类灵魂工程师，木匠、铁匠、银匠等行业和工匠。我父亲自学识得几个方块字，染上一口读书的瘾，做了文学的俘虏，每天爬完地垄沟回家，倚着炕被看《三国演义》等小说，结果把我给带"坏"了。我模仿大人从看有图画的小人书，到识字后看白纸黑字的大书，至今也停不下来。从古典文言文到现代白话文，从部分翻译的国外文学作品到本国四大名著等，我都曾浏览过。虽囫囵吞枣，有的似懂非懂，但也多少品出一点滋味，获得一点知识，享受到与众不同的快乐。

然而，阅读中，那一个个音、形、义组成的方块字，从我眼皮子底下走来走去，仿佛在说：净吃别人做（著）现成的，你就不能做（著）点给别人吃？其实，我不懒惰，也曾想写点东西与读者分享，只是我特别敬畏文字，不敢轻易下笕篱，把对文学的爱好和追求，隐隐埋在心底。阅读累了，我闭上眼睛习惯扫描自己的家人、亲戚、朋友、同志一段有趣故事和美好生活。有时也站在窗前，昼看楼群成行，夜览万家灯火。门前棕榈树上，每年总是送来第一声尖脆的蝉鸣，喜报秋实来临。我想看看蝉在哪棵树上，索性走上露台，蝉鸣陡止，稍逊扫兴。遂凭栏瞻目，晴空万里，火力发电厂烟囱白色烟雾袅袅，像画家笔下的一朵蘑菇云，高悬半空，久久不动也不散。突然，一股初秋劲风扑面而来，鼓开我心灵的窗户：懦夫，从未下过种，安有秋实之欢？不如斗胆一试，哪怕广种薄收。

夜，静得能听见自己的心跳。我打开荧光灯，伏案挥笔，像柞蚕抽丝一样，从腹稿里往外拔，吭哧到半夜，才写出二三百字。第二天接着吭哧，大约一周时间，费劲巴力将人生苦短、乐此不疲和纷繁世事那点滴认知，化作一篇千字文。又反复推敲修改一周，才算把稿子定下来。那时，我没有电脑，稿纸复写一份，信寄出去。不久，《一把理发推剪》便在《满族文学》杂志上发表了。人啊，十有八九都希望顺风顺水，把手写字变成刊物上黑字，这几乎不可能的事变成可能，算挑战成功吧！就像一针药性恒久的强心剂，让我的创作激情再也没有冷下来。在我的影响下，老伴儿也参与进来，她写她的，我写我的，互相切磋，互相鼓励，共同提高。事后，我特邀指导老师张涛，为我破解为啥写一篇小稿要费九牛二虎之力？点评一个文学爱好者的习作，对一个国家一级作家、曹雪芹文学奖的获得者、职业编辑来说，是易如反掌的小菜一碟。可人家笑眯眯瞅着我，淡淡地说：我猜你还是阅读量不够。还用猜吗？人家多会说话，这就是表述艺术，一个普通的"猜"字，不仅击中事物的要害，彰显名家的谦虚和风度，也不伤害对方，一句话像一首诗，体现文学本来就是语言艺术。老师说得太对了，我虽读过几本书，但未破万卷，所以下笔不来神。

于是，我一边检索生活细节，启动灵感即兴创作；一边结合创作，挤时间多读书。在贫书年代，我的阅读颇散杂，逮着什么读什么，虽收获微薄，但养成了读书兴趣和习惯。始自习作发表以后，我集中抓住《人民日报》等报纸副刊，纯文学杂志和季羡林、肖复兴、梁衡、余秋雨等一些文学大家的散文作品阅读，虽对提升我的作品质量起到很大帮助，但也或多或少会有一点功利之嫌，在一定意义上亵渎了阅读的真正意义。

四五年过去了，我把我们散乱的文字收纳、整理、编排，发给春风文艺出版社。2010年11月，夫妻合著的散文集《樱桃红了》出版了，并登上了全国一些较大新华书店的销售柜台。我本一介武夫，几十年摆弄枪杆子，觉得挺不容易；回顾这本小书面世的全过程，我惊奇地发现并有资格证明，使用笔杆子，同样不容易。

喜庆之余，我陆续把集子馈赠给曾经帮助过我的编辑、记者老师和我的家人、亲友。但在馈赠过程中，我也发现因为盲目带来深刻教训：有一天，我约见一位朋友，落座寒暄后拿出自己刚出版的新书，站起来双手递给对方：我出了一本散文集，送您一本。朋友愣愣地站起来，缓慢伸出接书的双手，我从他惊疑的眼神中认识到自己的唐突，但为时已晚。朋友接过书淡淡地说：谢谢，没有别的事，我先走了。我望着朋友离去的身影，心里不是滋味。而更让我难过的是一个远支亲戚，把我送的书丢在睡床上，让孩子撕得细碎，我看了差点掉眼泪，起身赶紧离开。我是该补一补"自知之明"这堂课了。

又是几年过去了，我与老伴合著的第二本散文集《杏花开了》，2016年9月，仍由春风文艺出版社出版了。吃一堑，长一智，这本集子除了赠给曾编发我们稿件和写序人，并主动送到他们手上之外，我就不再积极馈赠他人了。天下没有不透风的墙，倒是有些读者闻风张口，我只好恭敬不

如从命了。鲁迅说：则无聊生者不生，既是厌见者不见，为己为人都有好处。他还说：其实，地上本没有路，走的人多了也就成了路。不必主动赠书的道理也一样，我会沿着这条没有苦恼和麻烦的平坦之路一直走下去，因为我还会继续著书。

2019 年 12 月 31 日

邻 居

刘金恩

人一辈子离不开邻居，走了老邻居，新邻居变成老邻居。我搬过多次家，从马架窝棚的深山沟搬到泥草屋的屯子里，深山沟里邻居一两户，屯子里邻居十几家；从泥草屋屯子里搬进砖瓦屋的堡子里，堡子里邻居几十户；从砖瓦屋的堡子里搬进钢筋水泥构筑的城市步梯楼房里，城市里邻居上百家；又从城市步梯楼房里搬进电梯楼房里，邻居上千家。这就是人往高处走，水往低处流。越搬越宽敞，越搬条件越好。越搬邻居越多，越搬邻居越集中，形成比堡子更大的城市社区。与堡子比，社区里算是近邻了，楼道单元里就属于对门。我的儿孙离我千百里，多亏摊上好邻居。

我们社区有几十幢楼，分为步梯和电梯两种，一千五六百户人家。我住在电梯楼其中一个小高层三个单元门的小楼里，每个单元一部电梯，一梯一层两户，共有二十几户人家。下楼出户，上楼回家，上下楼必走一道单元公用门，邻居几乎天天能见面。

俗话说：远亲不如近邻，近邻不如对门。我的邻居，除我是本市坐地户，其余都是改革开放后从本市偏僻农村和美丽海岛，以及外市县迁入的人口。汉、朝鲜，两个民族杂居。有在职的人民教师，公务员，人民警察，电业、电厂、文化艺术、金融、商业等行业员工，也有养殖、电商等个体从业者，还有少数退休的职工、干部和退伍军人。年轻和老年的夫妻少，中年夫妻多。我们在一个楼梯口生活了十几年，像一个异常和睦的大家庭。

大家庭里孩子们特有礼貌的背后，昭示他们第一任老师——父母教育的艰辛和成功。一个七八岁的小女孩儿，从单元门前游乐场玩够了要回家，透过单元门玻璃发现我由楼梯间往外走，她急忙向前冲几步，伸手拉开单元门不松手，示意让我先出去。我说声谢谢！她童眉轻举，抿着小嘴一笑，顺势进入单元门内，蹦蹦跳跳向楼梯间走去，头也不回。有一次，我从市场回来，手提几袋买来的蔬菜，正掏门卡要开单元门时，说时迟，那时快，身后闪出一位牵着女儿的中年母亲，一把将单元门拉开礼让我先进去。我迈进楼梯间，母女俩随后跟进来，小女孩学着母亲抢先向前跑几步，打开电梯门也礼让我先进。我们同梯登楼各奔各的家。我走出电梯门，回头向母女俩道声谢谢！孩子母亲笑笑说：轧邻轧居，举手之劳，何谈谢谢。然而，这举手之劳却让我备受感动。

　　俗话说：家庭兴衰看子相。每个家庭都如此注重教育自己的孩子，社会细胞也一定会苗壮成长，必然会凝成更加强大的国家。另一对夫瘦妇胖的夫妻，生有一男一女两个小孩儿。小男孩儿长得像日本进口动画片中的一休，乖且精灵，他头一次见到我时其父亲说：这是爷爷！这孩子即刻抬起稚嫩的小手就喊：爷爷好！此后每见到我一次就祝福一声：爷爷好！有时我从外边回来，未注意他领小妹妹满院子跑着玩，他却首先发现我，远远大声呼喊：爷爷好！他妹妹听他这么叫也跟着喊：爷爷好！此起彼伏，叫得我心里热得滚烫滚烫。看着这些活泼可爱的孩子们，我仿佛看到了未来更加美好的希望！

　　多年来，邻居大人们之间没有你争我吵、抓破脸挠破鼻子的，也没有传瞎话嚼舌头、假客套真虚伪的，只有实在和真诚，一直友好和睦相处，有困难互帮互助。一个寒风料峭的傍晚，我内衣外套了一件老式警用坎肩，要下楼拿点东西，刚开门老伴儿就喊：再穿点，冷！就一会儿，没事。我匆匆打开电梯门，恰与一位雍容华贵的妩媚少妇同乘一梯。她扫一眼我的打扮，深情地吐出三个字：多穿点。这爱情与邻情的点拨，透视出女人细腻柔软的心是相通的。

　　我老伴儿患有不稳定性的心绞痛病，来病如山倒，缓醒过来像健康人一样。一天早饭刚过，她突然心绞剧疼，双腿瘫软，无力独自前行，我急忙搀扶她下楼。正要开车上医院，一位近邻少妇开车从外边回来，她目睹

此情，亲切中含蓄着命令：你别开车了，上我的车，快呀！她娴熟地掉转车头，飞也似的将我老伴儿送到市中心医院抢救，才脱离了危险。《三字经》里"昔孟母"为何"择邻处"？绝非仅为儿子力避"近墨者黑"，力求"近朱者赤"那么简单，因为优选好邻居胜似好远亲。

老邻居，你们好！

2020 年 4 月 15 日

最后的嘱托

李金红

走近 A 医院 B 病房，一眼就看见他躺在这单间唯一一张病床上。他的眼睛呆滞，气若游丝，脸色消瘦蜡黄，表皮松弛，毫无生机。不难看出，疾病已将他推向冥界的边缘。额头上那深深的皱纹里，除了沧桑，仿佛还暗藏着他一生中所有的期望和秘密。

病床边那条塑料凳子上，坐着他患有阿尔茨海默病的老伴。他不时地睁开双眼瞥她一眼，又无奈地慢慢闭上。老伴的手里拿着一个刚刚咬了几口的桃子，毫无顾忌、有滋有味地咀嚼着，桃汁一滴一滴落在她的衣衫上、地面上，她吃着看着，生怕吃完了再没有这么好吃的桃子。我静静地看着他们，顿时懂得了衰老对一个生命的严酷伤害。

日夜守护在他身边的小儿子告诉我：父亲已经 3 个多月没吃一口东西了，哪怕是喝一口水，在嘴里停一会儿也要立马吐出来，有时强忍吞下，胃顿时疼痛难忍，必须马上用吸管把水抽出来才得以安宁。躺在病床上的他苦恼极了，常常念叨：有顿饺子吃就好了，唉！人哪，没有病多好，想吃什么就吃什么，我还能有那样的日子吗？真让人可怜！他最爱吃包子、饺子、馄饨等带馅儿的食物，没病的时候，女儿三天两头包给他吃。他又非常爱吃肉，家里一日三餐少不了肉，大白菜炒肉、青椒炒肉、土豆炖肉、大碗蒸肉等天天吃，天天都爱吃。他还爱吃海鲜，鱼类专吃大头宝鱼，虾爬子专吃雌的，月饼专吃五仁馅儿的。前几年他没病能吃的时候，老伴儿为满足他的口福，常常顶风冒雪或烈日炎炎走街串市，也要设法买到他的所好。

两年前，他吃啥都不爱消化，医生诊断患了胃癌。手术后，医生嘱咐不要吃得太多，要多餐少食，饺子每顿吃两个就可以了，可他管不住自己的嘴，又放开肚皮大吃起来。吃着吃着胃又发胀了，这次住进了医院，就是因为偷偷多吃了几个饺子，没想到这顿饺子竟是他一生中最后一顿。从此便口水不进，天天靠挂吊瓶维持生命，有时他后悔地叨念着：我不该不听医生的话呀！没病多好啊！想吃多少就吃多少，病魔就这么不饶人啊。

他躺在病床上，紧闭双眼，不说也不动。难道是在想那些好吃的食物？还是回目一生走过的路？

他本是阔少出身，自己不会忘记年青时有多么帅气阳刚，英俊潇洒。五六十年代，几套与众不同的中山装，穿在他那高大挺拔的身板上，一顶又黑又厚的大分头，一张椭圆的瓜子脸镶着那双笑眯眯多情的小眼睛，脖子上围着一条紫色格子围巾，看上去一表人才，令许多女孩动心不敢动情，因为那时是唯成分论年代。不过也有例外，那年，他单位从理发店调过来一位大姑娘，与他坐对桌。这姑娘对他一见钟情，便冲破种种阻力扑在他的怀里。这让他喜出望外，他那双笑眯眯的眼睛看到了一丝光亮，他的幸福就这样梦一般来到了身旁。这位姑娘就是现在坐在他身边吃桃子的老太太——陪伴他 70 多年的老伴。

他本是国营商业的职员，改革开放初期，凭着一双灵巧的手，在百货商店大楼里干起了服务性的小件修理部：修手表、缝纫机、门锁、拉链、配钥匙、割玻璃……颇受广大顾客的欢迎和喜爱。因为敬业和能力，他被提拔为新建二百货商店经理。他彻底甩掉了家庭出身的包袱，轻装上阵，领导一个部门活跃在小镇的大街上……可惜好景不长，一股赌风刮进小镇，厌倦了本职工作的他，轻松地走进很多人不敢走的那条不归路——赌场。他迈出的第一步是边上班边玩小麻将，玩着玩着就情不自禁地上了瘾，因而，40 多岁的他便弃职回家，摆起麻将桌，昼夜泡在麻将桌上。

亲戚朋友苦口婆心劝他，凭手艺把在家待业的儿女们组织起来，开一家修理部或玻璃店，既解决儿女就业问题，又能大把挣钱。他只当耳旁风，这暖风吹不进他的心里，也无法清算其钻尖取巧的顽疾，更无力驱散其走火入魔、嗜赌如命的行为。然而仅在这几年时间里，清醒的小镇人睁大了眼睛，紧跟改革开放的步伐，做起正当的商业买卖。一时间，各种店铺星罗棋布，生意红红火火，如今的富豪、老板，大都是那时候起步的。而他，却由一个堂堂正正的国营商店经理，堕落在自己家的厦子里，整天摆弄那几张麻将桌。后来，为减少麻烦，还挂上了"棋牌室"的合法招牌，大张旗鼓地干起来。

麻将生意也很不容易，为揽赌客他费尽心思。每天电话联系客户，更多时候，他就站在厦子门口，东张西望等客。好不容易凑够一桌，才能挣到一点桌费；凑不够桌就得自己上阵。他自己说：有时候收点桌费，还不够他输的，招不来人时，他非常着急上火，他的病也并非与此无关。

他做完了第一次胃癌手术，出院那天第一件事，就是钻进麻将屋，精神抖擞招客参赌，像一个健康的人一样忙碌起来，他的身体状况又怎能允许呢？没过多久，又累又急，就又躺进了医院。

几个月过去了，他瘦得像干柴棒，身体已无力遂他所愿，每动弹一下，都需伺候在其身边的小儿子帮助。他的眼睛也不灵活了，睁开一次费挺大的劲。前几天，他突然咳出几口血，医生给加了一些药，昼夜慢悠悠一滴一滴往他身体里输着所谓能延续奄奄一息生命的药液。当他得知小儿子和女儿已为他备好了送老衣服，并买好墓地时，脸上淌下一串淡淡的老泪……

亲人们都来探视，他还是闭着眼睛，听到亲人大声呼唤，才能吃力地睁开看一眼。二妹妹哭着说：真没想到，哥哥这么快就病倒了，才80岁刚出头啊！咱妈都活到快100岁了，你怎么就不像妈呢？唉！小妹和弟弟也站在旁边掉眼泪。表妹离他远一点站着，哭丧着脸嘟嘟：大哥一辈子没有亲情和友情，只过自己的好日子，他有钱时帮过谁一把？身边的亲人拽了表妹一把，暗示她人都这样了，就别说了。

天渐渐黑了下来，病房里只剩下他、小儿子和女儿。大儿子自从他二次入院就未曾来看他一眼。每逢遇上解不开的事，难得兄妹俩挂长途电话，找这位远在千里之外为其女儿哄孩子的哥哥商量。哥哥回复是：你们自己处理，我这脱离不开……

兄妹三人与父母同住一个小镇，哥哥为了点家事竟能八年不登父母门，过年了，眼看着左邻右舍的儿子们都大包小包地往父母家办置年货，可这家的两个老人天天盼、昼夜想，他们的大儿子就是不接电话，人影不见，老伴整天哭闹找大儿，还常常站在家门口的马路边，仔细地看着路上行人，渴望能看大儿子一眼，在白皑皑的雪地上，她搓手顿脚，心里多么想一眼看见大儿子，立马上前拉着儿子的手，像小时候一样回家坐在炕上欢欢喜喜地吃饭，高高兴兴地享受天伦之乐……

这些年来，他思念儿子上火着急，麻将桌招不来人上火着急，女儿离开他去省城给外甥女看孩子想念女儿着急上火，老伴经不起精神上的折磨又患了阿尔茨海默病着急上火……火上加火的折磨怎能不生病呢？

夜深了，看望他的亲人都离他而去，只有小儿子和女儿依然陪伴在他的身边。他的脸一半对着灯光，另一半斜在墙边，精神状态更加虚脱，看上去，他不想把内心隐私拿出来给死神窥破。他眉峰紧锁，在想什么呢？是对过往人生的惋惜，还是对逝去时光的留恋？是在想着嘴里不说，心里一直想念的大儿子，还是惦记他那小小麻将生意能否延续下去……他女儿轻轻地将他的头部放正，这时，他的两只小眼睛瞪得圆圆的，眼球一动不动了。小儿子大声喊：不好！快，穿送老衣裳！兄妹俩快速把一切做完了，看看父亲那毫无血色的脸，还是瞪着眼睛，死死盯着女儿。女儿似乎明白了什么，急忙对着他大声喊：爸！爸爸，你放心走吧，我记住了你嘱托的话：一定接管好麻将桌生意，我会用心管理好的，照顾好我妈，你放心地走吧，爸爸！站在旁边的小儿子急忙插上一句：爸，我给你做一副麻将烧掉，到那边去玩吧！他像听明白了一切，大口大口地呼出了最后几口气，安详地闭上了眼睛。兄妹俩顿时泣不成声……

他走了，变成一朵云，飘散了，从一个世界融入了另一个世界。

2020 年 7 月 25 日

值得强化宣传的历史节点

刘金恩

多年前，我阅读徐志耕先生的纪实文学《南京大屠杀》。作者对现场目击者的中国人、德国人、美国人、英国人、丹麦人和遇害人的亲属调查，以及直接收集到的物证，深刻揭露出日本侵略者惨无人道的野蛮行径。敬告读者，牢记国耻，只有强大才有尊严。

日前，我拜谒南京大屠杀遇难同胞纪念馆，进一步证实侵华日军灭绝人性的滔天罪行。从阴森、沉重、灯光昏暗的入口进入展馆：标有遇难者名讳的条状木牌，近看，一块挨一块从上到下挂在一面墙上，远看，像一整块带字的木板墙。另几间展馆里有策划、参与杀害中国人民的日军头目照片和史料影像回放室。从 1937 年 12 月 13 日开始，侵华日军在持续 6 周长达 40 多天的时间里，屠杀、强奸、纵火、抢劫 30 万手无寸铁的平民百姓和战俘，可谓惨绝人寰，触目惊心。

遗骨陈列馆则是另一番残景：灯光昏暗，长方形的深坑里装满一堆一堆头骨、肋骨、肢体骨。四周墙上挂着每位遇难者的照片和姓名，每张照片旁边挂着一盏小灯，忽暗忽明，仿佛是死者的冤魂显灵，喊冤叫屈。

我随祭拜人群缓缓离开展馆，情不自禁地边走边抹眼泪。因为蓦然想起家乡曾经的苦难：南京大屠杀前 6 年，即 1931 年九一八事变后，东三省相继沦陷。我的家乡是被日军最早奴役和蹂躏的一方，也是东三省最早起来打击侵略者的地区。其间，我父亲被日军抓去本溪湖煤矿当劳工，同被抓去的邻居死于矿难，父亲死里逃生。沈阳沦陷第二天，日本铁道守备队 200 多人，分两路侵占了家乡安东县(1876 年设治，管辖凤城和孤山县一部分、今丹东和东港市全境。61 年后，1937 年安东市设治，从县域分离，县府搬迁大东沟)政府和公安局，相继攻占了大东沟、大孤山等地，从此，安东人民惨遭奴役，生活陷入水深火热之中。日军在家乡制造南岗头、秦家窝棚、合隆万人坑、教育惨案等灭绝人性的血案多起，被日伪军直接杀害和迫害致死 731 人、伤残 201 人，失踪 37 人；粮食、房屋、土地、牲畜、林产、矿产等财产损失难以数计。

其中，"南岗头惨案"的惨烈程度，虽小于南京大屠杀，但却事发在其前：1936 年 12 月 14 日，日军守备队在十字街小楼房马家堡子场院窝棚搜出两个带枪人，又有汉奸告密抗日义勇军闫生堂部经常夜宿南岗头。当月 26 日清晨，日军合隆守备队准尉军官饭尾、县警务局局长张忠臣带领 20 余名日军、伪警察和自卫团，将全堡 40 余户 200 多人用刺刀逼进姜德新家院前，男的捆绑后 8 人一排，分批枪杀，后集中火力向关押妇女儿童的屋内射击，并将 280 余间房屋点火烧毁，史称"南岗头惨案"。

南京大屠杀，是侵华日军在江南集中杀戮中国平民百姓和战俘人数最多，手段最残忍的一次。

前事不忘，后事之师。2014 年 2 月 27 日，第十二届全国人大常委会第七次会议通过决议：每年 12 月 13 日为"南京大屠杀死难者国家公祭日"：祭祀亡故，告慰先人，警醒后生不忘国耻，奋发图强，振兴中华。于是，我想起一个问题，中华人民共和国成立以来，我们的教科书、报纸杂志、影视剧、文学作品和各级领导讲话，都对中国人民抗日战争和世界反法西斯斗争胜利的宣传，惊人一致地称为"八年抗战"。"八年抗战"是从 1937 年卢沟桥事变算起，到 1945 年日本宣布无条件投降为止。笔者认为，卢沟桥事变，是日本持续扩大武装侵华时间，也是抗日战争全面爆发时间。日本侵华真正发源时间，是 1931 年沈阳柳条湖九一八事变。因为东三省虽是国之局部，却是中国不可分割的领土，既是我国最早的沦陷区，也是最早奋起打击日寇的抗战区，长达 6 年时间，所以，计算中国人民抗日战争胜利，应从九一八事变发源开始，到 1945 年日本宣布无条件投降为止，为 14 年。

查阅资料得知，以张德良等辽宁学者为主体的东北学者，于 1950 年就提出"十四年抗战"理念，41 年后的 1991 年，在纪念抗日战争胜利 46 周年时得以体现。专家学者上世纪 50 年代的论证付诸实施竟如此之难，又在 67 年后的 2017 年春季，中小学教材才改为 14 年。可想而知，像我们这样普通老百姓，因为日前参观南京大屠杀纪念馆，才引发认同，就更不足挂

齿了。2019 年 2 月 25 日，重庆电视台展播出 79 集电视连续剧《大秧歌》，结尾时，八路军王政委在虎头湾讲台上信誓旦旦地说："我们 8 年抗战胜利了！"难道编剧也不晓得 14 年抗战史，这太遗憾了。

这样一个有悖史实的重要历史节点，仅仅在一次纪念抗战胜利大会和中小学生课本上修正一下是远远不够的，而运用多种手段，强化这个历史节点的宣传是值得的。相信随着时间的推移，国家会作出公正的结论，让国人家喻户晓，人人皆知，代代相传。

2021 年 3 月 31 日

当家人的苦衷

刘金恩

科技进步推动着社会和各项事业日新月异的发展。以前，职工发工资，单位会计得先到银行取款，大单位工资额度大，还要陪一名临时"镖爷"，才能从银行将款安全押回单位，再发给每位职工。年复一年，月复一月，每到这个日子，会计室的门几乎要被挤爆。现在不同了，各单位会通过银行直接将工资打入每个职工的银行卡或存折（纸制本）中，职工个人随时随地可到银行领工资。智能进家庭，生活更方便。国家给职工涨工资，就直接打到卡或证里。有一天，朋友挂电话说：老伙计，从这个月开始又涨工资了，快到银行去看看吧。第二天，我兴高采烈走进银行营业大厅，各存取窗口，已经挤排了满脸堆笑等领工资的退离休人。这样一件值得庆幸的大好事，不说感谢也罢，独有一人放开嗓门：在原行业和岗位工资基础上调涨工资不公平，原来高的，越调越高，原来低的总也拉不平，应该重新制定政策。还真有一个人迎合：中华人民共和国成立都 70 多年了，百分之百涨工资的中华人民共和国成立前参加工作的人也走得差不多了，这个特殊待遇应该依次往前推推，比如 1950、1951、1952 年等参加工作的，也该轮到他们享受享受了。众人的目光投向这两个人，大厅里顿时鸦雀无声。

后来，也有个别职工在自媒体网络中流露出这种不和谐情绪，发泄一下心中的不解之气，这也无可厚非。倘若果真有政策问题，相信国家会适时作出调整。我对此议另有一说，试想说给大家听听，算着相互交流，以求共勉吧！

首先，请质疑者不要生气，不当场合勿妄言，可经正常渠道向上求证。一个家庭、一个村庄、一个部门、一个地区，乃至一个民族、一个国家，都有一个当家人。老百姓的吃喝拉撒和生命财产安全，都要靠当家人昼夜为我们操心，一个家庭是这样，一个国家更是这样。俗话说：不当家不知柴米贵，不养儿不知父母恩。当家人很不容易，老百姓也不容易，大家都不容易。历史上遗留了一大堆难题，需要新时代当家人去解决，新时代又会滋生许多新问题，也需要解决。当前，既要应对中国与美国经济贸易战，又要应对世界性新冠肺炎疫情的消耗战、贸易战、疫情战，与硝烟战一样，都是打钱的战争，国家财政压力很大，在这种情况下，当家人还能想到我们这些在家吃闲饭人的工资待遇问题，已经是很不简单、很有感情了，涨多涨少都是恩！都是情！

其次，我们再冷静地想一想，什么叫公平与不公平？其实公平与不公平是对立统一、互相依存的双胞胎：公平中蕴含不公平，不公平中也潜藏公平。没有不公平，公平荡然无存；公平是在不公平中孕育诞生出来的，不公平也蕴含着相对公平的一面。中华人民共和国成立以来，一代又一代国家当家人，呕心沥血，千方百计，正在努力改变着历史上遗留下来的城乡、工农和脑力与体力劳动的三大差别，这不是一朝一夕能办到的事情。为此，面对现实，才最为客观，最为讲理。

咱不妨再简单、再朴素一点说，一个高空作业的电工和地下采矿的挖煤人，都会比地面工厂的工人挣钱多，同样的工人身份，却有不同的工资待遇，你说这算不算公平？我说不公平也算公平，因为他们所付出的代价不同。再比如，一盘苹果，你是父亲，也是当家人，上有你的父母，下有你的妻儿，每人一个苹果，你能分得同样大小吗？我看不可能，因为苹果不会以你的标准必须长得同样大，但你能把最大的分给你的父母，那就是公平。所以，民间有句话：能当木匠、瓦匠，不当分匠。木瓦匠面对的是物，你想怎么用它，它都乖乖听话；分匠面对的是人，有思想，

有追求,不满足就生烦。只要求当家人为我们操心,我们能为当家人做什么?这也是公平又不公平,相信每个当家人一定都会想方设法,逐步解决一些所谓的不公问题。

如果我们能多一些理解和宽容,少一些计较和抱怨,再学习一下东汉鲁国人孔融,4岁就能把大梨让给哥哥吃,这种连小儿都懂得的谦让礼长精神,难道我们这些大人还会说上面的问题还是个问题吗?

2021年6月25日

平民语丝

刘金恩

1. 吃国饭跟国走,退休未敢忘国忧。

2. 人生三重恩:生养父母恩,排难亲友恩,成长社会恩。恩在胸中常思量,三恩同报才算有心人。

3. 官品在清,人品在孝,作品在真。清、孝、真乃做人之本。

4. 幸福是一种感受,只有经过艰苦环境和生死历练的人才能懂得。

5. 以他人之短为镜,克己短、补己长之人,必将修身为圣。

6. 天下本无事,庸人心自烦。

7. 人有良心,兽有兽心,是谓人兽之别。人为感恩,兽不可为。

8. 滴水之恩当涌泉相报。感恩是人性良心,负义是没肺没心。

9. 感恩不是等价交换,也不是一还一报,非还非报,永以为好也。

10. 人与人关系必有亲疏远近。知恩图报者亲,忘恩负义者疏,亲近是友,疏远为邻,友邻和睦,天下一家。

11. 惦记太累,放弃是一种快乐,也是一种情怀。

12. 为别人活着的人,既是品德高尚,更是个人之福。

13. 浪费钱财活可挣,挥霍感情死方悔。

14. "爱"在嘴边挂千遍,莫如只做不说,或只为对方做好一件事。

15.恶在红尘千夫指，善撒人间万户颂。

2021 年 3 月 5 日

季羡林的语言艺术

刘金恩

语言是人类特有的，用于表达意思和交流思想的工具。动物也有，鸟有鸟语，兽有兽语，科学家懂得。人类不仅有语言，还有记录语言的文字，这是人兽之别的标志。

文学语言是语言的重要组成部分，专用于记载人类有意义、有价值生活的独特艺术。著名的超百岁作家马识途老先生说：文学总归是语言艺术。强调语言艺术在文学中的重要地位。因为精辟、优美的语言像一块磁石，会吸引更多的读者。那么，什么样的语言才是值得倡导的语言艺术呢？

这个我真说不明白，因为我的创作正是缺乏这种艺术，语言呆板、干涩。我苦思冥想，搜肠刮肚，想努力补齐这个短板，还是浪漫诗人李白一首《静夜思》，让我获得启发：床前明月光，疑似是地上霜。举头望明月，低头思故乡。四句话20个字，既没有丰富的想象和虚构，也没有华美的词藻和悬念，平平淡淡，简单直白，为什么能流传至今，连小儿都能倒背如流？因为真实和言之有物（窗、光、霜、月、故乡）、通俗、易懂、易记，朗朗上口。在美术家眼里，这不仅是一首诗，也是画家笔下一幅精美的图画。

由于每个人的人生观、价值观和审美观不同，对语言艺术内涵的理解也不尽相同。在我看来，语言艺术就是用形象反映现实，但比现实更有典型意义的社会形态，是读者喜欢，情愿接受，读起来顺畅，听起来悦耳，像平常人说话一样，易懂、易记的艺术形式。其精髓就是：通俗不低俗，哲理不歪理，精辟不肤浅，易记不易忘，这便是形象优美的语言艺术。

其实，季羡林老先生早已用他的散文作品为我们做出榜样：他在《我的心是一面镜子》里说：腐败的东西终究会灭亡的，这是一条人类和大自

然中的进化规律。揭示出"历朝历代的灭亡，无不是腐败这根绳索，扼断了这个朝代的最后喘息"。

在《九十述怀》里说：永远变动，永不停息，是宇宙根本规律，要求不变是荒唐的。万物方生方死，是至理名言。揭示出"尘世间，万事万物唯一不变的是变，生死是万物必由之路"的哲理。

在《三论人生》中说：能为国家，为人民，为他人着想而遏制自己的本性，就是有道德的人。能百分之六十为他人着想，百分之四十为自己着想，他就是一个及格的好人。为他人着想的百分比越高越好，道德水平越高……为自己着想而不为他人着想的百分比，越高越坏。到曹操那样，就算是坏到了顶。揭示出他用"数学中的百分比，量化出人生"的道德标准。

在《虎年抒怀》中说：人类的两只眼睛长在脸上，不长在后脑勺上，只能向前看，想要向后看，必须回头转身……人吃饭是为了活着，但是活着绝不是为了吃饭，而是为了工作。如果活着只是为了吃饭，还不如不活为佳。揭示出他"以人体器官定位，引申人生应该向前看朝前走，并以人活着要吃饭的平常生活，精准辩证地阐述出人的人生观和价值观"。

北大教授、国学大师，活了98岁的季羡林老先生，在文学创作中，从不刻意追求所谓的语言华丽，使用母语中的文学语言竟如此质朴、真切，观点明确，开朗豁达，一点没有文字派头，酷似平常人说话一样，讲述普通的人情道理，深刻地道出了生与死的辩证关系，精辟地阐明了人的人生观和价值观，这就是真正形象而优美的文学语言艺术。季羡林是中国高深莫测、当之无愧的语言大师，也是文学创作者们应该虚心学习语言艺术的楷模。

2020 年 4 月 19 日

后　记

出过两本散文集，都写了后记。出一本集子就写后记，有落俗套，但确有难言之隐，又言犹未尽，故此，第三本集子不得不再写个后记。

这个后记与以前不尽相同，是专讲感谢的。我本是一个执拗的人，很少向恩人当面道谢，本来"谢"在心中燃烧，呼之欲出，冲到嗓门，脸色泛红，像被鱼刺卡住，怎么也吐不出来。这并非自恃清高或忘恩负义，凡与我经常接触或多年在一起工作的人，一定会理解我这个臭毛病：长了一脸磨不开的肉。但也会给出一个合情评价：心直口差，不善言辞，知恩图报，深埋心底，寻求时机，适时回馈。

感谢，本是极富真诚和浓郁情感、心生口出的文明用语，使用得体，会收到凝心聚力和心心相印的效果。如今，"谢谢"变成口头禅，甚至一件微不足道的小事，也能当众钓出成串之谢。有人用微信，每天早晨发一条"早晨好"，是一种暖心的问候和致谢。不过，依愚见：当面谢千遍，不如背后一句谢。今天，我们用白纸黑字道出心中之谢，以存档式的文字形式，呈现于人，想来更能表达诚意。

第一要感谢绵延数千年的中华文明，丰厚灿烂的文化积淀和广阔生动、安定美好的当代生活。

我们俩都从黎明前的黑暗中匆匆走来，出生在辽东半岛一个小山村，中华人民共和国成立时我年仅9岁，老伴8岁。受过"三座大山"压迫，吃尽扛活、溜房檐之苦的是我们的父辈，我仅赶上旧中国的末尾，给有钱人家放了几天牲口。中华人民共和国成立后，我们有了上学读书机会，差前差后中专毕业，她住城里留在城里工作，我被直接分配到城里工作。我们共同经历了中华人民共和国发展的各个历史时期。在先后退休之后，有了更多读书、看报时间和到大江南北走走看看，随时随地与城乡亲朋好友敞胸开怀聊聊谈谈，耳闻目睹了家乡和民生日新月异的变化：老百姓安居

乐业，不再溜房檐；米、面、鱼、肉、蛋已成家常便饭，饥饿早已丢到脑后边；服饰花样繁多，补丁进了历史博物馆；出行便捷，高速公路、高铁修到家门口，机场、国际客货海运航线在身边；火力、风力发电落地急运转；通信网络全覆盖，居民人均收入成倍增长，国内生产总值连年翻……这取之不尽，用之不竭的创作源泉，像一团熊熊的篝火，点燃了我们的创作激情，大步踏上了文学创作之路。我们告诫自己：放下的仅是那一小份曾经的工作，放不下的还是党的远大目标和理想。我们自觉挥笔泼墨，决心记录这天翻地覆、蒸蒸日上的新生活，为实现中华民族的伟大复兴，做个文化自信的坚定传播者。

第二要感谢文学领路人。

我们走上文学创作之路，应归功于领路人。因为我是行伍出身，职业警察；老伴是教师出身，职业会计，都是业余写作。经过公文写作转身业余新闻写作，业余新闻写作又转身纪实文学写作，再由纪实文学写作转身文学创作至今，这才勉强成为文学大家们眼中的"草根作者"。几个转身过程虽然时间比较漫长，却是我们的爱好逐渐兴趣化和作品逐渐文学化无法省略的全过程。

我曾把一篇纪实性的文章发给《丹东日报》副刊部原主任编辑张忠军（副编审，已过世），他看后给我回了一封信，同时把稿子也退回来。信中说，来稿已阅，内容可以，文笔流畅，通俗易懂，文学作品远离新闻语言为好，你改一改再发给我。我费了九牛二虎之力改了一下发回去，见报后对照原稿，我发现编辑又付出了很多劳累，稿子才得以发表。

从此，我注重修正语言，慢慢有了一点进步，多少有那么一点文学味道。于是，我斗胆试着向纯文学性刊物《满族文学》投稿。原主编张涛（国家一级作家）收到我写的《妻子的流水账》一稿后，他来电话核实几个数字和部分情节，便刊发了，我既高兴又感激，因为在文学创作道路上总算向前靠近了一小步。后来，张先生坦诚地说：倒不是你写得怎么好，是事好，真实地记录了那个年代的物价情况。再后来，我投去的稿子，他就具体指导该怎样写，还告诉我，要增加阅读量，会提高更快一些。我就照先生说的道儿朝前奔，果然步伐加快，速度提高了，年年都有新收获。我老伴儿投稿，也遇到与我同样的经历。

第三要感谢各级报纸杂志的编辑，尤其那些从未谋面的编辑们。

我们写的每一篇文章，都向纸媒投稿。这样做的目的，一不是奢望每篇稿子都能见报（刊）。我们深知，甭说一个文学爱好者的习作，就是一个文学大家的稿子，也未必能百分之百中靶，编辑特约稿例外。二不是为了那么一点点，有时还会漏发的稿费。稿子投进报刊编辑的信箱，编辑总要费心浏览一下，好一点的，会推荐见报见刊，质量差一点的，会被丢进垃圾箱。凡是见报见刊的稿子，我们都要对照一下原创，思考编辑为啥这么改，等于编辑老师单独为我们上了一堂文学创作课。投出去而没有发表的稿子，我们会打开电脑重新看一遍，自己觉得没有价值，干脆彻底放弃，有的觉得改一改还可以，我们便回炉重创再投，就发表了。如此，变相邀请编辑老师为我们审稿，是我们投稿的真实目的。

有的编辑老师似乎洞察了我们的用意，便以不同方式认真指导，更让我们感动：《鸭绿江晚报》原编辑李彦君女士，把我们发去的稿子退回来，电话指导重改再发；有一次，曾将我们夫妻的文章发在副刊的同一版面上，鼓舞和鞭策我们。

《满族文学》主编宋长江先生，我们投去的稿子能发的，他发前发后都不吱声；而不能发的，他会电话告知。我曾写过一篇《鬼屋》，宋先生收到后对我说：这篇稿子不适合在刊物上发，不是小说，也不像散文，大篇幅记录的是侦破故事，作为散文，你得从鬼屋的细节上去描写……

《沈阳日报》副刊编辑肖瑛女士，细致入微，不适合见报的就用信箱告知我，她认为好的稿子更会鼓励人。最近，我投给她一篇稿子，她的回复是：此篇生动，我喜欢。但字数太多，我得删。另外，最近占版太多，手边压了好几个版未发。别着急，发稿我会通知你。果然 10 月 16 日见报了。这且不算，每次见报的稿子，她都会把样报寄给我。从 2015 年 4 月 18 日，她经手编发我的散文《灵性麻雀》走上"万泉"（《沈阳日报》副刊刊名）舞台，至今日已有 5 年时间。这种素不相识的暖心编辑与作者之间的互动，我就是个木头人，也不能不被感动，真有"海内存知己，天涯若比邻"的感觉。还有一件颇具戏剧性的事，今年元月 28 日，邮局投递员给我打电话：你有一张稿费单 110 元，送在公安局前门卫，你自己取。我一年无稿登报，哪来的稿费？我回单位取了稿费单，回家一对，是老伴儿李金红去年 11 月 18 日"万泉"发表《柿子熟了》的稿费。之前，老伴儿曾在"万泉"发过一篇稿子，没收到稿费，分析可能因为老伴儿单位门卫换人，不了解情况，把稿费单退回原汇款单位被肖瑛知道了，这便有了她改弦易辙，将老伴儿稿费发给我的故事。还有比肖瑛更细心、更有责任心的编辑吗？后记我早

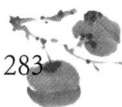

已写完，才有这件事，幸好集子未进出版社，不补进此事，那就真对不起肖编辑了。

《家乡小报》副主编兼副刊编辑宋义祥，不仅经常编发我们的散文稿件，还在报上发表了《樱桃红了》一书的出版消息，并将该书中的《母亲手记》部分，在报上连载了好几个月……

第四要感谢家乡的小报。

1947年10月，家乡有了一张油印的"老百姓小报"，从铅印到电脑排版、胶版印刷，又从县报到市报。我们在岗期间，经常在小报上发表业余时间采写的新闻稿。退休后，我们又经常在小报上发表文学类的散文稿，我还是小报的"优秀通讯员"。

值得一提的是，我阅读《鸭绿江晚报》时发现：辽宁抗日救国军旅长高兴亚（法库人，牺牲时36岁）、团长毛长山等将领，于1934年4月1日，在大东沟中奎寺，与日伪军两万余人血拼六昼夜，高兴亚、毛长山和两名连长、147名战士壮烈殉国。我查阅抗日书刊，均未发现有价值的线索，证明此役已被尘埃湮没。于是，我写了一篇散文《寻找中奎寺》，发表在2016年9月9日的小报上，并被收进了市文联主办的文学期刊《大东沟》第二期里。当年10月21日，文学作者刘吉义也在小报上以《执着，涓涓细流向远方》为题，评介这篇文章：柳条边—窟窿山—中奎寺—高兴亚—小龙王……黄海北岸，曾经如珍珠般散落的地名、人物、传说，在岁月的风沙中渐渐模糊，甚至为今人所淡忘。那曾晶莹的光泽，湮没于时间中的久远的记忆，需要一种力量，发掘并且重新打磨。年逾古稀的刘金恩先生在实实在在地做这样的事情。刘金恩先生既没有方志编纂者的使命，也无新闻人采访任务，与80多年前辽北壮士不沾血缘亲情，作家此举，正如文中所说："为复原历史，拾遗补漏；缅怀先烈，传育后人；更为打捞民众集体家国记忆，珍视和平与未来。"这是一个写作者的担当。

这篇以真实历史构筑的文学作品，作为重要佐证之一，不仅填补了辽东三角地带抗日战争的历史空白，而且也被党中央采信。2020年9月4日《人民日报》14版公布了全国第三批著名抗日英烈、英雄群体名录，高兴亚、毛长山皆在著名英烈之中。尸横异乡荒野八十六载的游魂，终于得以魂归故里，入土为安了。如果没有地域纸质传媒的帮助，我即使有了具有证据性的作品，也传播不出去。我为英魂回家感到高兴，并以此文作为我对英烈无限崇敬和永久的怀念！也为至今尚未查到那些牺牲烈士们姓字名谁，何方人氏，家住哪里，感到无奈和阵痛。

第五要感谢广大读者和家乡的作家协会。

一本不起眼的散文集面世，竟惊动了家乡作家协会的领导和报社，他们联合起来，专门为此召开了一次作品讨论会，与会者在会上对作品给予了充分肯定，也指出了不足，使我们进一步明确了写作方向，收获一些创作技巧。

广大读者的鼓励也让我们感动：我曾经的一位领导，仅是初中文化，给我来电话概括他阅读的体会，说得头头是道，书中有的文章题目和重要句子他都能背下来，热情洋溢地讲评了一小时零五分。远方一位女士来电话，说书中有几篇文章写得情真意切，她看了掉眼泪，并将书推荐给自己正在上大学的儿子。

还有文学作者刘吉义先生阅读全书后，以《笔酣墨饱寄深情，满目青山夕照阳》为题，写了近4000字的书评，发表在2014年《辽海散文》第一期上。

第六要感谢我的老伴儿李金红同志。

我俩的文学爱好同出于退休以后，同由公文与新闻写作转型而来，我动笔早一些，已有十几年的历史。刚起步时，老伴儿就积极主动支持，我正在读书或写稿，她进书房碰上绝无叨扰，一言不发，转身就走；若过了饭点，饭菜凉了，她一定上锅热了才准我吃。不仅如此，还帮助我查字典，找资料，纠错正误、调整结构、拟定文章标题等。初稿完成读给她听，她提出建议，我再改，她再听，两人都觉得满意了，她上电脑打字发走（当时我不会打字。她患胳膊剧痛病以后，三〇一医院诊断为疑难杂症，至今久诊不愈，停止打字）。这样，老伴儿竟成了我文章的第一读者，也是第一审稿人。那天晚饭后，趁电视尚未开播前的当口，她听完我的一篇散文后，我说：你这么辛苦支持和帮我，我就封你个小官儿做做。她笑着问：你封我个什么官儿？我说：作者助理。她笑得前俯后仰，照我后背使劲擂了一拳：老东西。

出乎意料的是，一句笑话调动了老伴儿不甘落后的上进心，她默默挥笔书写，一稿投出，报端有名，心中非常高兴。于是，她便越写越爱写，越写稿件质量越高，刊稿率竟超过了我。而更让我刮目相看的是，几年工夫，她就打了一个翻身仗，彻底摘掉了"作者助理"的帽子，跻身于省散文学会会员、省作家协会会员之列。

第七要感谢为集子作序的人。

《樱桃红了》作序人京京是我的孙女，当年是北京人民大学附中的学生，英语八级。这是个聪明伶俐、敢打拼勇创新的孩子。语文成绩好，又能歌善舞，曾几次代表校方领队到国外演出，受到国际友人欢迎和好评。我说出书要找人写序，她站起来说：不用，爷爷，我写。大学毕业出国留学两年，回国后告知父母：我毕业了，回国了。他父亲说：你那个奢侈品专业在国内就业困难。她说：就业用不着你们。自己很快就被南方某科技有限公司录用，最近，又谋职于上海腾讯公司。

《杏花开了》作序人文畅，本名邢德昶，国家一级作家，中共鞍山市委原常委、秘书长，鞍山市人大常委会原副主任。他身患严重疾病，动过大手术，康复后仍然饮食起居困难，需要照顾，在这种情况下，还坚持阅完我们那近40万字书稿，写出四五千字的序言，让我们感激涕零。之后不久，我突然得知他猝死的噩耗，已经走远了，他爱人在电话那边哽咽，我在电话这边落泪。我们也都年迈了，距他去的地方没有多远，有一天我们也去了他那个地方，一定先去拜访他，若我们还继续写作，仍请他作序。

《柿子熟了》作序人宋杰，原沈阳军区白山出版社副总编辑，1968年入伍，一生致力于军事新闻写作和图书出版工作。退下来后，近几年又参与军事将领传记的写作，其夫人患有阿尔茨海默病，生活不能自理。他是我的老乡、老弟，知道其写作繁忙，又家事辛苦，本不该给他添麻烦。可有一次，他与我儿子见面主动提出：你爸第三本散文集写完没？写完赶紧拿来我看。这样的作序人，能不让我们感谢和感动吗？

第八要感谢北方联合出版传媒（集团）股份有限公司。

我们老两口已经出版的散文集（合著），都是春风文艺出版社为我们出版的：《樱桃红了》（2010年11月，33万字），责任编辑是北方联合传媒（集团）股份有限公司办公室主任、原春风文艺出版社王维良；《杏花开了》（2016年9月，37万字），责任编辑是春风文艺出版社姚宏越。

在这里，我们衷心地为编辑出版散文集付出辛苦的朋友们道一声：谢谢！

刘金恩

2021年7月1日